論壇 09

台商大陸投資二十年
經驗、發展與前瞻

Taiwanese Investment in China during the Past Two Decades :
Experiences, Developments and Prospects

◎王振寰 ◎呂鴻德 ◎李　非 ◎林祖嘉 ◎林惠玲 ◎胡偉星
◎張家銘 ◎張遠鵬 ◎盛九元 ◎陳子昂 ◎陳湘菱 ◎曾聖文
◎馮邦彥 ◎蔡昌言 ◎鄧建邦 ◎羅懷家

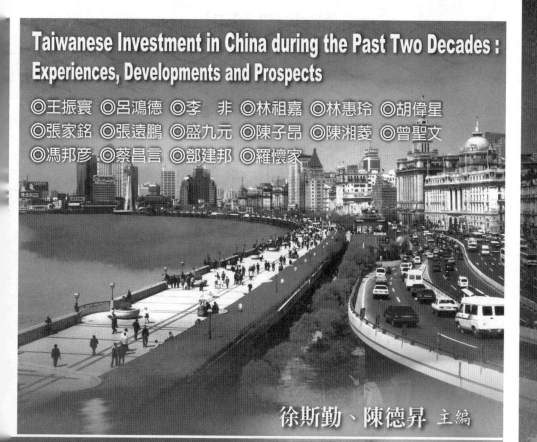

徐斯勤、陳德昇 主編

本書出版感謝

國立臺灣大學中國大陸研究中心
Center for China Studies, National Taiwan University

籌畫與贊助

編者序

　　本書是政治大學與臺灣大學共同主辦「台商大陸投資二十年學術研討會」論文彙編。主要有三大重點：第一部分為投資策略、比較與趨勢。其中包括：投資策略變遷、商機思考、分工策略、投資貢獻與轉型趨勢。此外，在陸資、台資與外資企業生產效率比較，以及台商與全球生產網絡：資訊電子與紡織業的案例比較、台商大陸投資競爭力，以及全球化台商角色的變遷；第二部分內容為區域發展與台商投資。分別針對福建、長三角與珠三角的投資探討。台商大陸投資區位的流動，不僅顯示政策變遷、區域特質，亦是投資環境優劣的具體反映；第三部分是社會在地互動與政治認同。其中包括：台商跨界互動與在地反應，以及台商大陸政治認同的變遷，本章運用豐富的田野調查素材，以及深度訪談作為論證依據，並解讀台商社群的政治認同變遷與取向。

　　台商大陸投資二十年對中國大陸現代化，具有實質的貢獻與深遠的影響。其中包括：制度的移植、管理與市場經驗分享、就業機會與薪資報酬提供、技術的移轉與稅收貢獻等。然而，現階段台商亦面臨大陸投資環境劇烈的變遷。無論是轉型升級面臨的瓶頸，人民幣升值壓力、工資與原料大幅調漲、勞動合同法規貫徹，以及內需市場開拓障礙，皆迫使台商面臨嚴峻的生存挑戰。兩岸政府部門如何協助台商平穩過渡難關，並再展現下一個二十年台商投資的輝煌表現，仍有待積極的努力。

　　產官學界共同參與研究台商議題，不僅重要且有意義。客觀地說，過去二十年台商大陸投資扮演一個領航者與開疆拓土的角色，政府政策與學界研究始終滯後，實令人汗顏。這本論文集，算是對台商過去二十年大陸

投資的一個歷史紀錄，也期許政府部門與學界，能以更積極的態度針對台商大陸投資，做更前瞻的政策規劃與設計。如此，既能讓產業界進退有據，也能厚植台灣的國際競爭力。在這個議題上，社會期待於政府與學界的角色，可說是任重而道遠。

徐斯勤、陳德昇

2011／7／15

目　錄

作者簡介（按姓氏筆畫排序）

王振寰

美國洛杉磯加州大學社會學博士，現任政治大學大陸研究中心主任、政治大學國家發展研究所教授。主要研究專長為：發展社會學、政治社會學、工業社會學。

呂鴻德

國立台灣大學商學博士，現任中原大學企業管理系教授。主要研究專長為：行銷管理、科技管理、策略行銷。

李非

廈門大學經濟學博士，現任廈門大學台灣研究所副所長。主要研究專長為：區域經濟學原理、台灣現代經濟發展、海峽兩岸經濟關係。

林祖嘉

美國洛杉磯加州大學經濟學博士，現任政治大學經濟系教授。主要研究專長為：應用個體經濟學、中國大陸經濟、兩岸經貿。

林惠玲

美國布朗大學經濟學博士，現任台灣大學社會科學院副院長、台灣大學經濟系教授。主要研究專長為：統計學、計量經濟學、產業經濟學。

洪家科

國立政治大學國家發展研究所碩士，主要研究專長:國際政治經濟、中國經濟發展。

胡偉星

　　美國馬里蘭大學政治學博士，現任香港大學政治與公共行政學系副教授。主要研究專長為：國際政治經濟學、東亞國際關係、中國對外關係。

張家銘

　　東海大學社會學研究所博士，現任東吳大學社會學系教授兼系主任。主要研究專長為：發展及經濟社會學、台商與中國研究、全球化與區域發展。

張遠鵬

　　南京大學台灣研究所博士，現任江蘇省社會科學院世界經濟研究所研究員、副所長。主要研究專長為：亞太經濟、美國經濟、兩岸經貿。

盛九元

　　上海社會科學院經濟學博士，現任上海浦東台灣經濟研究中心執行主任。主要研究專長為：台灣經濟、兩岸經貿合作與台商投資、區域合作與長三角經濟一體化。

陳子昂

　　清華大學應用數學碩士，現任資訊工業策進會產業情報研究所主任。主要研究專長為：新興產業發展評估、企業經營策略及財務規劃、總經分析及市場調查。

陳湘菱

　　政治大學經濟研究所碩士，現任政治大學經濟系研究助理，主要研究專長為：大陸經濟、兩岸經貿。

童振源

美國約翰霍普金斯大學博士，現任國立政治大學國家發展研究所教授，主要研究專長:國際政治經濟、中國經濟發展、預測市場。

曾聖文

政治大學國家發展研究所博士，現任育達商業科技大學國際企業管理與大陸經貿系講師。主要研究專長為：中國大陸經貿、台灣經濟發展、經濟政策分析。

馮邦彥

暨南大學經濟學碩士，現任暨南大學經濟學院教授。主要研究專長為：港澳台經濟、區域經濟、國際金融。

蔡昌言

美國紐約州立大學賓漢頓校區政治學博士，現任師範大學東亞文化暨發展學系主任。主要研究專長為：比較政治經濟學、兩岸關係、勞工政治研究。

鄧建邦

德國馬堡大學社會學博士，現任淡江大學未來所副教授。主要研究專長為：當代中國社會發展、專業人才移動與國際移民、全球化與多元文化、社會研究方法。

羅懷家

中國政法大學經濟法學博士，現任台灣區電機電子公會副祕書長。主要研究專長為：產業分析、兩岸經貿。

投資策略、比較與趨勢

台商大陸投資：策略變遷與轉型趨勢

呂鴻德

（中原大學企業管理學系教授）

羅懷家

（台灣區電機電子工業同業公會副祕書長）

徐立斐

（中原大學企業管理研究所博士班研究生）

摘要

　　自1980年代開始，台商因新台幣升值及台灣工資上漲等成本上升壓力而陸續赴中國大陸投資。其間歷經了「戒急用忍」、「積極開放、有效管理」的政策階段，一直到現在的「後ECFA」時代，中國大陸投資環境已非同日而語。新的產業政策、法令稅法與投資環境等，皆迫使台商為求生存，不得不跟隨中國大陸變革的腳步而進行轉型、升級與蛻變。本文以台商布局中國大陸的策略變遷出發，從投資動機、兩岸分工、進入模式、投資區位、投資業別、投資規模、經營模式、擴張模式、經貿糾紛及台商協會共十個面向進行探討，並進一步歸納出台商八大轉型趨勢，從「外銷導向」轉向「內需導向」、從「沿海布局」轉向「內陸布局」、從「代工製造」轉向「自創品牌」、從「傳統產業」轉向「高新技術」、從「單打獨鬥」轉向「群聚聯盟」、從「中國唯一」轉向「中國加一」、從「環境引導」轉向「政策引導」、從「台灣思維」轉向「兩岸思維」。針對前述十大策略變遷及八大轉型趨勢提出未來發展方向，從「一中市場」、「兩自戰略」、「三角布局」到「四轉變革」，冀望能俾利於台商企業進行企業創新及轉型策略的擬定。

關鍵詞：中國大陸、投資布局、策略變遷、策略創新、轉型升級

壹、緒論

　　對於兩岸經貿關係的發展，從早期的「戒急用忍」政策，主要是針對高科技及基礎建設等項目在中國大陸的投資限制，對一般投資及中小企業相對影響有限；之後經歷在「積極開放」後，加上「有效管理」的政策階段；一直到現在的「後ECFA時代」，逐漸開創出兩岸經貿關係的新局。由此可見，二十年來的投資政策發展，使得台商成為帶動兩岸經濟成長的重要環節。

一、「戒急用忍」時代，兩岸經貿交流不減反增

　　在「戒急用忍」時代，兩岸經貿政策的具體制定上，主要以「西進暫緩、南向推動、台灣優先」的投資政策作為重點，對台商投資中國大陸進行從嚴管制、「管大不管小」，實行「投資從嚴，商業、貿易、科技交流從寬」、「大企業從嚴，中小企業從寬」、「特殊行業從嚴，一般行業從寬」的政策，凡投資規模較大、對台灣經濟影響較大並有助於中國大陸基礎設施建設發展的投資案，將從嚴審核。

　　不過，隨著產業環境變動，投資者對台灣市場信心嚴重不足而紛紛出走，同時中國大陸加入世界貿易組織步伐的加快，及西部大開發戰略的推動，帶動了新的中國大陸投資熱潮。因此，「戒急用忍」政策始終沒有真正影響到兩岸經貿交流日益緊密的趨勢，政策的調整已然成為推動兩岸經貿關係的必要條件。

二、「積極開放，有效管理」時代，兩岸經貿交流進退兩難

　　「積極開放，有效管理」政策的重點在於認同中國大陸商機，所以要「積極開放」台商企業到中國大陸投資，但一方面也要採取一些能「有效管理」的預防機制，兼顧國防與經濟安全，讓台商在中國大陸賺到的錢可

以順利回流台灣，又避免台灣資金、人才、技術，在開放過程中單向流入中國大陸，而喪失台灣在兩岸經濟中的優勢地位。換言之，在此兩岸經貿交流的政策下，政策可鬆可緊，樂觀的人看到的是「積極開放」，但悲觀的人看到的是「有效管理」。

　　然而，從只限中國大陸「旅外人士」來台觀光，到開放境外金融中心（OBU）於兩岸直接通匯，但卻無法協助台商企業更容易取得融資、貸款及其他金融業務上的協助；實際政策上一再看到的是「有效管理」，卻看不到「積極開放」，失去了這個能既「攻」又「守」的政策精神。

三、「後ECFA」時代，兩岸經貿交流開啟新局

　　兩岸經濟合作架構協議（ECFA）作為自由貿易協議的一種初級形態，其本意就是降低關稅或實施零關稅，消除貿易障礙，實現貨物貿易自由化，擴大服務市場准入與開放程度，促進服務貿易發展，以及實施投資貿易便利化。而ECFA的簽訂也帶動了兩岸經貿交流的七大新局：「江陳會談、搭橋專案、陸資來台、陸採購團、台灣名品展、相互認證、兩岸直航」，無疑是為了協助台商即時掌握中國大陸擴大內需相關政策之具體商機，甚至促使台商與中國大陸地方政府合作，發展台灣精品之通路，積極行銷台灣品牌。

　　整體看來，後ECFA時代的來臨在於改善外部環境後，能讓台灣的中小企業、傳產與農業朝市場區隔差異化、高價化的方向去發展，有助於產業結構的轉型。希望在ECFA經濟效益上，既能創造就業機會，又能平衡區域發展，並吸引外來投資，讓中小企業有第二春、有再起的機會。

貳、台商投資中國大陸十大策略變遷

　　台商赴中國大陸投資是近二十年來對外投資的一大特色。為了從事經

濟改革，中國大陸自1980年代起提供許多優惠條件吸引大量外資，而台資企業為因應中國大陸的政策、環境與文化，面臨了許多變化與挑戰。為能夠進一步了解二十年來台商企業在中國大陸的策略變遷與轉型趨勢，以及未來將如何面對轉型升級的策略思維，將依據「投入（Input）—過程（Process）—產出（Output）」的IPO模式，作為探討台商二十年來策略變遷與轉型趨勢的研究架構。

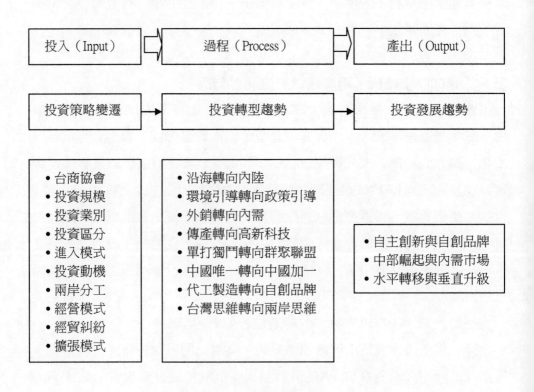

圖一：台商布局中國大陸IPO邏輯圖

　　研究架構中，「投入」的部分為探究台商二十年來於中國大陸投資的策略變遷，「過程」則以二十年來台商在面臨種種策略變遷的挑戰下，所發生的轉型趨勢。最後，本研究將以前述台商布局中國大陸的各類策略變遷與轉型脈絡為基礎，彙整成未來發展趨勢，俾利台商企業能有所借鑑，作為後續策略擬定之參考。

一、投資動機

　　1980年代，基於新台幣對美元的大幅升值，台灣工資與土地價格大幅上漲，以至於傳統勞力密集產業的生產成本遽增，使得台灣在國際間的競爭力逐漸衰退。台灣企業為了生存，便轉赴海外投資。然而，中國大陸擁有廉價的勞動力、廣大的土地資源及相同的文字、語言及生活習慣，便成為台灣產業海外發展的首要選擇。因此，早期台商前往中國大陸的投資動機大致可分為：(1)國際拉力（減少匯損與避免國境國際保護主義動機）：由於1980年代台灣對美國貿易順差擴大，加上當時美國景氣不穩，為縮小與台灣的貿易逆差，便施加市場開放及促使台幣升值之壓力，並動輒以301條款、超級301條款威脅台灣，這對以貿易出口帶動經濟發展之台灣而言影響甚鉅；(2)國內推力（降低工資動機）：1985至1988年間台灣薪資平均每年上漲至少10%，原因在於當時勞動力不足而造成薪資上揚，對勞動密集產業打擊甚大。天津台商協會會長韓家宸表示：「面對競爭，台商只有換跑道，要走出去，企業才會有發展。但是總體來說，從事傳統行業的台商，在面對中國大陸企業的競爭，優勢已經越來越小了」；[1](3)大陸吸力（政策優惠動機）：由於新台幣升值及工資上漲，促使勞動密集產業展開海外投資。同時，中國大陸政府也制定吸引台資企業投資政策作

---

[1]　陳滌，「知名台商韓家宸：台商北上必須培育新優勢」，環球財經，2007年7月9日。

為誘因，例如：1988年中國大陸國務院公布「台灣同胞投資保護法」，1994年公布台灣同胞投資保護法實施細則。

　　台商進入中國大陸的投資動機，從因應台幣升值以及尋求低成本的勞動力等，逐漸轉向以內銷中國大陸廣大市場為主要目標。根據經濟部投資審議委員會公布《2006年國外投資事業營運狀況調查分析報告》指出：「台商進入大陸投資的動機主要為開發當地內銷市場、提升外銷競爭力等，此外，配合台灣客戶及中下游廠商登陸等動機明顯增加」。[2] 總結來說，台商至中國大陸的投資動機變化，早期多屬於勞力密集型產業，主要投資動機在降低製造成本。然而，隨著中國大陸投資環境的變化，使得倚靠加工出口與勞力密集型產業遭受困頓。2007年7月27日中國大陸福州市台商投資企業協會會長莊福池，在接受中央社記者訪問時表示：「中國大陸取消出口退稅、人民幣持續升值，以及企業要為員工繳付社會保障基金，導致福建台商的經營成本上漲。」[3] 因此，晚期台商投資轉為較重視中國大陸內銷市場之開發。2008年中國大陸落實新修訂外商投資產業指導目標，引導台商在中國大陸發展高新技術、資訊技術、新材料、生物科技、節能環保及服務產業，未來勢必將吸引更多台商前往中國大陸投資。

二、兩岸分工

　　早期台商至中國大陸投資，絕大多數都維持母公司在台灣營運，並在兩岸同時設立生產製造部門。原因在於過去台灣擁有充沛的人力、高素質的技術人才，能夠將產品設計快速轉化為生產製程，並以極快的速度將新產品上市。此外，台商仍會運用原有的產業網絡進行採購或行銷，如台商一方面自台灣採購原料；另一方面則將自製的零組件、半成品或甚至製成

---

[2]　經濟部投審會，2006年國外投資事業營運狀況調查分析報告，2006年。

[3]　王曼娜，「福州台商會長：人民幣升值對台商影響較大」，大紀元報，2007年7月27日。

品回銷台灣，使得兩岸垂直分工關係相當緊密。經過十年的產業環境變遷，台灣的生產技術人員素質條件快速下降。主要原因是許多企業已不在台灣設置生產據點，導致缺乏培養優秀產品人才的機會與環境。這樣的情況也改變「台灣研發、大陸生產」的分工格局，造成大陸地區製造產品的功能性逐步擴大，台灣地區的產品研發活動範圍逐漸縮小的現象，廈門台商會會長曾欽照便表示：「台灣地小人少，必須要和中國大陸進行區隔，台灣應該要做專、做精、做強，不一定要做大，要達到這個目的，必須要更開放與分工」。[4] 因此，兩岸投資區位漸漸演變成「台灣接單，中國大陸生產」的分工模式。

近年來，台商「台灣接單、大陸生產」分工模式越來越普遍。根據2007年3月號《兩岸經貿》月刊中〈台商投資大陸與兩岸產業分工發展趨勢〉一文指出，2005年台灣的出口外銷接單，由中國大陸台商出貨所佔比重已接近四成，除化學品、塑膠橡膠、精密儀器等少數製造業外，絕大多數製造業外銷接單在中國大陸生產的比重，在1998至2005年間都呈現明顯上升趨勢。然而，台資企業為拓展大陸內需市場、提高市場佔有率，「台灣接單，大陸生產」的分工模式正逐步為「大陸接單、大陸生產和大陸出口」的新模式所取代。

對環境變化掌握非常靈敏的台商，在金融海嘯爆發前，就嗅到中國大陸「世界工廠」的角色，將逐漸轉變為「世界市場」。許多在中國大陸以出口為主導的企業，已經做好內需市場的布局。除此之外，高科技電子業台資企業也不落人後，諸如奇美、友達等大型LCD面板廠，早在家電、電腦下鄉政策頒布之前，也已把過去只做外銷的模式進行調整。2009年3月奇美與康佳合作案，就是希望利用地利之便，打進康佳、創維與TCL等主要彩電廠的關鍵零組件供應鏈，以擴大戰略合作範圍，打入中國大陸內需

---

[4] 李仲維，「專訪廈門台商會長：把大陸作為台灣腹地」，中評社，2009年2月7日。

市場。

三、進入模式

　　台商布局中國大陸之進入類型幾經變化。1980年代初期，中國大陸祭出諸多優惠，積極吸引台商前往投資，但當時台灣法令尚未開放赴陸投資。因此前往投資的主體除多屬小型及非正式企業外，且多以合資形態為主，並以「三來一補」這類「貿易為名、投資為實」的方式作為主要經營方向。1980年代末期至1990年代中期，前往中國大陸投資之企業主體規模漸大，投資形態亦日益複雜，台商投資除合資外，獨資與合營類型亦陸續增加，雖然合資仍然是台商布局中國大陸的主要進入類型，但獨資類型已有逐年成長的趨勢。然而，東莞市台商投資企業協會會長葉春榮表示：「全世界企業到中國大陸投資，最沒保障的就是台商，到現在為止政府幫不了什麼，只能靠自己。」[5] 顯示獨資相較於其他投資類型面臨較高的風險，例如：面臨到法令的不確定性、契約糾紛、對當地市場不甚了解等，但卻能隨著經驗的累積，以改進企業本身的能力來降低前述風險之影響，將更能有效地控制企業的營運狀況。Fahn and Lin指出：「截至1997年底，台資企業的進入類型開始以獨資類型居多；其次則為合資；合作經營及來料加工則居末，當時在中國大陸投資的三萬零五百家台資企業中，約有二萬家獨資企業，佔總數五成以上；合資企業則約一萬家左右；合作經營與其他類型的各約佔四分之一」。[6]

　　根據《台商張老師月刊》刊載〈台商赴大陸投資如何進行投資評估及決策〉一文指出：「2000年代初期，台商赴中國大陸投資的進入類型以獨

---

[5] 劉軒彤，「專訪東莞市台商協會會長葉春榮：撐過兩年台商就活了」，先探雜誌，第1487期（2008年）。

[6] Fahn and Lin, "Report on the Economic Situation of Mainland China and the Two Sides of Taiwan Strait," *Chung-Hua Instition for Economic Research* (1999).

資企業為主；獨資企業約佔68.1%；合資企業16.7%，其他則約22.6%。主要原因在於過去與中國大陸在地企業合資或合營，鮮少有成功的案例」。[7]此外，對台資企業而言，分工合作較投資合作來得容易，例如上下游加工廠商合作就較策略聯盟或合併等情形來得多。整體看來，台商從原來的「三來一補」模式逐漸轉型為「三資企業」。此外，台商投資之行業亦從最早之代工產業發展至各類製造業，以至近年之文化教育、電腦軟體、資訊科技、企業顧問等服務性產業。可見大量知識密集產業已陸續進入中國大陸。迄今，中國大陸針對加工貿易與稅收政策等重點，推出一系列重大經貿政策，雖然對台商投資中國大陸的趨勢不會有影響，但在進入類型、營運方式、投資產業類別與投資方式上，勢必會面臨新挑戰。

四、投資區位

　　台灣經濟起飛後，生產成本逐年上升，台商紛紛朝向海外尋覓其他的生產地點，由於交通、經濟、人文等綜合因素，中國大陸成為最受台商青睞的投資地區。回顧台商布局中國大陸，與政策開放進程和工資變化，有極大的關聯，政府自1991年起陸續開放台灣廠商赴中國大陸投資，初期多為傳統產業之台商，因此珠江三角洲為勞力密集產業的聚集區。之後電子通訊為主的長江三角洲興起，並在蘇州、南京一帶形成電子產業的群聚。大連前台協會長盧鐵吾表示：「如果說珠三角代表台商投資第一及第二波傳統產業的投資熱潮，那麼，長三角就是台商投資的第三波熱潮，IT（資訊科技）跟機電產品全部轉移長三角，接著台商轉移投資區位至環渤海灣就是第四波的台商投資熱潮」；[8]上海台協前會長葉惠德[9]亦以「候鳥逐水草而居」說明台商在中國大陸布局變化的態勢。

---

[7]　袁明仁，「台商赴大陸投資如何進行投資評估及決策」，台商張老師月刊，第30期（2000年）。

[8]　白德華，「台商北移環渤海區　投資新熱點」，中國時報，2006年6月26日。

[9]　同前註。

近年來更因為沿海地區工資、土地等生產要素成本逐年上漲，加上西部地區的開放，使得沿海地區台商轉向西進，因此台商投資的區位有所轉變。就投資件數而言，廣東省的投資件數已呈現逐年下降，而海南近十年更是呈現個位數，就投資金額而言，四川與湖北等地區則是逐年攀升。另外，根據台灣經貿考察團成員莊震霆表示：「中國大陸改革開放初期，大部分台商集中在華南一帶，漸漸有許多台商將投資區位轉移到華東地區，其中以上海為最。台商離開華南的原因之一是勞動成本提高，另外很重要的一點就是華南地區的治安環境問題日漸惡化」。[10] 由此可知，沿海一帶的治安問題與生產成本提高，將使得台商再往內陸轉移。下列兩表即為依照投資件數與投資金額，說明台商赴中國大陸投資二十年的經濟區位布局變化。

表一：台商布局中國大陸二十年投資件數變化

省　　市	1991～2001	2002	2003	2004	2005	2006	2007	2008	2009
江　　蘇	5,926	1,207	1,456	639	535	472	417	270	239
廣　　東	8,480	877	1,228	461	314	245	216	152	132
福　　建	3,136	536	522	591	157	155	115	69	36
河　　北	1,726	124	149	72	68	62	64	39	48
浙　　江	1,236	171	215	95	79	52	56	30	47
山　　東	668	40	80	25	34	23	28	20	23
東北地區	574	31	50	14	6	9	17	6	20
四　　川	378	35	33	23	41	25	15	8	20
湖　　北	421	12	31	14	14	7	10	8	5
海　　南	317	5	11	3	3	1	2	1	1
湖　　南	254	11	11	11	3	2	4	3	4
廣　　西	172	15	19	5	3	4	7	6	2
河　　南	197	10	8	7	4	4	3	6	2
其他地區	675	42	62	44	36	29	42	25	0

資料來源：經濟部投審會（2010）、本研究整理。

註：河北包含河北省、北京、天津；江蘇省包含上海市。

---

[10] 王亭，「治安好壞成為台商在中國選擇投資地首要因素」，中央社，2007年4月10日。

表二：台商布局中國大陸二十年投資金額變化

單位：百萬美元

省　　市	1991~2001	2002	2003	2004	2005	2006	2007	2008	2009
江　　蘇	7,311.94	3,172.31	3,705.40	3,661.75	3,366.62	3,925.09	5,282.12	5,933.24	3,701.63
廣　　東	6,822.77	1,635.09	2,054.48	1,403.08	1,220.18	1,415.18	1,978.46	1,504.60	1,282.17
福　　建	1,790.04	749.94	491.78	452.83	398.33	519.94	388.36	808.54	262.47
河　　北	1,098.08	275.28	291.94	161.87	196.01	301.05	438.89	522.97	1,065.02
浙　　江	932.00	511.55	607.72	689.46	484.80	591.00	690.79	611.88	656.55
山　　東	410.66	64.44	107.85	138.45	109.01	109.25	282.18	157.47	327.19
東北地區	282.82	62.11	73.61	46.03	29.46	64.88	120.10	106.16	150.39
四　　川	267.90	61.35	62.62	99.42	43.75	491.20	107.85	199.96	178.24
湖　　北	203.16	14.79	98.20	115.75	39.44	30.70	160.74	202.56	156.76
海　　南	129.03	6.26	16.61	3.02	2.85	2.75	1.67	1.78	5.79
湖　　南	125.66	12.62	10.58	19.18	12.04	2.07	52.97	58.71	3.49
廣　　西	44.70	53.74	39.08	24.45	4.47	46.96	115.24	110.06	66.81
河　　南	39.63	11.77	19.26	17.26	10.91	2.23	11.30	38.01	1.37
其他地區	428.33	91.82	119.67	108.12	89.09	140.04	337.29	288.87	491.79

資料來源：經濟部投審會（2010）、本研究整理。

註：河北包含河北省、北京、天津；江蘇省包含上海市。

五、投資業別

　　中國大陸長期以來便為台灣生產布局重點地區，在台商仿照西方跨國公司「全球布局」模式制定的思維下，兩岸產業分工模式多將中國大陸的定位，設定為加工製造基地，背後原因在於側重其低廉的生產要素。台商最初赴中國大陸投資，多以勞力密集型產業為主，然而中國大陸歷經改革

開放，經濟與投資環境顯然發生極大變化，而且較為發達的重點經濟區，土地和勞動的低成本難以為繼，工業用地逐年減少，加上服務業的興起，均使台商開始轉移其投資標的。尤其是中國大陸政府在2007年祭出一系列重大經貿政策後，更促使台商開始新一輪的策略調整，產業結構也逐漸轉變形態，漳州台商協會會長何希灝表示：「家具業台商之中，只有木製家具類台商仍具備競爭優勢，其餘如鋼管家具類已經面臨苦戰，至於生產形態更單一的食品加工業台商，多已面臨關廠窘境」。[11] 天津市台灣投資協會會長韓家宸表示：「台資企業最初集中於製造業，現在開始向餐飲等服務業和IT等高科技行業延伸，在高科技領域台商投資速度快，資金量也比較大」。[12] 尤其在經歷改革開放三十年後，中國大陸經濟進入一個新的歷史時期，經濟發展由粗放式增長向集約式增長轉變。因此，在新形勢下，台商不再通過廉價資源方式與低環保標準方式發展，而是朝高新技術產業、裝備製造業以及新材料製造業邁進。中山台商協會會長陳中和建議：「傳統產業台商要想辦法走上高新科技之路，不論是從啟用新技術或是新原料，只要能讓產品升級」。[13] 而長期研究台商投資行為的廈門大學台灣研究中心副主任李非教授表示：「新的開放契機將會帶動新一輪台商向中國大陸轉移熱潮，台商投資將轉向服務業，尤其以生產性服務業為主的現代服務業，如物流、商貿、金融、交通運輸、資訊諮詢以及其他工商服務等領域，將成為投資的重點行業。」[14]

---

[11] 林安妮，「台商轉型不易　盼政府伸援手」，經濟日報（台北），2005年6月13日，版A9。

[12] 陳滌，「知名台商韓家宸：台商北上必須培育新優勢」，華夏經緯網，2007年7月10日。

[13] 林安妮，「台商轉型不易　盼政府伸援手」，經濟日報（台北），2005年6月13日，版A9。

[14] 武毅田，「登陸第四波3之1」，香港文匯報，2008年6月3日。

表三：台商布局中國大陸二十年產業別投資件數變化

產業別		1991~2001	2002	2003	2004	2005	2006	2007	2008	2009
高新產業	電子零組件製造業	3,994	789	795	431	284	94	197	169	123
	電腦通信及視聽產品製造業	2,239	267	381	111	87	73	43	25	18
	資訊及通訊傳播業	--	--	--	--	--	--	62	58	27
	合計	**6,233**	**1,056**	**1,176**	**542**	**371**	**167**	**302**	**252**	**168**
	佔當年總投資件數比例（%）	**32.55**	**45.40**	**40.11**	**36.45**	**41.13**	**22.51**	**38.87**	**49.61**	**35.97**
傳統產業	化學材料及化學製品製造業	1,526	199	213	85	58	49	9	13	18
	基本金屬及金屬製品製造業	2,093	257	348	143	125	72	84	34	38
	機械設備製造修配業	837	169	208	105	50	94	56	20	32
	非金屬礦物製品製造業	1,174	93	121	47	23	23	23	14	11
	塑膠製品製造業	2,135	197	271	94	50	48	56	28	23
	紡織類製品製造業	1,023	45	87	32	25	41	35	8	10
	食品、飲料及菸草製造業	2,235	93	105	34	28	20	14	24	42
	紙類製品、印刷及其輔助業	628	89	84	30	17	21	14	4	8
	橡膠製品製造業	502	29	49	19	13	11	6	0	0
	礦業及土石採取業	70	11	19	10	4	0	0	0	0
	合計	**12,223**	**1,182**	**1,505**	**599**	**393**	**379**	**297**	**145**	**182**
	佔當年總投資件數比例（%）	**63.83**	**50.82**	**51.33**	**40.28**	**43.57**	**51.08**	**38.22**	**28.54**	**38.97**
服務業	批發及零售業	374	60	114	229	95	150	138	72	82
	運輸、倉儲及通信業	122	14	32	30	15	17	8	8	9
	金融及保險業	16	2	63	15	7	2	12	5	3
	不動產及租賃業	--	--	--	--	--	11	5	1	1
	住宿及餐飲業	180	12	42	72	21	16	15	25	22
	合計	**692**	**88**	**251**	**346**	**138**	**196**	**178**	**111**	**117**
	佔當年總投資件數比例（%）	**3.61**	**3.78**	**8.56**	**23.27**	**15.30**	**26.42**	**22.91**	**21.85**	**25.05**

資料來源：經濟部投審會（2010）、本研究整理。

　　然而，在中國大陸各經濟區相繼進行轉型升級之際，所支援、鼓勵的幾乎均為高附加價值、低污染、低耗能的科技、綠能以及創意產業，在所謂的環境影響策略的思維下，台商新一輪的布局，多棄傳產往高科技邁進。因此台商投資比例上傳統產業減少，化學製造業於2008年下降到僅剩十三件，高新產業無論是投資金額與件數皆逐年攀升，2006年出現不動產業的投資，開啟服務業另一扇門，下表即為依照投資件數與投資金額說明台商赴中國大陸投資二十年的產業變化。

表四：台商布局中國大陸二十年產業別投資金額變化

單位：億美元

產業別		1991~2001	2002	2003	2004	2005	2006	2007	2008	2009
高新產業	電子零組件製造業	60.51	26.19	23.30	30.44	23.96	16.19	24.26	20.52	18.01
	電腦通信及視聽電子產品製造業	9.83	4.33	4.78	3.08	3.73	11.40	16.88	17.83	10.19
	資訊及通訊傳播業	--	--	--	--	--	--	1.51	3.24	1.07
	合計	70.34	30.52	28.08	33.52	27.69	27.59	42.65	41.59	29.27
	佔當年總投資金額比例（%）	41.28	52.63	42.39	54.54	51.86	25.93	54.76	50.04	49.03
傳統產業	化學材料及化學製品製造業	12.80	4.74	5.95	4.52	3.63	54.78	2.49	4.75	2.92
	基本金屬及金屬製品製造業	16.17	6.31	7.15	7.41	6.45	4.47	8.27	10.23	3.10
	機械設備製造修配業	6.43	2.32	2.82	1.64	3.15	3.89	5.04	4.74	3.95
	非金屬礦物製品製造業	10.57	2.15	4.51	4.21	1.80	3.87	2.31	2.24	1.94
	塑膠製品製造業	14.96	3.99	4.13	2.77	2.56	2.20	5.84	4.97	3.61
	紡織類製品製造業	8.49	1.28	3.21	1.47	1.37	1.65	1.61	1.32	0.61
	食品、飲料及菸草製造業	13.38	1.53	3.53	0.90	0.53	1.00	0.72	2.40	3.66
	紙類製品、印刷及其輔助業	4.64	1.62	1.43	1.47	1.47	0.77	1.90	1.79	1.43
	橡膠製品製造業	5.46	1.60	1.04	1.05	1.10	0.64	0.98	0.16	0.01
	礦業及土石採取業	0.31	0.11	0.21	0.31	0.33	0.01	0.03	0.10	0
	合計	93.21	25.65	33.98	25.75	22.39	73.28	29.19	32.70	21.23
	佔當年總投資金額比例（%）	54.70	44.23	51.30	41.90	41.94	68.88	37.48	39.35	35.56

	批發及零售業	4.29	0.86	1.00	1.14	1.68	3.13	4.12	4.99	7.43
	運輸、倉儲及通信業	1.30	0.68	0.26	0.21	1.01	1.07	0.36	0.58	0.31
	金融業及保險業	0.44	0.24	2.72	0.67	0.43	0.68	1.18	2.26	0.49
服務業	不動產及租賃業	--	--	--	--	--	0.48	0.14	0.30	0.17
	住宿及餐飲業	0.83	0.04	0.20	0.17	0.19	0.16	0.25	0.69	0.80
	合計	6.86	1.82	4.18	2.19	3.31	5.52	6.05	8.82	9.20
	佔當年總投資金額比例（％）	4.03	3.14	6.31	3.56	6.20	5.19	7.77	10.61	15.41

資料來源：經濟部投審會（2010）、本研究整理。

六、 投資規模

　　1980年代初期，企業在面臨台灣投資環境逐漸變化的情況下，許多台商即計畫至海外投資。由於中國大陸擁有充沛且廉價的勞動力，正是當時台灣傳統勞力密集型產業最需要的，故台商投資中國大陸最初是以中小企業以來料加工、來樣加工、來件裝配和補償貿易的「三來一補」外銷模式為主要投資模式。東莞市台商投資企業協會會長葉春榮即表示：「東莞因為早開發，很多台商大都為中小企業、來料加工為主，但是受到中國大陸政策轉變與全球經濟不景氣，東莞台商承受較大的壓力」，[15] 因此早期的中小企業赴中國大陸投資，對台灣造成後續的影響有二：(1) 部分台商赴中國大陸投資後，因為產業網絡的關係，造成上下游廠商主動或被動地隨著加工製造業者，前往中國大陸投資，就地生產供應，其中不乏已在台灣上市、上櫃的企業；(2) 這些早期至中國大陸投資的中小企業，也扮演試水溫的角色，直到逐漸加溫發展後，台灣的集團企業便大舉西進。此外，早期台商在中國大陸主要都是以合資為主，直到2004年12月開始，中國大陸開放外商以獨資方式經營之後，吸引更多台灣上市、上櫃公司及集團企

---

[15] 劉軒彤，「專訪東莞市台商協會會長葉春榮：撐過兩年台商就活了」，先探雜誌，第1487期（2008年）。

業前往投資。

　　1990年代末以來，台商到中國大陸投資大型企業、集團企業和資本密集型產業的趨勢益加顯著。根據新華社刊載一篇題為〈台灣企業赴中國投資漸趨大型化集團化〉的文章，該文以浙江省為例，二十世紀末台商在浙江省的投資以中、小企業居多，投資金額幾乎低於100萬美元，2000年之後，浙江省台商的投資開始朝向大型化、集團化發展。例如：台塑企業集團先後在寧波北侖投資十二個項目，總投資達12.45億美元。另外，在台商投資最早登陸的廣東省，2006年投資超過千萬美元以上的台商有六百多家，上億美元的企業有二十九家，然而，隨著中國大陸大型企業台商逐年增多，短短一年時間，2007年台商在廣東省投資超過千萬美元的就有八百六十多家，投資額超過上億美元的已高達三十四家，其中不乏台灣知名大企業，諸如統一集團、聲寶集團、中日集團、春源鋼鐵、永豐餘和台塑集團等數十家大企業、大集團相繼進入廣東投資設廠。[16]

七、 經營模式

　　1980年代後期台灣勞工薪資大幅攀升，企業經營倍感壓力，許多台商為尋求更低廉的生產成本，將生產基地外移至中國大陸。同時，中國大陸沿海地區提出許多優惠的招商政策吸引台商至當地投資，而台商除將廠房遷移至中國大陸，亦將台灣幹部移師中國大陸協助子公司經營運作。隨著中國大陸改革有成，經濟突飛猛進，專業人才大量增加，廠房內的員工也潛移默化學習台幹生產技術與管理技能，再加上中國大陸的薪資水準較台灣低，台資企業的管理階層朝「在地化」轉移，東莞台商協會執行常務副會長謝慶源表示：「隨著中國大陸人才能力提升，製造業生產部門副理等中階幹部，幾乎清一色就地取才」，[17] 凸顯陸幹受重視的程度日趨提升。

---

[16] 齊湘輝，「台灣企業赴中國投資漸趨大型化集團化」，新華社，2006年1月8日。

[17] 林安妮，「台幹鹹魚大翻身　成台商最愛」，經濟日報（台北），2007年12月3日，版A6。

茲將台幹與陸幹比例的轉變過程分為三個時期說明：

1. **台幹移師大陸深植經驗**：台商西進中國大陸投資多年，投資重點由早期生產導向轉為市場導向，產業亦由傳統製造業朝服務貿易發展。然而近年來中國大陸的教育水準不斷提升，根據台灣教育部統計，2008年台灣研究生畢業人數僅六萬零二百人，然而中國大陸統計局資料顯示，2008年研究所畢業生高達三十四萬五千人，是台灣的五‧七三倍，顯示中國大陸高學歷、高知識人才逐漸增加。中國大陸平均薪資較台灣低廉，加上當地員工也習得台幹經年累月的技術與管理知識。台商為成功打入中國大陸的內需市場，同時為控制人事成本支出，早已計畫性地培訓當地人才，使得陸幹興起，對台幹形成某種程度的威脅。

2. **中國大陸專業人才崛起**：台商布局中國大陸初期，由於中國大陸勞工技術不足，管理知識較為缺乏，台商以管理便捷為考量，因此以台灣母公司直接外派管理階層到當地指導為主。待企業在中國大陸營運逐漸穩定，當地員工素質提升，便開始增加中階層陸幹的比例。這些中階陸幹除吸收台幹管理知識，薪資又較台幹低廉，故台商逐漸採用當地人才。2004年，許多台資企業與上海復旦大學、南京理工大學等名校簽約培養專業人才；如在中國大陸深耕十多年的統一企業，早期是安排台幹任管理階層，2005年開始聘用當地陸幹；同年寶成工業在中國大陸投資的裕元企業更執行「台幹精簡方案」，將原本六百多人刪減為二百多人，因此用人當地化儼然成為台商經營的趨勢。

3. **管理階層轉向偏好陸幹**：近年來台商積極開發內陸市場，陸幹具有熟知當地風土人情與社會脈絡之優勢，因此許多台資企業傾向任用中國大陸當地幹部。麗寶建設集團2003年收購「上海康美國際」後，便大量任用當地人才與幹部，台幹比例僅有2%，因此沒有濃厚的台資企業色彩，也比其他台資企業更能快速了解當地市場的特性。因此，在金融海嘯的襲擊之下，仍然逆勢成長30%，年營收高達1500萬人民幣，成功打入

中國大陸市場。雖然，台資企業中管理階層的陸幹比例有逐年增加的趨勢，但是根據許多案例顯示，陸幹的企業倫理尚有改善空間，如富士康培訓的四百多名員工跳槽至比亞迪，並帶走大量技術，反過來造成富士康的威脅。此外，天津台商協會會長韓家宸亦表示：「台資企業廠裡的兩個科長，在台企裡學到技術與管理經驗後便辭職，隨後就在台資企業工廠不遠處開起自己的工廠，把許多客戶與生意都搶走。」[18] 因此台商任用中國大陸幹部須特別謹慎。

八、擴張模式

中國大陸新政策與經濟環境的變化，改變台商傳統的中國大陸投資與經營模式，也改變投資的區域布局策略與規劃。台商除考量廉價資源取得與低環保標準來尋找新投資地點外，台商新的布局策略，更著重在配合中國大陸各地區的產業政策與投資優惠措施，開啟新一輪的布局策略規劃。如中西部地區、出口加工區及保稅區等可享一定的稅收優惠，加上新開發的中西部與東北工業區資源優勢明顯，勞動成本低，吸引台商向中西部、東北與特殊免稅區多點布局。海基會台商財經法律顧問李孟洲表示：「由於投資環境變化越來越快，台商未來最好採『分散布局』策略，避免將所有資源投入同一個地方。如總部在長三角，研發設計與試產基地在台灣，分廠在越南或江西，內銷中心在武漢或成都。」[19]

鴻海1988年在深圳龍華科技園區落腳後，陸續在深圳的西鄉、黃田、觀瀾、福永、沙井等地進行布局，為取得更優質之生產要素，並分散投資風險，1990年代中期將總部從深圳遷徙至蘇州昆山。發展至今，在華南、華東、華中、華北、東北等地區創建二十座科技園，富士康也已完成單一據點轉變為多點布局之策略。同樣的布局策略轉變模式也發生在台達電，

---

[18] 陳滌，「知名台商韓家宸：台商北上必須培育新優勢」，華夏經緯網，2007年7月10日。

[19] 李孟洲，「奧運後中國大陸經濟新局與台商經營策略」，兩岸經貿月刊，2008年9月號。

台達電在1992年率先進入廣東省東莞，成立台達電首座中國大陸的製造基地。台達電子集團中國區執行副總裁廖慶龍[20] 表示：「台達電目前的布局策略可用『南呼北應』來形容，就是以珠三角的東莞廠認養湖南郴州廠、長三角的吳江廠認養安徽蕪湖廠，用『母雞帶小雞』的方式，將人員、資源、技術與產品，從母廠延伸到新廠，希望以最快的速度，完成台達電中國大陸最強的生產後盾。」由此看來，台達電在中國大陸的布局，已從最早的單一東莞生產基地，發展成四大生產重鎮的完整布局。

　　台商布局策略的轉變不僅發生在中國大陸省份，近年來，多點布局策略已由中國大陸向世界各地延伸。電電公會副祕書長羅懷家表示：「中國大陸新政策實施，促使台商必須建立第二個全球出口基地、加速全球布局腳步，例如緯創到蘇比克灣，鴻海、仁寶到越南，就是應外國客戶要求，分散在中國大陸的風險。」[21]

九、經貿糾紛

　　由於語言文化與地理位置的優勢，台灣與中國大陸經貿往來日益頻繁。然而，在商機之中潛藏著危機與陷阱，雙方共事亦容易產生摩擦，且近年中國大陸投資環境與法令變化快速，雙方於觀念與法律認知差異大，造成爭議、勞資糾紛不斷，根據全國商業總會調查在許多糾紛中，尤其以土地、勞資、稅務及智慧財產權等較常產生問題，[22] 也反映出台商的經營困境。當然台商若是遇有經貿糾紛，於中國大陸地區可透過當地的台商協會或是台商投訴協調中心處理，亦可循司法途徑或在當事人不願協商、調解的，或者經協商、調解不成的，可以依據合同中的仲裁條款或者事後

---

[20] 徐仁全，「CHAIWAN經濟模式成形，百萬台商第三波，綿密布局再做大」，遠見雜誌，第227期（2009年7月24日）。

[21] 田習如，「台商『出中國記』」，財訊月刊，第311期（2008年1月31日）。

[22] 中華民國全國商業總會，中國大陸投資爭端解決機制調查，2008年6月19日。

達成的書面仲裁協議，提交仲裁機構仲裁《台灣同胞投資保護法第十四條》；另根據《台灣同胞投資保護法實施細則第二十九條》：當事人不願協商、調解的，或者經協商、調解不成的，可以依照合同中的仲裁條款或者事後達成的書面仲裁協議，提交中國的仲裁機構仲裁。大陸的仲裁機構可以按照國家有關規定聘請臺灣同胞擔任仲裁員。由前面條文所示，目前仲裁制度僅限制處理人民間糾紛且在中國仲裁機構有其侷限性，且並未獲得台商信任，因此並未普遍採行。因此糾紛調處與仲裁仍有待兩岸政府儘快協調建立雙方可接受的解決機制。

　　根據財團法人海峽交流基金會調查，台商於中國大陸的經貿糾紛案件逐年增加，人身安全類已增加至三百一十二件，而財產法益類增加至二百三十件，2008年全年合計共五百四十二件，是1991年開放台商赴中國大陸投資的四十一・六九倍。前深圳台資企業協會會長鄭榮文表示：「中國大陸於2008年1月1日實施的新勞動合同法，資方的勞工成本大幅增加，可能引發更多的勞資糾紛」；[23] 同時，台企聯會長、前東莞台商協會會長張漢文亦表示：「勞資雙方也要互相了解，爭取到權益也不能濫用權益，動不動就發生罷工潮。」[24] 由此可知，中國大陸2008年新增的許多法規，必然是造成2008年經貿糾紛直線上升的重要因素之一。下表為歷年台商赴中國大陸投資經貿糾紛變化，可說明其增加程度：

---

[23] 湯惠云，「台商稱中國大陸勞資糾紛將會增加」，美國之音，2007年12月5日。
[24] 同前註。

表五：台商布局中國大陸二十年經貿糾紛變化

年份	人身安全類	財產法益類		合計	年份	人身安全類	財產法益類		合計
		台商投訴	中國大陸投訴				台商投訴	中國大陸投訴	
1991	0	13	0	13	2001	67	36	1	104
1992	2	23	0	25	2002	91	43	1	135
1993	17	57	4	78	2003	107	32	3	142
1994	30	40	4	74	2004	124	27	3	154
1995	41	43	14	98	2005	133	54	5	192
1996	36	25	9	70	2006	197	85	8	290
1997	35	22	13	70	2007	249	42	0	291
1998	64	48	15	127	2008	312	221	9	542
1999	58	35	3	96	2009	353	428	15	796
2000	51	31	1	83	2010	183	194	4	381

資料來源：財團法人海峽交流基金會（2010年）。

註：2010年統計至7月底。

十、台商協會

　　台商協會透過許多活動建立台商交流的平台、協調投資糾紛，亦提供該地投資訊息與相關法令，因此許多台商側重的投資地點皆成立台商協會。1990年成立的北京台商協會，為中國大陸最先成立的台商協會，同年深圳台商協會與花都台商協會相繼成立，而1991至1995年之間，是台商協會成立最快速的時期，五年內共設立三十五個。

　　此數據除了說明台商的群聚力量強大之外，也了解當時產業的外移，台商仍是以中國大陸為主，才有如此多的協會相繼設立，而以地區而言，累計至2009年8月為止，華中地區台商協會數目最多，共計有四十六個，而華南地區次之共二十七個，在西南與西北地區，蘭州台商協會與重慶台商協會皆於1994年成立，但是因為初期政策皆以沿海為重心，因此中國大陸西半部的投資較為缺乏，台商協會也較少。累計至目前為止，台商協會共一百一十一個，詳細如表六所示。而各協會為維護台商權益仍持續努力，盼能給予台商最完善的投資環境。

表六：台商布局中國大陸二十年台商協會增長變化

地區	1990	1991～1995	1996～2000	2001～2005	2006迄今	總計
華南	2	16	4	6	1	29
華中	0	0	1	1	3	5
華東	0	6	11	19	5	41
華北	1	5	5	4	1	16
東北	0	2	1	3	2	8
西北	0	1	0	0	0	1
西南	0	5	0	1	3	9
總計	3	35	22	34	15	109

資料來源：本研究整理。

參、台商投資中國大陸八大布局轉型

　　從上述台商布局十大策略變遷，顯示這二十幾年來，台商在中國大陸發展的脈絡與轉變，各地區的台商協會會長見證著這些年來，台商在中國大陸投資布局的軌跡與趨勢，茲將各台商會長的看法歸納為下列八大趨勢：

一、從「外銷導向」轉向「內需導向」

　　過去，台商將中國大陸視為代工製造的基地，紛紛透過三來一補方式至中國大陸投資，以不斷拓展台商的外銷版圖。自2008年開始，中國大陸政府採取一連串政策，包括取消或降低出口退稅、增加土地稅及推行新勞動合同法等，使台商增加不少生產成本，台商在面對如此嚴峻的壓力下，不得不思索轉型升級策略。各地區的台商會會長也觀察到台商隨著大環境的改變而轉變的趨勢。中山市台商投資企業協會副會長吳金土表示：「開

拓中國大陸內需市場已成為大趨勢，原本中山市約有60%至70%的台商為出口導向型，如今多數台商已把出口部分轉為內銷」；珠海市台商投資企業協會會長楊永祥指出：「為因應中國大陸新實施的法令，當地台商的因應之道，就是轉為內銷或朝高科技方向發展」；[25] 廣州市台資企業協會會長程豐原說：「因應中國大陸投資環境的變遷，當地早已有台商轉做內銷，但外銷問題還是需要解決。在當前的困境下，做外銷的台資企業是無法不走的，除非是技術很高；但做內銷的話，還是要到中國大陸來。」[26] 台企聯會長、前東莞台商會長、台升家具董事長郭山輝表示：「在美國已有兩個知名品牌與通路，且過去二十年來，台升家具的木製家具在美國市場創下極佳的業績，然而若想使獲利與營收再突破，台升非得進軍中國大陸內需市場不可。」[27] 現任廣州台商協會會長的嘉豐窗簾董事長程豐原，原本的客群集中在歐美市場，七年前，程董事長就發現出口市場已大不如前，許多企業開始採取割喉策略，導致利潤大幅下滑，在環境所逼之下，不得不轉向內需市場發展。

　　而台商也早已看準中國大陸廣大的內需市場商機，紛紛做好內需市場的布局策略。設廠於昆山的巨大工業，十多年前成立時的主力是放在出口業務，但隨著中國大陸經濟突飛猛進，捷安特早已做好在中國大陸高檔自行車市場的完善布局，如今已成為一個典型的內需型台資企業；在新加坡上市的中國大陸知名台資糖果廠商——徐福記，能達到一年三十億人民幣的業績，董事長徐乘認為：「最重要的是全力布局中國大陸內銷通路、打品牌，才有今天的成績。」[28]

---

[25] 張謙，「面對投資困境　廣東台商準備拓展內銷市場」，中央社，2008年2月28日。

[26] 同前註。

[27] 李道成，「大陸台商大轉向　內需市場變王道」，中國時報，2009年6月13日。

[28] 同前註。

二、從「沿海布局」轉向「內陸布局」

　　台商對中國大陸投資區位變化，總體而言是呈現從南向北、從東向西、從沿海向內地的逐漸轉移過程。1980年代至1990年代中期，廣東沿海一帶是台商早期在中國大陸主要的布局地區，到了1990年代後期，台商布局重心轉向以上海為中心的長三角經濟區，近幾年，台商投資地點從過去偏愛的珠三角地區轉移至長三角地區，往北擴展到環渤海地區，再往中部及大西部等內陸地區發展。台商布局的足跡，逐步由東南沿海往北，再向中西部地區滲透，以形成點、線、面交織的全方位布局。

　　青島市台商協會榮譽會長朱瑜明表示：「近年來，由南方北移山東的台商數目確實增加不少，包括昆山、深圳、上海一帶都有不少台商北上了解山東的投資環境。欲進駐山東的台商多半是打算進軍中國大陸內銷市場，看中山東良好的地理位置與環境。」[29]

三、　從「代工製造」轉向「自創品牌」

　　緊隨製造業之後，台灣服務業於近年大舉進入中國大陸，根據經濟部統計，1991至2005年間，台商在中國大陸投資的服務業金額僅佔總投資額的3.48%，迄今，其比重迅速攀升至15%。台商在中國大陸服務業市場中，以零售業及餐飲類為主。如達芙妮女鞋在中國大陸已有三千家分店，幾近佔據零售霸主地位。而餐飲業則以西點咖啡聞名台灣的85度C，在中國大陸引領風潮。其他如房產仲介也漸進軍中國大陸。

　　依據2009年「TEEMA調查報告」研究顯示，過去強調代工生產、出口加工、外向貿易的發展模式，已然遇到了發展的瓶頸。台商應該掌握此一變革，以價值創新為核心、以服務連鎖為重點，延續台灣往昔重視品質價值的服務理念，積極轉向中國大陸內需市場布局服務相關產業，以達先

---

[29] 謝靜，「最擔憂的流失：長三角台資逐漸北移」，國際金融報，2006年1月6日。

佔卡位優勢。

四、從「傳統產業」轉向「高新技術」

　　由於中國大陸勞動力成本低廉及原料豐富的優勢，對台灣勞動密集型產業非常具有吸引力。因而，早期到中國大陸投資的台商，主要是以傳統加工行業為主，如食品、紡織、玩具、塑膠、鞋類、五金等。這些在台灣早已優勢不再的夕陽產業，轉移到中國大陸主要是運用其廉價的勞工、土地和資源，從事「三來一補」的代工生產，將台灣生產的零組件或半成品加以組裝與製造，再外銷到世界各地。2000年下半年之後，台商投資中國大陸的格局漸漸出現新的變化，技術密集和資本密集的電子、資訊等高科技產業，逐漸開始取代傳統的生產、加工和製造等勞動密集產業。

　　廈門大學台灣研究院教授李非表示：「台商對中國大陸投資中，高科技製造業的投資比重逐漸上升，提高投資產業產品的技術含量。」[30] 同時，台商在中國大陸也造就了幾個世界級的高科技生產重鎮，如珠三角經濟區中廣東省東莞的世界電腦零部件製造業中心，長三角經濟區中全球最重要的筆記型電腦生產基地等，其中知名企業包括：宏碁、仁寶、華宇、華碩、鴻海、大眾等台資電子企業，在江蘇沿江投資高科技產業；華映、友達及瀚宇彩晶等TFT-LCD產業也在長江三角洲投資。2007年台商對中國大陸總投資額中，電子電器產業投資額已超過總投資額一半以上，其他產業所佔比重均在6%以下，而2008年電子電器產業投資額則是佔45.84%。這表示台商在中國大陸投資的產業，已由傳統代工製造轉向以高新技術為主的產業。

　　從事紡織業的福州台資企業協會榮譽會長許俊達接受美國之音訪問時表示：「中國大陸招商的趨勢改以高科技或者低污染的產業為主」。[31] 故

---

[30] 來建強，「大陸台資比重降低，高科技製造業比重提高」，新華網，2006年12月4日。
[31] 湯惠云，「中國調整出口退稅率台商受影響」，美國之音，2007年7月12日。

二高一低的產業已不再受到中國大陸歡迎。廈門市台協常務副會長羅憲德表示：「中國大陸新的稅法向高科技行業傾斜，軟體、動漫、資訊等產業享受15%的優惠稅率。因此，新稅法將促使從事傳統產業的台商轉向高科技產業，並加快其升級、轉型。不少台商開始重視在傳統生產中加入高科技元素，或者轉行做高科技產業」。[32]

五、從「單打獨鬥」轉向「群聚聯盟」

　　台商西進中國大陸早期，大都以實力與資金較薄弱的中小企業為主，這些台商獨來獨往、規模有限、形態單一。如今，台商西進中國大陸已由中小企業主導轉變為大型企業引導，許多台灣上市、上櫃的知名企業競相到中國大陸投資設廠後，這對台灣企業界產生很大的影響。龍頭企業引領大批相關配套廠商紛紛西進，西進台商形成「龍頭帶配套」、「配套引龍頭」的投資趨勢，這正是「磁吸效應」。這些上下游企業逐漸在該地區形成完整的產業供應鏈體系與產業群聚，合作方式也從單純的委託加工轉變為「中衛體系」的合作模式。

　　近年來中國大陸為擺脫「世界工廠」的宿命，積極促進產業升級，同時諸多稅法也正進行大刀闊斧的改革。在變化快速的環境下，對台商而言，必然形成龐大的壓力與挑戰，北京台協會長林清發認為：「在大環境如此低迷的情況下，台商應該避免單打獨鬥，要發揮靈活吃苦耐勞的特性，集中力量有組織有計畫的進行布局和推廣，才可獲得一線生機。」[33] 2009年4月3日由經濟部主辦，安侯企業管理股份有限公司（KPMG）執行之「2009台商投資台灣高峰會」上，台灣花旗董事長杜英宗表示：「台

---

[32] 丁飛飛，「郭台銘大動內地投資架構　鴻海鑽空子動機明顯」，IT時代週刊，2008年4月11日。

[33] 李徽，「『大陸內需市場經營研討會』為台商脫困出謀劃策」，中國台灣網，2009年3月4日。

商要整合產業力量，不要單打獨鬥，應從組織或整合上下游產業，聯合產業進軍中國大陸市場。」台商已從「單打獨鬥」模式轉變成「產業鏈群聚」模式，也正在謀求以「團結合作」方式凝聚力量，羅馬瓷磚董事長、蘇州台商協會會長的黃維祝表示：「目前中國大陸台商需要的不是『競爭力』，而是『生存力』；比的不是『財務調度能力』，而是『充分的財務支撐能力』，尤其台商以中小企業居多，過去靠著自己的力量單打獨鬥，未來則必須整合各方資源，才能發揮最大的力量」。[34]

六、從「中國唯一」轉向「中國加一」

2008年初中國大陸不斷緊縮出口政策，出口型台商在利潤被擠壓的情況下，出現大批的撤離潮或是倒閉潮。部分台商透過轉型升級來因應大環境的變化，部分台商則是改變「中國唯一」策略轉變為「中國加一」策略。而距離中國大陸不遠的越南，便成為台商轉移的投資熱土。隨著中國大陸製造成本不斷升高，許多勞力密集、低成本導向的中國大陸台商醞釀著轉移投資基地。深圳台商協會副會長賴志明表示：「企業會選擇出走海外，原因有很多，除了中國大陸調降出口退稅政策外，美國等其他國家對中國大陸課徵高額的反傾銷稅，也是造成台商轉移投資基地至海外的重要因素」。[35]

過去台商都是獨來獨往，這次從中國大陸轉移至他國的台商，則是將整條產業鏈轉移，廣州台商協會會長吳振昌表示：「台資企業在『第二次的外移經驗』當中，不會再像過去單打獨鬥，而是以產業鏈、產業群聚的模式共同找尋第二投資地，並擴大投資規模，可能在珠江投資兩、三年的規模，在越南或印度等地區，一次投資就到位了」。[36] 越南台灣商會台北

---

[34] 李婕，「創新轉型經營，不景氣中找活路！」，貿易雜誌（2009年3月11日）。

[35] 李書良，「陸企搶赴越南　與台商爭地盤」，工商時報，2007年9月5日，版A9。

[36] 陳慧敏，「珠三角台商今年不缺工」，經濟日報（台北），2006年6月20日。

辦事處邱垂祺主任表示：「台商最早登陸的珠江三角地區，從1998年起，已有不少企業向越南遷徙，尤其是製鞋、家具與成衣等輕工業，估計轉向越南的台商達四千家左右。如今，越南已成為台商海外開拓的重要據點，台商對越南的投資僅次於中國大陸」。[37]

七、從「環境引導」轉向「政策引導」

　　早期台商為因應台幣升值與人事成本的考量，紛紛大舉西進，前往中國大陸投資，加上中國大陸的政策誘因，可謂總體環境影響投資轉型意願；然而，近年來台商企業受到中國大陸政策引導，明顯影響台商企業的投資布局策略。

　　2006年，中國大陸以西部大崛起為由，積極實施「騰籠換鳥」策略，將低價位的製造業自華南地區等製造業重鎮趕出，並以土地及現金補貼的雙重優惠措施，吸引服務業廠商進駐。此外，中國大陸也以降低退稅及提高環保標準等政策，迫使「二高一資」（即高耗能、高污染與資源密集）的產業外移，不免看出台商投資中國大陸，除必須因應環境變動外，更須跟隨中國大陸政策腳步調整。

八、從「台灣思維」轉向「兩岸思維」

　　從投資模式的角度來看，台資企業本土化經營的趨勢正逐漸加強。早期至中國大陸投資的台資企業，往往自第三地進口原物料至中國大陸加工。然而，現今在中國大陸投資的台灣廠商，生產製造所需要的半成品、零組件及原材料逐漸有「就地取材」的趨勢。台商在中國大陸投資設廠後，為了因應市場激烈競爭及降低成本的考量，因而採取原材料供應本土化的策略。隨著金融海嘯的衝擊，台資企業人才本土化的趨勢也日益明

---

[37] 付迫芳，「2008年中國製鞋工業轉移動向研究」，品牌中國網，2008年12月10日。

顯，開始大量使用本土化人才，除了降低人事成本外，並期盼自身的企業文化能與中國大陸當地文化益加融合。此外，產品銷售、資金籌措、技術研發等本土化的趨勢也日益明顯，已然成為台商在中國大陸經營和發展投資企業的重要策略之一。

從兩岸競合的角度來看，在過去一年間，台灣與中國大陸的經濟對談與意見交流分外熱絡，然由於彼此市場規模差距過大，台灣常常會陷入自我的矛盾——一方面台灣需要中國大陸市場的支持，一方面卻又擔心開放後市場，是否會被中國大陸所控制或併吞。其實，從全球化的視野來看，台灣企業所面臨的競爭來源絕非僅止於陸資企業，與其一味地因擔心而不敢對中國大陸開放市場，不如正面去思索如何利用中國大陸的市場規模與資源，而能讓台灣企業站穩全球競爭的舞台。此外，與中國大陸相較，台灣企業仍具備許多優勢，例如科技業多年來經過全球供應鏈試煉的研發與製造能力、服務業與連鎖餐飲業走向精緻化的服務水平，以及許多台灣企業的跨國管理經驗等等，都可補強中國大陸企業的不足。兩岸企業的強項若能結合，從兩岸的思維角度出發，將更有條件創造出國際級的企業，而能在世界上與歐美跨國企業競爭抗衡。

肆、台商投資中國大陸四大發展趨勢

透過前述的十大策略變遷及八大轉型趨勢，顯示台商赴中國大陸投資的二十年間，台商企業明顯著重在投資產業別、投資區位以及投資模式三大重點變化。以投資產業別來說，從早期的「傳統產業」轉移至「高新科技」，更在近年轉移至「服務業」為重心；而投資區位更從台商進入中國大陸初期的沿海逐漸移至內陸，從以往的「中國唯一」變化為「中國加一」；投資模式則從「台灣思維」轉向「兩岸思維」，以下針對未來台商投資中國大陸的四大發展趨勢進行說明：

趨勢一、一中市場：兩岸共同市場

　　就台灣經濟發展的角度來看，目前中國大陸為台灣第一大貿易夥伴、第一大出口夥伴及第二大進口夥伴，因此台灣有必要建立更和平穩定並更為順暢的兩岸經貿關係，讓台灣能更進一步善用大陸成長動能成為自身經濟發展助力，所以建立「兩岸共同市場」最主要的目的是兩岸互補有無，共同發展全世界的市場。

　　兩岸經濟合作架構協議（ECFA）千呼萬喚始出來，終於在第五次江陳會上簽署。ECFA最重要的功能之一，就是保障中國大陸台企的權益，確保台商的投資、避免雙重課稅、知識產權保護、商品檢驗檢疫與產品標準制定等，台商在中國大陸的權益。這將打破十年來台灣沈悶的現象，為台灣經濟注入新的活水，為兩岸的合作增添嶄新的互信，更為台商拓展出新的道路。兩岸若能合作建立共同市場，可以讓台商善用中國大陸勞力、土地及自然資源等利基，成為企業發展的動力；亦可讓台商經營中國大陸廣大市場，發展世界的經濟版圖；同時有利於增進兩岸關係的和諧，為台灣經濟永續發展開創美好明天。

趨勢二、兩自戰略：自主創新與自創品牌

　　隨著中國大陸本土企業的崛起以及中國大陸政府的政策引導下，台商企業必須從以往利用中國大陸低廉勞動力的產業策略，轉往創新服務與品牌價值發展。中國大陸於2007年提出的「十一五」規劃，就是特別強調「自主創新」與「自創品牌」，因此台商更應朝兩「自」策略積極布局，以創造持久競爭優勢。根據2008年「TEEMA調查報告」顯示，採取自創品牌、布局內需市場、服務連鎖導向型的企業，對於2008年中國大陸內地「三缺」、「四漲」、「五法」、「六荒」、「七金」的衝擊，比起傳統加工製造、出口貿易導向型的企業來得輕微。

　　因此，如何深耕自有品牌，已經成為突破成長曲線，再創企業經營高

峰的不二法門。康師傅、旺旺食品、統一企業、正新輪胎、台南企業、法藍瓷、成霖衛浴、喬山健康科技、巨大機械、華碩電腦、宏碁電腦等，都是台商企業布局中國大陸深耕品牌的最佳典範。舉例來說，艾美特電器透過轉型升級的策略，將家族經營轉變為專業經理人制度，由於專業經理人較具專業管理素養，能在環境衝擊之前，就做好預應策略。艾美特的專業經理人亦先行了解到，自創品牌對於企業在中國大陸經營的重要性，在多年以前就從外銷轉為內需，成功建立起「艾美特Air Mate」的品牌，因此，艾美特得以將中國大陸政策變動的衝擊降至最低，創造屬於自己的第二曲線。

趨勢三、三角布局：從珠三角、長三角到西三角及黃三角

　　二十年前，最早台商聚集、也是目前台商最多的就是在廣東省珠三角，東莞是中國大陸台商密度最高的地方，有六千多家台商。深圳台商家數也有四千多家。而長江三角洲地區作為中國經濟最發達、開放程度最高的地區之一，對台商亦具有特殊的魅力。從第一批台資進入大陸以來，台商投資的重點從最初的廣東、福建一帶，逐漸向上海北移，再輻射到整個長三角地區。根據台灣工業總會公布的資料，1993年，台商在粵、閩兩省的投資佔大陸投資總額約為48%，在江蘇和上海的投資約為26%；但到了2004年，該項資料則發生了逆轉，前者約佔28%，而後者上升到55%。然而，隨著環境變動帶來的衝擊，包括大陸實施勞動合同法、取消出口退稅，以及全球的金融海嘯，珠三角及長三角的台商均面臨轉型升級的壓力。

　　根據2009年「TEEMA調查報告」顯示，台商在大陸的投資熱點先是從珠三角移往長三角，這幾年開始出現向中西部傾斜的趨勢。由南昌、武漢等中部城市，以及重慶、成都、西安組成的「西三角」城市群都逐漸受到台商的青睞。其中，西三角則有重慶及成都兩城市，被台商選為極力推

薦的城市。此外，「十二五」規劃涉及加快城鎮化建設、進一步擴大內需、中高端產業轉型升級、發展綠色產業等方面的新政策，都將有望為台商投資大陸提供新機遇。2009年，中國大陸更將黃三角的發展上升至國家戰略層面，並推行「高效生態經濟」模式。黃三角將積極向包括台灣、香港在內的企業，推廣「高效生態經濟發展區」與循環經濟的新發展概念，推動包括風能發電、節能產品、生態農業及生態旅遊等新興產業，加上優惠的投資政策，冀將黃三角打造成新的台商投資熱點。

趨勢四、四轉變革：轉移地區、轉向內銷、轉換行業與轉變策略

早期台商布局中國大陸，主要乃因跨國企業進入較晚，因而享有「首動利益」與「先佔優勢」，但隨著中國大陸民營企業的崛起及跨國企業的逐鹿中原，台商企業面對嚴峻的挑戰。因此，伴隨著中國大陸區域政策的發展，以及預應中國大陸內需市場的崛起，勢必成為台商企業的下一波趨勢。此外，中國大陸當局極力拓展內需市場，欲由出口帶動的經濟成長，轉而朝向內需擴張，未來中國內需市場值得期待與拓展。因此，台商企業必須秉持正確的策略方向，掌握中國大陸經濟政策優惠的趨勢，擬定先佔卡位策略。

目前集中在中國大陸東南沿海一帶，從事終端加工與代工的中小企業台商，面臨龐大的轉型升級壓力，其所採取的因應對策主要為「水平轉移」。也就是單純的從地理區位上進行變動，然而，這樣「逐水草而居」的轉型模式無法從根本上幫助企業走出困境。因此，台資企業在思考「水平轉移」的同時，不妨想想「垂直升級」的具體計畫。也就是說，未來台資企業的升級應該建立在台灣母公司、子公司所在地與轉移目的地之間新的產業垂直分工體系之上，從而營造出沿海與內地之間，更為緊密的區域合作與雙贏發展模式。

回顧台商投資中國大陸的二十年來，中國大陸因為台資企業的進入，

解決中國經濟發展資金不足問題。台資企業先進的管理和技術，也促進了中國大陸的改革開放，提升中國大陸企業的競爭力。此外，更提供中國大陸一千多萬人的就業機會，同時帶動了相關的運輸、餐飲、地產、建材等等諸多行業的發展。相對地，台商也影響了台灣經濟的發展，除了以「投資帶動貿易」之外，同時也讓台灣的技術與產品在中國大陸得到廣泛的應用與銷售。台商赴中國大陸投資，不僅實現兩岸的資源互補和利益共享，更推動兩岸及港澳地區的共同發展和繁榮。

參考書目

工商時報，2009大陸台商1000大：台商進化論（台北：工商財經數位出版社，2009）。

台灣區電機電子工業同業公會，當商機遇上風險：2003年中國大陸地區投資環境與風險調查（台北：商周編輯顧問股份有限公司，2003）。

台灣區電機電子工業同業公會，兩力兩度見商機：2004年中國大陸地區投資環境與風險調查（台北：商周編輯顧問股份有限公司，2004）。

台灣區電機電子工業同業公會，內銷內貿領商機：2005年中國大陸地區投資環境與風險調查（台北：商周編輯顧問股份有限公司，2005）。

台灣區電機電子工業同業公會，自主創新興商機：2006年中國大陸地區投資環境與風險調查（台北：商周編輯顧問股份有限公司，2006）。

台灣區電機電子工業同業公會，自創品牌贏商機：2007年中國大陸地區投資環境與風險調查（台北：商周編輯顧問股份有限公司，2007）。

台灣區電機電子工業同業公會，蛻變升級謀商機：2008年中國大陸地區投資環境與風險調查（台北：商周編輯顧問股份有限公司，2008）。

台灣區電機電子工業同業公會，兩岸合贏創商機：2009年中國大陸地區投資環境與風險調查（台北：商周編輯顧問股份有限公司，2009）。

台灣區電機電子工業同業公會，新興產業覓商機：2010年中國大陸地區投資環境與風險調查（台北：商周編輯顧問股份有限公司，2010）。

李保明，兩岸經濟關係二十年——突破與發展過程的實證分析（北京：北京人民出版社，2007）。

林祖嘉，重回經濟高點：兩岸經貿與台灣未來（台北：高寶國際出版公司，2008）。

陳德昇主編，經濟全球化與台商大陸投資：策略、布局與比較（台北：印刻文化出版公司，2008）。

陸資、台資與外資企業生產效率比較研究*

林祖嘉
（政治大學經濟系教授）

陳湘菱
（政治大學經濟所碩士）

摘要

　　自2001年底中國加入世界貿易組織後，與世界經貿關係更為密切，且為因應全球經貿的趨勢，將使外資企業擴大進軍中國大陸。從微觀及宏觀經濟角度來看，外資企業的進軍對中國國有企業來說，必定受到程度上的競爭衝擊，但也對中國的生產技術、產業提升等發揮正面積極效果，並能夠刺激國有企業的變革、提升產品品質。

　　本文利用2001至2007年中國三十個省、市與直轄市的官方統計資料，採用隨機邊界法（stochastic frontier approach）估計中國陸資、港澳台資及外資企業在規模以上企業的生產效率。結果發現：陸資企業的生產效率低於港澳台及外資企業；而且，不同區域之間不同企業形態的生產效率有明顯的差異。但是，另一方面，研究顯示：大陸陸資企業與台港澳資及外資企業生產效率的差異隨著時間而逐漸縮小，顯示台港澳資與外資企業的進入，對於提升陸資企業的生產效率的確有正面的效果。

關鍵詞：三資企業、隨機邊界法、生產效率

*　本文曾發表於「台商大陸投資二十年：經驗、發展與前瞻」研討會（台北：政大中國大陸研究中心、政大中國區域經濟發展暨治理論壇、台大中國大陸研究中心與台灣民主基金會主辦，2009年10月3～4日）。後修改投稿，刊登於中國大陸研究季刊第52卷第4期。感謝政治大學國際關係研究中心同意授權轉載出版。

壹、前言

　　1978年前，中國大陸在歷經數十年共產統治及落後十年的文化大革命後，國力遠遠落後先進國家。1978年底，鄧小平決定進行改革開放，堅持「一個中心，兩個基本點」之方針進行改革。1992年，鄧小平「南巡」，矢言「改革要大膽一些、放開一些；不改革，中國就沒有出路」，全力貫徹「效率優先、沿海傾斜」的發展策略。從此，中國大陸的經營改革朝向「社會主義市場下的經濟體制」方向，開始縮小政府對於生產要素價格及產品價格的管制，轉由供需法則來決定商品市場的價格，對外採取出口導向策略，發揮中國大陸在勞動密集型產業上的比較優勢，並透過「三來一補」創造出口。[1] 從此，中國大陸開啟經濟改革開放的大門。

　　中國改革開放初期，由於資金短缺及技術不足，加上自身企業經營技術和體質落後，因此中國政府當局企圖引進外資資金及技術，促進國內工業化和都市化。根據統計，中國引進外資資金來源中，有九成以上是來自於外人直接投資（Foreign Direct Investment, FDI）部分。至今，中國大陸能發展成強大的經濟體，其中開放是最為核心的關鍵，而外人直接投資扮演著非常重要的角色。

　　從總體經濟面來看，2008年中國（國內生產總值）GDP總額為300670億人民幣，比上年增長9.0%，2001至2008年間的經濟成長率平均達到9.98%，且年度之間波動幅度不大，顯示中國整體經濟情勢呈現穩定成長趨勢，人均GDP已達3,157美元。在工業表現方面，規模以上企業增長率為12.9%，[2] 其中國有及國有控股企業增長9.1 %、外商及港澳台投資企業增長9.9%。在對外貿易方面，2008年進出口貿易總額達2.56兆美元，比

---

[1] 「三來一補」指來料加工、來件裝配、來樣加工和補償貿易。

[2] 依據中國大陸統計年鑑上的定義，規模以上企業是指年主營業務收入在500萬人民幣以上的企業。

上年增長17.8%，貿易順差達2955億美元，貿易依存度高達62.2%。截至2008年，中國大陸累計批准外商直接投資項目數近六十六萬件，實際到位金額累積達8526億美元，如此快速地增長，使中國成為全球吸納外人直接投資量第二位，並連續二十年成為世界上使用外資最多的發展中國家。

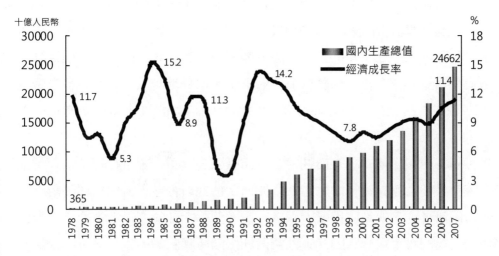

圖一：中國大陸國內生產總值及經濟成長率

資料來源：《中國統計年鑑》（2008年）。

　　中國大陸利用外資資金投入成功地加強經濟基礎建設，也成功擴大國際貿易上的發展，加上中國大陸自從加入世界貿易組織以後，在對外貿易已連續六年保持20%以上的成長，整體表現突出。目前，中國大陸透過外人投資與貿易出超兩大動力，促使外匯存底迅速累積。截至2008年，外匯存底已達19460億美元，比上年增長30.3%，世界排名第一位。

　　中國實施改革開放以來，已成為外人直接投資的熱門地區，尤其2001年底加入世貿組織後，由於投資環境發生變化，加上新市場開放措施帶來新商機，吸引全球各地企業的關注。根據大陸商務部外資統計，截至2008年，外商對中國大陸直接投資前十大國家依序為：香港（41.97%）、維

京群島（10.57%）、日本（7.67%）、美國（7.00%）、台灣（5.59%）、韓國（4.92%）、新加坡（4.44%）、開曼群島（1.94%）、英國（1.84%）及德國（1.77%）。[3] 由數據顯示出，亞洲國家仍是中國大陸主要的投資國，其中台港澳投資佔總額比重約47.56%，排名第一位。

中國經濟改革的開放，的確使得國家的總體經濟國力大幅成長，為中國大陸帶來國民所得提升、經濟繁榮及對外貿易擴展等積極效果。事實上，中國歷經近三十年的努力，在經濟面會有如此輝煌的表現，引進外資扮演相當重要的角色。中國目前仍繼續平穩增長地吸收外資，其最為關鍵的因素在於跨國公司仍然看好當前中國大陸經濟的快速與持續增長的潛力。

到底中國大陸市場有何魅力？為何吸引各跨國企業爭相投資？而這些外資企業赴大陸投資後的生產效率如何？依據新古典經濟成長理論認為，技術創新是經濟成長的重要因素之一，然而引進外資亦是地主國學習與模仿新技術的管道之一。因此，外資對地主國所產生的影響，除可能會對其市場結構造成改變之外，也會導致地主國廠商調整其生產行為，進而產生經營績效的變化。Aizenman and Yi 指出，國有企業決定是否進行改革之意願，端視他們能否從外資企業中分享到額外收益，又或國有企業是否具有市場壟斷。[4] 一般來說，國有企業若不具市場壟斷條件，且對外資引進又只屬互補性質時，則在外資企業具較高生產效率下，國有企業須達到外資企業所要求的生產標準，才能建立產業合作關係。因此國有企業必須先改造自己，才能與外商企業進行合作與交易。

1980年代初期，許多美國學者開始運用總要素生產力（total factor productivity, TFP）來測算大陸國有企業生產力變化，結果並未發現國有

---

[3] 其中維京群島對大陸投資中，應該是以台灣的資金佔最多數。

[4] J. Aizenman and Sang-Seung Yi, "Controlled Openness and Foreign Direct Investment," *Review of Development Economics*, Vol.2, No.1 (1998), pp.1~10.

企業存在顯著的TFP增長。1980年代後期，Jefferson and Rawski針對大陸工業資本存量重新加以估計，發現國有企業效率提升速度雖落後於集體企業，但其效率提升的趨勢是非常顯著的。[5]

1990年代中期後，許多學者在研究時考慮到大陸經濟運作的特性後，開始使用資料包絡分析（data envelopment analysis, DEA）對大陸不同部門的生產績效做評估。Zheng, Liu and Bigsten運用DEA方法，來比較1986至1990年大陸國有企業和鄉鎮企業技術效率的差異；[6] Shiu利用大陸1995年工業普查資料，運用DEA方式比較不同所有制（ownership）及不同區位（東部、中部及西部）來衡量工業技術效率間的差異比較等。[7] 傅豐誠以省市為單位對大陸國有企業績效評估，實證結果發現，大陸國有企業績效從1986年起逐漸上升，進入1990年代後，績效呈現下滑趨勢，至2000年以後，國企經營績效才又呈現回升的趨勢。[8] 這其中的變化主要是由於中國政府當局政策的影響所致，例如：承包制普遍推展、市場化改革，特別是放鬆價格管制上，政策實施後，雖然造成嚴重通貨膨脹，並引起六四天安門的政治事件，但也促使國有企業的經營績效明顯提升。

在衡量外資企業效率的文獻中，高長發現，美、日商等其他外資企業的獲利性比港澳企業來得高，而台資企業的獲利性又較港澳資企業差，顯示與中國文化相近的台港澳資企業之績效，並沒有比其他外資企業來

---

[5] G. H. Jefferson and T. G. Rawski, "How Industrial Reform Worked in China: the Role of Innovation, Competition, and Property Rights," *Proceedings of the World Bank Annual Conference on Development Economics* (Washington, DC: World Bank, 1995) , pp.129~170.

[6] J. Zheng, X. Liu and A. Bigsten, "Ownership Structure and Determinants of Technical Efficiency: An Application of Data Envelopment Analysis to Chinese Enterprises (1986～1990)," *Journal of Comparative Economics*, Vol.26 (1998), pp. 465~484.

[7] A. Shiu, "Efficiency of Chinese Enterprise," *Journal of Productivity Analysis*, Vol.17, No.3 (2002), pp.255～267.

[8] 傅豐誠，「中國大陸國有企業經營績效的變化」，中國大陸研究（台北），第48卷第4期（2005年12月），頁1～29。

得好。[9] 所以他們認為文化並不是影響華裔企業與非華裔企業經營績效的最主要因素。而陳永生卻發現不一樣的結果，她以文化的角度去探討華裔企業與非華裔企業在中國大陸的投資績效表現。其結論指出：華裔企業在1997年的投資績效是優於非華裔企業，因為華裔企業與中國的文化相近，致使其投資績效是進步的，而非華裔企業則是退步的，顯示文化相近是影響效率的因素，華裔企業藉由文化相近之優勢，在投資績效上的表現較佳。[10]

黃智聰等研究發現，在控制了其他因素之後，台港澳企業與其他外資企業的生產績效在1993與1997兩年並無顯著差異。但是，在1994年台港澳企業的生產績效卻較其他外資企業要來得低落，此結果隱含文化因素，並沒有使台港澳資企業的生產技術效率明顯高於其他外資企業。[11]

不過，在前面的研究論文中，大都是以企業種類（如三資企業）來比較其生產效率；或是以不同地區來比較企業的生產效率。但是，我們並沒有看到把企業種類與區域之間，對企業經濟效率影響合併在一起的相關研究。因此，本研究的主要目的是：希望利用生產邊界效率模型，來檢視不同企業形態在不同地區之間生產效率的差異，同時檢視這些效率差異在時間上的變化。然後，再進一步分析是哪些因素造成不同企業在不同地區生產效率上的差異。

本研究分成五節，第一節說明研究動機與目的，第二節介紹生產邊界效率模型。第三節介紹本文所用的資料及其性質，第四節為實證結果分析，第五節為結論與建議。

---

[9]　高長，「外商企業在中國投資獲利性的決定因素」，台灣經濟學會年會論文集（台北：台灣經濟學會，1996），頁67～94。

[10]　陳永生，「華裔與非華裔企業大陸投資績效之比較研究」，中國大陸研究（台北），第44卷第8期（2001年8月），頁23～42。

[11]　黃智聰、林昇誼、潘俊男，「外資企業在中國大陸生產效率之比較——以工業部門為例」，遠景基金會季刊（台北），第4卷第1期（2003年1月），頁93～123。

貳、生產效率模型的理論架構

在一個完全競爭市場運作的理想社會下，不存在無效率廠商。然而，在現實社會中，完美的理想市場並不存在。Farrel首先提出衡量生產效率的概念，認為廠商在有限資源下，利用現有的技術水準，配合既定的要素組合，若生產達到潛在的最大產出水準，則為最有效率的生產點，連接最有效率的生產點形成生產前緣線（production frontier）；反之，若廠商的生產未能達到其潛在的最大產出水準，則有生產無效率的情形發生。[12] Farrel為說明效率，將效率分為分配效率（Allocation Efficiency）與技術效率（Technical Efficiency）兩種。

自Farrel提出生產邊界概念來衡量技術效率後，許多學者相繼提出不同衡量效率的模型，Forsund依生產前緣的設定，將模型方法分為確定性非參數邊界模型（deterministic nonparametric frontier approach）、確定性參數邊界模型（deterministic parametric frontier approach）、確定性統計邊界模型（deterministic statistical frontier approach）及隨機性邊界模型（stochastic frontier approach，以下簡稱SFA）。[13] 所謂確定性邊界模型，指假設廠商均面對相同的技術資訊，所有的廠商共有一個邊界，而各廠商在技術效率上的差異，均歸因於人為的管理或技術上的差異。至於隨機性邊界模型則假設廠商原先所對應的技術資訊中，部分因素並非人為所能控制，如天氣、機器運轉故障等因素。因此，個別廠商在技術效率上的差異，除了因人為管理上的無效率外，亦包含一些無法控制的因素對產出造

---

[12] M. J. Farell, "The Measurement of Productive Efficiency," *Journal of the Royal Statistical Society*, Series, Part 3 (1957), pp.253～290.

[13] R. Finn Forsund , C. A. Knox Lovell and P. Schmidt, "A Survey of Frontier Production Functions and of Their Relationship to Efficiency Measurement," *Journal of Econometrics*, Vol.12 (1980), pp. 5~25.

成直接或間接的影響。由於SFA之假設較合理，並且可處理技術不效率的隨機因素部分，因此本研究採用SFA來進行績效評估。

SFA的主要概念是先設定一生產函數，並且考慮此生產函數中之誤差項的結構與分配形式，並根據誤差項分配形式的不同而採用相對應之方法來估計其參數，並估算其效率值。

在完全競爭的要素投入市場中，假設生產者為要素價格的接受者，則要素投入價格為外生變數。廠商在給定技術水準和生產環境下，會有其最大的產出量，又稱為效率前緣產出（frontier output）。不同的要素投入會對應不同的產出水準，但並非所有企業都可達最大產出。所以，一般我們所觀察到的實際產出量往往小於效率前緣線上之產量，其影響因素可能是無法控制的噪音所干擾，或是生產過程產生無效率之可能所導致。

Aigner and Chu利用Cobb－Douglas生產函數，來加以描述生產函數形式如下：[14]

$$\ln Y_i = x_i' \beta - \varepsilon_i \quad , \quad i = 1 \ I \tag{1}$$

其中ε_i為用來解釋廠商生產未達效率前緣的部分。式(1)中雖然已經反應出廠商的真實產出，將未達最大產量的因素用ε_i來解釋，不過其所包含的因素太多，例如：測量誤差、噪音干擾等，但廠商在生產過程中很有可能會遇到一些不可抗力的因素，這些因素不應視為無效率項，故須拓展模型，分離噪音干擾項及不效率項的部分。因此，Aigner, Lovell and Schmidt（1977）和Meesusen and Broeck（1977）提出隨機邊際模型，他們認為迴歸式之誤差項ε_i應包含兩大類，分別為v_i與u_i，且兩者互相獨立，模型設定為：

$$\ln Y_i = x_i' \beta + v_i - u_i \quad , \quad i = 1 \ I \tag{2}$$

---

[14] D. J. Aigner and S. F. Chu, "On Estimating the Industry Production Function," *American Economic Review*, Vol.58 (1968), pp.826~839.

其中Y_i為產出，x_i為投入要素，v_i：iid N $(0, \sigma_v^2)$，u_i：iid N$^+$$(0, \sigma_u^2)$。其中，$v_i$ 為對稱性的測量誤差項（measurement error component），表示測量誤差以及各種不可控制的隨機因素，如：氣候、工會罷工、政治局勢等；而u_i為非對稱性的不效率項（technical inefficiency component），是衡量廠商本身可以控制而無法達到效率的部分，且其服從半常態分配（half-normal distribution）。[15] 但事實上，u_i不必然服從半常態分配，從過去文獻中發現，Aigner, Lovell and Schmidt 假設u_i服從截斷常態分配（truncated normal distribution）；[16] Meesusen and Broeck假設u_i服從指數分配（exponential distribution）；[17] Greene則假設u_i服從伽馬（gamma distribution）分配。[18]

在式(2)中，v_i與u_i的機率密度函數（probability density function, p.d.f）分別為：

$$g(v_i | \sigma_v^2) = \frac{1}{(2\pi)^{0.5}\sigma_v} \exp\left[-\frac{1}{2}(\frac{v_i}{\sigma_v})^2\right] \tag{3}$$

$$f(u_i | \sigma_u^2) = \frac{1}{(2\pi)^{0.5}\sigma_u} \exp\left[-\frac{1}{2}(\frac{u_i}{\sigma_u})^2\right] \quad , \ u_i > 0 \tag{4}$$

由於$\varepsilon_i = v_i - u_i$且$v_i$與$u_i$間相互獨立，故$\varepsilon_i$之聯合機率密度函數為：

$$f(\varepsilon_i | \sigma^2, \lambda) = \frac{2}{\sigma} \cdot f^*(\frac{\varepsilon_i}{\sigma}) \cdot \left[1 - F^*(\frac{\varepsilon_i \lambda}{\sigma})\right] , \quad -\infty \leq \varepsilon \leq +\infty \tag{5}$$

---

[15] $u : N^+(0, \sigma_u^2)$ ： $f(u) = \frac{2}{\sqrt{2\pi}\sigma_u} \exp\left\{\frac{-u^2}{2\sigma_u^2}\right\}$ ， $u \geq 0$

[16] $u : Truncated\ N(\mu, \sigma_u^2)$ ： $f(u) = \frac{1}{\sqrt{2\pi}\sigma_u \Phi(\frac{-\mu}{\sigma_u})} \exp\left\{-\frac{(u-\mu)^2}{2\sigma_u^2}\right\}$ ， $u \geq 0$

[17] $u : Exp(\sigma_u)$ ： $f(u) = \frac{1}{\sigma_u} \exp\left\{-\frac{u}{\sigma_u}\right\}$ ， $u \geq 0$

[18] $u : Gamma(\alpha = m+1, \beta = \sigma_u)$ ： $f(u) = \frac{u^m}{\Gamma(m+1)\sigma_u^{m+1}} \exp\left\{-\frac{u}{\sigma_u}\right\}$ ， $m > -1$

其中，$\sigma^2 = \sigma_v^2 + \sigma_u^2$，$\lambda = \dfrac{\sigma_u}{\sigma_v}$，$f^*$與$F^*$分別為常態分配下機率密度函數（p.d.f）與累積分布函數（C.D.F）。透過最大概似法（Maximum Likelihood Method），運用Newton-Raphson方法或其他非線性疊代法（nonlinear iterative method），即可算出未知參數：$\hat{\beta}$、$\hat{\lambda}$及$\hat{\sigma}^2$。

有鑑於Cobb-Douglas生產函數在設定上限制較多，且Cobb-Douglas生產函數只是固定替代彈性生產函數（constant elasticity of substitution, CES）的一個特例，故本文在生產函數上採用CES形式，如下：[19]

$$\ln Y_{it} = \ln A + h\delta \ln L_{it} + h(1-\delta) \ln K_{it} + \frac{h\rho\delta(1-\delta)}{2}(\ln L_{it} - \ln K_{it})^2 + v_{it} - u_{it} \tag{6}$$

式(6)為CES形式。其中ln表示取自然對數；Y_{it} 表示第i個地區在第t年的規模以上工業總產值，$i = 1, 2, \cdots, 30$，$t = 2001 \sim 2007$；k_{it} 為第i個地區在第t年的固定資產投資；L_{it} 為第i個地區在第t年的從業人員平均人數，A為規模參數；h為規模報酬參數；δ為分配參數；ρ為替代參數；替代彈性固定，為 $\sigma = \dfrac{1}{1+\rho}$。

衡量技術無效率部分，模型設定為：

$$u_i = Z_i \varphi + W_i \tag{7}$$

在考慮時間變動因素下，模型再設定為：

$$u_{it} = \exp\left[\eta(t-T)\right] \cdot u_i \tag{8}$$

式(7)、(8)中，u_i 為非負隨機變數，由生產之技術無效率所組成。Z_i 表示廠商在期間內由生產效率解釋變數組成的向量（$1 \times m$）；[20] φ 為未

---

[19] Lin與Lin and Wang曾用相似的函數估計台商母子公司之間效率的差異性。

[20] 在本文中，共採用經濟區位、產業特性、資本勞動比、人口密度及城市化率五項來作為解釋變數，其中產業特性以第二產業為標準組，經濟地理區位以華東地區（上海、江蘇、浙江）為標準組。

知係數向量（$m \times 1$）。[21] η 為技術效率變動速度，η 大於零表示無效率值隨時間下降，效率值提升；反之，若 η 小於零表示無效率值隨時間上升，效率值下降。

模型設定確立後，將建立一概似函數，並以 $\sigma^2 = \sigma_v + \sigma_u$ 及 $\lambda = \dfrac{\sigma_u}{\sigma_y}$ 兩個變異參數呈現，利用最大概似估計法估計在SFA模型下之效率值及無效率模型。技術效率值（TE）之估算為：

$$Technical\ Efficiency_{it} = TE_{it} = \exp(-u_{it}) \qquad (9)$$

式(9)中，TE_{it}（技術效率）為隨機模型下，實際產出與潛在產出之間的關係，其值介於0與1之間。該值越大，表示技術效率值越高。

參、資料變數與說明

本文採用的數據自相關年份之《中國統計年鑑》及《中國工業經濟統計年鑑》中陸資、台港澳資與外資之統計資料。由於中國國家統計當局並未在2000年以前針對港澳台資與外資做統計，故本文所採用時間範圍為2001至2007年，共七年，並採用中國三十個省、市及直轄市（除西藏外）之橫縱資料（panel data）。本文根據研究的目的，將每個省、市及直轄市視為一決策單位（Decision Making Unit, DMUs），並以各省市的規模以上工業總產值（Y）作為產出值，並且利用工業品出廠價格指數來平減。投入要素有二，一為固定資產淨值年平均餘額（K），並利用固定資產投資價格指數對其做平減；二為規模以上企業的全部從業人員平均人數（L）。以上所使用的數據均針對規模以上的三資企業統計資料作為研究對象。[22]

---

[21] 根據Battese and Coelli，實證模型的設定不需假設隨機變數為同質性分配（identically distributed），也不需要假設其為非負值。

[22] 根據中國國家統計局的定義，固定資產投資為企業在建造、購置、安裝、改建、擴建等改造某項固定資產時所支出的全部貨幣總額；全部從業人員平均人數為年內每月平均擁有的從業人數。

表一：中國大陸各省陸資、港澳台資與外資之投入產出平均值（2001～2007年）

	陸資	港澳台資	外資
工業總產值 （百萬人民幣）	481,858 (588330.3)	80,394 (206395.39)	143,201 (27237.6)
勞動投入 （萬人）	162.21 (138.85)	27.68 (80.33)	26.49 (47.03)
資產投入 （億人民幣）	2124 (1568.73)	239 (533.04)	396 (630.87)
觀察個數	210	210	210

資料來源：本研究整理。
註：括弧內為S.D.。

　　從表一的三資企業平均概況來看，由於中國自1970年代末期改革以來，國有企業為計畫經濟下的改革核心，全面投資於輕重工業，故在資本與勞動的投入量遠高於台港澳資與外資企業。而在台港澳資企業部分，雖然其投資產業層級不斷提高，但投入之資本（239億人民幣）仍不及外資企業（396億人民幣）如此龐大，故相對比較上顯示，台港澳資企業在資本投入仍低於外資企業，但對於勞動的需求相對較高。

　　在資本勞動比部分，見下表二，外資企業的比率最高，七年每人平均為21.24萬元人民幣；陸資企業最低，七年平均為15.87萬元人民幣。由於台港澳資企業多為勞動密集的中小企業，資金規模相對較小，而外資企業多為資金規模較大的跨國企業，所以台港澳資企業的資本勞動比相較於外資企業來得低。不過，以整體趨勢來說，陸資、港澳台資與外資企業的資本勞動比都呈現逐年上升的趨勢。

　　在產出勞動比部分，見下表三，外資企業的比率最高，七年平均為4993.38萬元人民幣；陸資企業最低，七年平均為2775.61萬元人民幣。由於外資企業多屬資金與技術密集的產業，例如：電子、汽車零件等，加上近年來，更有許多外資企業轉向投資高科技產業，例如：IT產業、精細化

工等，其附加價值更高，所以外資企業在產出資本比的表現較為突出。

表二：陸資、港澳台資與外資企業之資本勞動比（2001～2007年）

單位：萬人民幣／人

	2001	2002	2003	2004	2005	2006	2007	平均
陸　　資	11.61	12.30	14.47	15.62	16.89	19.10	21.09	15.87
港澳台資	13.17	13.40	13.35	14.22	18.02	17.33	24.61	16.30
外　　資	17.75	20.31	18.48	19.46	21.26	24.37	27.24	21.24

資料來源：本研究整理。

表三：陸資、港澳台資與外資企業之產出勞動比（2001～2007年）

單位：萬人民幣／人

	2001	2002	2003	2004	2005	2006	2007	平均
陸　　資	1455.63	1676.11	1987.08	2516.80	3147.45	3889.01	4757.18	2775.61
港澳台資	2366.91	2684.07	2924.88	3260.53	3633.66	4045.84	4663.87	3368.54
外　　資	3338.04	3871.79	4293.15	4538.23	5154.89	6231.22	7526.33	4993.38

資料來源：本研究整理。

在衡量無效率項的解釋變數部分，本文以經濟地理區位、地區產業屬性、資本勞動比、人口密度及城市化率等五個因素來解釋。從經濟地理區位來看，2007年人均GDP最高的地區為上海（66,367元人民幣），最低為貴州（6,915元人民幣），差距十倍。而排名前十中，前九位均是東部地區；後十位中，西部地區佔七位，此統計結果充分顯示：中國大陸區域之間的經濟發展差異極大。在經濟區域發展差異極大的情況下，對於區域發展較高且與世界經濟接軌的東部沿海地區來說，會因商品市場及生產市場上競爭較激烈，促使所有陸資企業及外資企業不斷去提高其生產效率，以降低生產成本，並維持市場占有率。本文依行政區的劃分將經濟背景相近者歸屬同一區，共分成七大經濟地理區位，見下表四：

表四：中國七大經濟地理區位

地　　區	省、市、直轄市
華北地區	北京、天津、河北、山西、內蒙古、山東
華中地區	河南、湖北、湖南、安徽、江西
華南地區	廣東、廣西、海南、福建
華東地區	上海、江蘇、浙江
東北地區	遼寧、吉林、黑龍江
西北地區	陝西、甘肅、寧夏、青海、新疆
西南地區	重慶、四川、雲南、貴州

資料來源：中華人民共和國中央人民政府網站。

　　在地區產業屬性方面，由於中國大陸幅員廣大，各地區所投資的產業屬性也不盡相同，所以不同地區的投資企業會因地區性的投資產業形態不同，其效率值會有所不同。一般而言，第二、三級產業的附加價值相對較高，故以創造價值觀點來看，投資偏重於第二、三產業的省分，其績效值應較偏重第一產業的地區來得高。

　　在資本勞動比方面，根據Baumol定理認為，第二產業（製造業、工業）的資本勞動比高於第三產業（服務業），由於服務業本質上是勞動密集的產業，資本密集度不高，故要運用資本投入來提高產值並不容易，也無法享有規模經濟效益。故一般而言，第二產業的資本勞動比較高，第三產業次之，第一產業最低。但若進一步將第三產業分成「傳統服務業」及「現代服務業」來看，傳統服務業（例如餐飲等）是符合Baumol的定義，屬於勞動密集型產業，固定資產裝備率低。但不同於傳統服務業，現代服務業（例如金融、資訊、運輸、電信等）則需大量的資本投入，並可運用技術升級來提高生產力。所以，第二產業的資本勞動比高於第三產業之論點不能適用於所有行業，必須進一步檢視第三產業的性質而定。

　　在人口密度方面，中國人口分布主要以東部及沿海城市最多。根據統

計，2007年中國人口數前三位省分為廣東（9449萬人）、山東（9367萬人）、河南（9360萬人），均分布在東部沿海地區。若以人口密度來看，人口稠密地區為長江中下游平原、珠江三角洲、華北平原、東北平原及四川盆地；人口較稀疏地區為西藏、青海、新疆、內蒙古及雲貴高原等。由此分布來看，中國東部及沿海地帶仍是人口稠密地區，並且在政府帶動發展下，其社會發展也相對較健全，促使外資企業有較高的吸引力投資，並提高競爭力，對產業的生產績效有相當程度的影響。

城市化是人類生產與生活方式由農村轉向城市型的過程，其主要表現為農村人口轉化為城市人口，以及城市不斷發展完善的過程。城市化率不僅可表現出城鄉人口結構的變化，它更表現出產業結構及其空間分布結構的轉化，以及傳統勞動方式、生活方式向現代化生產與生活方式的轉化。所以，一般而言，城市化率越高的地區，其經濟發展程度較高，產業的技術效率值較高；反之，則越低。

肆、實證結果分析

本研究依所建立之計量模型，採用FRONTIER 4.1的計量軟體與Coelli提供的軟體操作說明進行實證研究分析。實證將分成兩部分討論，第一部分將針對陸資、台港澳資及外資的效率估計值做比較；第二部分將針對無效率項造成因素進行分析。[23] 本文利用式(6)的*CES*生產函數型式在隨機邊界模型下估計陸資、台港澳資及外資企業之係數，總計結果見下表五。

---

[23] T. J. Coelli, D. S. P. Rao and G. E. Battese, *An Introduction to Efficiency and Productivity Analysis* (USA: Kluwer Academic Publishers, 1998).

表五：陸資、港澳台資及外資之參數估計值

	陸資	台港澳資	外資
Constant	7.44***	6.80***	8.18***
	(28.66)	(21.68)	(11.03)
$\ln L$	1.82***	0.25	0.74
	(8.34)	(1.24)	(1.67)
$\ln K$	0.58***	0.82***	0.60
	(2.83)	(4.11)	(0.67)
$(\ln L - \ln K)^2$	0.23***	0.37***	0.33
	(6.12)	(2.36)	(0.36)
σ^2	0.05***	0.06***	0.15***
	(7.45)	(4.91)	(3.26)
$\lambda^{(b)}$	0.82***	0.31***	0.80***
	(4.10)	(5.07)	(23.46)
觀察值	210	210	210

資料來源：本研究整理。

說明：(a) 符號*、**、***分別表示在90%、95%與99%顯著水準。

　　　(b) $\lambda = \sigma_u / \sigma_v$。

　　由表五中所得出的估計值代回(6)式，得出CES中的參數值：A、δ、ρ及h，見下表六。

表六：CES下之參數值

	陸資	台港澳資	外資
規模參數(A)	1702.75	897.84	3568.85
分配參數(δ)	0.758	0.233	0.552
替代參數(ρ)	1.045	3.862	1.992
規模報酬參數(h)	2.400	1.070	1.340
替代彈性(ζ)	0.488	0.205	0.334

資料來源：本研究整理。

註：替代彈性(ζ)＝$1/1 + \rho$。

由表六的結果顯示，勞動分配參數（δ）分別為陸資（0.758）、台港澳資（0.233）、外資（0.552）。相對地，資本分配參數(1-δ)為陸資（0.252）、台港澳資（0.767）、外資（0.448），顯示陸資企業的勞動份額比重較大，資本份額較小；台港澳資與外資企業則偏重資本的投入，在資本的份額比重上明顯較高。所以，中國陸資企業的投資形態多數偏重於勞動密集度高的產業，而台港澳資與外資企業則偏重於資本投資密集度高的產業。

規模報酬參數（h）的結果，陸資（2.40）、台港澳資（1.07）與外資（1.34）企業的規模報酬均呈現遞增狀態。

在替代彈性（ζ）部分，陸資（0.488）、台港澳資（0.205）與外資（0.334），替代彈性均小於1，顯示要素間的替代缺乏彈性。其中陸資企業的替代彈性最大（0.488），隱含中國大陸的陸資企業對工資與資本價格變動的反應較大，即勞動需求彈性大；台港澳資與外資企業的替代彈性都很少（0.205與0.334），隱含台港澳資企業與外資企業對投入成本價格的變動上反應較小，即勞動需求彈性較小。造成三資企業之彈性不同的結果與企業的投資形態有很大關係，因為外資與台港澳資企業在投資規模與生產科技上領先大陸陸資企業，而這些資金與科技不易被勞動所取代，所以顯現出資本與勞動的替代彈性低很多。

在效率值的估計結果，見下表七。在2001至2007年間，台港澳企業的技術效率值均為最高，外資企業次之，中國陸資企業最低。而且，台港澳資與外資企業的生產效率值均高於陸資企業。不過，三者之間的效率值差距隨時間逐漸縮小，近幾年陸資企業的效率值快速提升，與外資企業的效率非常相近。另外，若從表五所估計出的 λ 係數（產出變異數）來看，分別為陸資（0.82）、台港澳資（0.31）、外資（0.80），陸資企業的產出變異值最大、外資企業次之、台港澳資企業最小，也顯示出陸資企業在技術無效率上仍相對偏高。在此七年間，雖然中國陸資企業在效率表現上不

如台港澳資及外資企業優，但若從效率值間的差距來看，中國陸資企業的效率值確實快速提升，隨時間增長快速拉近與台港澳資與外資企業間的差距。[24]

表七：陸資、港澳台資與外資之效率估計值

	陸資	港澳台資	外資
2001	0.266	0.514	0.418
2002	0.316	0.559	0.446
2003	0.368	0.603	0.474
2004	0.420	0.645	0.502
2005	0.471	0.683	0.530
2006	0.520	0.719	0.558
2007	0.568	0.751	0.586
η [(a)]	0.145	0.148	0.082

資料來源：本研究整理。

註：(a) η 為技術效率變動速度，正號表示效率提升；負號表示效率下降。

　　另外，從技術效率變動（η）來看，陸資（0.145）、台港澳資（0.148）及外資企業（0.082）均呈現效率值逐年向上提升之趨勢，其中台港澳企業的提升速度最快，陸資企業次之，外資企業較為緩慢。此結果顯示，中國陸資企業可能是受到外人直接投資所產生的外溢效果之影響，一方面投入大量資本，一方面吸收外資帶來的新技術，加上在國際市場的競爭壓力下，使其在技術效率值的表現上明顯快速提升。此結果與傅豐誠

---

[24] 在本研究討論的這一段期間（2001至2007年），我們看到大量外資流入後，中資企業的生產效率也大量提升，我們猜測可能的原因有二：第一，外資企業帶入較佳的生產技術，然後這些技術外溢到中資企業，從而提高後者的生產效率；第二，外資企業進入大陸後，帶給中資企業更大的競爭壓力，從而導致後者生產效率的提升。無論如何，外資企業的進入如何導致中資企業的提升是一個有趣的課題，值得有興趣的學者做更深入的研究。

之結論相同，陸資企業的效率值是有明顯提升的趨勢。[25]

　　接著，我們再進一步觀察影響三種企業生產效率的主要因素。我們將以經濟區位、產業特性、資本勞動比、人口密度及城市化率作為解釋變數，將此五項解釋變數代入式(8)，來檢視這些因素對於這三種企業的生產效率可能造成的影響，見下表八。

　　在產業特性方面，陸資企業在第一產業（0.04）呈現顯著正相關。此結果顯示陸資企業在發展偏重第一產業的省份，其效率值的表現較高。相反的，台港澳資企業在第三產業（0.21）呈顯著正相關；外資企業在第一產業（-0.06）為顯著負相關、第三產業（0.24）呈顯著正相關。此結果顯示，台港澳資企業與外資企業在發展偏重第一產業的省市的表現均不佳，反而是在發展偏重第三產業的省份有較高的生產效率表現。

　　值得注意的是，陸資企業在偏重於第一產業的省份，其效率值提高，主要原因是在政府的計畫經濟下，對產業進行必要性改革，使第一產業效率提升；但對於台港澳資及外資企業而言，投資形態主要仍在第二產業上，加上近年來，台港澳資及外資企業逐漸轉向發展經濟效益較高的第三產業，故各省份的產業特性不同，會影響其生產效率。

　　資本勞動比方面，陸資（0.02）、港澳台資（0.07）及外資（0.04）企業均呈顯著正相關，表示資本勞動比越高，其生產效率值也會越高。一般來說，第二、三級產業的資本勞動比較高，故對於台港澳資及外資企業來說，由於投資形態大都在二、三級產業，故資本勞動比的高低對其生產效率的影響會較大。表八的結果顯示出，資本勞動比對生產效率的影響確實為正向關係，而其中對台港澳資企業影響最大。此結果說明大陸的投資企業可透過增加資本投入來有效提升產值，達到較佳的效率表現，尤其是台港澳資企業。

---

[25] 傅豐誠，「中國大陸國有企業經營績效的變化」，頁1～29。

表八：影響效率因素的迴歸分析

	陸　　資	港澳台資	外　　資
常數項	0.32***	0.62***	0.28***
	(7.50)	(11.44)	(5.56)
第一產業	0.04*	0.03	-0.06*
	(1.66)	(0.74)	(-1.78)
第三產業	-0.02	0.21***	0.24***
	(-0.38)	(4.51)	(4.43)
資本勞動比	0.02***	0.07**	0.04***
	(14.96)	(2.06)	(4.70)
人口密度	0.01	0.01	0.21***
	(1.24)	(0.64)	(3.24)
城市化率	0.02	0.04**	0.02*
	(1.08)	(2.11)	(1.68)
華北地區	-0.14***	0.11**	0.16***
	(-3.43)	(1.98)	(4.15)
華中地區	-0.13***	0.03	0.06
	(-2.98)	(0.43)	(1.26)
華南地區	-0.01	0.06**	0.14***
	(-0.25)	(1.97)	(3.36)
東北地區	-0.21***	-0.01	0.48***
	(-4.03)	(-0.09)	(9.47)
西北地區	-0.21***	0.26	0.14***
	(-4.28)	(0.12)	(2.86)
西南地區	-0.08	0.12	-0.08
	(-1.64)	(2.03)	(-1.37)
σ^2	0.08***	0.09*	0.19***
	(2.90)	(1.93)	(2.77)

資料來源：本研究整理。

說明：(1)符號*、**、***分別表示在90%、95%與99%顯著水準。

　　　(2)產業特性以第二產業為標準組。

　　　(3)經濟地理區位以華東地區（上海、江蘇、浙江）為標準組。

　　人口密度方面，只有外資企業（0.21）呈顯著正相關，陸資、台港澳資企業都沒有顯著性影響，顯示對外資企業而言，投資於人口稠密的地方對其生產效率較具有正面影響效果。

　　城市化率方面，台港澳資（0.04）及外資（0.02）均呈顯著正向相關，而對陸資企業來說沒有顯著性影響，顯示城市化率對台港澳資、外資企業來說是關鍵性因素；另外一個可能是，因為大部分的台港澳資與外資企業，都還是集中投資在城市化率較高的省市之故。

　　在經濟區位方面，陸資企業在華北（-0.14）、華中（-0.13）、東北（-0.21）、西北（-0.21）及西南（-0.08）地區皆呈顯著負向關係；台港澳資企業在華北（0.11）、華南（0.06）及西南（0.12）地區都為顯著正向關係；外資企業在華北（0.16）、華南（0.14）、東北（0.48）及西北（0.14）地區都呈顯著正向關係。結果說明了中國東部及沿海城市，包含長三角、珠三角及環渤海經濟圈等，仍是較吸引外資投資的地區；內陸地區則因投資環境尚未完善，外資企業投資意願尚未明確，故內陸地區的投資環境反而使效率值降低。所以，在經濟區位上仍是影響效率值高低的重要因素。

伍、結論與建議

　　本文根據中國官方所出版的《中國統計年鑑》，以及《中國工業經濟統計年鑑》等資料，研究中國的陸資、台港澳資與外資企業在中國投資生產上的效率表現及影響效率所造成的因素。由於本文在資料上受到限制，故所利用的資料年限為2001至2007年之短期間資料。雖然研究資料範圍在年限上無法延長，多少讓研究結果的有效性有所偏誤，但是本文所得到的估計結果仍十分具有參考價值。

　　本文最主要的研究發現為，2001至2007年，投資於中國大陸的台港澳

資與外資企業的投資績效表現均優於陸資企業。另外，雖然陸資企業的效率值在這七年間都處於最低狀態，但其與台港澳資、外資企業之間的差距越來越小。此說明中國陸資企業在效率表現上的提升，除了投入大量的資本外，外人直接投資所產生的技術外溢效果，可能也促使陸資企業的效率表現逐漸提升。而在過去許多文獻也發現，外人直接投資對中國大陸確實產生正向的技術外溢效果，故對中國大陸的陸資企業來說，技術外溢是使其效率提升的主要原因之一。

　　整體來看，陸資、台港澳資及外資企業在2001至2007年間均處於規模報酬遞增階段。另外，由於外商直接投資為中國帶來發展所需的資金、技術和管理，提高市場的競爭力及效率。故對陸資企業來說，外資企業投資越密集的區域，能讓他們吸收的技術外溢效果越多，在生產效率值的表現會快速增加。所以，陸資企業效率值較高的省份分布在東部沿岸地區，即外資企業聚集的區域。此結果與Markusen and Venable相同，指出當市場越開放的地區，市場機制更有效發揮，企業所面臨的壓力也就越大，故會加速改善其生產效率。[26]

　　在影響效率值因素方面，經濟區位、產業特性、資本勞動比、人口密度及城市化率，仍是影響效率值高低的重要因素，但分別對陸資、台港澳資及外資企業的影響程度及顯著性不完全相同。對陸資企業而言，經濟區位、資本勞動比兩者對其效率值具顯著影響；對台港澳資企業而言，經濟區位、地區產業特性、資本勞動比及城市化率均為顯著影響效率值高低的因素；對外資企業而言，經濟區位、地區產業特性、資本勞動比、人口密度及城市化率均是影響其效率高低的關鍵因素。所以，整體來看，經濟區位及資本勞動比兩者是影響在中國大陸投資效率的重點因素。下表九整理

[26] Markusen, J. R., and A. J. Venable, "Foreign Direct Investment as a Catalyst for Industrial Development," *European Economic Review*, Vol.43 (1999), pp. 335～356.

出陸資、台港澳資與外資效率的顯著影響因素。

表九：陸資、港澳台資與外資的效率值影響因素

企業種類	影響因素
陸資企業	經濟區位、資本勞動比
台港澳資企業	經濟區位、地區產業特性、資本勞動比、城市化率
外資企業	經濟區位、地區產業特性、資本勞動比、人口密度、城市化率

資料來源：本研究整理。

　　吸收外人直接投資是中國大陸對外開放政策中重要組成的部分，它不但能使中國大陸獲得寶貴的資金資源，更重要的是，它帶來了先進的技術、管理經驗及競爭壓力，這些都是中國大陸經濟發展的至關重要因素。自從2001年底中國大陸加入世貿組織後，意味著中國大陸必須接受全球化的規範，須大幅降低關稅與取消非關稅壁壘。而中國政府當局亦加快建立完善的市場經濟體制和減少外資企業在投資上的限制，將中國創造成一個具有吸引力的投資環境，引誘國際上的資本、技術及人才來中國大陸聚集。在外資大量湧入中國大陸之同時，外資的形態與對本土企業的衝擊有日益顯著的影響。

　　由於本研究資料所使用的投入及產出值，是就三十個省分及三種投資資金來源之加總統計來做分析，未能更深入分析不同的產業形態（例：通訊科技、半導體產業）的效率值差異，未來若能進一步取得個別廠商的投入產出資料，則可進一步分析不同產業形態之間效率值的高低，並可進一步比較各種產業形態在各地區效率值的差異。

參考書目

一、　中文部分

中國統計出版社，**中國工業經濟統計年鑑**（北京：中國統計出版社，2002～2008）。

中國統計出版社，**中國統計年鑑**（北京：中國統計出版社，2008）。

高長，「外商企業在中國投資獲利性的決定因素」，**台灣經濟學會年會論文集**（台北：台灣經濟
　　學會，1996），頁67～94。

陳永生，「華裔與非華裔企業大陸投資績效之比較研究」，**中國大陸研究**（台北），第44 卷第
　　8期（2001年8月），頁23～42。

傅豐誠，「中國大陸國有企業經營績效的變化」，**中國大陸研究**（台北），第48卷第4期（2005
　　年12月），頁1～29。

黃智聰、林昇誼、潘俊男，「外資企業在中國大陸生產效率之比較──以工業部門為例」，**遠
　　景基金會季刊**（台北），第4卷第1期（2003年1月），頁93～123。

黃智聰、潘俊男，「1993 年以來中國的地區製造業產業結構的決定因素」，**中國大陸研究**（台
　　北），第45 卷第2期（2002年3月），頁97～123。

二、英文部分

Aigner, D. J., and S. F. Chu, "On Estimating the Industry Production Function," *American Economic
　　Review*, Vol.58 (1968), pp. 826～839.

Aigner , C. A. K., D. J. Lovell and P. Schmidt, "Formulation and Estimation of Stochastic Frontier
　　Production Function Models," *Journal of Economics*, Vol.6 (1977) , pp. 21～37.

Aizenman, J. and Yi, Sang-Seung, "Controlled Openness and Foreign Direct Investment," *Review of
　　Development Economics*, Vol.2, No.1 (1998), pp. 1～10.

Battese, G. E. and T. J. Coelli, "A Model for Technical Inefficiency Effects in a Stochastic Frontier
　　Production Function for Panel Data," *Empirical Economics*, Vol.20, No.2 (1995), pp. 325～332.

Coelli, T. J., D. S. P. Rao and G. E. Battese, *An Introduction to Efficiency and Productivity Analysis*

(USA: Kluwer Academic Publishers, 1998).

Farell, M. J., "The Measurement of Productive Efficiency," *Journal of the Royal Statistical Society*, Series, Part 3 (1957), pp. 253～290.

Forsund, R. Finn, C. A. Knox Lovell and P. Schmidt, "A Survey of Frontier Production Functions and of Their Relationship to Efficiency Measurement," *Journal of Econometrics*, Vol. 12 (1980), pp. 5～25.

Greene, W. H., "A Gamma-Distributed Stochastic Frontier Model," *Journal of Econometrics*, Vol.46 (1990), pp. 141～163.

Jefferson, G. H. and T. G. Rawski, "How Industrial Reform Worked in China: the Role of Innovation, Competition, and Property Rights," *Proceedings of the World Bank Annual Conference on Development Economics* (Washington, DC: World Bank, 1995), pp. 129～170.

Lee, L. F. and W. G. Tyler, "The Stochastic Frontier Production Function and Average Efficiency: An Empirical Analysis," *Journal of Econometrics*, Vol.7 (1978), pp. 385～389.

Lin, C. C., "Production Function, Factor Substitution, and Direct Foreign Investment : A Case Study in Taiwan," *Asian Economic Journal*, Vol.9, No.2 (1995), pp. 193～203.

Lin, C. C. and Y. H. Wang, "A Comparative Study on Production Efficiency of Taiwanese Firms and Their Subsidiaries in Mainland China," *Taiwan Journal of Political Economy*, Vol. 3, No.1 (2000), pp. 69～93.

Markusen, J. R. and A. J. Venable, "Foreign Direct Investment as a Catalyst for Industrial Development," *European Economic Review*, Vol.43 (1999), pp. 335～356.

Meesusen, W. and J. Van den Broeck, "Efficiency Estimation from Cobb-Douglas Production Function with Composed Error," *International Economic Review*, Vol.18 (1977), pp. 435～444.

Shiu, A., "Efficiency of Chinese Enterprise," *Journal of Productivity Analysis*, Vol.17, No.3 (2002), pp. 255～267.

Zheng, J., X. Liu and A. Bigsten, "Ownership Structure and Determinants of Technical Efficiency: An Application of Data Envelopment Analysis to Chinese Enterprises (1986～1990)," *Journal of Comparative Economics*, Vol.26 (1998), pp. 465～484.

台商與全球生產網絡：
資訊電子業與紡織成衣業的比較

曾聖文
（育達商業科技大學休閒事業管理系助理教授）

王振寰
（政治大學國家發展研究所講座教授）

摘要

　　紡織成衣業與資訊電子業的台商，先後將海外投資布局集中至中國大陸，成為國際生產網絡中的重要生產者。兩個產業都同樣著重在OEM與ODM模式，但相較於台灣紡織成衣業在全球價值鏈中地位漸失，台灣資訊電子業反而能在全球價值鏈中不斷提升地位和升級。我們指出，這與台灣資訊電子業的系統廠商／代工集團，不斷提升在產業鏈中的系統整合與全球運籌能力有關，使其在全球商品鏈中的地位不可取代，並且逐步提升；而紡織成衣業則無此能力的發展。

關鍵詞：台商、全球生產網絡、資訊電子業、紡織成衣業

壹、研究問題

對於後進國家而言，其所發展的重點產業如果搭上全球生產網絡，對於帶動該產業技術的學習與升級具有一定的幫助；這是因為當全球主要廠商外包給後進國家廠商生產時，必然由於需要確保產品品質，而導致技術外移給後進廠商。因此，全球商品網絡的開放，有利於後進國家的產業升級。[1] 相對的，在後進國家的產業搭上全球生產網絡之後，如果沒有持續升級，該產業也會因降低生產成本，或因產業轉型等相關因素，造成該產業全球網絡生產據點的持續移轉，形成新一波的全球分工和產業布局。

台灣紡織成衣業與資訊電子業的成長與發展軌跡十分類似，起初皆是因為搭上國際分工體系而發展，帶動了產業的技術升級，同樣在加入全球生產網絡之後集中發展代工生產模式，也依序在1990年代與2000年代起，陸續從台灣向中國大陸及世界其他國家投資及布局。經濟部投審會的統計資料顯示（參見表一），自1952至2009年，台灣對中國大陸投資的紡織成衣業件數，佔其對全球投資的84.99％，金額佔對全球投資的51.17％；在資訊電子業方面，其對中國大陸投資的件數，佔全球投資的63.10％，金額則佔對全球投資的73.21％，顯見中國大陸無論在廠商家數或是投資金額，皆是兩個產業對全球投資的主要區域。

現階段台灣紡織產業為全球第五大，成衣產業為全球三十名，而許多資訊電子硬體產品（筆記型電腦、主機板）持續位居全球第一名。因此，紡織成衣業與資訊電子業的台商先後將海外投資布局集中至中國大陸，成為國際生產網絡中的重要生產者和商品供應者。兩個產業都同樣著重在OEM與ODM模式，但相較於台灣紡織成衣業在全球價值鏈中地位漸漸不再重要，為什麼台灣資訊電子業，反而能在全球價值鏈中的地位不斷升

---

[1] John Humphrey and Hubert Schmitz, "How Does Insertion in Global Value Chains Affect Upgrading Industrial Clusters?" *Regional Studies*, Vol.36 (2002), pp. 1017~1027.

級，建立穩定的地位？我們認為這與台灣資訊電子業的系統廠商／代工集團，建立與不斷提升在產業鏈中的系統整合與全球運籌能力有關，使其在全球商品鏈中的地位不可取代，並且逐步提升。本文將在下一節中說明全球生產網絡的理論架構，接著依序說明台灣紡織成衣業與資訊電子業對中國大陸與全球布局的歷程。最後比較兩者全球生產網絡的特性與驅動結構，並總結本文的研究結論。

表一：台商對外投資家數與金額的地區比例（1952～2009年）

單位：%

地區	紡織成衣業		資訊電子業	
	件數	金額	件數	金額
全球各洲（不含中國大陸）	15.01	48.83	36.90	26.79
亞洲	9.44	31.73	7.78	13.37
北美洲	1.57	9.29	24.83	7.57
歐洲	0.39	1.11	1.59	2.13
中南美洲	2.39	5.34	2.09	3.54
大洋洲	0.11	0.11	0.44	0.17
非洲	1.11	1.25	0.16	0.02
中國大陸	84.99	51.17	63.10	73.21
華北地區	2.89	0.37	3.20	3.85
東北地區	0.54	0.18	0.70	0.44
華東地區	54.82	40.17	30.65	47.83
中南地區	26.05	9.78	27.46	19.48
西南地區	0.54	0.62	0.81	1.49
西北地區	0.14	0.06	0.28	0.12
總計	100.00	100.00	100.00	100.00

資料來源：1. 經濟部投審會，98年核准華僑及外國人、對外投資、對中國大陸投資統計年報（台北：經濟部投審會，2009）。

2. 本研究估算1952至2009年台商對外投資總額／件數各地區之比例。

3. 中國大陸華北地區包括北京市、天津市、河北省、山西省及內蒙古自治區；東北地區包括遼寧省、吉林省及黑龍江省；華東地區包括上海市、江蘇省、浙江省、安徽省、福建省、江西省及山東省；中南地區包括河南省、湖北省、湖南省、廣東省、廣西藏族自治區、海南省；西南地區包括重慶市、四川省、貴州省、雲南省、西藏自治區；西北地區則包括中國大陸其他西北地區的省份。

貳、全球生產網絡與後進國廠商的升級

　　跨國企業的海外投資與國際產業分工，將不同國家的／地區的生產系統，配置在同一個商品鏈或價值鏈中，使得產品的生產活動涉及兩個以上國家的廠商互相連結在一起，形成全球生產網絡或全球商品鏈（global commodity chain）。全球商品鏈的概念主要是指一個終端商品的生產，其實是由一個全球切割而又整合的組織網絡和生產流程所構成；在這個全球商品鏈中，不同位置的廠商，具有不同的權力、利益和機會。[2]

　　Gary Gereffi從世界體系的角度出發，認為商品在全球的分工有著利益和權力的差別，依世界體系區分出的核心國、半邊陲國和邊陲國，其各自廠商之間的國際連結與分工，即意味著核心國廠商位居全球商品鏈的前端，擁有最大的利益和權力，半邊陲或邊陲國家的廠商，則成為位居全球商品鏈的中後端的供應商和製造商，為核心國的廠商提供製造和服務。同時，Gereffi將全球商品鏈分為兩大類：一是購買者驅動（buyer-driven）商品鏈：指由先進國家的品牌銷售商、大型零售商、和貿易服務公司扮演驅動角色，上述先進國家的廠商在不同出口導向國家建立分散的生產網絡，以供應其銷售之終端產品。此類型的代表性產業是以勞力密集和消費財導向的產業為主，例如成衣業、製鞋業等。在此類商品鏈中，核心的控制及驅動權力，來自先進國家的品牌銷售商、大型零售商、和貿易服務公司對市場和行銷的控制能力，而製造部分通常由後進國家的廠商來完成；二是生產者驅動（producer-driven）商品鏈：指全球商品鏈主要由控制生產核心體系的跨國公司所驅動。此類型的代表性產業大多數是資本密集和技術

---

[2] Gary Gereffi, "The Organization of Buyer-driven Global Commodity Chains: How U.S. Retailers Shape Overseas Production Networks," In G. Gereffi and M.Korzeniewicz eds, *Commodity Chains and Global Capitalism* (Westport, Conn.: Praeger, 1994), pp. 95～122；Gary Gereffi and Miguel Korzeniewicz eds., *Commodity Chains and Global Capitalism* (New York: Praeger, 1994).

密集的產業，例如電腦業、汽車業、及航太工業。在此類商品鏈中，核心的控制及驅動權力來自廠商的生產效能和經濟規模，為了降低跨國生產的成本，零組件的國際外包現象非常普遍，特別是在勞動力最密集的生產階段。[3]

　　然而，以上兩種類型的全球商品鏈，並未能窮盡所有的商品鏈類型，以設計和技術標準為主導和控制核心的商品鏈，例如通訊、軟體產業，O`Riain就認為Gereffi的概念並未說明。O`Riain將此類型的全球商品鏈稱為「科技驅動」（technology-driven）商品鏈，在此類型的商品鏈中，最核心的驅動與控制權力來自對技術標準的控制，例如核心廠商英特爾（INTEL）或西門子（SIEMENS）對設計標準和規格的設定與控制，之後中端是應用廠商和系統整合廠商，後端則是提供資訊服務的廠商。由於前端的設計標準廠商，具有控制和協調整個商品鏈的能力，使其能在科技驅動商品鏈中穩座龍頭，獲得巨大技術利得（technological rent），其後的後進國家的廠商，就只能扮演商品鏈中的跟隨者（follower）。[4]

　　跨國企業基於不同的考量，將其生產活動外包給全球不同國家（地區）的廠商，進而透過全球運籌加以整合形成全球生產網絡。從全球商品鏈的角度觀察，不論是購買者驅動、生產者驅動或是科技驅動哪一種商品鏈，全球生產網絡已經成為現今全球重要的產業發展趨勢，不同國家的廠商基於不同的能力，在全球生產網絡中佔據不同的位置，形成商品的全球化治理（governance）架構。全球領導廠商控制並協調全球商品鏈的生產活動，中後端的供應商則扮演被支配的角色，上述的現象，Feenstra稱為

---

[3] Gary Gereffi, "The Organization of buyer-driven global commodity chains: How U.S. retailers shape overseas production networks," In Gereffi, G. and Korzeniewicz, M. eds, *Commodity Chains and Global Capitalism* (Westport, Conn.: Praeger, 1994), pp. 95~122

[4] Sean O'Riain, "The politics of mobility in technology-driven commodity chains: developmental coalitions in the Irish software industry," *International Journal of Urban and Regional Research*, Vol.28, No.3 (2004), pp. 642~663.

「全球貿易整合」和「全球經濟生產分工」間的矛盾統一現象。[5] 在這樣一個全球化的趨勢下，國際間的技術及生產外包活動，加上資通科技對於跨國企業全球運籌活動的幫助，使得技術知識與市場資訊得以快速即時的在全球各據點間流通與移轉，並使得後進國家廠商有機會得以在全球生產網絡中，不斷的學習與進行技術升級，進而縮短後進國家廠商的技術差距與學習速度。[6] 因此，「升級」在此意味「一個廠商在其產品或製程上增加其附加價值的創新能力」。對於參與全球生產網絡的後進國家廠商而言，若能在生產網絡中提高自身的競爭優勢，進而不斷轉換和提升在全球生產網絡中的角色，包括所處的商品鏈位置和產品加值活動，提升其所在國家（或地區）在該分工體系中的地位與影響力，則稱之為「全球生產網絡中的產業升級」。[7]

雖然全球生產網絡的開放和外包，使得後進國家的廠商有機會進行技術學習和升級，但它們如何在一個被先進國家廠商控制的全球生產網絡中達到升級？後進廠商如何可以避免陷入OEM的模式，而持續成為跨國大型廠商的外包商，甚至取而代之？在這議題上，瞿宛文和安士敦有一個重要的「後起者優勢」的假設，那就是：後進國家沒有尖端技術，必須靠生產成熟產品來賺取微薄的利潤。因此除了極力追趕累積技能之外，廠商

---

[5] Robert Christopher Feenstra, "Integration and Disintegration in the Global Economy," *Journal of Economic Perspectives*, Vol.12, No.4 (1998), pp. 31~50.

[6] Dieter Ernst and Linsu Kim, "Global production networks, knowledge diffusion, and local capability formation," *Research Policy*, Vol.31 (2002), pp. 1417~29.

[7] Gary Gereffi, "International trade and industrial upgrading in the apparel commodity chain," *Journal of International Economics*, Vol. 48 (1999), pp. 37-70；Humphrey, John, and Hubert Schmitz, "How does insertion in global value chains affect upgrading industrial clusters?," *Regional Studies*, Vol.36 (2002), pp. 1017~1027；Pietrobelli, Carlo and Roberta Rabellotti, "Upgrading in global value chains: lessons from Latin American clusters," In Giuliani, E. R. Rabellotti and M.P. van Dijk eds., *Clusters Facing Competition: The Importance of External Linkages* (Aldershot: Ashgate, 2005).

必須依賴擴大規模、系統整合，來降低成本，以提升廠商競爭能力和進行產業升級，誠如她們所言：

　　　　後進國家若要改進他們在中等技術產業的績效，同時進入技術層次更高的產業，就必須擴大本國企業組織，投資更多於管理和技術能力，並且在國內及全球擴張生產規模與範圍。第一個做出三管齊下投資——投資於最適化規模的工廠，投資於技術與管理，投資於運銷——的後進國家廠商，將在世界市場上取得後起者優勢。[8]

　　換言之，不論是何種產業，由於後進國家並未掌握到最核心和先進技術，因此需要依賴規模經濟和整合能力，來升級和維持競爭力。瞿宛文和安士敦以電子資訊產業為例說明，[9]不過在所謂傳統產業的台灣製鞋業，我們同樣觀察到「寶成」成功的案例。寶成以擴大規模，系統整合，利用在中國生產、香港上市，和全球運籌帷幄能力，使得全球的鞋類大廠幾乎全成為其客戶。即使某些廠商想要另闢蹊徑，但仍敵不過寶成的系統整合和規模經濟的能力。如鄭陸霖的研究指出，雖然耐吉嘗試自己建立在大陸的外包網絡廠商，然而由於其在大陸的網絡廠商缺乏像寶成一樣的系統整合能力，使得其鎩羽而歸，最後只好重新再與寶成建立合作關係，如此結果更加確立寶成在全球鞋業中關鍵地位。[10]

　　我們以下兩個產業的分析將要指出，同樣都外移到中國生產，而且也同樣都依賴外包，從OEM到ODM；但台灣的紡織成衣業，因為缺乏大規

---

[8]　瞿宛文、安士敦，超越後進發展：台灣的產業升級策略（台北：聯經出版公司，2003），頁2。

[9]　同前註。

[10]　鄭陸霖，「一個半邊陲的浮現與隱藏：國際鞋類市場網絡重組下的生產外移」，台灣社會研究季刊，第35卷（1999年9月），頁1～46。

模的系統整合廠商，直接面對市場，使得紡織成衣業上下游之間缺乏整合關係。相對而言，資訊電子業則從OEM到ODM之後，逐漸形成全球生產網絡中的關鍵生產者，扮演商品鏈中重要的整合者，並在商品鏈中逐漸升級到不可取代的地步。

參、產銷分工：台灣紡織成衣產業的外移與布局

一、產業海外投資歷程與布局

　　台灣紡織成衣廠商約自1970年代中期開始，與全球品牌大廠建立代工關係，並從日本引進生產技術，1980年代快速融入國際分工體系，主要從事國際品牌的代工。1986年左右，由於當時台灣工資上漲、勞工短缺、環保意識抬頭、土地價格上揚、東南亞與中國大陸新興工業國家積極招商引資等因素，台灣紡織成衣廠商為了降低生產成本，開始大量進行海外投資，將製造部門外移到工資低廉的東南亞國家與中國大陸，以利用當地廉價的勞動與土地，初期則以代工生產為主。[11] 在東南亞的海外投資，早期包括馬來西亞、印尼與泰國等國家，但因為馬來西亞後來發展重點的產業從紡織工業轉向電子產業，印尼後來受金融風暴影響政經情勢不穩，泰國也調整產業發展政策，故在政府開放紡織成衣業赴中國大陸投資後，對以上三國的海外投資顯著減少。此外，越南在開放外人投資之後，其低廉的勞動與土地成本，使得越南成為除中國大陸之外，紡織成衣業的熱門投資據點，例如台南紡織、福懋紡織、中興紡織等企業，在越南當地的投資主

---

[11] 陳德昇，「經濟全球化與台商大陸投資：策略與布局」，載於陳德昇編，經濟全球化與台商大陸投資：策略、布局與比較（台北：晶典文化公司，2005），頁149～182；蔡淑梨，「台灣紡織成衣業全球運籌動機與據點布局相關研究」，紡織中心期刊，第14卷第1期（2004年1月），頁1～21。

要以生產紡紗、織布與成衣服飾為主。[12]

　　除了東南亞國家之外，基於墨西哥及中美洲國家享有對美國的優惠關稅、免配額及靠近美國廣大市場等誘因，台商也對北美洲墨西哥及中美洲部分國家（例如：尼加拉瓜、宏都拉斯與薩爾瓦多）進行海外投資，其共同特色為自備資金、原料、訂單、機器設備及移植在台灣既有的生產線作業與管理經驗，進行品牌代工生產運動衫、牛仔褲、男襯衫、女上衣等產品銷往美國市場。[13] 除了中美洲之外，台商也因為「美國非洲成長暨機會法案」（AGOA）享有免關稅及外銷美國之配額，因此台灣紡織業也到非洲南部投資（例如：賴索托），主要做美國名牌Levis及Lee等名牌牛仔服飾的代工生產。[14]

　　台灣紡織成衣業對中國大陸投資初期，集中在福建省（例如：廈門、福州、泉州等地）、廣東省（例如：東莞、汕頭、深圳、中山等地）、浙江省（例如：杭州、寧波）、上海市等地，其中，福建、廣東與浙江省多為中小型的獨資製衣或服裝廠，上海市則為現代化的紡織工廠。[15] 1990年代台灣紡織業赴大陸投資金額迅速成長，1993年，政府放寬企業到中國大陸投資的限制後，許多紡織大廠或上市公司紛紛到對岸投資，紡織業在中國大陸的投資因而從中下游轉向中上游發展，其投資形態從早期的小型製衣服裝廠，逐步轉變為中大型的化纖廠與織布廠。[16] 2000年以後，台灣紡織成衣業對中國大陸投資有趨緩之趨勢，不僅件數減少，且投資金額也逐年降低，尤其是成衣業，在件數及金額上皆顯著減少（請參見表二）。經歷約二十年的投資與布局，根據經濟部投審會的統計，台灣紡織成衣業對

---

[12] 高長、楊景閔，「製造業台商全球布局對台灣產業發展之意涵」，載於陳德昇編，經濟全球化與台商大陸投資：策略、布局與比較（台北：晶典文化公司，2005），頁281～306。

[13] 高長、楊景閔，「製造業台商全球布局對台灣產業發展之意涵」，頁299～300。

[14] 高長、楊景閔，「製造業台商全球布局對台灣產業發展之意涵」，頁281～306。

[15] 丁予嘉，「台灣紡織業在大陸投資現況」，經濟前瞻，第6卷第3期（1991年7月），頁46。

[16] 高長、楊景閔，「製造業台商全球布局對台灣產業發展之意涵」，頁295～300。

大陸主要投資布局於江蘇省、廣東省、上海市、浙江省及福建省（請參見
圖一），並在當地形成密集的產業聚落。

表二：紡織成衣業赴中國大陸投資概況（1991～2009年）

年	1991～2003	2004	2005	2006	2007	2008	2009
紡織業							
件數（個）	946	39	28	32	24	7	10
金額（億美元）	12.66	1.50	1.48	1.10	1.03	1.03	0.6
成衣業							
件數（個）	1208	31	28	9	11	1	4
金額（億美元）	5.43	0.45	0.40	0.55	0.57	0.28	0.56

資料來源：經濟部投審會，98年核准華僑及外國人、對外投資、對中國大陸投資統計年報。

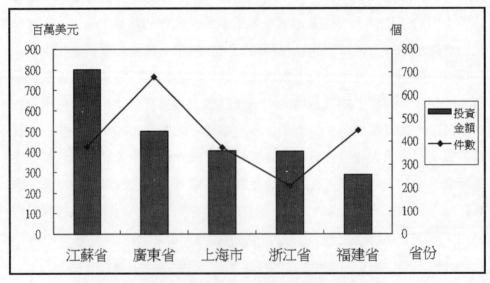

圖一：台灣紡織成衣業投資中國大陸省份前五名

資料來源：本研究計算整理自：經濟部投審會，98年核准華僑及外國人、對外投資、對中國大陸投
資統計年報。

　　由於台商在生產技術、管理經驗與自動化程度等方面具特有優勢，故一開始在中國大陸的投資，主要是成衣業與紡織業下游廠商，偏重於利用當地低廉勞動力與土地成本的生產性投資，並大量出口到美國，台灣因石化業發達且紡織業自動化程度高，故上中游的纖維、紡紗、織布及染整仍維持在台灣發展，[17] 但隨著台灣投資環境的惡化、中國大陸廣大市場逐步成熟，為了更靠近市場需求降低運輸成本，許多大型紡織業中上游也將生產據點布局於江蘇、浙江（例如：得力實業在杭州投資長短纖維布廠）、上海（例如：佳和集團在上海投資毛紡廠和長纖維布廠）與廣東等地。同時，著眼於開拓中國大陸各區廣大市場，透過陸商、外商及台商的四大種類通路，[18] 並嘗試自創品牌與通路（例如：台南企業自創TONY WEAR品牌，並在中國大陸已有數百家以上的直營店，建立自有通路）。因此，台商對於中國大陸的投資，由原先大量的外銷生產性投資逐步轉為內銷性投資。[19]

二、台灣紡織成衣業的全球生產網絡治理機制

　　從產業分工的觀點，台商大都將技術研發部門、高階產品生產部門、營運總部、行銷部門放在台灣，使台灣母公司成為設計開發、品牌行銷的全球運籌管理與設計中心。將需要大量勞工與原料的生產部門與行銷部門，布局在中國大陸華中、華南一帶，將對美出口的生產部門也布局在東南亞、墨西哥、中美洲等地，並在美國設立行銷部門，負責市場開拓與通

---

[17] 劉瑞圖，「台灣紡織業大陸投資現況及影響」，紡織月刊，第67期（2002年1月），頁13～14。

[18] 四大通路包括：1.百貨公司、購物中心、量販店；2.零售店；3.取貨自售（例如廣州虎門）；4.郵購及網購。參見：丁又培，「如何結合台灣上中下游紡織業利用品牌共同拓銷大陸市場與台商業者面臨的挑戰」，紡織月刊，第90期（2003年12月），頁14～19。

[19] 馮啟魯，「台灣紡織業在中國大陸之投資現況」，紡織速報，第6卷12期（1998年6月），頁1～5；高長、楊景閔，「製造業台商全球布局對台灣產業發展之意涵」，頁295～300。

路經營。台商大部分都採取「台灣接單，大陸生產」的方式，並有計畫地將台灣與大陸生產基地之間進行產品與市場區隔，大陸生產基地主要目標市場為中國大陸廣大內銷市場，台灣生產部門則負責生產高價位產品，以符合歐美市場及客戶的高標準要求。[20] 例如：佳和集團（旗下包括怡華、佳和與怡中三家公司）在中國大陸上海設立生產基地（大陸怡中），負責生產長織布、毛紡、染整、格子布等產品，並在上海及成都設立行銷據點，台灣（台灣怡華、台灣佳和）則負責生產高價位產品，外銷至歐美等國，並且在台北、紐約與香港設立行銷據點，負責市場行銷與通路經營。同時，佳和集團在台灣設立兩個研發據點，負責開發高附加價值產品，在中國大陸上海也設立研發據點，負責中國大陸生產基地的技術援助，及支援中國大陸紡織市場競爭過程中產品創新與多元性的發展。佳和集團經由全球布局與分工，現階段已成為全世界色織布排名第一的大企業。[21] 綜上所述，在中國大陸的生產據點與台灣母公司及其他海外據點之間，從一開始的水平分工，有逐步轉變為垂直分工的趨勢。

　　進一步檢視台商在現階段全球生產網絡中的位置與角色，有以下的治理機制與議題值得進一步討論：(1)商品鏈屬於Gereffi所謂的購買者驅動模式，也就是其產品仍由外國大型商社、百貨業及品牌代理商來整合生產鏈的運作機能，台灣廠商長年停留在OEM及ODM階段，未能充分掌握貿易自主權；(2)產銷分工的慣性，使得台商僅能靈敏地反應國際買主的生產指令變動，缺乏直接面對市場變動的經驗與能力，商品開發及設計能力受限，對於品牌經營更缺乏經驗，形成空白與缺口；(3)台商擁有上中下游的完整產業鏈與協力生產網絡，但由於沒有建立品牌與技術整合能力，因

[20] 丁又培，「如何結合台灣上中下游紡織業利用品牌共同拓銷大陸市場與台商業者面臨的挑戰」，頁14～19；高長、楊景閔，「製造業台商全球布局對台灣產業發展之意涵」，頁296～297；蔡淑梨，「台灣紡織成衣業全球運籌動機與據點布局相關研究」，頁1～21。

[21] 高長、楊景閔，「製造業台商全球布局對台灣產業發展之意涵」，頁296～297；蔡淑梨，「台灣紡織成衣業全球運籌動機與據點布局相關研究」，頁1～21。

此缺乏主動建構上中下游合作關係的動機，各生產環節的互動與協調仍依
靠外國商社與代理商，形成垂直分工完整，但又各自獨立運作的現象；
(4)產品性質主要仍為生命週期較短的衣著用料，由於設計與開發能力不
足，對於高附加價值與生命週期較長的家飾與工業用紡品的開發與行銷能
力仍不足。[22]

　　許多學者與業界人士對於上述台商在全球生產網絡中的角色與位置，
提出許多產業升級的建議。其中包括：發展跨國經營體系、產品轉型、創
新研發轉型、設計品質包裝轉型再造、製程快速反應、產業高科技紡織轉
型、產品開發策略聯盟等建議。[23] 然而，由於產業特性使得整個商品鏈是
由購買者所驅動，產業若未能形成具有開發國際市場與通路能力的大型商
社（例如：日本是由大型商社負責國際市場開拓），則在整個全球生產網
絡中，仍是由外國商社與大型通路商／代理商來帶領台商現存的完整產業
鏈，指揮各生產環節的運作，則台商在經營品牌與面對市場上仍然存在相
當的缺口，相較於中國大陸已有品牌合作的成功案例（例如：寧波的雅歌
爾集團），[24] 這使得台商要在全球生產網絡中升級受到很大的限制。

---

[22] 黃佩鈺，「全球化與台灣紡織產業的新定位──從產業特質的再檢討出發(1)」，紡織綜合研
　　究期刊，第15卷第1期（2005年1月），頁8～13；劉介正，「台灣因應中國大陸紡織業發展
　　的策略系列報導之四：由行銷、轉型及策略聯盟方向論述」，絲織園地，第42期（2002年10
　　月），頁10～22；劉瑞圖，「台灣紡織業大陸投資現況及影響」，頁14。

[23] 黃佩鈺，「全球化與台灣紡織產業的新定位──從產業特質的再檢討出發(2)」，紡織綜合研
　　究期刊，第15卷第2期（2005年4月），頁3；劉介正，「台灣因應中國大陸紡織業發展的策
　　略系列報導之四：由行銷、轉型及策略聯盟方向論述」，頁16～17；劉瑞圖，「台灣紡織
　　業大陸投資現況及影響」，頁14。

[24] 雅歌爾集團是由寧波地區二十多個上中下游外銷工廠所組成的公司，已融資上市，擁有
　　一百多個分公司及兩萬多名員工，在1999年時委託法國設計工作室企劃並設計品牌行銷，發
　　展大規模量販店，在中國大陸已擴充三百多個自營大型專賣店，兩千多個商場和特許專賣
　　商業網絡點，並且已邁向國際市場。參見丁又培，「如何結合台灣上中下游紡織業利用品
　　牌共同拓銷大陸市場與台商業者面臨的挑戰」，頁14～19；卜國琴，全球生產網絡與中國產業
　　升級研究（廣州：暨南大學出版社，2009）。

肆、台灣資訊電子產業：ODM的整合與全球生產網絡

一、產業海外投資歷程與布局

　　台灣電子資訊廠商約自1980年代中期開始，與全球品牌大廠建立代工關係，搭上電子資訊產業的全球價值鏈，並由早期的純粹代工逐步轉型為設計代工。由於電子資訊產業模組化生產、分散式生產結構、開放的標準架構等產業特性，有利於台灣中小企業廠商進入該產業，並由系統廠商開始建立本地的生產網絡。[25] 在國家機器的制度支持下，半導體產業也從封測產業到晶圓代工產業開始蓬勃發展，晶圓代工產業也帶動大量IC設計廠商的成立。由於半導體產業可謂是電子資訊產業的上游核心元件供應產業，因此，半導體產業的發達間接有助於台灣電子資訊產業在台灣的整合和聚集，提升該產業的競爭能力。

　　1990年代由於生產技術的模組化與數位化趨勢，改變了全球電子資訊產業的生產架構。全球價值鏈中各節點的生產知識，可以符碼化之後，透過網際網路傳遞到全球各生產節點，大幅降低各生產節點之間管理與協調整合的成本，形成「模組化生產網絡」。[26] 因應這樣的生產趨勢，台灣大型代工集團在成本為主要考量的情況下，再加上台灣勞工成本高漲、環保意識抬頭、土地取得不易、幣值大幅波動等因素，開始外移到東南亞及中國大陸。這也使得關聯的上下游供應商隨之一起移轉到中國大陸。

---

[25] Shih-Chung Hung, "Institutions and Systems of Innovation: An Empirical Analysis of Taiwan's Computer Competitiveness," *Technology and Society*, Vol.22（2000），pp. 175～187；王振寰，「空間再尺度化的角力：全球化下的台灣資通訊產業與國家機器」，地理學報，第49期（2007年9月），頁39～54。

[26] James Taylor Sturgeon, "Modular production networks: A new American model of industrial organization," *Industrial and Corporate Change*, Vol.11, No. 3 (2002), pp. 451～496；王振寰，「空間再尺度化的角力：全球化下的台灣資通訊產業與國家機器」，頁43～45。

　　台灣資訊電子業約自1987年開始對外投資，初期是以泰國和馬來西亞為主，主要產品為電腦周邊、電子零組件及電子計算機為主。1990年之後，政府開放對大陸地區間接輸出、投資與技術合作，1990年代初期開始了第一波赴大陸投資的熱潮，此時期主要是勞力密集的中小企業（例如：燦坤、致伸等公司）赴中國大陸投資，其著眼點在於中國大陸低廉的勞動與土地成本，布局地點主要是東莞、深圳與珠海等地，主要產品包括家電、消費性電子、掃描器、滑鼠、鍵盤、電源供應器等。1990年代中後期，許多以出口行銷為目的的大型電子資訊廠商（例如：宏碁、大眾、神達、華碩等公司）或企業聯盟開始向中國大陸進行投資，布局主要的地點為珠江三角洲、蘇州、昆山、吳江、上海等地，生產產品為桌上型電腦、主機板、光碟機等。2000年以來，許多大型資訊電子上市公司，包括兼具市場開發技術／資本密集及零售連鎖廠商（例如：廣達、仁寶、神通等公司），帶領生產鏈中相關廠商赴中國大陸投資，主要產品為筆記型電腦、LCD監視器、連鎖銷售服務等。台灣資訊電子廠商在中國大陸的投資，一開始是集中在廣東與珠江三角洲地區，之後往長江三角洲移動，並已在華東（上海、昆山、蘇州）與華南（東莞、深圳）等地區，形成有效率的生產支援網絡與完整的產業聚落。[27] 同時，台灣電子資訊產業的大量外移，對於中國大陸成為全球第二大的電子資訊產業提供很大的助益。[28] 此外，除了對東南亞與中國大陸的投資之外，由於美國是台灣重要的技術來源母國，也是重要的海外市場。因此，台灣資訊電子廠商也在美國設立了研發

---

[27] 高長、楊景閔，「製造業台商全球布局對台灣產業發展之意涵」，頁289～295；羅懷家，「經濟全球化與台灣電子業布局策略」，載於陳德昇編，經濟全球化與台商大陸投資：策略、布局與比較（台北：晶典文化公司，2005），頁307～330；王信賢，「物以類聚：台灣IT產業大陸投資群聚現象與理論辨析」，載於陳德昇編，經濟全球化與台商大陸投資：策略、布局與比較（台北：晶典文化公司，2005），頁73～110。

[28] 王振寰，「空間再尺度化的角力：全球化下的台灣資通訊產業與國家機器」，頁39～54。

與行銷據點，以確保新技術、新產品資訊源源不斷地輸入台灣，避免技術
的鎖死效應。

　　從表三統計數據顯示：2000年台灣資訊硬體產業產值達470億美元，
海外生產比重約50.9％，在中國大陸生產的比重約佔三成。2004至2005年
海外生產從84.4％大幅增加約十個百分點達到93.2％，中國大陸生產比重
也超越八成。到了2009年，台灣資訊產業產值超過1000億美元，但是有
99.4％的產品是在海外生產，中國大陸生產的比重更高達95.1％。進一步
觀察最能代表電子資訊產業的電子零組件製造業、電腦、電子產品及光學
製品製造業，以及資訊及通訊傳播業對中國大陸投資的概況，最能看到這
樣的趨勢。根據經濟部投審會的統計，電子零組件製造業投資金額上下波
動，但近三年皆在15億美元以上，電腦、電子產品及光學製品製造業自
2003年起金額皆是呈現逐年顯著上升，非製造業的資訊及通訊傳播業也在
近三年有顯著的提升（請參見表四）。經歷約二十年的投資與布局，根據
經濟部投審會的統計，台灣資訊電子業對大陸主要投資布局於江蘇省、廣
東省、上海市、浙江省及福建省（參見圖二）。

表三：台灣資訊硬體產業生產狀況（2000-2009年）

年	2000	2001	2002	2003	2004	2005	2006	2007	2008	2009
資訊硬體產值（億美元）	470	428	484	568	696	809	897	1054	1103	1078
資訊硬體產值成長率（％）	17.8	-8.9	13.1	17.4	22.5	16.2	10.9	17.5	4.6	-2.2
海外生產比重（％）	50.9	52.9	64.3	79.1	84.4	93.2	96.4	97.5	97.5	99.4
中國大陸生產比重（％）	31.3	36.9	47.5	63.3	71.2	81.0	85.4	89.0	89.0	95.1

資料來源：本研究整理自資訊工業策進會，**資訊工業年鑑**（2000～2010年）（台北：資策會資
　　　　訊市場情報中心，2000～2010）。

表四：電子資訊相關產業赴中國大陸投資概況（1991～2009年）

年	1991～2002	2003	2004	2005	2006	2007	2008	2009
電子零組件製造業								
件數（個）	1371	201	121	62	94	197	169	123
金額（億美元）	31.7	8.2	14.8	8.5	16.2	24.3	20.5	18.0
電腦、電子產品及光學製品製造業								
件數（個）	1799	318	194	140	111	43	25	18
金額（億美元）	35.7	9.8	11.4	12.4	14.7	16.9	17.8	10.2
資訊及通訊傳播業								
件數（個）	366	86	97	79	43	62	86	27
金額（億美元）	2.4	0.7	0.5	1.1	0.8	1.5	3.2	1.1

資料來源：經濟部投審會，98年核准華僑及外國人、對外投資、對中國大陸投資統計年報。

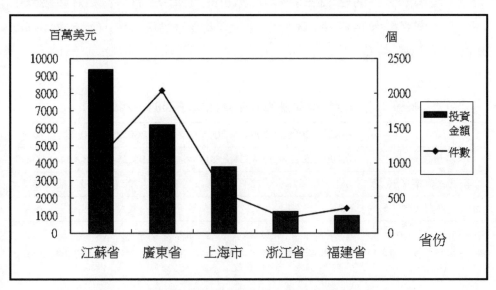

圖二：台灣資訊電子業投資中國大陸省份前五名

資料來源：本研究計算整理自經濟部投審會，98年核准華僑及外國人、對外投資、對中國大陸投資統計年報。

二、全球生產網絡的治理機制與台灣資訊電子業

　　從產業分工的觀點，台灣母公司主要作為行銷／接單、研發／開發、關鍵零組件採購及全球運籌總部，在美國等地設立研發與行銷據點，在中國大陸與東南亞設立生產據點與行銷部門。其中，對中國大陸的投資布局，雖然主要以製造部門與行銷部門為主，從事出口與中國大陸內銷市場的企業活動，但是資訊電子業在中國大陸的生產與供應體系，相較於紡織成衣業來得複雜與多元，基本上台商在中國大陸上下游供應鏈除了關鍵零組件之外已十分完備，[29] 而且在電腦業的全球供應鏈上扮演著主要的供應商角色。從台灣的筆記型電腦在全球市場的佔有率（參見表五），就顯示電腦資訊業在全球的重要角色。從2002年之後，台商在全球筆記型電腦業的佔有率節節上升，到了2006年已經超越90％，2009年更高達95.3％，同時它們在海外，特別是大陸生產的比例也同時節節上升。換言之，台灣電腦資訊產業就是因為利用中國的生產，擴大全球的佔有率，兩者之間高度相關。

表五：台灣筆記型電腦海外生產比重（2001～2009年）

	2002	2003	2004	2005	2006	2007**	2008	2009
出貨量（千台）	18,199	25,238	33,435	50,560	66,906	93,254	123,494	144,427
全球佔有率（％）	61	67	72	87	90	90	92.4	95.3
海外生產比重*（％）	55.8	77.7	80.1	94.5	NA	NA	NA	NA

資料來源：電子時報資料庫、資策會資訊市場情報中心、本研究整理。

註：*2005年後，由於台灣已沒有筆記型電腦生產線，故不另行統計；**2007年起含Netbook。

---

[29] 楊友仁，「產業網絡之領域化與組織治理的對話：以PC產業台商跨界生產網絡為例」，國立台灣大學建築與城鄉研究學報，第14期（2007年8月），頁15～30。

　　為何台灣的資訊電腦業，能夠在外移中國大陸的過程中，逐步建立全球的佔有率？這與以下三個原因有關：第一，台灣資訊電腦產業的技術升級；第二，台灣廠商的全球運籌帷幄能力的提升，使其在全球生產網絡中佔有關鍵供應商地位；以及第三，中國大陸地方政府的支持和配合。首先，在技術能力的提升上，台灣的資訊電腦業從為全球品牌大廠代工，逐漸透過與工研院合作、OEM、自行開發等途徑，逐漸升級到ODM的地位。到了2000年之後，國際品牌大廠已經逐漸不再從事設計和生產，只留下市場行銷的功能，而台商則在技術能力上提升到從設計到製造的整合功能。[30] 在這過程中，部分台商逐漸開展出自有品牌的能力，例如宏碁和華碩。但同時，它們也仍分割出新的公司，持續從事 ODM代工並擴大其生產能力，例如緯創與和碩。

　　台商的技術能力提升，主要表現在系統整合能力上。也就是，台灣系統電腦廠商的能耐不僅表現在生產製造的量產能力上，同時也發展出將各類不同零組件快速組裝為各類規格，以滿足品牌大廠及消費者不同需求的快速差異化能力。台灣系統電腦廠商雖然在系統架構能力部分受制於先進國家關鍵零組件廠商（如英特爾的CPU），它們卻能夠極為快速地將自身生產能力調整至隨時反應市場需求，而不是一味地接收旗艦大廠的OEM訂單。同時，台商在移植與混血的過程中，發現在地環境必要的技術和品質不完備，需要自行製造關鍵零組件，並進行生產系統的垂直整合，這使得台商資訊電子產業的社會鑲嵌跨界延伸到中國大陸，繼續維持網絡的運

---

[30] Dieter Ernst, "Global Production Networks in East Asia's Electronics Industry and Upgrading Prospects in Malaysia," In Shahid Yusuf, M. Anjum Altaf and Kaoru Nabeshima eds., *Global Production Networking and Technology Change in East Asia* (Washington D.C.: The World Bank, 2004), pp. 89～157；James Taylor Sturgeon, "Modular Production Networks: A New American Model of Industrial Organization," pp. 451～496；楊友仁，「產業網絡之領域化與組織治理的對話：以PC產業台商跨界生產網絡為例」，頁15～30。

作，關鍵零組件仍由台灣總部供應與支援，許多關鍵的零組件仍在台灣生產，[31] 這也大幅提升台商對於關鍵零組件與系統整合的技術掌握能力。鑒於電子資訊產品需要訂定標準／規格的產業特性，因此，在決定產品系統規格的方式與流程中，台灣資訊電子代工集團／系統廠商在與品牌客戶間的互動中，不斷學習與增進自身技術與設計能力，其核心競爭力主要在於掌握關鍵零組件的技術應用趨勢。換言之，台灣的代工集團／系統廠商在ODM、OEM的過程中實為技術的整合者，不但可將各關鍵零組件供應商的產品，以及解決方案整合為可商品化應用的技術，也能從系統整合開發的角度將相關技術需求反饋給零組件供應商，對於產業鏈上中下游具有相當的整合能力。[32]

　　由於消費市場的快速成長、高度競爭、顧客忠誠度低，台灣電腦系統廠商得以藉由初期OEM而來的學習能力，逐漸將產業鏈中的產品設計及零件採用的權力自品牌廠商爭取過來，成為兼顧產品設計、規模經濟、範疇經濟及產品差異化的快速反應能力的ODM廠商，這與一般勞力密集的成本追趕型經濟大不同。由於台灣系統大廠的技術能力大幅提升，關鍵零組件的大廠，如英特爾和AMD的新型CPU在開發過程中，已經開始與台灣資訊系統大廠合作，並與其他相搭配之零組件之間進行磨合和整合測試，以免新款式出現時，無法順利運作而導致失敗。[33]

　　其次，台灣電腦系統廠商的競爭力，也來自全球運籌的服務整合。這裡所指稱的服務，不僅指生產製造，還包括了產品設計、維修服務、全球組裝、全球運籌通路及產品配送服務等，這樣的全球布點的優勢可以減低

---

[31] 徐進鈺，「從移植到混血：台商大陸投資電子業的區域網絡化」，載於陳德昇編，經濟全球化與台商大陸投資：策略、布局與比較（台北：晶典文化公司，2005），頁27～44。

[32] 楊友仁，「產業網絡之領域化與組織治理的對話：以PC產業台商跨界生產網絡為例」，頁19。

[33] 同前註。

成本與加快速度，不僅更快地生產，也更快地將產品傳送到客戶或消費者手中。由於從純代工到設計代工生產的過程中，電腦價格一路下跌，加上市場需求波動因素，品牌廠商的產品庫存壓力直接移轉到ODM廠商，迫使台灣電腦廠商必須將生產流程的掌控延伸到生產鏈的每一環節，除了規模經濟的低成本，還有基礎重要零組件廣泛應用的範疇經濟，以供給端的靈活彈性因應需求端的市場變化。市場需求的另一挑戰就是Time to Market的重要性，包括品牌廠商、消費者在內的市場需求，整個供應鏈的時間被壓縮得非常短，更加深了生產上密切合作的必要性。全球的運籌帷幄，成為資訊系統大廠台商競爭力的重要來源之一。

這樣的運籌帷幄能力，同時也是將系統大廠的生產能力，透過網絡延伸到材料供應商。電腦製造廠商必須負責備料、建立發貨倉庫，整體企業管理成本因而提高許多，因此ODM廠商通常採取投資、合資或策略聯盟的方式共存，以資金投入持股，而非直接納入集團內部，讓結盟的公司仍能與其他公司往來，這樣才能確保這些廠商的能力與價格保持競爭力。網絡整合的關鍵是將管理力延伸到零組件廠，重視的是整體的供應鏈管理，共同承擔電腦產業的成本和競爭壓力。例如廣達就曾與供應商建立Q-Bus體系的完整供應鏈，先後在大陸松江廠及常熟廠，陸續藉由參與增資或合組公司等方式，結合協力廠商，讓零組件供應鏈更為完整；仁寶目前在越南設廠也是類似作法。雖然台灣ODM廠商目前生產重心為中國大陸，不過台灣零組件供應商也在中國大陸投資生產，且在信用度、觀念、成本以及產品品質等方面，明顯高過中國大陸本地廠商，以致主要的零組件供應來源仍以台灣進口或中國大陸當地台商供應，形成良好互動的網絡整合。

第三，中國地方政府配合台灣系統廠商的Time to Market需求，在行政上的配合，更使得台商的供貨速度，能與品牌大廠的需求配合，強化其競爭能力。例如，王振寰與李傳楷的論文描寫了昆山市將台灣的制度移植到大蘇州的過程，並建立起類似台灣的制度安排，以滿足台商資通訊產業

所需的速度與彈性。[34] 這點尤其表現在昆山市新建立的加工出口區上。首先，它強調高效率且安全的直達式通關服務；其次，它盡可能簡化通關及稅務流程和手續；第三、廣泛的採用電子交易系統，這比起官僚化的人工操作有效率得多。上述作法大幅提升集裝中心所需的速度與彈性。相較於自由貿易區，個人電腦與筆記型電腦通關時程已由七十二小時縮短到四至六小時，整機出貨給客戶的時間也從原本的十四天減少到只需七天。昆山市是第一個引進此套新制度的地方。然而，由於中國各地方政府的激烈競爭，最初是比鄰的蘇州市，隨後是其他區域，這套制度安排很快的便擴散出去。由於這套仿自台灣的制度搭配成功轉移，台商享受到與以往在台灣相同，甚至是更具效率的服務，也促使台商的生產網絡（從台灣）移植於中國的土地上。

　　以上三個因素，使得台灣的資訊電腦業在移植大陸的過程，也強化了競爭能力。這樣的能力，體現在規模、速度和彈性的優勢原則上。如瞿宛文與安士敦所言，台灣資訊業的升級，是透過投資於最適化規模的工廠，投資於技術與管理，投資於運銷的三管齊下的策略達成的。而這樣的能力，使得台灣電腦廠商能提供從產品設計，到配送維修的全方位配套方案，讓品牌大廠幾乎只要專賣電腦銷售即可。因此電腦業的全球生產網絡，其實背後就是台灣大型關鍵代工廠所構成。台灣個人電腦產業從初期的模仿，陸續提升到現在從零組件到整個通路的完整個人電腦產業，使得世界各大品牌廠商都必須大幅仰賴台灣廠商配合；美國《商業週刊》（*BusinessWeek*）將此稱為「全球經濟的隱形中心」（the hidden center of global economy）。

---

[34] Wang, Jenn-Hwan and Chuan-Kai Lee, "Global Production Networks and Local Institution Building: The Development of the Information-technology Industry in Suzhou, China," *Environment and Planning A*, Vol. 39, No. 8 (2007), pp. 1873~1888.

伍、結論與討論

　　本文探討兩個同樣將海外投資布局集中至中國大陸，成為國際生產網絡中的重要生產節點、同樣著重在OEM與ODM模式的產業——台灣紡織成衣業與資訊電子業，其在全球價值鏈中的地位為何有所不同？本文指出，相較於紡織成衣業在全球商品鏈中的地位，由於台灣資訊電子業的系統廠商／代工集團建立與不斷提升在產業鏈中的系統整合與全球運籌能力，使得其在全球商品鏈中的地位不可取代，並且逐步提升。同時，本文的結論也呼應瞿宛文與安士敦的觀點，對於後進國家而言，並沒有制定產品規格與尖端技術的優勢，除了依靠量產成熟產品獲取微薄的邊際利潤之外，廠商必須擴大規模、提升技術與系統整合能力，在全球商品鏈中扮演關鍵的整合者，方有可能提升競爭力和進行產業升級。

　　綜合本文的研究發現（參見表六），從全球商品鏈的角度，台灣紡織成衣業與資訊電子業同樣因為搭上國際分工體系而發展，並且在相似的外在時空背景與要素成本考量下，進行海外投資與全球布局，同樣將投資與製造重心放在中國大陸發展產業聚落，成為該產業全球生產網絡中的重要生產節點。不過，紡織成衣業所形成的產業聚落雖然垂直分工完整，卻呈現各自獨立運作的現象；相對的，資訊電子業形成由系統商／代工集團指揮整合的完整垂直分工聚落，雖然兩者的企業活動都是OEM與ODM，但是其本質卻大有不同。

　　由於紡織成衣業台灣領導廠商資本規模相對較小，且僅有部分廠商對特定技術具自行開發與製造能力，對產業上中下游缺乏技術整合能力，偏向較單純的OEM與ODM，再加上長年接受外國旗艦品牌／代理商生產指定的慣性，直接面對市場變動的行銷經驗與設計能力不足，產業服務整合能力較缺乏。因此，台灣紡織成衣業在全球商品鏈中的主要角色與位置，偏重在為外國旗艦品牌與代理商進行OEM、ODM生產，但缺乏整合產品

鏈的地位和能力。而台灣資訊電子業由於自身技術整合與設計能力不斷加強與提升，台灣領導廠商的資本規模已位居世界級大廠水準，在市場面具有全球市場的行銷與通路開發經驗與能力，因此能夠在技術面與旗艦品牌大廠和先進國家關鍵零組件供應商之間，呈現技術合作夥伴關係。這些廠商的能耐如今已能自行整合和製造部分關鍵零組件，並帶領零組件供應商的技術升級與品質管理，故其在接受國際旗艦品牌大廠的訂單之後，能有效整合與協調供應鏈生產，配套完整的產銷服務系統。因此，台灣資訊電子業在全球商品鏈中的主要角色與位置，已升級至具有前後端技術整合能力，台商在全球資訊電子生產網絡中位居技術關鍵整合者及關鍵生產者地位。

本文已指出技術整合與全球運籌能力，對於後進國家廠商在全球生產網絡中地位與升級的影響。由以上討論，對現今產業發展和未來趨勢有以下的看法。首先，紡織成衣業如持續現今模式，將可能或已經成為中國百貨業的下游。在Gereffi等人的研究指出，紡織成衣業這樣的購買者驅動模式，使得美國的大型百貨業形塑東亞國家的工業發展，帶動了台灣和其他東亞國家的工業化。雖然如今台商大量的外移大陸和東南亞和擴大自身規模，但產業本身仍是利用水平分工，而非利用中國大陸市場來逐漸建立自己垂直整合的商品鏈和指揮權，因此使其地位也逐漸被其他國家廠商取代，甚至未來將成為中國百貨業之「購買者驅動」商品鏈模式下的下游廠商。而在資訊電子業方面，台灣廠商已經建立不可取代的關鍵地位，未來不太可能被取代。而部分廠商，如宏碁和華碩也利用這樣的垂直整合模式，建立品牌。雖然這個模式也可能因為中國市場的龐大，而會有中國聯想和其他廠商成為台商的購買者的情況，但是由於台商生產鏈的垂直整合，其地位不可取代性是很明確的。當然，本文仍有諸多討論未盡周全之處，例如紡織成衣與資訊電子業的產業差異，以及技術性質的不同，對其商品鏈在全球生產網絡地位的影響等，由於非本文討論範圍，不再處理；但仍是本文的研究限制，值得後續進一步加以深究與探討。

表六：全球生產網絡中的台灣紡織成衣業與資訊電子業的比較

	紡織成衣業	資訊電子業
加入全球生產網絡時間點	1970年代	1980年代中期
開始布局中國大陸時間	1980年代中期	1990年代初期
現階段全球分工與布局	1. 台灣：設計開發、品牌行銷、高階產品製造、全球運籌 2. 中國大陸：產品製造、區域行銷 3. 美國：行銷 4. 東南亞、墨西哥、中南美洲、非洲：產品製造	1. 台灣：行銷／接單、研發／開發、關鍵零組件採購及全球運籌總部 2. 美國：研發、行銷 3. 中國大陸：產品製造、區域行銷 4. 東南亞：產品製造
在中國大陸投資布局	江蘇省、廣東省、上海市、浙江省、福建省	江蘇省、廣東省、上海市、浙江省、福建省
主要企業活動	OEM、ODM	OEM、ODM
產業聚落特色	1. 垂直分工完整 2. 各自獨立運作	1. 垂直分工完整 2. 由系統商／代工集團指揮整合運作
系統／領導廠商資本規模	中型	大型
技術整合能力	1. 某些特定技術自行開發與製造 2. 對產業上中下游技術整合能力較缺乏	1. 與旗艦廠商成為技術合作夥伴 2. 部分受制於先進國家關鍵零組件供應商 3. 自行製造與整合關鍵零組件技術發展 4. 整合與帶領零組件供應商的技術升級與品質管理
全球運籌能力	1. 接受外國旗艦品牌與代理上的生產指令 2. 產銷分工，產銷服務整合能力較缺乏	1. 具有全球行銷與通路開發能力 2. 接受外國旗艦品牌大廠的訂單 3. 供應鏈管理與產銷服務整合能力高
全球商品鏈位置	1. 在外國旗艦品牌與代理商「購買者驅動」之後，進行OEM、ODM生產 2. 位居重要生產者地位	1. 在先進國家旗艦廠商「科技驅動」之後，台商具有「生產者驅動」能力，進行OEM、ODM生產，ODM部分已升級至具有前後端技術整合能力 2. 位居技術關鍵整合者及關鍵生產者地位

資料來源：本研究整理。

參考書目

一、中文部分

丁又培，「如何結合台灣上中下游紡織業利用品牌共同拓銷大陸市場與台商業者面臨的挑戰」，紡織月刊，第90期（2003年12月），頁14～19。

丁予嘉，「台灣紡織業在大陸投資現況」，經濟前瞻，第6卷第3期（1991年7月），頁45～49。

卜國琴，全球生產網絡與中國產業升級研究（廣州：暨南大學出版社，2009）。

王信賢，「物以類聚：台灣IT產業大陸投資群聚現象與理論辨析」，載於陳德昇編，經濟全球化與台商大陸投資：策略、布局與比較（台北：晶典文化公司，2005），頁73～110。

王振寰，「空間再尺度化的角力：全球化下的台灣資通訊產業與國家機器」，地理學報，第49期（2007年9月），頁39～54。

李承禹，「台商資訊產業大陸投資之現況與展望」，共黨問題研究，第26卷7期（2000年7月），頁83～94。

徐進鈺，「從移植到混血：台商大陸投資電子業的區域網絡化」，載於陳德昇編，經濟全球化與台商大陸投資：策略、布局與比較（台北：晶典文化公司，2005），頁27～44。

高長、楊景閎，「製造業台商全球布局對台灣產業發展之意涵」，載於陳德昇編，經濟全球化與台商大陸投資：策略、布局與比較（台北：晶典文化公司，2005），頁281～306。

陳德昇，「經濟全球化與台商大陸投資：策略與布局」，載於陳德昇編，經濟全球化與台商大陸投資：策略、布局與比較（台北：晶典文化公司，2005），頁149～182。

黃佩鈺，「全球化與台灣紡織產業的新定位──從產業特質的再檢討出發(1)」，紡織綜合研究期刊，第15卷第1期（2005年1月），頁8～13。

──，「全球化與台灣紡織產業的新定位──從產業特質的再檢討出發(2)」，紡織綜合研究期刊，第15卷第2期（2005年4月），頁1～5。

馮啟魯，「台灣紡織業在中國大陸之投資現況」，紡織速報，第6卷第12期（1998年6月），頁1～5。

楊友仁，「產業網絡之領域化與組織治理的對話：以PC產業台商跨界生產網絡為例」，國立臺

灣大學建築與城鄉研究學報，第14期（2007年8月），頁15～30。

經濟部投審會，98年核准華僑及外國人、對外投資、對中國大陸投資統計年報（台北：經濟部投審會，2009）。

資訊工業策進會，資訊工業年鑑（2000～2010年）（台北：資策會資訊市場情報中心，2000～2010）。

劉介正，「台灣因應中國大陸紡織業發展的策略系列報導之四：由行銷、轉型及策略聯盟方向論述」，絲織園地，第42期（2002年10月），頁10～22。

劉瑞圖，「台灣紡織業大陸投資現況及影響」，紡織月刊，第67期（2002年1月），頁13～14。

蔡淑梨，「台灣紡織成衣業全球運籌動機與據點布局相關研究」，紡織中心期刊，第14卷第1期（2004年1月），頁1～21。

鄭陸霖，「一個半邊陲的浮現與隱藏：國際鞋類市場網絡重組下的生產外移」，台灣社會研究季刊，第35卷（1999年9月），頁1～46。

瞿宛文、安士敦，超越後進發展：台灣的產業升級策略（台北：聯經出版公司，2003）。

羅懷家，「經濟全球化與台灣電子業布局策略」，載於陳德昇編，經濟全球化與台商大陸投資：策略、布局與比較（台北：晶典文化公司，2005），頁307～330。

二、英文部分

Einhorn, Bruce, Matt Kovac, Pete Engardio, Dexter Roberts, Frederik Balfour and Cliff Edwards, "Why Taiwan Matters—The Global Economy Couldn't Function Without It. But Can it Really Find Peace with China?" *Business Week Online* (New York), May, 16, 2005, available from http://www.businessweek.com/magazine/content/05_20/b3933011.htm, cited date: October 27th, 2008.

Ernst, Dieter, and Linsu Kim, "Global Production Networks, Knowledge Diffusion, and Local Capability Formation," *Research Policy*, Vol.31 (2002), pp. 1417～29.

Ernst, Dieter, "Global Production Networks in East Asia's Electronics Industry and Upgrading Prospects in Malaysia," In Shahid Yusuf, M. Anjum Altaf and Kaoru Nabeshima eds., *Global*

Production Networking and Technology Change in East Asia(Washington D.C.: The World Bank, 2004), pp. 89~157.

Feenstra, Robert Christopher, "Integration and Disintegration in the Global Economy," *Journal of Economic Perspectives*, Vol.12, No.4 (1998), pp. 31~50.

Gereffi, Gary, "International Trade and Industrial Upgrading in the Apparel Commodity Chain," *Journal of International Economics*, Vol. 48 (1999), pp. 37~70.

Gereffi, Gary, "The Organization of Buyer-driven Global Commodity Chains: How U.S. Retailers Shape Overseas Production Networks," In Gereffi, G. and M. Korzeniewicz eds, *Commodity Chains and Global Capitalism* (Westport, Conn.: Praeger, 1994), pp. 95~122.

Gereffi, Gary and Miguel Korzeniewicz eds., *Commodity Chains and Global Capitalism* (New York: Praeger, 1994).

Giuliani, Elisa, Carlo Pietrobelli and Roberta Rabellotti "Upgrading in Global Value Chains: Lessons from Latin American Clusters," *World Development*, Vol.3 (2005), pp. 549~573.

Humphrey, John and Hubert Schmitz, "How Does Insertion in Global Value Chains Affect Upgrading Industrial Clusters?" *Regional Studies*, Vol.36 (2002), pp. 1017~1027.

Hung, Shih-Chung, "Institutions and Systems of Innovation: An Empirical Analysis of Taiwan's Computer Competitiveness," *Technology and Society*, Vol.22 (2000), pp. 175~187.

O'Riain, Sean, "The Politics of Mobility in Technology-driven Commodity Chains: Developmental Coalitions in the Irish Software Industry," *International Journal of Urban and Regional Research*, Vol.28, No.3 (2004), pp. 642~663.

Pietrobelli, Carlo and Roberta Rabellotti, "Upgrading in Global Value Chains: Lessons from Latin American Clusters," In E. Giuliani, R. Rabellotti and M.P. van Dijk eds., *Clusters Facing Competition: The Importance of External Linkages* (Aldershot: Ashgate, 2005).

Sturgeon, James Taylor, "Modular Production Networks: A new American Model of Industrial Organization," *Industrial and Corporate Change*, Vol.11, No. 3 (2002), pp. 451~496.

Wang, Jenn-Hwan and Chuan-Kai Lee, "Global Production Networks and Local Institution Building: The Development of the Information-technology Industry in Suzhou, China," *Environment and Planning A*, Vol.39, No.8 (2007), pp. 1873~1888.

台商對中國大陸投資分工策略及其績效評估

林惠玲

（台灣大學經濟系教授）

鈕蓉慈

（台灣大學經濟系碩士）

摘要

　　本文主要探討台商對中國大陸投資，影響母子公司生產分工形態的因素，並進一步探討不同分工的績效是否有差異。本文採用2003至2007年經濟部對外投資 資料研究台商兩岸分工形態，並利用2004、2005年的資料分析影響分工策略之因素及其績效。

　　實證結果發現廠商在2003至2007年間，水平分工最多，垂直分工次之，無分工最少。在2007年，水平分工中又以兩岸生產相同產品，但台灣較高級或種類較多的方式為最多；而垂直分工則是大陸生產，台灣銷售的垂直分工為最多。與2003年相比較，分工的形態確實有改變。實證結果發現：規模較小，資本密集度較低，早去大陸投資，以及大陸子公司的外銷比例較高的台商採取垂直分工較多。此外，研發密度均對垂直與水平分工有正影響，顯示研發創新對垂直分工與水平分工相當重要。最後我們發現，水平分工績效較垂直分工大，但垂直分工中的向前垂直，則是所有細類分工中績效最大的。

關鍵詞：兩岸分工、績效、垂直分工、水平分工、多項羅吉特模型

壹、前言

　　自1980年代以來，直接對外投資（Foreign Direct Investment, FDI）逐漸取代國際貿易，成為世界經濟的最主要整合力量。[1] 根據經濟合作暨發展組織（Organization for Economic Cooperation and Development, OECD）對直接對外投資的定義，廠商在居住國之外的經濟體，有長期的投資行為時，稱為直接對外投資；而長期的投資行為，則指長期對海外公司的經營具有一定的影響力（OECD, 1996）。聯合國貿易與發展會議2008年世界投資報告（UNTCAD World Investment Report 2008）的資料顯示，自1982至2007年，全球直接對外投資以平均每年大於10%的速率成長，其成長速度遠超過全球生產額與全球出口金額。以2007年為例，對外投資直接流出量高達2兆美元，由此可知，對外直接投資隨著全球化的發展，在國際經濟上扮演日益重要的角色。

　　許多傳統文獻，皆認為廠商對外投資，建立在具備優勢資產的前提下，但這個理論並不能完全解釋台灣廠商的對外投資行為。相對於歐、美、日等先進國家的跨國企業而言，台灣廠商的競爭優勢較為欠缺。台灣屬於開發中國家，且廠商的規模較小，不一定具備難以被模仿或超越的優勢資產。[2] 因此，Chen and Chen認為：網路關聯性（network linkage）彌補了台灣企業的競爭劣勢，他們將網路關聯性分成內部關聯（internal linkages）及外部關聯（external linkages）兩種，並將焦點置於外部關聯上，將外部關聯又再分為策略性連結與關係性連結。認為台商藉著「策略性連結」（strategic linkage），取得技術，提升生產水準，藉著「關係性

---

[1] 世界投資報告（UNTCAD）"Transnational Corporations and the Infrastructure Challenge," *World Investment Report 2008* (New York: United Nations Conference on Trade and Development, 2008).

[2] Stephen Hymer, "The International Operations of National Firms: A Study of Direct Investment," Ph.D. dissertation, Massachusetts Institute of Technology (1960).

連結」（relational linkage），強化原有的生產網絡及產銷體系。廠商彼此間的連結，不僅促進台灣企業的對外投資，也降低了對外投資的風險，在台商的對外投資行為中，扮演相當重要的角色。[3] 然而，Chen and Chen對於廠商的內部關聯討論不多，而這正是本文想要探討的議題。廠商母公司與對外投資所成立的子公司之間，所建立的連結與合作關係，特別是企業內的分工，是如何運作的？廠商母子公司間的分工策略是受哪些因素影響，以及分工策略是否會影響其績效？均為本文探討的課題。

政府於1992年9月18日首度開放企業對大陸進行直接投資。自此之後，中國大陸已逐漸成為台商對外投資最多的地區，台灣廠商藉由對大陸投資的方式，尋找最有效率的方式進行生產。其主要目的有二：一是尋找生產基地，降低生產成本；二是擴大銷售市場。[4] 台商與大陸間的生產如何分工以達到最有效率的生產，發揮兩岸的優勢？此外，廠商在台灣與大陸的企業分工方式，是否受到台灣母公司的特性影響呢？有哪些母公司的特性會影響台商兩岸的分工方式？這些特性的影響方向為何？此外，廠商兩岸的分工方式，是否會影響整個公司的績效？這些都是值得探討的課題。

近年來，許多文獻研究台商在兩岸間分工的現況並提出建議，部分文獻將焦點限縮於單一產業，討論在該產業中，廠商兩岸的分工行為，讓我們得以了解不同產業廠商，在兩岸分工策略的差異。然而，鮮少文獻討論影響廠商分工行為的因素，且大都以個案分析，或者單就一個產業來討論。此外，文獻中對於廠商分工的討論，多侷限於水平分工與垂直分工兩種，沒有將分工行為再細分，可能無法完整描述廠商分工行為。因此，我們也希望藉由將分工行為做進一步的分類與分析，以探討台商分工的行

---

[3] H. Chen and T. J. Chen, "Network Linkage and Location Choice in Foreign Direct Investment" *Journal of International Business Studies*, Vol.29, No.3 (1998), pp. 445～467.

[4] 高長，「科技產業全球分工與IT產業兩岸分工策略」，遠景季刊，第3卷第2期（2002年）。

為。因此本文的研究目的在於：探討影響台商在兩岸間不同的分工策略的因素，以及不同策略與績效間之關係。

由於資料的限制，本文選擇以2004與2005年有對中國投資的廠商為研究對象，合併廠商在台灣母公司的資料，以multinomial logit模型，分析對中國投資廠商，兩岸間分工策略的影響因素，並利用ordered probit模型分析分工策略對廠商獲利的影響。

貳、對外投資分工的理論與實證文獻

傳統的對外投資理論，是由古典國際貿易理論中的Heckscher-Ohin（H-O）定理出發，在完全競爭與固定規模報酬的假設下，進行一般均衡分析。傳統理論認為，在資本豐富國，資本的邊際報酬較低，因此，廠商有誘因將資本由資本豐富國移向資本缺少國，並以此為對外投資的理論依據。

然而，在實證上，卻發現許多廠商向條件與母國相近的經濟體進行對外投資，這點顯然是傳統理論無法解釋的。因此，Krugman、Helpman and Krugman修正傳統理論的模型，將其改為不完全競爭與規模報酬遞增的形式。[5] 由於修正後的理論與傳統古典理論不符，因此，這個理論被稱為New-Trade-Theory。這個理論也將對外投資分為兩種：垂直對外投資與水平對外投資，定義垂直對外投資為廠商將產品的不同階段分散於不同經濟體的現象；而水平對外投資則是廠商在不同地區生產完全相同的產品，或者提供相同的服務。此後，許多文獻對於垂直與水平分工的定義與理論模型做出探討，並對不同國家的對外投資行為進行實證分析。

---

[5] P. Krugman, "A model of balance of payments crises," *Journal of Money, Credit, and Banking*, Vol.11 (1979), pp. 311~325；E. Helpman and P. Krugman, *Market Structure and Foreign Trade* (Cambridge: MIT Press, 1985).

一、　垂直分工的理論與實證研究

　　有關對外投資垂直分工的定義，高希均、林祖嘉、高長認為：垂直分工是指不同製程產品，於不同國家生產之分工，或是指企業經營活動間的分工；[6] 劉仁傑則認為垂直分工係指將產品的前後製程分別在不同區域進行，如產品零組件與產品裝配間的分工。垂直分工的目的，主要是利用不同地區對不同製程階段所提供的成本優勢，來降低整體的生產成本，以提高產品在價格上的競爭力。[7] 採取垂直分工的誘因，主要是不同經濟體對於不同的生產階段具有比較利益。[8] 換言之，垂直分工的目的，在幫助廠商減少製造成本的支出。

　　廠商在決定是否進行垂直對外投資時，面臨成本與效益的考量。廠商進行垂直的對外投資，能減少生產過程的成本，發揮不同地區的比較利益；然而，垂直的對外投資也增加廠商的運輸成本與建造廠房的成本。當垂直對外投資所帶來的效益大於所需額外付出的成本時，廠商可能進行垂直的對外投資。

　　過去有關垂直分工的理論模型，均著眼於要素稟賦的不同。Helpman認為企業會進行垂直分工對外投資，完全是為了降低生產成本。因此，企業可能選擇一個要素稟賦與自己完全不同的地方，進行垂直的對外投資。Helpman在沒有關稅與運輸成本的假設下，得出廠商會選擇一個與自己要素稟賦不同的被投資國，進行垂直的對外投資，將生產過程一分為二的結果。Helpman 所指的要素稟賦，不單指原物料價格的差異，也包括勞動成本的高低，認為若被投資國為低技術勞力密集國時，廠商可將生產分為二

---

[6] 高希均、林祖嘉，「台商『大陸投資』對國內產業升級與兩岸垂直分工影響之研究」，經濟部工業局委託研究（1993）；高長，「兩岸產業分工趨勢下台灣如何保住優勢」，貿易週刊，第1662期（1996年），頁4～9。。

[7] 劉仁傑，重建台灣產業競爭力（台北：遠流出版社，1997）。

[8] Keith Head, *Elements of Multinational Strategy* (British: Springer-verlag Publishing, 2007).

個階段，在被投資國進行生產、組裝，而由本國進行販售。[9]

　　Birkinshaw and Hood主張企業採取垂直分工的生產模式，其不同據點所能創造的附加價值並不高，必須透過企業內部進行全面的整合才能發揮綜效。因此，也有學者將垂直分工稱為「垂直整合」。Avenel and Barlet將垂直整合定義為：「一廠商參與超過一個的連續生產階段，或是產品與服務的分配階段，即可稱為垂直整合（vertical integration）或是部分垂直整合（partial vertical integration）。」[10] 此外他們將垂直整合按照生產流程之結構，分為向前垂直整合（forward integration）及向後垂直整合（backward integration）兩種，向前垂直整合係指向同一產業之供應鏈的下游進行垂直整合；而向後垂直整合係指向同一產業之供應鏈的上游進行垂直整合。簡言之，垂直分工，是指企業將產品的前後製程，分別在不同地方進行。垂直分工可分為向前垂直分工與向後垂直分工。向後垂直分工，指廠商向供應鏈的上游進行整合，亦即廠商所開設的子公司，從事母公司的上游生產階段；而向前垂直分工，則指廠商向供應鏈的下游進行整合，亦即廠商所開設的子公司，從事母公司的下游生產階段。

　　在對外投資垂直分工的實證研究，早期有關垂直分工的實證研究均無顯著結果。許多學者探討垂直分工的原因，理論上，廠商進行垂直分工，起因於母子兩國勞動要素稟賦的差異。因此，許多學者以兩國勞動力的差異，衡量廠商子公司的出口金額。結果發現，廠商進行垂直分工後，其子公司出口額的大小，與母子公司間勞動要素稟賦的差異無顯著關聯。[11] 此

[9]　Elhanan Helpman, "A Simple Theory of International Trade with Multinational Corporations," *Journal of Political Economy*, Vol.92, No.3 (1984), pp. 451～71.

[10]　E. Avenel and C. Barlet, "Vertical Foreclosure, Technological Choice, and Entry on the Intermediate Market," *Journal of Economics & Management Strategy*, Vol.9, No.3 (2000), pp. 211～230.

[11]　David Carr, James R. Markusen and Keith Maskus, "Estimating the Knowledge-Capital Model of the Multinational Enterprise," *American Economic Review*, Vol. 91 (2001), pp. 693～708; James R.

外，許多學者也發現，垂直分工並非如理論上所述，只發生在要素稟賦差異很大的國家間，許多已開發國家，也會對要素稟賦相近的工業化國家進行對外投資。[12]

近年來，學者們試圖解釋上述垂直分工在實證上無法解釋的問題，Braconieret、Carr、Markusen 與Markus使用母子國工資的差異而非勞動稟賦的差異，來衡量廠商進行垂直分工的誘因。[13] 他們認為，廠商考量是否進行垂直分工時，考慮的不是母子兩國的勞動要素稟賦，而是兩國間工資水準所造成勞動成本的差異。若以工資來衡量垂直分工的誘因，可以顯著發現，國家間勞動成本的不同，的確讓廠商採取垂直分工。因此，過去對垂直分工可能有被低估的嫌疑，垂直分工在廠商對外投資中，扮演重要的角色。Shatz and Venables 使用美國、歐洲與日本的資料進行實證分析發現，近年來垂直分工確實存在；[14] Marin等則研究德國對中歐的對外投資

Markusen and Keith E.Maskus, "Discriminating Among Alternative Theories of the Multinational Enterprise," *Review of International Economics*, Vol.10, No.4 (2002), pp. 694～707；Bruce A. Blonigen, Ronald B. Davies and Keith Head, "Estimating the Knowledge-Capital Model of the Multinational Enterprise: Comment," *NBER Working Paper, No. 8929* (2002), forthcoming in American Economic Review.

[12] James R. Markusen, "The Boundaries of Multinational Enterprises and the Theory of International Trade," *Journal of Economic Perspectives*, Vol.9, No.2 (1995), pp. 169～189；Robert E. Lipsey, "Foreign Direct Investments and the Operations of Multinational Firms: Concepts, History and Data," in E. K. Choi and J. Harrigan eds., *Handbook of International Trade* (Malden: Blackwell Publishing, 2003).

[13] David Carr, James R. Markusen and Keith Maskus, "Estimating the Knowledge-Capital Model of the Multinational Enterprise," pp. 693～708；James R. Markusen and Keith E. Maskus, "Discriminating Among Alternative Theories of the Multinational Enterprise," pp. 694～707.

[14] Howard J .Shatz and Anthony J. Venables, "The Geography of International Investment," in G. L. Clark, M. Feldman and M.S. Gertler eds., *The Oxford Handbook of Economic Geography* (Oxford: Oxford University Press, 2000).

行為，認為垂直分工相當重要。[15]

台灣研究方面，過去研究製造業對外分工的文獻中，證實許多製造業廠商，在剛開始對外投資的極短時間內，會採取垂直分工，但之後可能有所改變。[16] 也有文獻指出，台商在兩岸投資布局，基本上是將大陸定位為主要的製造重心或生產基地，而行銷（外銷接單）、財務調度、研發等運籌管理業務，則主要仍由台灣母公司負責，屬於垂直分工的方式。[17]

二、水平分工的理論與實證研究

文獻中，認為水平分工是指：廠商在被投資國從事與母國相當類似的生產流程。廠商由對外貿易逐漸發展為對外投資水平分工，是由於運輸成本的高昂與貿易障礙難以克服；而垂直分工則指廠商將生產的不同階段，分布於不同經濟體的行為。不同於水平分工，垂直分工的產生是由於廠商在不同生產階段需要不同的要素投入，而不同國家或經濟體在不同的要素上具有比較利益。[18] 近年來，又有學者將垂直與水平分工再加以細分，形成各種不同的分工策略。

---

[15] Dalia Marin, Andzelika Lorentowicz and Alexander Raubold, "Ownership, Capital or Outsourcing: What Drives German Investment in Eastern Europe?" in H. Herrmann, R. Lipsey and Heidelberg Springer-Verlag eds., *Foreign Direct Investment in the Real and Financial Sector of Industrial Countries* (Berlin: Springer-Verlag Publishing, 2003)

[16] 陳明璋，「兩岸產業分工的省思」，台灣經濟研究月刊，第17卷第2期（1994年），頁49～55；鍾琴，「兩岸製造業分工的可能布局及其對大陸經貿政策之意義」，收錄於兩岸產業分工理論與實際（台北：中華經濟研究院，1996）；李宗哲，「大陸政策新方向」，經濟前瞻，第38期（1995年），頁34～37；洪菁梅，「從台商投資大陸看兩岸產業分工之現況」，中興大學企研所碩士論文（1994年）。

[17] 高長、蔡依帆，「貿易、投資與兩岸產業分工之發展」，發表於中國經濟情勢座談會（台北：政治大學中國大陸研究中心，2007）。

[18] Richard E. Caves, "International Corporations: The Industrial Economics of Foreign Investment", *Economica*, Vol. 38 (1971), pp. 1～27；Keith Head, *Elements of Multinational Strategy*.

　　司徒達賢、沈維平認為：水平分工是依產品線所需投入不同的資源，將各個產品線移至擁有相對競爭優勢的地區，進行生產的分工方式；[19] 葉新興、趙志凌、賴志成則認為是產業間生產階段相同的分工；[20] 胡哲生、林尚平認為是：生產品質相似產品的分工；[21] 洪金火則認為：原生企業與新生企業具有全部或部分相同產品或服務的分工。此外，Head也定義水平分工為：廠商在不同的經濟體，各自提供類似的商品與服務的行為。採取水平分工的廠商，由於母公司與子公司都可以獨立生產商品或提供服務，廠商母公司與子公司之間的互賴程度較低。

　　當廠商希望在C國擴展市場時，通常廠商有兩個選擇：第一，廠商對C國進行水平分工的對外投資；另一個則是廠商以出口方式供應C國市場，不對外投資。進行水平分工的對外投資，相對於直接進行出口，廠商在成本與效益上均有不同。在成本方面，廠商對外投資後，必須付出子公司的固定與變動成本；在效益方面，同樣達到在子國販售商品的目的，對外投資能減少貿易障礙帶來的衝擊，也能減少廠商在子國的運輸成本。此外，對外投資後，廠商對C國的市場能有更快速的反應。研究指出，廠商若投資一個與母國條件相似的國家，則較易採取水平分工。

　　有關水平分工的理論模型，最早提出者為Markusen，認為廠商可能因

---

[19] 司徒達賢，「兩岸電子業分工體系之研究」，發表於跨越大陸投資障礙研討會（台北：行政院大陸委員會主辦，1993）；沈維平，「兩岸分工體系競爭優勢之研究──以電子業為例」，政治大學企研所碩士論文（1993年）。

[20] 賴志成，「多國籍電子零組件企業研發據點配置決策之研究──技術資源與產業分工之整合性觀點」，朝陽科技大學企研所碩士論文（2002年）；葉新興、趙志凌，「兩岸石化業分工可行性分析」，收錄於兩岸產業分工理論與實際（台北：中華經濟研究院，1996）。

[21] 胡哲生，「兩岸分工策略與相對經營能力、投資目標關聯性──汽車零組件業」，輔仁管理評論，第3卷第2期（1996年），頁67～92；林尚平，「不同分工模式及生產形態下台灣企業派駐大陸子公司人員管理模式之個案研究」，科技學刊，第9卷第2期（2000年），頁97～107。

為邊際成本遞增，導致在母國與子國分別建造工廠生產，其固定成本可能小於只在母國建廠，並生產相同數量的產品。[22] Horstman 與Markusen以及Markusen則繼續延續前述理論，討論廠商由母國出口或是對子國投資，由子國供應當地市場的策略選擇。[23] Brainard擴展前述模型，認為當建廠固定成本相對於貿易障礙小時，廠商有誘因水平對外投資。廠商在考慮是否進行水平分工的對外投資時，事實上面臨了一個成本與效益的抵換，廠商進行水平對外投資能較接近被投資國的市場，可以減少運輸成本，理論上稱為"proximity"；然而，進行水平對外投資減少了廠商由單一工廠生產所有產品的規模經濟效果，稱之為"concentration"[24]，由於這個理論認為廠商在這兩個抵換中做抉擇，因此，被稱作是"proximity-concentration approach"。其結論為：當產品的運輸成本較高，或者被投資國的市場廣大，使得廠商對外投資後生產成品較多，平均每單位產品所需的建廠固定成本較小時，廠商有誘因進行水平分工的對外投資。

許多文獻都證實水平分工會出現在要素稟賦相近的國家之間。Brainard以美國廠商的對外投資調查，證實"proximity-concentration approach"，被投資國如果貿易障礙較多、運費較高，則廠商越會由子公司進行當地販售，子公司的營業額就會增加。他也證實美國廠商進行水平分工是以擴展市場為目的。[25] 許多早期文獻皆認為，世界各國的對外投資

[22] J. R. Markusen, "Multinationals, Multi-plant Economies, and the Gains from Trade, "*Journal of International Economics*, Vol.16 (1984), pp.205～226.

[23] Ignatius Horstman and James R. Markusen, "Endogenous Market Structures in International Trade," *Journal of International Economics*, Vol. 20 (1992), pp. 225～247；Markusen, James R., "The Boundaries of Multinational Enterprises and the Theory of International Trade," pp. 169～189.

[24] 這裡的規模經濟效果，指的是廠商所有產品都在同一個工廠生產所能減少的支出，包括廠商對外投資後，多建廠房的固定成本，以及人事費用、人員訓練支出等。

[25] Lael S. Brainard, "An Empirical Assessment of the Factor Roportions Explanation of Multinational Sales," *NBER Working Paper*, No. 4583 (1993).

行為，以水平分工為大宗。[26] 然而，近年來，已有許多文獻指出，水平分工相對於垂直分工可能有被高估的現象。

　　在國內文獻方面，至今有關台商在兩岸企業的分工策略討論，均認為台商採水平分工為主，但仍有部分企業採取垂直分工策略。[27] 許多相關文獻指出，由於台灣經濟變遷，使得國內勞工成本上升，土地成本高漲，台灣勞力密集型的中小企業基於成本的考量，逐漸外移至勞動力豐富、工資便宜的大陸及東南亞等國家進行生產。此種外移的中小企業中仍有不少業者在台灣還留有工廠進行生產，[28] 但基於國內生產成本較高，於是在國內的工廠便轉型生產同類產品，但附加價值較高、技術層級也較高的產品，以求繼續保有市場競爭力，延續產業的生命，並增加企業利潤。[29]

三、兩岸分工的文獻

　　兩岸分工的文獻則較多，這是因為中國大陸是台灣廠商對外投資最多的地區。許多學者紛紛針對不同產業的發展狀況，討論兩岸分工的現況，並對政府如何促進該產業的發展，使廠商在兩岸間採取對台灣經濟發展較為有利的分工方式，提出建議。

---

[26] Robert E. Lipsey, "Foreign Direct Investments and the Operations of Multinational Firms: Concepts, History and Data"；James R. Markusen, "The Boundaries of Multinational Enterprises and the Theory of International Trade, pp. 169～189.

[27] 陳明璋，「兩岸產業分工的省思」，頁49～55；李宗哲，「大陸政策新方向」，頁34～37；張克成，「兩岸產業分工體系之構想」，台灣經濟研究月刊，第17卷第3期（1994），頁27～33。

[28] 陳明璋，「兩岸產業分工的省思」，頁49～55；洪菁梅，「從台商投資大陸看兩岸產業分工之現況」。

[29] 陳明璋，「兩岸產業分工的省思」，頁49～55；洪菁梅，「從台商投資大陸看兩岸產業分工之現況」；林彩梅，多國籍企業論（台北：五南出版社，1992）；曾柔鶯、劉柏宏，「跨國台商投資與分工策略之研究」，台灣經濟，第241期（1997年），頁1～14。

　　高希均與林祖嘉在台商大陸投資對國內產業升級與兩岸垂直分工影響的研究中，將垂直分工分為三個種類：(1)產品上下游垂直分工，(2)企業生產活動上下游分工，(3)產業上下游分工。並進而對台商提出以下建議：(1)企業活動方面：大陸以基礎研究及大規模量產為主；台灣以商品設計、研究開發、市場行銷、生產管理及財務調度為主。(2)產品分工方面：由台灣生產量產的零組件及精密技術組裝的產品；而大陸生產人工量產的零組件及需人工組裝的產品。(3)產業上下游：由台灣負責需大量資本投資及技術投入的上、下游工業；大陸負責需大量勞力及土地的上、下游工業。[30]

　　林昱君等人，接受經濟部國際貿易局的委託，研究兩岸貿易與產業的分工狀況。研究發現，自1980年代，台灣開放產業外移之後，許多廠商由台灣出口中間財，至中國進行加工與裝配。並且認為，早期台商投資大陸以「來料加工，兩頭在外」的投資形式，即由台灣出口中間財，在中國大陸進行加工，並銷往海外市場的方式；而近年來，則以對中國市場的內銷，取代外銷。該篇文章並以1990至2002年間，美國自兩岸進口產品結構的變化，得出台灣出口高階中間財的現象，呈現倍數增長，並認為：現階段台灣產品的利基，為高階的中間財，而中國則因其便宜的勞動成本，對於裝配、最終財貨，具有比較利益。研究指出：兩岸產業分工的發展態勢，按照前述比較利益的分析，屬於向前垂直分工，台灣將中間財出口至中國，並在中國裝配成最終財。[31]

　　吳思華等人對兩岸石化工業現況分析進行研究後，提出以下建議：(1)石化產業的下游產業為勞力密集工業，且下游廠商對中上游廠商具較高忠誠度時，應將上中游產業留在台灣發展，而將下游產業移往大陸發

---

[30] 高希均、林祖嘉，「台商『大陸投資』對國內產業升級與兩岸垂直分工影響之研究」。

[31] 林昱君，對大陸貿易與兩岸產業分工之研究（台北：中華經濟研究院，2003）。

展。(2)若台灣具良好投資環境且其欲發展之產品為高附加價值產品時，應將上中下游皆留在台灣發展。[32] 黃瑞祺等人在我國重要製造業因應亞太區域產業分工之策略的研究中，提出目前人造纖維紡織業的分工方面，台灣及大陸所生產之產品等級相同。建議人造纖維業未來分工，應朝向將中、高品級、高附加價值、多層次加工之產品留在台灣生產；而將中、低品級、低附加價值、低層次加工之產品留在大陸生產。[33] 許振明與陳沛柔研究中小企業的創新與兩岸產業合作，認為兩岸產業分工的形態，隨著台商對中國投資金額的增加，逐漸明朗。並按照不同產業，討論廠商在兩岸的分工方式：

1. 垂直分工方面，他們以電力及電子機械器材業及資訊電子業為例。目前廠商在兩岸間，採取向前垂直的分工方式，廠商自台灣進口原物料，在中國進行加工。然而，該研究也發現，近年來台商也嘗試在中國尋找上游的供應廠商，使得兩岸向前垂直的分工方式略微減弱。

2. 他們並將水平分工分為高低階產品水平分工，與同一產品品質差異化程度之水平分工。認為兩岸水平分工的運作模式為：台商至中國大陸生產低階產品取代台灣出口，但同時也利用台灣所空出來的技術人力去生產較高階的產品，增加高階產品出口的附加價值，並認為兩岸在自行車產業便是採取高低階產品的水平分工。[34]

上述文獻，印證了台商在兩岸的分工行為，會依據產業而有不同行為模式的想法。此外，他們將垂直與水平分工再加以細分，與本文的看法十

---

[32] 吳思華、吳秉恩、林明杰，「建立兩岸石化業分工體系」，發表於投資大陸市場──產業投資與兩岸分工研討會（台北：中華民國管理科學學會主辦，1993）。

[33] 黃瑞祺、楊豐碩、黃秋燕、徐淑美、林錦淑，我國重要製造業因應亞太區域產業分工之策略（台北：台灣經濟研究院，1994）。

[34] 許振明、陳沛柔，「台灣中小企業創新與融資及兩岸產業合作」，財團法人國家政策基金會報告（2002年）。

分相似。然而，文獻中僅就不同產業做初步的統計分析，並未以計量模型進行驗證。此外，我們認為，除了產業別與投資動機之外，廠商本身的特性，對於該廠商兩岸分工行為的決策，也有一定的影響。

參、資料說明與分析

　　本文的研究資料，主要取自經濟部投審會「我國製造業對外投資資料」與統計處的「我國製造業的對外投資資料」。根據經濟部投資審議委員會的資料，1991年，台商對外投資的最主要國家，以美國與馬來西亞等東南亞國家為主；1992年，中國大陸已經躍升為台商對外投資最多的國家，台商對中國大陸的投資行為，基本上維持逐年增加的趨勢。另由圖一顯示，自1991年以來。台商對中國以外地區的投資金額，增加幅度不大，但是台商對全球的投資金額，基本上與台商對中國的投資金額，呈現同步成長的態勢。此外，對大陸投資金額佔了台灣對外投資總額中相當大的比例。

表一：歷年台商對外投資金額前三高的國家

（單位：美金千元）

年別	對外投資 金額最高國家	對外投資 金額次高國家	對外投資 金額第三高國家
1991	馬來西亞 (442,011)	美國 (297,795)	英屬中美洲 (267,870)
1992	中國大陸 (246,992)	英屬中美洲 (238,874)	美國 (193,026)
1993	中國大陸 (3,168,441)	美國 (529,053)	英屬中美洲 (193,626)
1994	中國大陸 (962,209)	英屬中美洲 (568,990)	美國 (143,884)
1995	中國大陸 (1,092,713)	英屬中美洲 (370,160)	美國 (248,213)
1996	中國大陸 (1,229,241)	英屬中美洲 (808,717)	美國 (271,329)
1997	中國大陸 (4,334,313)	英屬中美洲 (1,050,945)	美國 (547,416)
1998	中國大陸 (2,034,624)	英屬中美洲 (1,838,430)	美國 (598,666)
1999	英屬中美洲 (1,359,373)	中國大陸 (1,252,780)	美國 (445,081)
2000	中國大陸 (2,607,142)	英屬中美洲 (2,248,064)	美國 (861,638)
2001	中國大陸 (2,784,147)	英屬中美洲 (1,693,369)	美國 (1,092,747)
2002	中國大陸 (3,858,757)	英屬中美洲 (1,575,077)	美國 (577,782)
2003	中國大陸 (4,594,985)	英屬中美洲 (1,155,197)	香港 (641,287)
2004	中國大陸 (6,940,663)	英屬中美洲 (1,261,566)	新加坡 (822,229)
2005	中國大陸 (6,006,953)	英屬中美洲 (1,261,566)	美國 (314,635)
2006	中國大陸 (7,642,335)	英屬中美洲 (1,822,361)	新加坡 (806,303)
2007	中國大陸 (9,970,545)	英屬中美洲 (1,578,468)	美國 (1,346,020)
2008	中國大陸 (10,691,390)	英屬中美洲 (1,686,462)	新加坡 (697,626)

資料來源：經濟部投審會。

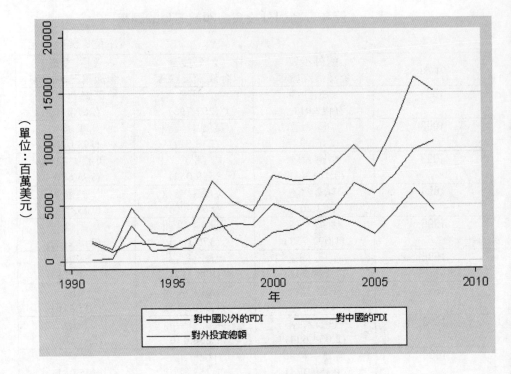

圖一：台商對外投資趨勢

資料來源：經濟部投審會。（單位：百萬美元）

　　由表二，我們發現台商對中國投資，超過七成從事製造業，因此我們以製造業為研究範圍，探討台商對大陸的分工行為。此外，由表二縣市台商對中國投資，以科技類產業較多，電子零組件製造業與電腦、電子產品相關產業，佔台商對中國投資金額，達三成以上。

表二：1991至2008 年台商對中國投資產業分布表

產業別	件數	金額(美金千元)	佔總金額比(%)
電子零組件製造業	2,215	12,412.58	16.43
電腦、電子產品與光學製品業	2,630	11,869.56	15.17
電力設備製造業	2,923	7,092.27	9.39
金屬製品製造業	2,507	4,639.75	6.14
塑膠製品製造業	2,258	3,849.95	5.10
化學材料製造業	770	3,230.18	4.27
機械設備製造業	1,891	3,191.55	4.22
非金屬礦物製品製造業	1,518	3,166.13	4.19
基本金屬製造業	593	2,103.88	2.78
食品製造業	2,230	1,949.19	2.58
紡織業	1,076	1,881.59	2.49
批發及零售業	2,049	2,587.22	3.42
其他產業	14,521	17,586.61	23.27
合計	37,181	75,560.46	100

資料來源：經濟部投審會。

　　接著我們利用經濟部每年調查有關製造業對外投資實況中，「有關母公司與子公司間的產品關聯」的問項資料，來探討母子公司間的分工情形。該問項資料將母公司與子公司間的產品關係分為十三項，表三是2003至2006年對中國大陸投資的製造業台商，兩岸十三種母子公司產品的關聯情形。[35] 由表三可觀察到在2003年最多的情形是「兩岸生產相同的產品，但台灣產品較高級」佔20.91％，其次是「產品品質完全相同，但台灣生產的種類較多」佔15.72％，再其次則為「台灣生產零組件與半成品，大陸裝配及生產成品」佔13.48％；及至2007年是「台灣公司無生產部門，只負責銷售大陸生產的產品」佔17.31％，其次是「產品相同，但台灣產

---

[35] 2004年為單選，其他年為複選，但複選情形不多。

品較高級」佔16.23％，再其次為「產品品質完全相同，但台灣生產的種類較多」佔13.52％。觀察2003至2006年的變化，廠商減少最多的是「台灣生產零組件與半成品，大陸裝配及生產成品」，廠商數增加最多的是「台灣公司無生產部門，只負責銷售大陸生產的產品」。因此可知，對中國大陸的投資由原先的台灣負責上、中游的生產，大陸負責下游的裝配，變為全由中國製造而台灣負責銷售產品。因此對中國投資的廠商，有逐漸將製造部門移往中國大陸的現象，廠商由原本各生產一部分改為採取「台灣接單，大陸生產」的分工策略。

　　根據前述的文獻，母公司與對外投資子公司生產關係，可分為無關係、垂直分工與水平分工。垂直分工可再細分為向後垂直與向前垂直分工。本文將上述母子公司十三種產品的關係，根據垂直分工與水平分工的定義分類，垂直分工：包括台灣只負責銷售、台灣裝配、大陸裝配或生產成品，及大陸負責銷售四種，而前二種又統稱為向後垂直分工，後二種為向前垂直分工。水平分工則依其重要性分為產品相同，但台灣產品較高級且生產種類較多，以及產品不同，台灣生產的附加價值高。其餘的水平分工則簡化歸為同一類，稱為其他水平分工。產品無關係的這一類，我們發現大都是投資產業與原來廠商的產業有很大不同，可視為多角化的生產。

表三：廠商歷年分工策略次數分配表

兩岸間產品關聯	廠商家數				
	2003年	2004年	2005年	2006年	2007年
無關係	101	103	90	90	115
	(7.82%)	(8.06%)	(7.42%)	(7.49%)	(8.89%)
台灣公司生產零組件與半成品	174	103	101	105	111
大陸事業裝配及生產成品	(13.48%)	(8.06%)	(8.33%)	(8.74%)	(8.58%)
大陸事業生產零組件與半成品	71	31	58	37	52
台灣公司裝配及生產成品	(5.50%)	(2.43%)	(4.78%)	(3.08%)	(4.02%)
均生產零組件，但產品不同	52	42	59	71	75
	(4.03%)	(3.29%)	(4.80%)	(5.91%)	(5.80%)
產品不同，但台灣生產的附加價值高	146	201	152	152	140
	(11.31%)	(15.73%)	(12.36%)	(12.65%)	(10.82%)
產品不同，但大陸事業生產的附加價值高	20	17	8	15	21
	(1.55%)	(1.33%)	(0.65%)	(1.25%)	(1.62%)
產品相同，但台灣產品較高級	270	207	246	226	210
	(20.91%)	(16.20%)	(20.00%)	(18.80%)	(16.23%)
產品相同，但大陸事業產品較高級	6	4	12	11	10
	(0.46%)	(0.31%)	(0.98%)	(0.92%)	(0.77%)
大陸事業無生產部門	34	37	57	45	52
只負責銷售台灣公司產品	(2.63%)	(2.90%)	(4.70%)	(3.74%)	(4.02%)
台灣公司無生產部門	132	149	192	196	224
只負責銷售大陸事業產品	(10.22%)	(11.66%)	(15.83%)	(16.31%)	(17.31%)
產品種類與品質完全相同	138	134	133	105	129
	(10.69%)	(10.49%)	(10.81%)	(8.74%)	(9.97%)
產品品質完全相同，但台灣生產的種類較多	203	164	161	166	175
	(15.72%)	(12.83%)	(13.09%)	(13.81%)	(13.52%)
產品品質完全相同，但大陸生產的種類較多	127	86	89	91	102
	(9.8%)	(6.73%)	(7.24%)	(7.57%)	(7.88%)
合計	1291	1278	1230	1202	1294

資料來源：「製造業對外投資實況調查報告」，作者自行整理（註：2004年為單選，其他年為複選，但複選情形不多）。

　　表四可知水平分工約佔68％，垂直分工約佔25％，無分工約佔7％，垂直分工的向後垂直分工，以大陸生產台灣負責銷售的向後垂直為最多，且該策略有越來越多的趨勢。而向前垂直則以台灣生產零組件，大陸裝配成品的向前垂直為主，但此策略有越來越少的趨勢；水平分工中，則以生產相同產品，但台灣較高級或種類較多為最多，其次為其他水平分工，再其次為產品不同，台灣附加價值高的水平分工，但此二種均有減少的趨勢，其他水平分工包括：產品不同但大陸事業生產的附加價值高，產品相同但大陸事業產品較高級或種類較多；產品品質完全相同，但大陸生產的種類較多；產品種類與品質完全相同：均生產零組件但產品不同。綜合而言：其他水平分工有稍微增加的趨勢，而增加的種類是兩岸均生產零組件，但產品不同。

　　由於製造業對外投資的調查資料有限，為了獲得一些廠商性質的資料，利用2004與2005年對外投資分別和2003與2004年工廠校正原始資料串聯，得到三百六十四家與二百六十一家資料，總計為六百二十五家資料。[36] 表五為六百二十五家廠商在各種分工策略的分配表，由表五顯示，我們的樣本同樣的以水平分工最多，有四百三十五家，佔72.1％，其中亦以生產產品相同，台灣產品較高級或種類較多的水平分工為最多，再其次為其他水平分工，以及產品不同但台灣產品附加價值高的水平分工。垂直分工則有一百二十家，佔20％。向後垂直分工較多，而以台灣負責銷售的向後垂直分工為主；向前分工的較少，以大陸裝配的向前垂直分工為主。比較表四與表五的原始樣本與串聯後的樣本在各類別的分配相當一致。

---

[36] 因為我們工廠校正資料最近的只有2003及2004年，所以只串聯這二年。

表四：分工形態分類敘述統計

分工形態	分工形態細部分類		2003 年	2004 年	2005 年	2006 年	2007 年	總計
無分工			101	103	90	90	115	499
垂直分工	向後垂直分工	台灣負責銷售的向後垂直分工	132	149	192	196	224	893
		台灣裝配的向後垂直分工	71	31	58	37	52	249
	向前垂直分工	大陸負責銷售的向前垂直分工	34	37	57	45	52	225
		大陸裝配的向前垂直分工	174	103	101	105	111	594
水平分工	產品不同，台灣產品附加價值較高的水平分工		146	201	152	152	140	791
	產品相同，台灣產品較高級或種類較多的水平分工		473	371	407	392	385	2,028
	其他水平分工		466	613	431	477	506	2,493
總計			1,597	1,608	1,488	1,494	1,585	7,772

資料來源：製造業對外投資實況調查報告，作者自行整理。

表五：分工策略分布統計

分工策略			家數	分工形態細部分類	家數
無分工（多角化）					48 (8.0%)
垂直分工 (120家) (20.0%)	向後垂直分工	83 (13.8%)		台灣只負責銷售的向後垂直分工	66 (10.9%)
				台灣裝配的向後垂直分工	17 (2.8%)
	向前垂直分工	37 (6.1%)		大陸只負責銷售的向前垂直分工	6 (1.0%)
				大陸裝配的向前垂直分工	31 (5.1%)
水平分工 (435家) (72.1%)				產品不同，台灣產品附加價值較高的水平分工	74 (12.2%)
				產品相同，台灣產品較高級或種類較多的水平分工	212 (35.1%)
				其他水平分工	149 (24.7%)
合計					603

資料來源：製造業對外投資實況調查報告，作者自行整理。

　　表六則是無分工、水平分工與垂直分工的比較，在我們的樣本中，採取水平分工的廠商最多，其次為垂直分工，無分工的最少。在台灣母公司的特性方面，採取水平分工的廠商，母公司的營業額、資本密集度、研發密度與純益率都比垂直分工大；採取無分工的母公司規模與資本密集度最大，但研發密集度則最小。就子公司特性而言，採取垂直分工的廠商，平均而言較早至中國大陸投資。此外，採取垂直分工廠商，在中國生產的產品，外銷的比例較高，反之採取水平分工及無分工的廠商，可能較重視中

表六：無分工、垂直分工與水平分工廠商的特性

		無分工	垂直分工	水平分工
母公司特性	廠商家數（家）	48	120	435
	平均營業額（千元）	1,343,452	589,467	997,744
	平均資本密集度	154,167	104,231.4	135,931.7
	平均研發密集度	0.207	1.013	1.129
	平均純益率	0.068	0.052	0.066
中國子公司特性	中國子公司生產產品平均外銷比例	34.40	47.28	25.84
	平均投資年數（年）	6.04	7.8	6.49
	廠商在中國營業額佔所有營業額比率	45	46.317	38.621
投資動機	投資動機是中國便宜勞動力	30家 (62.5%)	81家 (67.5%)	289家 (66.4%)
	投資動機是利用中國天然資源	13家 (27.1%)	20家 (16.7%)	74家 (17.0%)
產業特性	金屬機械工業	9家 (18.8%)	8家 (6.7%)	45家 (10.3%)
	資訊電子工業	13家 (27.1%)	46家 (38.3%)	128家 (29.4%)
	化學工業	6家 (12.5%)	5家 (4.2%)	47家 (10.8%)
	民生工業	20家 (41.7%)	61家 (50.8%)	215家 (49.4%)

資料來源：製造業對外投資實況調查報告，作者自行整理。

國當地的市場。垂直分工廠商以利用中國廉價勞動力為投資動機者，比例上較多，這與理論上，認為採取垂直分工的廠商較考量當地廉價勞動力的比較便宜條件相當吻合。

　　表七則是區分較細類的五種分工與產品無分工六種類型的分工。對中國大陸投資台商的特性，由該表可知，向後垂直分工的台商廠商規模（營業額）最小，可推知台灣的中小企業因成本的壓力，利用中國大陸豐沛勞動力與較低成本，將部分生產移至中國大陸，進行向後垂直分工。此外，我們也觀察到向後垂直的廠商，母公司的利潤率顯然也較低，也較早去大陸投資，大陸生產的營業額比重高，外銷比例最高，資訊電子產業與民生工業最多。而水平分工或無分工的台商，規模則較大；此外，產品相同與產品不同的水平分工，在母公司的特性有大的差異。例如產品不同的分工母公司的研發特別高，但子公司的特性大致相同。在投資動機上產品不同的分工，較會利用中國大陸的勞動與天然資源。

表七：無分工、向後向前垂直分工及三種水平分工廠商的特性

	無分工	向後垂直分工	向前垂直分工	產品不同，台灣產品附加價值較高的水平分工	產品相同，台灣產品較高級或種類較多的水平分工	其他水平分工
廠商家數（家）	48	83	37	74	212	149
母公司特性 平均營業額（千元）	1,343,452	574,075	623,996	1,181,290	1,336,402	424,739
平均資本密集度	154,167	107,110	97,773	151,982	141,799	119,613
平均研發密集度	0.207	0.751	1.60	2.178	1.047	0.723
平均純益率	0.068	0.045	0.070	0.062	0.684	0.064
子公司特性 中國生產產品平均外銷比例	34.40	57.64	35.27	33.32	16.45	35.48
平均投資年數（年）	6.04	8.45	6.35	6.11	6.11	7.214
中國營業額佔所有營業額比率	45	52.725	31.92	31.08	28.69	56.50
投資動機 投資動機是中國便宜勞動力	30家(62.5%)	65家(78.3%)	16家(43.2%)	45家(60.8%)	126家(59.4%)	87家(58.3%)
投資動機是利用中國天然資源	13家(27.1%)	18家(21.7%)	2家(5.4%)	70家(94.6%)	35家(16.5%)	24家(16.1%)
產業特性 金屬機械工業	9家(18.8%)	3家(3.6%)	5家(13.5%)	9家(12.2%)	27家(12.7%)	9家(6.0%)
資訊電子工業	13家(27.1%)	40家(48.2%)	6家(16.2%)	23家(31.1%)	51家(24.1%)	54家(36.2%)
化學工業	6家(12.5%)	1家(1.2%)	4家(10.8%)	4家(5.4%)	25家(11.8%)	18家(12.1%)
民生工業	20家(41.7%)	39家(47.0%)	22家(59.4%)	38家(51.4%)	109家(51.4%)	68家(45.6%)

資料來源：製造業對外投資實況調查報告，作者自行整理。

肆、研究方法

假設第i個廠商有J個方案可以選擇，而其選擇j方案時會有的效益為Uij。此外，根據心理學上隨機效用的觀點，V_{ij} 的效益具隨機性而非確定性，因此i廠商選擇j方案的效益，包括了一個無法預知的誤差項 ε_{ij}，表示如下：

$U_{ij} = V_{ij} + \varepsilon_{ij}$

U_{ij}：第i個個體選擇第j個方案的效用

V_{ij}：可衡量的效用

ε_{ij} ：誤差項，不可衡量的效用

在效益最大化的假設下，則 i 廠商選擇某方案j之機率為該方案所產生效益最大之機率，如下式所示：

$P_{ij} = P\left(V_{ij} + \varepsilon_{ij} > V_{ij} + \varepsilon_{ij}\right)$

P_{ij}是指廠商i選擇方案j的機率，介於0到1之間。

若假設隨機誤差ε_{ij}為相同且獨立（i.i.d）的Gumbel distribution，就可以推導出Multinomial Logit Model。[37] 若此Model之可選擇方案總和為 J，在第i個廠商，選擇第j個方案的機率形態P_{ij}，可以下式表示：

$$P_{ij} = \frac{e^{V_{ij}}}{\sum_{j=1}^{J} e^{V_{ij}}}$$

在本文中，廠商面對不同的分工形態，即不同的選擇方案。我們將分工策略共分為J個，並設$V_{ij} = \beta'_j , X_{ij}$，是影響方案j的解釋變數，例如本文

---

[37] 假設殘差項為IID，使得使用Multinomial Logit Model做實證分析，必須符合independence of irrelevant alternatives (IIA) 的性質。亦即估算出兩兩選項的機率，不會因為選項增加或消失而改變。我們使用HAUSMAN TEST，證明我們的樣本服從IIA的性質。

中，將以廠商母公司的特性、子公司特性、對外投資動機以及產業別作為衡量廠商在不同方案間選擇的解釋變數；至於β則為本文所需估計的係數，藉由這些係數，可以了解不同的解釋變數對於廠商不同方案間的選擇是否有影響，以及影響的方向與大小。另外，我們探討分工對績效的影響，此時績效變數為順序變數：虧損、收支平衡、盈餘，因此利用order probit模型進行實證分析，以探討分工對績效的影響。

伍、變數說明

一、依變數的定義

依變數為分工的類別，我們考慮了三種組合的分工類別來比較，三種類別如下：

1. 分工分為：無分工，垂直分工與水平分工，共三種。
2. 分工分為：無分工，向後垂直分工，向前垂直分工及水平分工四種。
3. 分工分為：無分工，向後垂直分工，向前垂直分工，產品不同台灣附加價值高的水平分工，產品相同台灣種類較多或較高級的水平分工，以及其他水平分工，共六種。

另外，分工對績效的影響，績效的依變數為順序變數，0為虧損，1為收支平衡，2為盈餘。

二、解釋變數的選擇

台商去中國大陸投資，早期因國內的工資上漲，中小企業首先遭遇衝擊。為了降低成本，紛紛赴投資阻礙較少（同文同種）的中國大陸投資，其投資的方式主要為垂直分工，利用台灣的零組件或半成品到中國大陸投資裝配成成品，再利用中國大陸的配額外銷歐美。隨著中國大陸的開放與

技術進步，台灣將生產部門漸漸移至中國大陸生產，台灣只負責銷售。至於水平分工方面，在中國大陸設有不同生產線可能是為了外銷或當地的市場，不過由於水平分工的目的是克服運輸成本或貿易障礙，而在中國大陸從事與台灣相同或類似的生產流程，因此母公司必須有能力在大陸有相當規模的生產，其投資金額較大，且母公司必須具有相當規模，較能進行水平分工。此外，台商對大陸地區的水平分工早期可能較少，隨著中國大陸經濟的發展與開放，國內購買力增加，台商水平分工為大陸市場的產品漸多。因此，水平分工晚期較為普遍。根據以上說明，以及之前的文獻探討，本文選擇的變數主要有：母公司的特色包括：廠商規模，資本密集特性，技術創新水準以及獲利情形；子公司的特性則包括投資年數，子公司的出口比例，以及子公司佔母公司的規模。另外，尚有母公司投資動機以及產業特性，說明如下：

(一) 母公司的特性

1. 廠商規模：我們以廠商母公司前一年營業額，取ln來衡量廠商規模。預期廠商較小較會採取垂直分工，規模較大較會進行水平分工。

2. 資本密集度：我們以廠商母公司前一年固定資本存量除以母公司員工人數，作為資本密集度的衡量方法。資本密集度較低傾向採取垂直分工，資本密集度較高傾向採取水平分工。

3. 研發密集度：我們以廠商母公司前一年研發支出除以營業額，作為研發密集度的衡量指標。研發密集度非常高的廠商，傾向採取大陸只負責銷售的向前垂直分工，以及產品不同但台灣附加價值較高的水平分工。

4. 利潤率：我們以廠商前一年營業收入扣除營業支出，除以營業收入，作為利潤率的指標，這個變數介於0與1之間。陳忠榮與楊志海（1999）認為，當台灣產業不再具有勞力密集優勢時，勞力密集的傳統產業獲利狀況每況愈下，利潤率的下跌，迫使廠商向大陸與東南亞進行投資。而這

類廠商，他們最可能採取的是向後垂直分工，以對外投資的方式，獲取中國便宜的勞動力與原料。因此，我們預期當廠商純益率低時，相較於水平分工，容易採取向後垂直分工。

(二) 子公司的特性

1. 對中國投資年數：我們以廠商接受調查年份，扣除廠商開始投資年份，做出已對外投資年數，作為衡量廠商對外投資的年數。這個變數越大，顯示廠商越早去投資，我們預期早期台商進行較多的垂直分工，而近年來台商較多採取水平分工。

2. 中國廠商的外銷比例：我們以問卷中，廠商自行填寫，中國產品外銷的百分比，作為解釋變數。當廠商將中國大陸視為出口平台，外銷比例較高時，可能利用投資大陸來降低生產成本。因此，廠商有誘因善用兩岸的比較利益，進行垂直分工。

3. 中國營業額佔廠商所有營業額的比率：這是我們的控制變數，將中國子公司營業額佔所有營業額的比率加以控制，能在給定廠商同樣重視中國市場的前提下，觀察其他變數的影響程度。

(三) 對中國大陸投資動機

1. 投資動機是取得中國便宜的勞動力：這是一個虛擬變數，我們使用問卷中，廠商對於對外投資動機的勾選，作為衡量廠商投資動機的解釋變數。廠商若是在投資動機中，勾選「投資動機—為了當地廉價的勞工」這個選項，則將該廠商設為1，若是沒有勾選，則為0，希望藉此可以了解投資動機與分工策略的關聯。我們預期當廠商以中國便宜的勞動力作為投資動機時，相對於水平分工，廠商更容易採取垂直分工。此外，對「台灣只負責銷售的向後垂直分工」與「大陸負責裝配的向前垂直分工」的影響亦為正。

2. 投資動機是取得中國的天然資源：這也是一個虛擬變數，廠商若是在投資動機中，勾選「投資動機—為了當地的天然資源」這個選項，則將該廠商設為1，若是沒有勾選，則為0，希望藉此可以了解投資動機與分工策略的關聯。

(四) 產業特性：

林英峰、洪菁梅、許文宗、陳麗瑛等人、沈維平、蔡渭水等人皆指出：不同的產業會影響分工模式的採行，[38] 我們認為，不同的產業別，可能會影響廠商的分工形態，依據「中華民國行業標準分類」，將製造業分為金屬機械工業、資訊電子工業、化學工業與民生工業作為控制變數。

三、實證結果與分析

(一) 分工的實證結果與分析

表八為無分工、垂直、水平三種分工的實證結果。由表八觀察可知，規模越大廠商較會採取水平分工，驗證了前述水平分工因必須在大陸設置相同或類似生產線與流程，需要投入較大資金，因此較大的廠商傾向會進行水平分工；由母公司資本密集度變數來看，母公司資本密集度越高，將越會進行水平分工或無分工。反之，資本密集度較低，則廠商較會進行垂直分工。研發密集度變數越高均較會採取垂直或水平分工，而無分工的投

---

[38] 洪菁梅，「從台商投資大陸看兩岸產業分工之現況」；許文宗，「台商在兩岸與第三地企業功能分工之探討——以自行車產業為例」，中興大學企研所碩士論文（1996年）；林英峰，「建立兩岸中心衛星分工體系之研究」，行政院大陸委員會委託研究（1993年）；蔡渭水、楊仲偉、徐壽慈，「影響中小企業跨區域分工模式相關因素之研究——以赴大陸投資台商為例」，企業管理學報，第52期（2002年），頁28～57；陳麗瑛、呂慧敏、林宗慶，「兩岸產業分工模式——二十家企業之個案研究」，勞工行政，第115期（1997年），頁35～40；沈維平，「兩岸分工體系競爭優勢之研究——以電子業為例」。

資與母公司的研發較無關；母公司的利潤率對採取分工種類則無顯著影響。由子公司的特性方面的家數來看，投資年數越長，即越早去投資，則採取垂直分工最多，再其次為水平分工與無分工策略。由第七欄垂直分工相對水平分工的比較可知，投資年數的係數0.0618，且顯著可看出早期是採取垂直分工，水平分工較晚進行；另外，子公司的外銷比例的實證結果顯示，外銷比例越高的子公司是屬垂直分工，而不是水平分工或無分工的生產方式。其他的控制變數則較不重要，並未能明顯解釋分工策略的採用。

表九是將垂直分工細分為：向後垂直分工與向前垂直分工，以便了解上述解釋變數，對二種垂直分工是否有不同的影響。實證結果我們發現，母公司的特性如廠商規模、資本密集度、研發密度、投資年數、子公司外銷的比例對向後垂直（主要是大陸生產，台灣負責銷售）的分工，相對於無分工或水平分工有較顯著的影響，而向前垂直分工的策略（主要是大陸裝配的分工）除研發密集度影響較顯著外，其他變數均無顯著重要的影響。此實證結果顯示母公司規模較小、資本密集度低、研發密集度高、較早投資，以及子公司外銷比例高較會採取大陸生產，台灣負責銷售的分工。

表十則顯示將水平分工細分為三類：產品相同但台灣較高級或種類較多，產品不同但台灣產品附加價值高，其他水平分工的實證結果。將水平分工細分的理由，是為了了解前二種重要的水平分工受哪些因素影響。由表十可知，廠商規模較大較會採取「產品相同，但台灣較高級的水平分工」，以及「產品不同，但台灣生產附加價值高的分工」，但資本密集度並無明顯影響。研發密集度是影響水平分工的一個重要變數，研發密集度越高，越會採取三種水平分工，特別是對「產品不同但台灣生產附加價值高的分工」影響最大，其次為其他水平分工，與產品相同但台灣產品較高級或種類較多的分工，此結果與預期的理論一致。

表八：無分工、垂直分工與水平分工multinomial logit model實證結果

解釋變數		垂直分工 相對於無分工		水平分工 相對於無分工		垂直分工 相對於水平分工	
		係數	T值	係數	T值	係數	T值
母公司特性	廠商規模	-0.0842	(-0.67)	0.109	(0.97)	-0.193**	(-2.52)
	資本密集度	-0.322*	(-1.74)	-0.0667	(-0.39)	-0.255**	(-2.37)
	研發密集度	0.647**	(2.30)	0.631**	(2.26)	0.0157	(0.33)
	純益率	-1.744	(-1.02)	-1.014	(-0.69)	-0.729	(-0.66)
子公司特性	投資年數	0.146***	(2.67)	0.0845*	(1.71)	0.0618*	(1.92)
	中國生產產品平均外銷比例	0.00901*	(1.79)	-0.00548	(-1.21)	0.0145***	(4.85)
	中國營業額佔所有廠商營業額的比率	-0.0102	(-1.39)	-0.00205	(-0.32)	-0.00813*	(-1.81)
投資動機	投資動機是中國便宜勞動力	0.111	(0.29)	-0.0197	(-0.06)	0.131	(0.56)
	投資動機是利用中國天然資源	-0.831*	(-1.82)	-0.463	(-1.19)	-0.369	(-1.16)
產業別	資訊電子工業	0.591	(0.92)	0.585	(1.11)	0.00664	(0.01)
	化學工業	-0.0990	(-0.12)	0.255	(0.42)	-0.354	(-0.56)
	民生工業	0.854	(1.46)	0.522	(1.12)	0.331	(0.76)
	常數項	3.949*	(1.58)	0.802	(0.36)	3.146**	(2.04)
	樣本數			603			
	Log Likelihood（χ²）			-416.6955（81.14***）			

註：***表示在1%顯著水準下顯著；**表示在5%顯著水準下顯著；*表示在10%顯著水準下顯著。

表九：無分工、向後向前垂直分工與水平分工multinomial logit model實證結果

	解釋變數	向後垂直分工 相對於無分工		向前垂直分工 相對於無分工		水平分工 相對於無分工		向後垂直分工 相對於水平分工		向前垂直分工 相對於水平分工	
		係數	T值	係數	T值	係數	T值	係數	T值	係數	T值
母公司特性	廠商規模	-0.132	(-0.96)	0.00462	(0.03)	0.108	(0.96)	-0.240**	(-2.56)	-0.103	(-0.85)
	資本密集度	-0.323*	(-1.66)	-0.372	(-1.52)	-0.0694	(-0.41)	-0.254**	(-2.05)	-0.303	(-1.60)
	研發密集度	0.607**	(2.13)	0.701**	(2.47)	0.631**	(2.26)	-0.0242	(-0.36)	0.0704	(1.15)
	純益率	-2.383	(-1.28)	-0.784	(-0.36)	-1.001	(-0.68)	-1.382	(-1.02)	0.217	(0.13)
	投資年數	0.152***	(2.59)	0.119*	(1.71)	0.0834*	(1.68)	0.0683*	(1.77)	0.0359	(0.68)
子公司特性	中國生產品平均外銷比例	0.0129**	(2.42)	0.000309	(0.05)	-0.00550	(-1.22)	0.0184***	(5.21)	0.00581	(1.07)
投資動機	中國營業額佔所有廠商營業額的比率	-0.0101	(-1.29)	-0.0139	(-1.45)	-0.00205	(-0.32)	-0.00802	(-1.51)	-0.0118	(-1.55)
	投資動機是中國便宜勞動力	0.593	(1.39)	-0.595	(-1.27)	-0.0324	(-0.10)	0.625**	(2.04)	-0.562	(-1.57)
	投資動機是利用中國天然資源	-0.626	(-1.29)	-1.744**	(-2.08)	-0.467	(-1.21)	-0.159	(-0.45)	-1.277*	(-1.65)
產業特性	資訊電子工業	1.406*	(1.77)	-0.844	(-1.02)	0.550	(1.05)	0.855	(1.29)	-1.394**	(-2.01)
	化學工業	-0.496	(-0.38)	-0.204	(-0.23)	0.243	(0.40)	-0.740	(-0.62)	-0.447	(-0.62)
	民生工業	1.478	(1.96)	0.0916	(0.13)	0.502	(1.07)	0.976	(1.50)	-0.411	(-0.73)
	常數項	2.921	(1.08)	4.056	(1.26)	0.882	(0.40)	2.039	(1.09)	-0.103	(1.26)
	樣本數	603									
	Log Likelihood（χ²）	-466.5102(129.77***)									

註：***表示在1%顯著水準下顯著；**表示在5%顯著水準下顯著；*表示在10%顯著水準下顯著。

表十：無分工、向後向前垂直分工與三種水平分工 multinomial logit model 實證結果

解釋變數		向後垂直分工 相對於無分工		向前垂直分工 相對於無分工		台灣產品附加價值高的水平分工 相對於無分工		產品相同但台灣產品種類多或高級的水平分工 相對於無分工		其他水平分工 相對於無分工	
		係數	T值	係數	T值	係數	T值	係數	T值	係數	T值
母公司特性	廠商規模	-0.158	(-1.13)	0.0214	(0.13)	0.220	(1.56)	0.232*	(1.89)	-0.0717	(-0.57)
	資本密集度	-0.328*	(-1.65)	-0.384	(-1.55)	-0.0134	(-0.06)	-0.0930	(-0.50)	-0.101	(-0.55)
	研發密集度	0.623***	(2.19)	0.708**	(2.49)	0.743***	(2.65)	0.576**	(2.06)	0.611**	(2.17)
	純益率	-2.415	(-1.29)	-1.043	(-0.47)	-2.002	(-1.04)	-1.404	(-0.86)	-0.493	(-0.31)
子公司特性	投資年數	0.149**	(2.53)	0.120*	(1.72)	0.0775	(1.27)	0.0965*	(1.83)	0.0633	(1.18)
	中國生產產品平均外銷比例	0.0134**	(2.52)	0.00018	(0.03)	0.0024	(0.44)	-0.0124**	(-2.49)	-0.0021	(-0.42)
	中國營業額佔所有廠商營業額的比率	-0.0098	(-1.26)	-0.0142	(-1.49)	-0.0115	(-1.42)	-0.0125*	(-1.80)	0.0120*	(1.72)
投資動機	投資動機是中國便宜勞動力	0.586	(1.38)	-0.572	(-1.22)	0.136	(0.33)	0.0220	(0.06)	-0.141	(-0.39)
	投資動機是利用中國天然資源	-0.635	(-1.31)	-1.748**	(-2.08)	-1.004*	(-1.80)	-0.247	(-0.58)	-0.596	(-1.38)
產業特性	資訊電子工業	1.439*	(1.82)	-0.864	(-1.05)	0.160	(0.24)	0.534	(0.95)	0.903	(1.48)
	化學工業	-0.440	(-0.34)	-0.230	(-0.25)	-0.997	(-1.18)	0.139	(0.21)	1.070	(1.50)
	民生工業	1.528**	(2.02)	0.0780	(0.11)	0.136	(0.23)	0.495	(0.98)	0.878	(1.55)
常數項		3.219	(1.18)	4.006	(1.24)	-2.567	(-0.90)	-0.678	(-0.28)	-0.0717	(0.56)
樣本數		603									
Log Likelihood (χ^2)		-841.2040 (266.56***)									

註：****表示在1%顯著水準下顯著；***表示在5%顯著水準下顯著；**表示在10%顯著水準下顯著；*表示在10%顯著水準下顯著。

(二) 分工與績效實證結果與分析

垂直分工的主要目的，是利用不同地區對不同生產階段有成本優勢，使得整體成本可降低，以提高產品的競爭力。換言之，垂直分工的目的是使廠商減少製造成本的支出，因此當垂直對外投資所帶來的效益大於成本時，則會使廠商的獲利增加。水平分工主要是指在不同的區域，各自投資類似的商品及服務的行為。採取水平分工對外投資的廠商，在成本方面，必須付出子公司的固定與變動成本。在效益方面，可減少貿易障礙帶來的損失。廠商若進行水平分工對外投資，理論上應是效益的誘因較大，而使得水平分工的效益增加。

本節將探討分工對母公司績效的影響。由於母公司利潤資料的缺失，我們利用對外投資問卷中的有關廠商對外投資後，填答對利潤的影響，廠商勾選的項目為虧損、損益平衡、盈餘三項之一。由於該資料為一順序資料，我們將此利潤的資料以0、1、2表示，利用ordered probit model進行分析分工策略對廠商績效的影響。

表十一為垂直與水平分工對廠商績效的實證結果。觀察表十一可知：垂直分工與水平分工相對無分工的係數均為正且顯著，顯示台商對大陸投資採取垂直或水平分工，相對無分工而言，對母公司均有助益。從兩者係數值來看，垂直分工為0.441，水平分工為0.445，影響差異不大，其他影響績效的因子則為廠商規模、投資年數與中國營業額的比率。這些結果顯示，廠商規模越大，獲利越多；越早去投資，獲利亦越佳；中國的營業額比率越高，獲利亦越大。但資本密集度、研發密集度的係數雖為正但均不顯著。研發密集度不顯著的因素，可能因研發密集度僅為單年資料，不易看出其績效。

表十二則為在模型中放入向後垂直、向前垂直、水平分工三個虛擬變數，來研究三種分工對母公司的績效。由表十二可得知，向前垂直分工對母公司的影響最大；向前垂直分工主要包括：台灣製造零組件與半成品、

大陸裝配成品的分工，以及台灣生產、大陸銷售的分工，此種分工是台灣
生產上游或中游，大陸生產下游或行銷。為何此種分工影響績效最大的理
由，則有待進一步研究。此外，我們發現水平分工較向後垂直分工的績效
為佳，另外其他控制變數影響績效顯著的變數均與表十一相同。

　　表十三是比較向後垂直分工、向前垂直分工、產品不同水平分工、產
品相同水平分工、其他水平分工之績效。由表十三可知，向前垂直分工的
策略對公司績效影響最大，其次為其他水平分工與產品相同的水平分工，
而較差的是向後垂直分工與產品不同的水平分工。

表十一：垂直與水平分工ordered probit model績效之實證結果

解釋變數		廠商績效	
		係數	T值
分工策略	垂直分工	0.441**	(2.16)
	水平分工	0.445**	(2.46)
母公司特性	廠商規模	0.103***	(3.16)
	資本密集度	3.18e-08	(0.09)
	研發密集度	0.000305	(0.01)
子公司特性	投資年數	0.0325**	(2.24)
	中國生產產品平均外銷比例	-0.00188	(-1.37)
	中國營業額佔所有廠商營業額的比率	0.00887***	(4.42)
產業特性	資訊電子工業	-0.125	(-0.70)
	化學工業	0.119	(0.55)
	民生工業	-0.0410	(-0.24)
α_1		1.648***	(3.48)
α_2		2.259***	(4.75)
樣本數		603	
Log Likelihood (χ^2)		-617.2112(41.22***)	

註：***表示在1% 顯著水準下顯著；**表示在5% 顯著水準下顯著；*表示在10% 顯著水準下
　　顯著。

表十二：向後垂直、向前垂直及水平分工ordered probit model 績效之實證結果

解釋變數		廠商績效	
		係數	T值
分工策略	向後垂直分工	0.361*	(1.66)
	向前垂直分工	0.606**	(2.34)
	水平分工	0.449**	(2.48)
母公司特性	廠商規模	0.101***	(3.10)
	資本密集度	4.73e-08	(0.13)
	研發密集度	-0.000944	(-0.04)
子公司特性	投資年數	0.0330**	(2.27)
	中國生產產品平均外銷比例	-0.00170	(-1.23)
	中國營業額佔所有廠商營業額的比率	0.00889***	(4.43)
產業特性	資訊電子工業	-0.110	(-0.61)
	化學工業	0.120	(0.56)
	民生工業	-0.0320	(-0.19)
α_1		1.646***	(3.48)
α_2		2.258***	(4.75)
樣本數		603	
Log Likelihood (χ^2)		-616.6688(42.30***)	

註：***表示在1%顯著水準下顯著；**表示在5%顯著水準下顯著；*表示在10%顯著水準下顯著。

表十三：向後垂直、向前垂直及三種水平分工ordered probit model 績效之實證結果

解釋變數		廠商績效	
		係數	T值
分工策略	向後垂直分工	0.359*	(1.65)
	向前垂直分工	0.598**	(2.31)
	產品不同，台灣產品附加價值較高的水平分工	0.310	(1.39)
	產品相同，台灣產品種類較多或較高級的水平分工	0.456**	(2.37)
	其他水平分工	0.493**	(2.50)
母公司特性	廠商規模	0.103***	(3.14)
	資本密集度	6.39e-08	(0.17)
	研發密集度	0.00288	(0.13)
子公司特性	投資年數	0.0333**	(2.29)
	中國生產產品平均外銷比例	-0.00158	(-1.13)
	中國營業額佔所有廠商營業額的比率	0.00864***	(4.20)
產業特性	資訊電子工業	-0.118	(-0.66)
	化學工業	0.0957	(0.44)
	民生工業	-0.0400	(-0.24)
α_1		1.664***	(3.51)
α_2		2.276***	(4.77)
樣本數		603	
Log Likelihood (χ^2)		-616.0871 (43.47***)	

註：***表示在1% 顯著水準下顯著；**表示在5% 顯著水準下顯著；*表示在10% 顯著水準下顯著。

陸、結論

自1990年代中期，政府開放對大陸投資後，台商對中國的投資金額日益增加。目前，中國大陸已成為台商投資件數最多、投資金額最高的地區。許多文獻研究台商在兩岸分工的行為，但並未對台商採取分工策略的影響因素及其績效進行分析。本文將台商對大陸投資的分工策略，依兩岸生產與銷售的合作方式，將垂直分工分為「向後垂直分工」與「向前垂直分工」；將水平分工分為「產品相同，但台灣生產較高級或種類較多的水平分工」，「產品不同，但台灣生產的附加價值較高的水平分工」以及「其他水平分工」三種策略，並進一步分析採取這些分工策略廠商具有何種特性以及分工的績效。

實證結果發現：廠商規模較少，資本密集度較低，越早去中國大陸投資，中國產品外銷比例越高，中國營業額佔總營業額比率越低，廠商越容易選擇垂直分工，而這些投資特性在「向後垂直分工」的廠商比「向前垂直分工」的廠商明顯。由此結果顯示，台灣規模較小的廠商，如中小企業，資本密集度小，主要為外銷，為尋求降低生產成本，或爭取外銷配額，則會將生產部門移至中國大陸，而在台灣母公司只負責銷售，且這樣的廠商，顯然是較早去中國大陸投資，且在中國大陸的營業額比例較少。反之，廠商規模較大、資本密集度較高、研發密集度較高、較晚去中國大陸投資、中國生產的外銷比例較低、中國營業額的比例高則較會進行水平分工，且在水平分工種類中，「產品相同但台灣產品種類較多或較高級的水平分工」在上述這些特性上最為明顯。影響「產品不同但台灣產品附加價值高的水平分工」的特性是研發密集度，當母公司的研發密集度高，越會採取「台灣生產附加價值高的水平分工」。本文上述的結論與Shi的結論部分實證結果符合，即大廠商對大陸投資的目的，在利用技術優勢以擴大市場，他們的資本密集度高，不以利用中國廉價的勞動力為目的，這些

廠商大都選擇水平分工；[39] 小廠商規模較小，希望藉由對中國投資，善用當地便宜的勞動力，以降低生產成本，他們多屬於勞力密集廠商，並將中國視為出口平台，在中國的產品多以外銷為主。Shi也認為，許多東亞國家，如香港與台灣的廠商，選擇將行銷部門留在母國，而在大陸進行大規模生產。這樣的分工策略與「台灣只負責銷售的向後垂直分工」相對應。

　　最後，有關分工策略的績效，實證結果發現，無論是「垂直分工」或「水平分工」相對「無分工」的策略均有較高的績效。此外，進一步發現「向前垂直分工」的績效最高，其次是「產品相同，但台灣產品較高級或種類較多的水平分工」次之，顯示選擇分工的策略在影響績效上具重要性。

　　本文僅能針對2004與2005年廠商對外投資的分工形態進行分析，未能對廠商行為有長期的追蹤研究，未來若能有較長期的資料，則可對廠商在兩岸的分工行為有一長期的動態趨勢探討。

---

[39] Yizheng Shi, "Technological Capabilities and International Production Strategy of Firms: The Case of Foreign Direct Investment in China," *Journal of World Business*, Vol.36, No.2 (2001).

參考書目

一、 中文部分

王濟川、郭志剛，Logistic 迴歸模型——方法及應用（台北：五南出版社，2003）。

司徒達賢，「兩岸電子業分工體系之研究」，發表於跨越大陸投資障礙研討會（台北：行政院大陸委員會主辦，1993）。

沈維平，「兩岸分工體系競爭優勢之研究——以電子業為例」，政治大學企研所碩士論文（1993）。

李永和，「兩岸產業分工政策之研究——以汽車工業為例」，中興大學公政所碩士論文（1997）。

李宗哲，「大陸政策新方向」，**經濟前瞻**，第38期（1995年），頁34～37。

吳思華、吳秉恩、林明杰，「建立兩岸石化業分工體系」，發表於投資大陸市場——產業投資與兩岸分工研討會（台北：中華民國管理科學學會主辦，1993）。

林尚平，「不同分工模式及生產形態下台灣企業派駐大陸子公司人員管理模式之個案研究」，**科技學刊**，第9卷第2期（2000年），頁97～107。

林英峰，「建立兩岸中心衛星分工體系之研究」，行政院大陸委員會委託研究（1993年）。

林彩梅，**多國籍企業論**（台北：五南出版社，1992）。

林昱君，**對大陸貿易與兩岸產業分工之研究**（台北：中華經濟研究院，2003）。

胡哲生，「兩岸分工策略與相對經營能力、投資目標關聯性——汽車零組件業」，**輔仁管理評論**，第3卷第2期（1996年），頁67～92。

洪菁梅，「從台商投資大陸看兩岸產業分工之現況」，中興大學企研所碩士論文（1994年）。

高希均、林祖嘉，「台商『大陸投資』對國內產業升級與兩岸垂直分工影響之研究」，經濟部工業局委託研究（1993年）。

高長，「兩岸產業分工趨勢下台灣如何保住優勢」，**貿易週刊**，第1662期（1996年），頁4～9。

高長，「科技產業全球分工與IT產業兩岸分工策略」，**遠景期刊**，第3卷第2期（2002年）。

高長、蔡依帆，「貿易、投資與兩岸產業分工之發展」，發表於中國經濟情勢座談會（台北：政治大學中國大陸研究中心，2007）。

高長、楊書菲，「在WTO架構下，兩岸如何建立垂直整合機制之研究──以電子資訊產業為例」，**國家政策季刊**，第2卷第2期（2003年），頁29～50。

高長，「大陸內外經營環境變遷對其吸引外資之影響」，**兩岸經貿通訊**，第90期（1999年），頁6。

高長，「兩岸電子產業分工現況與合作展望」，**經濟前瞻**，第78期（2001年），頁76～85。

許文宗，「台商在兩岸與第三地企業功能分工之探討──以自行車產業為例」，中興大學企研所碩士論文（1996年）。

許振明、陳沛柔，「台灣中小企業創新與融資及兩岸產業合作」，**財團法人國家政策基金會報告**（2002年）。

陳忠榮、楊志海，「台灣對外直接投資的決定因素──擴張型與防禦型的比較」，**經濟論文叢刊**，第27卷第2期（1999年），頁215～240。

陳明璋，「兩岸產業分工的省思」，**台灣經濟研究月刊**，第17卷第2期（1994年），頁49～55。

陳麗瑛、呂慧敏、林宗慶，「兩岸產業分工模式──二十家企業之個案研究」，**勞工行政**，第115期（1997年），頁35～40。

曾柔鶯、劉柏宏，「跨國台商投資與分工策略之研究」，**台灣經濟**，第241期（1997年），頁1～14。

張克成，「兩岸產業分工體系之構想」，**台灣經濟研究月刊**，第17卷第3期（1994年），頁27～33。

黃瑞祺、楊豐碩、黃秋燕、徐淑美、林錦淑，**我國重要製造業因應亞太區域產業分工之策略**（台北：台灣經濟研究院，1994）。

葉新興、趙志凌，「兩岸石化業分工可行性分析」，收錄於**兩岸產業分工理論與實際**（台北：中華經濟研究院，1996）。

劉仁傑，**重建台灣產業競爭力**（台北：遠流出版社，1997）。

劉柏宏，「跨大陸與東協五國投資之台商兩地投資與分工策略之研究」，東海大學企研所碩士論文（1995年）。

蔡渭水、鐘聖偉，「影響中小企業國際化策略因素之研究」，**中原學報**，第25卷第2期（1997年），頁11～20。

蔡渭水、楊仲偉、徐壽慈，「影響中小企業跨區域分工模式相關因素之研究──以赴大陸投資台商為例」，**企業管理學報**，第52期（2002年），頁28～57。

賴士葆、俞海琴，「建立兩岸汽車業分工體系」，發表於投資大陸市場──產業投資與兩岸分工研討會（台北：中華民國管理科學學會主辦，1994）。

賴志成，「多國籍電子零組件企業研發據點配置決策之研究──技術資源與產業分工之整合性觀點」，朝陽科技大學企研所碩士論文（2002年）。

韓青海，「在WTO架構下兩岸高科技產業互動前景」，**WTO架構下的兩岸經貿關係學術研討會論文集**（台北：遠景基金會，2002）。

戴琮哲，「台灣工具機企業海外據點國際分工模式之探討」，東海大學工工所碩士論文（2000年）。

鍾琴，「兩岸製造業分工的可能布局及其對大陸經貿政策之意義」，收錄於**兩岸產業分工理論與實際**（台北：中華經濟研究院，1996）。

謝寬裕，「台灣產業外移與產業空洞化之檢驗」，**台灣經濟金融月刊**，第35卷第8期（1999年8月），頁40～65。

二、　英文部分

Antr`as, Pol and Elhanan Helpman, "Global Sourcing," *Harvard Institute of Economic Research*, Discussion Paper No. 2005 (2003).

Avenel, E. and Barlet, C. "Vertical Foreclosure, Technological Choice, and Entry on the Intermediate Market," *Journal of Economics & Management Strategy,* Vol.9, No.3 (2000), pp. 211～230.

Blonigen, Bruce A., Ronald B. Davies and Keith Head, "Estimating the Knowledge-Capital Model of the Multinational Enterprise: Comment," *NBER Working Paper, No. 8929* (2002), forthcoming in American Economic Review.

Brainard, Lael S., "An Empirical Assessment of the Factor Roportions Explanation of Multinational Sales," *NBER Working Paper*, No. 4583 (1993).

Birkinshaw, J. and N. Hood, "An Empirical Study of Development Processes in Foreign-owned Subsidiaries in Canada and Scotland," *Management International Review*, Vol.37, No.4 (1997), pp. 339~364.

Carr, David, James R. Markusen and Keith Maskus, "Estimating the Knowledge-Capital Model of the Multinational Enterprise," *American Economic Review*, Vol. 91, (2001), pp. 693~708.

Caves, Richard E., "International Corporations: The Industrial Economics of Foreign Investment," *Economica*, Vol. 38 (1971), pp. 1~27.

Chen, H. and T. J. Chen, "Network Linkage and Location Choice in Foreign Direct Investment." *Journal of International Business Studies*, Vol.29, No.3 (1998), pp.445~467.

Glass, Amy J. and Kamal Saggi, "Exporting versus Direct Investment under Local Sourcing," *Working paper* (2001).

Hanson, Gordon H., Raymond J. Mataloni, Jr. and Matthew J. Slaughter, "Vertical Production Networks in Multinational irm,s" *NBER Working Paper*, No. 9723 (2003).

Head, Keith, *Elements of Multinational Strategy* (Berlin:Springer-verlag Publishing, 2007).

Hymer, Stephen, "The International Operations of National Firms: A Study of Direct Investment." Ph. D. dissertation, Massachusetts Institute of Technology (1960).

Helpman, Elhanan, "A Simple Theory of International Trade with Multinational Corporations," *Journal of Political Economy*, Vol. 92, No.3 (1984), pp. 451~71.

Helpman, E. and P. R. Krugman, *Market Structure and Foreign Trade* (Cambridge: MIT Press, 1985).

Horstman, Ignatius and James R. Markusen, "Strategic Investments and the Development of Multinationals," *International Economic Review*, Vol. 28 (1987), pp. 109~121.

Horstman, Ignatius and James R. Markusen, "Endogenous Market Structures in International Trade," *Journal of International Economics*, Vol. 20 (1992), pp. 225~247.

Krugman, P. "A Model of Balance of Payments Crises," *Journal of Money, Credit, and Banking*, Vol. 11 (1979), pp. 311~325.

Lankes, Hans-Peter and Anthony Venables, "Foreign Direct Investment in Economic Transition the Changing Pattern of Investments," *Economics of Transition*, Vol.4, No.2 (1997), pp. 331~347.

Lipsey, Robert E., "Foreign Direct Investments and the Operations of Multinational Firms: Concepts, History and Data," in E. K. Choi and J. Harrigan J. eds., *Handbook of International Trade* (Malden:Blackwell Publishing, 2003).

Markusen, J.R., "Multinationals, Multi-plant Economies, and the Gains from Trade," *Journal of International Economics*, Vol. 16 (1984), pp. 205~226.

Markusen, James R., "The Boundaries of Multinational Enterprises and the Theory of International Trade," *Journal of Economic Perspectives*, Vol.9, No.2 (1995), pp. 169~189.

Markusen, James R. and Keith E. Maskus, "Discriminating Among Alternative Theories of the Multinational Enterprise," *Review of International Economics*, Vol.10, No.4 (2002), pp. 694~707.

Marin, Dalia, Andzelika Lorentowicz and Alexander Raubold, "Ownership, Capital or Outsourcing: What Drives German Investment in Eastern Europe?" in H. Herrmann R. Lipsey and Heidelberg Springer Verlag eds., *Foreign Direct Investment in the Real and Financial Sector of Industrial Countrie* (Berlin: Springer-verlag Publishing, 2003).

OECD, *OECD Benchmark Definition of Foreign Direct Investment* (Paris: OECD, 1996).

Protsenko, A., "Vertical and Horizontal Foreign Direct Investments in Transition Countries," PHD Thesis Ludwig-Maximilians University (2003).

Robert, R. and R. Ramana, "Deindustrialization: Causes and Implications," *IMF Working Paper* (1997).

Shatz, Howard J. and Anthony J. Venables, "The Geography of International Investment," in G. L. Clark, M. Feldman and M. S. Gertler eds., *The Oxford Handbook of Economic Geography* (Oxford: Oxford University Press, 2000).

Shi, Yizheng "Technological Capabilities and International Production Strategy of Firms: The Case of Foreign Direct Investment in China," *Journal of World Business*, Vol.36 No.2 (2001).

Thirlwall, A. P. "De-Industrialization in the UK," *Lloyds Bank Review*, Vol.134 (1982), pp. 22～37.

UNCTAD, "Transnational Corporations and Export Competitiveness," *World Investment Report 2002* (New York: United Nations Conference on Trade and Development, 2002).

UNCTAD, "Transnational Corporations and the Infrastructure Challenge," *World Investment Report 2008* (New York: United Nations Conference on Trade and Development, 2008).

附表一：解釋變數的敘述統計表

	平均值	變異數	最大值	最小值
母公司營業額（取ln）	12.265	1.833	17.2215	5.2523
資本密集度（取ln）	11.3261	1.0445	13.7472	6.3159
研發密集度	1.0323	2.2458	19.6138	0
純益率	0.0633	0.1034	0.8248	-0.6028
投資年數（年）	6.7148	3.7093	24	0
中國生產產品外銷比例	30.7861	38.4730	100	0
廠商在中國營業額佔所有營業額比率	40.6600	30.6659	100	0
投資動機是中國便宜勞動力	0.6136	0.4873	1	0
投資動機是利用中國天然資源	0.1642	0.3707	1	0
金屬機械工業	0.1028	0.3040	1	0
資訊電子工業	0.3101	0.4629	1	0
化學工業	0.0962	0.2951	1	0
民生工業	0.4909	0.5003	1	0

附表二：解釋變數間的相關係數

	營業額	資本密集度	研發密集度	純益率	已投資年數	中國產品外銷比率	中國營業額比率	勞動力	天然資源	資訊電子產業	民生製造業
營業額	1.0000										
資本密集度	0.3063	1.0000									
研發密集度	0.2353	0.0548	1.0000								
純益率	0.2106	-0.0946	0.0128	1.0000							
已投資年數	-0.2935	-0.0861	-0.1302	-0.0832	1.0000						
中國產品外銷比率	-0.1311	0.0005	-0.0400	-0.0206	0.1926	1.0000					
中國營業額比率	-0.4975	-0.1483	-0.1845	-0.0877	0.3816	0.3376	1.0000				
勞動力	-0.0424	-0.0422	-0.0479	-0.0618	0.0898	0.1666	0.0713	1.0000			
天然資源	-0.1727	-0.1494	-0.0848	-0.0065	0.1081	0.1037	0.1285	0.1872	1.0000		
資訊電子產業	0.1127	-0.0529	0.1489	0.1156	0.0011	0.1367	0.1089	0.0307	0.0464	1.0000	
民生製造業	-0.0595	0.0229	-0.0924	-0.0887	0.1185	0.0519	-0.0069	-0.0304	0.0682	-0.1542	1.0000

台商對中國大陸經濟發展的貢獻：1988～2008年

童振源
（政治大學國家發展研究所教授）

洪家科
（政治大學國家發展研究所碩士）

摘要

　　二十年來，台商對中國大陸經濟發展產生極大的貢獻，但兩岸官方所公布的統計數據，皆難以了解台商在中國大陸發展的實際狀況。透過文獻彙整、統計數據分析與適當的估算公式，本文有系統地估計台商直接投資對中國大陸經濟發展的貢獻。本文估計：(1)自1988年至2008年，累計台商在中國大陸直接投資金額高達1665.26億美元，佔同時期累計外商對中國直接投資金額的19.78％，佔同時期中國全社會固定資產投資的0.95％；(2)自1988年至2008年，累計台商在中國大陸國際貿易的總額為1兆9653億美元，佔同時期中國大陸國際貿易總額13.87％；(3)2008年底，台商在中國大陸雇用的就業人口數為一千四百四十三點四一萬人，佔同時期中國大陸勞動就業人口數的1.86％；(4)自1992年至2007年，台商在中國大陸繳納的稅負總額約為1222億美元，佔同時期中國大陸財政稅收總額3.71％。

關鍵詞：台商、中國大陸、外商直接投資、資本形成、國際貿易、勞動就業、財政稅收

壹、前言

　　1940年代初期，學界開始強調外商直接投資（Foreign Direct Investment）可以補充地主國資本形成不足（儲蓄缺口）及外匯短缺（外匯缺口）。[1] 至1960年代，此議題已建構出較具系統性的「雙缺口理論」；同時，文獻亦擴及技術轉移的面向，強調外商直接投資外溢效果的存在。[2] 此後，除大量學者陸續投入各國的實證研究，用以檢驗或修正理論發展脈絡外，部分文獻轉向經濟效率面向，強調外商直接投資對地主國政經體制變革的貢獻，特別著重於市場機制的引進。[3] 總體而言，外商直接投資對地主國，特別是發展中國家，具有正面的經濟發展貢獻。

---

[1] Paul N. Rosenstein-Rodan, "Problems of Industrialization of Eastern and South-Eastern Europe," *Economic Journal*, Vol. 53, No. 210/211, June/September 1943, pp. 202~211. Walt Whitman Rostow, *The Process of Economic Growth* (New York: Norton, 1952). John C. H. Fei and Gustav Ranis, *Development of the Labor Surplus Economy: Theory and Policy* (Homewood, IL: Richard A. Irwin, Inc, 1964).

[2] Paul N. Rosenstein-Rodan, "International Aid for Underdeveloped Countries," *Review of Economics and Statistics*, Vol. 43, No. 2, May 1961, pp. 107-138. Ronald I. McKinnon, "Foreign Exchange Constraints in Economic Development and Efficient Aid Allocation," *Economic Journal*, Vol. 74, No. 294, Jun 1964, pp. 388~409. Hollis B. Chenery and Alan M. Strout, "Foreign Assistance and Economic Development," *American Economic Review*, Vol. 56, No. 4, September 1966, pp. 679~733. Simon Smith Kuznets, *Modern Economic Growth: Rate, Structure and Spread* (New Haven and London: Yale University Press, 1966). Sven Ingvar Svennilson, "The Strategy of Transfer," in Daniel L. Spencer and Alexander Woroniak eds., *The Transfer of Technology in Developing Countries* (New York: Frederich A. Praeger,1968), p.179. Harry G. Johnson, "Survey of Issues," in Peter Drysdale ed., *Direct Foreign Investment in Asian and the Pacific* (Toronto: University of Toronto Press, 1972), p. 2. Kiyoshi Kojima, *Direct Foreign Investment: A Japanese Model of Multinational Business Operations* (London: Croom Helm, 1978).

[3] Yanrui Wu, *Foreign Direct Investment and Economic Growth in China* (Northampton: Edward Elgar Publishing, 1999), p. 3. 陳永生，〈外國直接投資與中國大陸的經濟發展〉，《中國大陸研究》（台北），第44卷第3期（2001年3月），頁21。

　　從1978年改革開放以來，外商直接投資對中國經濟發展，也扮演非常重要而正面的角色。從1979年至2009年3月，中國累計吸引8744億美元的外商直接投資，已經連續十七年位居發展中國家的第一位。2009年上半年外商佔中國國際貿易的55%左右。因此，大量文獻透過實證資料分析外商直接投資對中國經濟發展的貢獻。例如，陳永生估計，1999年外商對中國固定資產形成的貢獻率為7.8%，外商佔中國工業增加值的22.5%。[4] 趙晉平發現，外商直接投資增加1%，中國固定資產投資便增加0.13%。[5] 張毓茜與陳策估算，外商直接投資增加1%，則中國出口總額將增加1.3%至1.6%。[6] 蔡昉與王德文估算，外商對中國就業成長貢獻率在2001年為18.4%。[7] 胡再勇估計，在1983年至2004年期間，外商直接投資每增加1%，中國財政稅收增加0.2848%。[8]

　　然而，關於台商對中國經濟發展貢獻的研究，向來是個具有爭議性的議題。自從1987年台灣開放外匯管制與兩岸旅行，1988年以後台商開始到中國進行投資，1990年初期以後才大量投資。截至2008年底，中國商務部公布台商在中國直接投資的金額為476.60億美元；經濟部投審會公布的金額為755.60億美元；行政院陸委會估計介於1000至1500億美元；台灣許多私部門的估計大約是1000多億美元；甚至有部分機構估計達2000多億美

[4]　陳永生，〈外國直接投資與中國大陸的經濟發展〉，《中國大陸研究》（台北），第44卷第3期（2001年3月），頁29～32。

[5]　趙晉平，《利用外資與中國經濟增長》（北京：人民出版社，2001年），頁56～61。

[6]　張毓茜，〈外國直接投資對中國對外貿易影響的實證分析〉，《世界經濟文匯》（上海），2001年第3期（2001年3月），頁36。陳策，〈外國直接投資對中國進出口貿易的影響：2000～2007〉，《社會科學輯刊》（遼寧），2008年第5期（2008年5月），頁123～126。

[7]　蔡昉、王德文，〈外商直接投資與就業——一個人力資本分析框架〉，《財經論叢》（浙江），2004年第1期（2004年1月），頁1～3。

[8]　胡再勇，〈外國直接投資對我國稅收貢獻及影響的實證分析〉，《國際貿易問題》（北京），2006年第12期（2006年12月），頁82。

元。重要的是，一般研究者做分析時，主要仍是參考中國商務部或經濟部
投審會公布的數據，但這兩個官方機構的統計都難以掌握台商投資中國的
實際狀況。[9]

　　其次，台商對中國經濟發展貢獻的文獻不多，且幾乎以統計數據的分
析為主。以夏樂生的研究為例，其探討截至2003年底台商直接投資對中國
資本形成的重要性。他發現，根據中國商務部發布的統計數據，以實際直
接投資金額計，台商名列中國第四大外資，但若加計台商經第三地（英屬
維京群島、開曼群島及香港等）轉投資的規模，則台商名列中國第二大外
資，僅次於香港。[10] 此外，陳麗瑛的研究希望根據中國官方發布的數據，
推估台商對中國國際貿易的貢獻，但是在具體作法上卻是估算台灣（而不
是台商）對中國國際貿易的貢獻。[11]

　　目前，較具代表性的研究為高長發表的〈台商在大陸投資趨勢及其對
大陸經濟之影響〉一文。高長透過中華經濟研究院的抽樣調查資料及中國
官方發布的數據，推估台商直接投資對中國經濟的貢獻。高長估計，1995
年，台商直接投資對中國資本形成的貢獻率為1.32％；台商在中國的出口
總額達214.48億美元，佔中國出口總額14.4％；台商製造業在中國雇用的
就業人口為三百八十九萬，佔中國非農業就業人口2.2％；台商在中國繳
納的稅負總額高達33.75億人民幣（1994年資料），佔中國財政稅收總額
0.66％。[12]

　　雖然高長〈台商在大陸投資趨勢及其對大陸經濟之影響〉一文，對台

---

[9]　詳細說明請見第貳節。

[10]　夏樂生，〈台商赴大陸投資現況及其對台灣經濟的影響〉，《展望與探索》（台北），第2
　　卷第4期（2004年4月），頁29～31。

[11]　陳麗瑛，〈台灣對中國投資現況及影響評估〉，《經濟情勢暨評論》（台北），第10卷第3
　　期（2004年12月），頁136～143。

[12]　高長，〈台商在大陸投資趨勢及其對大陸經濟之影響〉，《經濟情勢暨評論》（台北），
　　第3卷第1期（1997年5月），頁139、146～148、141～142、146。

商的研究具有重要貢獻，但是仍具有下列的缺點：

1. 在研究方法上引用中華經濟研究院的抽樣調查資料及中國官方發布的台商投資統計數據，使其研究成果產生低估的現象。中華經濟研究院的資料主要是從中國官方提供的母體資料中，分層抽出樣本廠商，且母體資料範圍僅涵蓋製造業的部分，難以完整呈現整體台商的貢獻。至於中國官方提供的母體資料究竟為何，該文並未做任何說明。另外，中國官方統計數據主要的問題在於，其並未加計台商經第三地轉投資的金額，因此會有低估的問題。[13]

2. 高長假設台商對中國的直接投資金額全部用於固定資產投資，以台商固定資產投資佔中國固定資產投資的比重，衡量台商對中國資本形成的貢獻。但是，根據王洛林的研究，外商在中國直接投資，約只將70%的投資用於固定資產投資，此與高長的假設相異。[14]

3. 高長對出口貿易及就業人口的估算，是根據中華經濟研究院的抽樣調查資料推估而得。如前所述，中華經濟研究院的抽樣調查資料只統計製造業的部分，難以完整呈現整體台商的貢獻。

4. 高長對財政稅收的估算，主要是根據中國官方的數據，以該年台商累計實際投資金額佔該年度中國外商累計實際投資總額的比重估算而得。如前所述，中國官方發布的台商對中國累計實際投資金額為低估的數據。

5. 高長研究估算的時間點距今已有十餘年，很難推估目前台商對中國直接投資的現況。根據經濟部投審會的統計，累計至1995年，台商

---

[13] 高長推估台商對中國勞動就業、工業產值、財政稅收及國際貿易貢獻的研究方法主要有二。其一為根據中華經濟研究院的抽樣調查資料所做的推估；另一為根據該年台商累計實際投資金額佔該年度中國外商累計實際投資總額的比重，與外商企業對中國經濟之貢獻總額等數據推估而得。該研究的相關數據主要引自《中國統計年鑑》及《中國對外經濟貿易年鑑》。

[14] 王洛林主編，《中國外商投資報告》（北京：經濟管理出版社，1997年），頁4。

投資中國為56億美元與一萬一千二百五十四家；相對之下，累計至
2008年，台商投資中國為756億美元與三萬七千一百八十一家。

因此，透過文獻彙整、統計數據分析與適當的估算公式，本文有系統
地估計台商直接投資對中國經濟發展的貢獻。具體的估算方法將在第貳至
伍節說明，依序分析台商對中國資本形成、國際貿易、勞動就業及財政稅
收的貢獻。第陸節則是結論。

貳、台商對中國資本形成的貢獻

在中國所有外商直接投資中，台商一直扮演重要的角色。但由於兩岸
政治上的特殊關係，政府當局對台商赴中國直接投資有嚴格的限制，導致
許多台商必須以迂迴的方式，將資金匯往第三地註冊控股公司，再對中國
進行直接投資進入中國。[15] 但投審會並無法完全掌握這些經第三地迂迴投
資的資金，以及台商在中國盈利再投資的金額。

相較之下，由於台商對中國直接投資必須向中國商務部登記，而且中
國商務部較能有效統計台商盈利轉投資的金額，因此本研究將以中國商務
部及《中國統計年鑑》的統計數據為基礎，進一步估算台商在中國直接投
資的規模。在估算上，由於中國商務部在外商直接投資的統計上，是以資
金的最終來源地進行國家（地區）的分類，台商經香港、英屬維京群島及
開曼群島等地，對中國直接投資的金額，在國家（地區）的分類上，被歸
類為香港、英屬維京群島及開曼群島等地。[16] 也就是說，中國商務部並未

---

[15] 中華民國經濟部投資業務處編，《香港投資環境簡介》（台北：經濟部，2006年），頁
15。

[16] 高敏雪主編，《對外直接投資統計基礎讀本》（北京：經濟科學出版社，2005年），頁
29～31。

將台商經香港、英屬維京群島及開曼群島等地轉投資中國的金額歸類為台商對中國直接投資的規模。因此，本研究以中國商務部及《中國統計年鑑》所發布的數據為基礎，加計台商經香港、英屬維京群島及開曼群島等地轉投資的金額，推估台商對中國直接投資的規模。

　　需要注意的是，不同時期，台商透過不同的第三地迂迴投資中國。1997年以前，台商主要是透過香港轉投資中國；但1997年以後，台商開始將資金大量匯往英屬維京群島及開曼群島轉投資中國。[17] 然而，由於無法直接得知台商經香港、英屬維京群島及開曼群島等地轉投資中國的金額，只能透過相關文獻推估台商所佔的比重。

　　關於台商經香港轉投資的金額，高長在1990年代田野調查的結果顯示，香港對中國直接投資的金額中，約三分之一來自於台商。[18] 關於台商經英屬維京群島及開曼群島轉投資的金額，根據中國商務部的推估，2002年英屬維京群島及開曼群島對中國直接投資的73億美元中，57億美元來自於台商的迂迴投資，佔比重達78％。[19] 其次，中國商務部國際貿易經濟合作研究院在2004年估計，英屬維京群島、開曼群島等地對中國直接投資的資金中，台商佔比重約70％。[20] 第三，沈丹陽認為，英屬維京群島等自由港對中國直接投資的資金，三分之二以上來自於台商。[21] 最後，根據童振源對台商的田野調查，中國從英屬維京群島來的直接投資絕大部分是台灣

[17] 童振源，《全球化下的兩岸經濟關係》（台北：生智文化事業有限公司，2003年），頁25。中華民國經濟部投資業務處編，《香港投資環境簡介》（台北：經濟部，2006年），頁15。

[18] 高長，〈900餘億美元的合同金額接近真實〉，《投資中國》（台北），第101期（2002年7月），頁22～23。

[19] 朱炎，《台商在中國──中國旅日經濟學者的觀察報告》（台北：財訊出版社股份有限公司，2006年），頁30～31。

[20] 〈台商大陸投資模式正在起變化〉，中國商務部，2004年8月4日，http://tinyurl.com/kl32cp。

[21] 王志樂主編，《2007跨國公司中國報告》（北京：中國經濟出版社，2007年），頁108。

的資金。[22]

　　綜合言之，1997年以前，台商經香港轉投資的金額，約佔香港對中國直接投資金額的33％。本文假設，台商經香港轉投資的金額佔香港對中國直接投資金額逐步遞減，1997年為27％、1998年為21％、1999年為15％、2000年為9％、2001年為3％，至2002年為0％。1997年以後，台商經英屬維京群島及開曼群島等地轉投資中國的金額，大部分研究估計的比重皆在70％上下。因此，本研究將以70％作為估計的參數。1994至1996年，英屬維京群島及開曼群島等地投資中國的金額僅達10.3億美元，因此本文仍以70％計算1994至1996年台商經由英屬維京群島及開曼群島等地轉投資中國的比重。算式說明如下：

$$A＝B＋C×33％＋D×70％$$

　　A：台商直接投資金額

　　B：中國官方發布的台商直接投資金額

　　C：中國官方發布的香港直接投資金額

　　D：中國官方發布的英屬維京群島及開曼群島等地直接投資金額

　　根據中國商務部的統計，1988年至2008年，累計台商對中國直接投資金額為476.61億美元；1988年至2001年，累計香港對中國直接投資金額為1812.94億美元；1997年至2008年，累計英屬維京群島及開曼群島等地對中國直接投資金額為1060.42億美元。也就是說，台商經香港轉投資金額約446.35億美元；台商經英屬維京群島及開曼群島轉投資金額約為742.3億美元。因此，估計台商對中國直接投資的金額約為1665.26億美元。（參見表一）

---

[22] 童振源，《全球化下的兩岸經濟關係》（台北：生智文化事業有限公司，2003年），頁25～27。

表一：歷年台商對中國直接投資的金額（1988～2008年）

單位：億美元

年度	本研究估計的台商對中國直接投資金額 (A)	中國官方發布的台商直接投資金額 (B)	香港對中國的投資金額 (C)	台商經香港對中國直接投資金額 (C×33%)	英屬維京群島與開曼群島對中國的投資金額 (D)	台商經英屬維京群島及開曼群島對中國直接投資金額 (D×70%)
1988	6.82	---	20.68	6.82	---	---
1989	8.27	1.55	20.37	6.72	---	---
1990	8.42	2.22	18.80	6.20	---	---
1991	12.60	4.66	24.05	7.94	---	---
1992	35.28	10.51	75.07	24.77	---	---
1993	88.40	31.39	172.75	57.01	---	---
1994	99.71	33.91	196.65	64.89	1.30	0.91
1995	99.99	31.62	200.60	66.20	3.10	2.17
1996	107.11	34.75	206.77	68.23	5.90	4.13
1997	101.73	32.89	206.32	55.71	18.75	13.13
1998	98.51	29.15	185.08	38.87	43.55	30.49
1999	77.42	22.97	155.00	23.25	44.57	31.20
2000	61.98	25.99	163.63	14.73	30.37	21.26
2001	77.58	29.80	167.17	5.02	61.09	42.76
2002	90.79	39.71	---	---	72.97	51.08
2003	80.27	33.77	---	---	66.43	46.50
2004	92.58	31.17	---	---	87.73	61.41
2005	97.82	21.52	---	---	109.00	76.30
2006	115.70	22.30	---	---	133.43	93.40
2007	151.60	17.74	---	---	191.23	133.86
2008	152.69	18.99	---	---	191.00	133.70
合計	1,665.26	476.61	1,812.94	446.35	1,060.42	742.30

註：1. A＝B＋C×33%＋D×70%

2. 本文假設，台商經香港轉投資的金額佔香港對中國直接投資金額逐步遞減，1997年為27%、1998年為21%、1999年為15%、2000年為9%、2001年為3%，至2002年為0%。

資料來源：中國經濟信息網統計資料庫，http://tinyurl.com/nm42d9。中華民國行政院大陸委員會，《兩岸經濟統計月報》（第193期），http://www.mac.gov.tw/big5/statistic/em/193/10.pdf。中國國家統計局，《1996年中國統計年鑑》，http://www.stats.gov.cn/ndsj/information/njml.html。中國國家統計局，《1997年中國統計年鑑》，http://www.stats.gov.cn/ndsj/information/nj97/ml97.htm。

　　本研究估計的結果，與陸委會估計的範圍一致。陸委會於2006年中估計得出，累計台商在中國直接投資的金額約為1000至1500億美元，遠高於投審會及中國商務部的統計結果。[23] 加計台商經香港、英屬維京群島及開曼群島的轉投資金額後，台商從中國第五大外商，轉變成為中國第二大外商，佔1979至2008年所有外商對中國直接投資金額19.78％，名列中國第二大外商，僅次於港澳商。不過，本研究沒有估算台商經香港、英屬維京群島及開曼群島以外的第三地對中國直接投資的規模，也無法完全估算台商盈利再投資，因此不論在台商直接投資金額或項目數上，本研究應該還是存在低估的問題（參見表二）。

表二：中國外商直接投資累計實際投資金額（1988～2008年）

單位：億美元；％

排序	國家（地區）	實際投資金額	比重
1	港澳	3,129.69	37.17
2	台灣	1,665.26	19.78
3	日本	639.92	7.60
4	美國	582.44	6.92

資料來源：本研究自行整理。

　　最後，以台商固定資產投資佔中國全社會固定資產投資的比重，衡量1988年至2008年各年台商對中國資本形成的貢獻率。中國全社會固定資產投資的數據，來自於中國經濟信息網統計資料庫。根據王洛林的研究，外商在中國直接投資，約只將70％的直接投資金額用於固定資產投資。[24] 因

---

[23] 童振源，〈大陸政策與兩岸經貿關係〉，國家政策講座，台北：國立政治大學社會科學院行政管理碩士學程主辦，2007年3月1日。

[24] 王洛林主編，《中國外商投資報告》（北京：經濟管理出版社，1997年），頁4。

此，將1988年至2008年各年台商對中國直接投資金額乘以70％，即可求得各年台商固定資產投資的金額。算式說明如下：

A＝B×70％
A：台商固定資產投資
B：台商對中國直接投資金額

估計後，本研究發現，自1988年至2008年，累計台商在中國直接投資金額為1665.26億美元，台商在中國固定資產投資為1165.68億美元，佔中國全社會固定資產投資的0.95％（參見表三）。

表三：台商固定資產投資佔中國全社會固定資產投資的比重（1988～2008年）

單位：億美元；％

年度	全社會 固定資產投資	台商對中國 直接投資金額	台商 固定資產投資	台商 固定資產投資比重
1988	1,277.90	6.82	4.77	0.37
1989	1,169.87	8.27	5.79	0.49
1990	944.98	8.42	5.89	0.62
1991	1,051.60	12.60	8.82	0.84
1992	1,466.44	35.28	24.70	1.68
1993	2,265.56	88.40	61.88	2.73
1994	2,016.82	99.71	69.80	3.46
1995	2,406.17	99.99	69.99	2.91
1996	2,760.66	107.11	74.98	2.72
1997	3,012.21	101.73	71.21	2.36
1998	3,430.70	98.51	68.96	2.01
1999	3,605.64	77.42	54.19	1.50
2000	3,975.57	61.98	43.39	1.09
2001	4,494.38	77.58	54.31	1.21

2002	5,253.61	90.79	63.55	1.21
2003	6,710.94	80.27	56.19	0.84
2004	8,511.76	92.58	64.81	0.76
2005	11,000.45	97.82	68.47	0.62
2006	14,084.28	115.70	80.99	0.58
2007	18,811.49	151.60	106.12	0.56
2008	24,825.81	152.69	106.88	0.43
合計	123,076.84	1,665.26	1,165.68	0.95

註：「台商固定資產投資」＝「台商對中國直接投資金額」× 70%
資料來源：中國經濟信息網統計資料庫，http://tinyurl.com/nm42d9。

參、台商對中國國際貿易的貢獻

外商成為中國國際貿易發展的主體，與其從事加工貿易的生產模式有絕對的關係。中國稱此類外商為「兩頭在外」型的企業。「兩頭在外」意味，外商在中國加工製造所需的原材料及中間財大都採購自國外，而加工後的製成品又往國際市場銷售。因此，隨著外商對中國直接投資規模不斷擴大，中國進出口總額迅速擴張。自1988年至2008年，累計中國進出口總額達14兆1730億美元，其中外商貢獻7兆5051億美元，佔比重達52.95%。

自1988年至2008年，中國國際貿易總額超過半數由外商所貢獻。但從官方所發布的統計數據中，無法區分各類別外商對中國國際貿易的貢獻。因此，要衡量台商對中國國際貿易的貢獻，只能透過估計的方法。由於台商對中國直接投資主要集中在製造業，使台商在中國的進出口傾向明顯高於其他外商。[25] 因此，在估計上，本研究將考量各外商在中國的進出口傾向及各外商直接投資金額的比重後，估計出台商佔外商進出口的比重；其

---

[25] 出口傾向指廠商生產產品總值的出口比率；進口傾向指廠商採購原料及中間財總值的進口比率。

次，再將台商佔外商進出口的比重乘以外商進出口總額，即可估算出台商對中國國際貿易規模的貢獻。

　　本研究以加權平均數的概念，估計台商佔外商進出口貿易總額的比重。在計算上，以進出口傾向為權數；另外，假設各類別外商生產效率相同，且投入比重等於產出比重的條件下，以累計外商直接投資金額所佔比重為觀察值（下式中的B、D、F）。算式說明如下：

$$G＝（A×B）/（A×B+C×D+E×F）$$

G：台商佔外商進（出）口貿易總額的比重

A：台商進（出）口傾向

B：台商累計直接投資金額佔外商累計直接投資金額比重

C：港澳商進（出）口傾向

D：港澳商累計直接投資金額佔外商累計直接投資金額比重

E：其他外商進（出）口傾向

F：其他外商累計直接投資金額佔外商累計直接投資金額比重

　　在數據的引用上，進出口傾向來自於高長的研究成果；累計台商與外商直接投資金額則來自於上一節的估計結果。根據高長的研究，1995年各類別外商在中國的進出口傾向，分別為：港澳商進口24.1%、出口33.2%；台商進口48.9%、出口52.1%；其他外商進口38.4%、出口42.2%。[26] 另外，根據本研究的估計結果，1988年至2008年，外商在中國累計直接投資金額所佔比重，分別為：港澳商37.17%，台商19.78%（加計台商經香港、英屬維京群島及開曼群島等地轉投資的部分），其他外商

[26] 高長，〈台商在大陸投資趨勢及其對大陸經濟之影響〉，《經濟情勢暨評論》（台北），第3卷第1期（1997年5月），頁136～147。高長、季聲國，《台商與外商在大陸投資經驗之調查研究──以製造業為例（第三年）》（台北：中華經濟研究院，1997年），頁101～107。

43.05％。

　　因此，將以上數據，代入上述公式，即可估算出台商佔外商進出口貿易總額的比重。經過計算，本研究估計，自1988年至2008年，台商佔中國所有外商進口的比重平均約為27.51％；台商佔中國所有外商出口的比重平均約為25.25％。需要注意的是，本研究採用進出口傾向的數據，是來自於高長1997年的研究成果，因為本研究無法取得近年來其他外商在中國進出口傾向的數據。因此，後續研究應補足此部分的缺失，力求更為嚴謹的估算成果（參見表四；表五）。

表四：台商佔中國外商的進口比重（1988～2008年）

單位：％

台商佔中國 外商進口比重 (G)	台商 進口傾向 (A)	台商 投資佔比 (B)	港澳商 進口傾向 (C)	港澳商 投資佔比 (D)	其他外商 進口傾向 (E)	其他外商 投資佔比 (F)
27.51	48.90	19.78	24.10	37.17	38.40	43.05

註：G＝（A×B）／（A×B＋C×D＋E×F）
資料來源：本研究自行計算。

表五：台商佔中國外商的出口比重（1988～2008年）

單位：％

台商佔中國 外商出口比重 (G)	台商 出口傾向 (A)	台商 投資佔比 (B)	港澳商 出口傾向 (C)	港澳商 投資佔比 (D)	其他外商 出口傾向 (E)	其他外商 投資佔比 (F)
25.25	52.10	19.78	33.20	37.17	42.20	43.05

註：G＝（A×B）／（A×B＋C×D＋E×F）
資料來源：本研究自行計算。

　　然後，將台商佔中國外商進口的比重27.51％，以及台商佔中國外商出口的比重25.25％，分別乘以外商的進出口總額，即可估計台商對中國國際貿易規模的貢獻。算式說明如下：

　　A＝B×C
　　A：台商進（出）口總額
　　B：外商進（出）口總額
　　C：台商佔外商進（出）口的比重

　　自1988年至2008年，累計外商在中國的進口總額為3兆5518億美元；累計外商在中國的出口總額為3兆9532億美元。因此，將台商佔中國外商進口比重27.51％，乘以外商在中國的進口總額3兆5518億美元後，估計台商對中國進口的貢獻為9771億美元。另外，將台商佔中國外商出口比重25.25％，乘以外商在中國的出口總額3兆9532億美元，估計台商對中國出口的貢獻為9882億美元。

　　最後，加總進出口數據，本研究估計，自1988年至2008年，累計台商對中國國際貿易規模的貢獻為1兆9653億美元，台商佔中國外商國際貿易的比重為26.19％，佔中國國際貿易的比重為13.87％。根據中國海關的資料，2008年中國前十大進出口企業排名中，共有三家台商進榜。根據洪家科的研究，大約在2001至2008年期間，這三家台商佔中國進出口的比重高達2.98％（參見表六）。[27]

---

[27] 洪家科，《台商對中國經濟發展的貢獻：1979～2008年》，政治大學國家發展研究所碩士論文，2009年，頁109～123。

表六：台商對中國國際貿易的貢獻（1988～2008年）

單位：億美元；%

台商在中國 國際貿易總額 (A)	外商在中國 國際貿易總額 (B)	台商佔外商國際 貿易總額的比重 (C)	中國 國際貿易總額 (D)	台商佔中國國際 貿易總額的比重 (E)
19,653	75,051	26.19	141,730	13.87

註：C＝A÷B；E＝A÷D
資料來源：本研究自行計算。

　　此外，除上述的推估方法外，本研究設計另一種估算的公式，用以支持與驗證上述的推估成果。此公式主要是透過台商出口傾向與台商工業產值兩個指標，估計台商對中國出口貿易的貢獻。台商出口傾向表示，台商生產產品總值的出口比率，而台商工業產值即代表台商生產產品的總值。因此，台商出口傾向與台商工業產值的乘積，即為台商對中國出口貿易的貢獻。算式說明如下：

A＝B×C
A：台商出口總額
B：台商出口傾向
C：台商工業產值

　　在數據的引用上，台商出口傾向引用自經濟部統計處主編的《製造業對外投資實況調查報告》歷年發布的數據。但由於《製造業對外投資實況調查報告》的數據以各年度的統計為主，並未做跨年度的估計，因此本研究彙整1995年至2006年台商在中國生產產品對外銷售比率的數據，並以歷年平均作為衡量的基數（調查報告中，缺少2000年至2002年對外銷售比率的數據）。[28] 經過計算後，本研究估計歷年來台商在中國的出口傾向約為

54.84％。

　　特別需要注意的是，第二個方法引用的台商出口傾向數據，與第一個方法計算台商佔中國外商出口比重時，所引用的台商出口傾向不僅出處不同，而且數值也不同。由於第一個方法計算時需要各類別外商的進出口傾向，而《製造業對外投資實況調查報告》主要是統計台商的進出口傾向，未涵蓋其他外商的出口傾向。本文為求數據的完整與一致，第一個方法引用高長的研究成果，而不引用《製造業對外投資實況調查報告》的數據。根據高長的研究，1995年台商出口傾向為52.10％。[29] 而第二個方法由於需要做跨年度的估計，本文因此引用各年度《製造業對外投資實況調查報告》所發布的數據。然而，其估計1995年台商出口傾向的數值，與高長估計的結果不同。根據1997年《製造業對外投資實況調查報告》的調查結果，1995年台商出口傾向為61.00％。[30]

　　台商工業產值則採用本研究所推估的數據。在台商工業產值的計算上，本研究將以外商工業產值，與本研究估算的台商佔外商直接投資比重（19.78％）的乘積為估算結果。再者，外商工業產值的數據來自於中國

---

[28] 中華民國經濟部統計處編，《製造業對外投資實況調查報告》（台北：經濟部統計處，1997年），頁143-144。中華民國經濟部統計處編，《製造業對外投資實況調查報告》（台北：經濟部統計處，1999年），頁289～292。中華民國經濟部統計處編，《製造業對外投資實況調查報告》（台北：經濟部統計處，2000年），頁36。中華民國經濟部統計處編，《製造業對外投資實況調查報告》（台北：經濟部統計處，2004年），頁49。中華民國經濟部統計處編，《製造業對外投資實況調查報告》（台北：經濟部統計處，2005年），頁42。中華民國經濟部統計處編，《製造業對外投資實況調查報告》（台北：經濟部統計處，2006年），頁51。中華民國經濟部統計處編，《製造業對外投資實況調查報告》，（台北：經濟部統計處，2007年），頁43。

[29] 高長、李聲國，《台商與外商在大陸投資經驗之調查研究──以製造業為例（第三年）》（台北：中華經濟研究院，1997年），頁101～107。

[30] 中華民國經濟部統計處編，《製造業對外投資實況調查報告》（台北：經濟部統計處，1997年），頁143～144。

商務部外資司公布的統計資料。算式說明如下：

$$A = (C/B) \times D$$

A：台商工業產值

B：外商直接投資金額

C：本研究所估算的台商直接投資金額

D：外商工業產值

　　然而，上述公式的估算存在侷限。首先，公式估算的結果，只能得知台商對中國出口貿易的貢獻，無法估算進口的部分。主要的困難在於，目前官方所公布的數據中，大部分著重於外商產出面的統計，因此即使透過《製造業對外投資實況調查報告》，可以整理出台商在中國的進口傾向，卻無法找到足以代表外商原材料及中間財進口產值的指標，形成估算台商對中國進口貿易貢獻的困難。其次，在外商工業產值數據的蒐集上，目前僅能取得1990年至2007年的數據，無法取得1990年以前的數據。因此，為了支持與驗證第一個方法所推估的結果，下文進行估算時，將引用相同期間的數據，使兩個估算方法的時間具有一致性，以進行數據的比較。

　　為求兩個估算方法時間上的一致性，以下先以第一個方法估算1990年至2007年台商對中國出口貿易的貢獻。根據中國商務部的數據，自1990年至2007年，累計外商在中國出口總額為3兆1552億美元（佔1988年至2008年累計外商在中國出口總額80％）。另外，根據本研究的估計，1990年至2007年，台商佔中國外商出口的比重平均約為24.35％。[31] 因此，將外商在中國出口總額3兆1552億美元，乘以台商佔中國外商出口比重24.35％，估計1990年至2007年，台商對中國出口貿易的貢獻為7682億美元（參見表七）。

---

[31] 計算方法請參考表六。

表七：台商對中國出口貿易的貢獻（1990～2007年）（方法一）

單位：億美元；%

台商對中國 出口貿易的貢獻 （A）	外商在 中國出口的總額 （B）	台商佔 中國外商出口比重 （C）
7,682	31,552	24.35

註：A＝B×C
資料來源：本研究自行整理。

　　另一方面，再以第二個方法，也就是台商出口傾向與台商工業產值兩個指標的乘積，推估台商對中國出口貿易的貢獻。首先，將外商工業產值乘以本研究估算的台商佔外商直接投資金額比重19.78％，即可估計出台商工業產值。根據中國商務部外資司的統計，自1990年至2007年，累計外商工業產值為57兆7764億人民幣。因此，本研究估計，自1990年至2007年，累計台商工業產值為11兆4282億人民幣。此外，根據1995年至2006年《製造業對外投資實況調查報告》的數據，本研究估計，台商在中國的出口傾向約為54.84％。因此，將台商工業產值與台商出口傾向相乘，本研究估計，自1990年至2007年，台商對中國出口貿易的貢獻為6兆2672億人民幣，佔同時期中國出口貿易總額13.04％（參見表八）。

表八：台商對中國出口貿易的貢獻（1990～2007年）（方法二）

單位：億人民幣；%

台商對中國 出口貿易的貢獻 （A）	台商 工業產值 （B）	台商在中國 的出口傾向 （C）	中國 出口貿易總額 （D）	台商佔中國 出口貿易的比重 （E）
62,672	114,282	54.84	480,651	13.04

註：A＝B×C；E＝A÷D
資料來源：本研究自行整理。

　　比較兩個方法的估計結果。第一個方法估算出1990年至2007年，台商對中國出口貿易的貢獻為7682億美元；第二個方法則為6兆2672億人民幣。在匯率的換算上，本研究採用中國人民銀行公布的人民幣兌美元年平均匯率為準。經過換算後，第二個方法估算的台商對中國出口貿易的貢獻為8307億美元，與第一個方法估計出的7682億美元結果差異不大。此外，第二個方法中，對外商出口貿易總額數據的引用，已經涵蓋第一個方法中外商出口貿易總額數據的80%。因此，證明第二個方法的估算結果，得以支持第一個方法的估算結果。

肆、台商對中國勞動就業的貢獻

　　從中國各項官方的統計上，皆無法直接得知台商在中國雇用勞動就業人口的總數。主要由於中國各項勞動就業人口的統計，皆只列出所有外商或綜合港澳台商在中國雇用的勞動就業人口數，並未單獨列出台商的部分。因此，本文只能透過其他相關的數據，估計台商對中國勞動就業的貢獻。

　　然而，目前各項外商在中國雇用勞動就業人口的統計數據，存在極大的差異。根據《中國統計年鑑》的數據，2008年底，總計外商在中國雇用的勞動就業人口為一千六百二十二萬人。[32] 但根據中國國務院的《第一次全國經濟普查公報》統計，2004年底，外商在中國部分產業雇用的就業人口數即高達二千一百六十八萬人。[33] 問題在於，《第一次全國經濟普查公

---

[32] 中國經濟信息網統計資料庫，http://tinyurl.com/nm42d9。中國經濟信息網統計資料庫歷年勞動就業人口的統計數據，收錄自歷年《中國統計年鑑》。

[33] 中國國務院第一次全國經濟普查領導小組，《第一次全國經濟普查主要數據公報》（第二號），http://tinyurl.com/mfcngp。中國國務院第一次全國經濟普查領導小組，《第一次全國經濟普查主要數據公報》（第三號），http://tinyurl.com/m5rzlk。第一次全國經濟普查公報中，進行外商就業人口統計的產業包括工業、建築業、批發和零售業、住宿和餐飲業。

報》的統計年度早於《中國統計年鑑》，但數據的統計結果卻遠高於《中國統計年鑑》，彼此存在極大的落差。另外，中國商務部公布的數據顯示，2008年底，總計外商在中國雇用的勞動就業人口為四千五百萬人，但中國商務部並未說明統計的方法，而且與前面的估計有很大的落差。[34]

　　從統計方法上來看，可以發現《中國統計年鑑》及《第一次全國經濟普查公報》的統計結果，皆存在低估的問題。《中國統計年鑑》的數據是根據抽樣調查的資料所做的推估，樣本數為二十五萬個，且統計的範圍僅止於城鎮的就業人口，不包括鄉村的部分。[35]《第一次全國經濟普查公報》雖已統計出港澳台商在中國雇用的勞動就業人口數，但對於外商就業人口的統計僅止於工業、建築業、批發和零售業、住宿和餐飲業，未及於所有產業。

　　此外，造成《第一次全國經濟普查公報》低估的原因還包括：(1)《公報》僅普查第二產業及第三產業，並未普查第一產業。2004年末，中國第一產業就業人口佔中國就業人口的比重達46.90％。(2)《公報》統計2004年末中國第二及第三產業的就業人口為三億零八百八十三萬人，但根據《中國統計年鑑》的數據，2004年末中國第二及第三產業的就業人口為三億九千九百三十一萬人。也就是說，《公報》與《中國統計年鑑》估算的數據相差將近四分之一。(3)只要外商股本低於合資及合作企業註冊資本25％，即被歸類為中國內資企業。2004年末，外商在中國直接投資高達29.57％是以合資及合作的形式存在，其中有部分被歸類為中國內資企業。因此，《中國統計年鑑》及《第一次全國經濟普查公報》的統計結果，均難以說明外商對中國勞動就業的貢獻，亦難以用來估計台商對中國

---

[34] 〈中國將出台政策措施穩定外商投資〉，中國國際電子商務網，2009年6月16日，http://tinyurl.com/nf3wly。

[35] 中國國家統計局，〈城鎮勞動力調查制度〉，http://tinyurl.com/lmun3s。

勞動就業的貢獻。

　　目前，台商對廣東省的勞動就業貢獻，是比較一致的中國官方統計數據，而且由廣東省政府多次公布，並且被中國人民代表大會常務委員會所採納。根據廣東省政府外經貿廳的統計，截至2006年6月30日，全省台資企業累計達到二萬零七百五十家，總共實際投資352.04億美元，解決就業人員近六百萬人。[36] 廣東省台灣事務辦公室向廣東省人民代表大會報告時，亦同樣表示，廣東共引進台商投資350多億美元，為廣東提供近六百萬個工作機會。[37] 在2008年6月，廣東省台灣事務辦公室表示，截至2007年底，台商解決勞動力就業約六百萬人。[38] 根據中國人民代表大會常務委員會2008年在廣東省所做的調查統計，台商在廣東省雇用約六百萬的勞動就業人口。[39] 根據洪家科的研究，鴻海科技集團一家台商在深圳便雇用超過三十萬員工。[40] 綜合而言，2008年左右，台商在廣東省雇用約六百萬的勞動就業人口。

　　理論上來說，將台商在廣東省雇用的勞動就業人口六百萬人，除以台商在廣東省直接投資金額的比重，就能得出台商在中國雇用的勞動就業人口數。但因為中國並未統計台商在中國各省市直接投資金額的比重，因此台商在廣東省直接投資金額佔台商在中國直接投資金額的比重，本研究將引自經濟部投審會公布的數據。根據經濟部投審會的統計，累計至2008

---

[36] 〈台商在粵投資增加上半年新增項目近350個〉，廣東省人民政府，2006年8月15日，http://tinyurl.com/ydec4um

[37] 林則宏，〈廣東將實施台胞落地簽證〉，《經濟日報》（台北），2006年3月16日，版A7。

[38] 〈兩岸經貿面臨向全面開放轉型〉，中國廣告黃頁，2006年6月24日，http://tinyurl.com/y8uusgf。

[39] 〈盡快出台勞動合同法配套法規〉，中國人大網，2008年7月9日，http://tinyurl.com/o5vygm。

[40] 洪家科，《台商對中國經濟發展的貢獻：1979～2008年》，政治大學國家發展研究所碩士論文（2009年），頁114～115。

年，台商在廣東省直接投資金額的比重為24.01％。將兩數據相除後，本研究得出，台商在中國雇用的勞動就業人口數約為二千四百九十八點九六萬人。然而，由於台商在廣東省多為勞力密集的產業，因此相同資本的投入下，台商在廣東省雇用的勞動就業人口數相對較非廣東省市高。也就是說，若要以台商在廣東省雇用的勞動就業人口數，估計台商在中國雇用的勞動就業人口數，就必須考量台商在中國不同省份的勞動／資本比例。

根據《工商時報》主編的《大陸台商一千大》，2008年在中國營收淨額最大的一千家廠商中，廣東省台商的勞動／資本比為1.94；非廣東省市台商的勞動／資本比為0.96。[41] 也就是說，相同資本的投入下，台商在中國非廣東省市雇用勞動就業人口數相對於台商在廣東省雇用勞動就業人口數的比例約為49％（0.96/1.94＝0.49）。因此，在估計上，將二千四百九十八點九六萬人分兩部分處理，第一部分為廣東省直接投資金額所佔比重24.01％；第二部分為中國非廣東省市直接投資金額所佔比重75.99％。但考量台商在中國不同省份的勞動／資本比，第二部分非廣東省市直接投資金額所佔比重，必須再乘上49％。算式說明如下：

$$A = B \times (C + D \times E)$$

A：台商在中國雇用的勞動就業人口數

B：未考量各省市勞動／資本比下，台商在中國雇用的勞動就業人口數

C：台商在廣東省直接投資金額所佔比重

D：台商在中國非廣東省市直接投資金額所佔比重

E：非廣東省市的勞動／資本比相對於廣東省的勞動／資本比之比例

---

[41] 《工商時報》主編，《2009大陸台商1000大台商進化論》（台北：商訊文化事業股份有限公司，2009年），頁62～100。

　　將數據代入上述公式後〔A=2,498.96×（0.24+0.76×0.49）〕，本研究估計，2008年台商在中國雇用的勞動就業人口數約為一千五百二十四點三七萬人。

　　另外，為了驗證上述的估計成果，本研究設計第二個方法，估計台商在中國雇用的勞動就業人口數。第二種方法主要是將台商在廣東省雇用的就業人口數，除以台商在廣東省直接投資家數佔台商在中國直接投資家數的比重做估計。台商在廣東省雇用的就業人口數同樣引用自廣東省統計數據與中國人大常委會的調查數據。另外，台商在廣東省直接投資家數所佔比重，則引用自經濟部投審會的統計。[42]

　　相同的，將台商在廣東省雇用約六百萬的勞動就業人口，除以台商在廣東省直接投資家數的比重32.34%，就能得出台商在中國雇用的勞動就業人口數為一千八百五十五點二九萬人。但如前所述，台商在廣東省多為勞力密集的產業，因此相同直接投資家數下，台商在廣東省雇用的勞動就業人口數相對較非廣東省市高。也就是說，若要以台商在廣東省雇用的勞動就業人口數，估計台商在中國雇用的勞動就業人口數，就必須考量台商在中國不同省份的勞動／家數比例。

　　根據中華經濟研究院主編的《赴中國大陸投資事業營運狀況調查分析報告》，2002年至2006年，每家台商在中國非廣東省市平均雇用勞動就業人口數，相對於每家台商在廣東省平均雇用勞動就業人口數的比例，分別約為65.33%、52.63%、55.42%、57.09%及90.14%。[43] 從數據上來

---

[42] 中華民國行政院大陸委員會，《兩岸經濟統計月報》，第193期，http://www.mac.gov.tw/big5/statistic/em/193/11.pdf。

[43] 中華經濟研究院編，《2007年赴中國大陸投資事業營運狀況調查分析報告》（台北：經濟部投資審議委員會，2007年），附表2-2。中華經濟研究院編，《2006年赴中國大陸投資事業營運狀況調查分析報告》（台北：經濟部投資審議委員會，2006年），附表2-2。中華經濟研究院編，《2005年赴中國大陸投資事業營運狀況調查分析報告》（台北：經濟部投資審議委員會，2005年），附表2-2。中華經濟研究院編，《2004年赴中國大陸投資事業營運狀況調查分析報告》（台北：經濟部投資審議委員會，2004年），附表1-2b。中華經濟研究院編，《2003年赴中國大陸投資事業營運狀況調查分析報告》（台北：經濟部投資審議委員會，2003年），附表1-2b。

看，除2006年的比重落差較大以外，2002年至2005年的比例介於52.00％到66.00％之間。因此，在數據的引用上，本研究以2002年至2005年四年比例的平均數57.62％作為估計值（參見表九）。

表九：中國非廣東省市相對於廣東省平均每家台商雇用勞動力的比例（2002～2005年）

單位：人；%

年度	非廣東省市	廣東省	比例
2002	320.59	490.70	65.33
2003	449.22	853.62	52.63
2004	363.74	656.37	55.42
2005	452.59	792.78	57.09
2006	527.05	584.72	90.14
2002～2005平均	396.54	698.37	57.62

註：「比例」為每家台商在中國非廣東省市平均雇用勞動就業人口數，相對於每家台商在廣東省平均雇用勞動就業人口數。

資料來源：本研究自行整理。

也就是說，每家台商在中國非廣東省市平均雇用勞動就業人口數，相對於每家台商在廣東省平均雇用勞動就業人口數的比例約為57.62％。因此，在估計上，將一千八百五十五點二九萬人分兩部分處理，第一部分為廣東省直接投資家數的比重32.34％；第二部分為中國非廣東省市直接投資家數的比重67.66％。但考量台商在中國不同省份的勞動／家數比，第二部分非廣東省市直接投資家數的比重，必須再乘上57.62％。算式說明如下：

$A = B \times (C + D \times E)$

A：台商在中國雇用的勞動就業人口數

B：未考量各省市勞動／家數比下，台商在中國雇用的勞動就業
人口數

C：台商在廣東省直接投資家數的比重

D：台商在中國非廣東省市直接投資家數的比重

E：非廣東省市的勞動／家數比相對於廣東省的勞動／家數比之
比例

將數據代入上述公式後〔A＝1,855.29×（0.32＋0.68×0.58）〕，本
研究以第二個估計方法得出，2008年台商在中國雇用的勞動就業人口數約
為一千三百一十七點二六萬人。

此外，經濟部統計處以抽樣調查的方式，自2003年起，開始統計平均
每家台商在中國雇用的勞動就業人口數。因此，將平均每家台商雇用的勞
動就業人口數，乘以目前仍在營運的台商家數，亦可估計台商在中國雇用
的勞動就業人口數。此為本研究第三個估計方法。算式說明如下：

A＝B×C

A：台商在中國雇用的勞動就業人口數

B：平均每家台商在中國雇用的勞動就業人口數

C：台商營運家數

在數據的引用上，平均每家台商在中國雇用的勞動就業人口數將引用
自《製造業對外投資實況調查報告》，每年隨機抽樣調查的樣本數皆在
一千六百家以上。由於《製造業對外投資實況調查報告》的抽樣調查對
象，是以經濟部投審會核准的對外直接投資廠商為主，因此為求數據引用
的一致性，在台商營運家數的估計上，本研究亦將引用經濟部投審會公布
的數據。

　　從經濟部投審會公布的數據中，可以清楚得知累計至目前為止，台商對中國直接投資的家數。但累計直接投資家數並不等同於目前還在營運的家數，許多企業由於經營不善而選擇中止營運，而台商目前還在營運的家數有多少，或者終止營運的家數有多少，官方並未提供任何統計數據。因此，本研究將以經濟部投審會公布累計台商直接投資家數，再進一步估計目前尚在中國營運的台商家數。

　　根據經濟部投審會的統計，2008年底累計台商對中國直接投資的家數為三萬七千一百八十一家。另外，2008年底台商對英屬中美洲直接投資一千九百三十九家中，估計七成（一千三百五十七家）轉投資中國。[44] 將兩數據相加後，本研究估計，2008年底累計台商對中國直接投資的家數為三萬八千五百三十八家。而根據中國商務部的統計，2008年底累計外商在中國直接投資六十五萬家中，還在營運的家數約為三十萬家，所佔比重約為46.15％。[45] 因此，若將46.15％的營運比率用來推估台商，則本研究估計，2008年底，還在中國營運的台商家數約為一萬七千七百八十五家。

　　《製造業對外投資實況調查報告》抽樣調查一千三百一十三家台商，得出2006年平均每家台商在中國雇用的勞動就業人口數為八百三十七人。[46] 另外，根據本研究上述的估計，2008年底台商在中國營運的家數約為一萬七千七百八十五家。將兩數據相乘後，本研究以第三個估計方法得出，2008年台商在中國雇用的勞動就業人口數約為一千四百八十八點六〇萬人。

　　歸納來說，本研究透過三個不同的研究方法，估計2008年台商在中國雇用的勞動就業人口數。第一個方法主要以勞動／資本的比例做估計，得出台商在中國雇用一千五百二十四點三七萬的就業人口；第二個方法主

---

[44] 「七成」的估算比例請見第貳節台商對中國資本形成的貢獻。

[45] 〈理性面對併購　維護經濟安全〉，中國國際電子商務網，2008年9月28日，http://tinyurl.com/mng59k。

[46] 中華民國經濟部統計處編，《製造業對外投資實況調查報告》（台北：經濟部統計處，2007年），頁62～63。

要以勞動／家數的比例做估計，得出台商在中國雇用一千三百一十七點二六萬的就業人口；第三個方法主要以台商營運家數做估計，得出台商在中國雇用一千四百八十八點六〇萬的就業人口。為求數據的一致性，本研究將三個估計方法得出的數據求取平均數後，估計2008年台商在中國雇用的勞動就業人口數約為一千四百四十三點四一萬人。根據鴻海集團總裁郭台銘的說法，2010年鴻海集團在中國雇用的員工有八十幾萬人。[47] 因此，一千四百四十三萬人應該是可能的合理估算（參見表十）。

表十：台商對中國勞動就業的貢獻（2008年）

單位：萬人

估計方法	主要參數	台商雇用的勞動就業人口數
第一個估計方法	勞動／資本比例	1,524.37
第二個估計方法	勞動／家數比例	1,317.26
第三個估計方法	台商營運家數	1,488.60
平均	----	1,443.41

資料來源：本研究自行整理。

　　然而，不僅中國官方未曾詳細統計台商在中國雇用的就業人口數，台灣方面亦難掌握確切的數據，目前所知的台商在中國雇用的就業人口數多為推估的結果。從各種資料來看，陸委會及海基會皆表示，目前台商在中國雇用的勞動就業人口約為一千多萬人。[48] 但問題在於，這些說法皆未見

[47] 戴瑞芬，〈富士康連十跳　郭台銘：絕非血汗工廠〉，中廣新聞，2010年5月24日。

[48] 江丙坤，〈二次江陳會的歷史意義〉，第四屆「兩岸和平研究」學術研討會，台北：國立政治大學國際事務學院東亞所主辦，2008年12月25日。黃忠榮，〈中國圍堵奇美　禁建抽銀根〉，《自由時報》（台北），2004年6月7日，http://tinyurl.com/luq3sd。周軍，〈台商在祖國大陸──訪中國社會科學院台灣研究所經濟室主任孫升亮〉，《統一論壇》（北京），2008年第1期（2008年1月），頁41。吳金土，《大陸台商經濟理論與實務》（台北：捷幼出版社，2007年），頁7。

嚴謹的估計方法，多在研究報告中或公開演講場合上，以一句話帶過。因此，本研究的推估結果，應能補足這方面的缺失。

最後，從台商在中國雇用勞動就業人口佔中國勞動就業人口的比重，可以衡量台商對中國勞動就業的貢獻率。根據本研究的估計，2008年底，台商在中國雇用的勞動就業人口數約為一千四百四十三‧四一萬人；另外，根據中國官方的統計，2008年底，中國的勞動就業人口數約為七億七千四百八十萬人。將兩數據相除後得出，2008年台商在中國雇用勞動就業人口數佔中國勞動就業人口數的比重約為1.86%（參見表十一）。

表十一：台商在中國雇用勞動就業人口佔中國勞動就業人口的比重（2008年）

單位：%；萬人

台商在中國雇用勞動就業 人口佔中國勞動就業人口的比重 (A)	台商在中國 雇用的勞動就業人口 (B)	中國 勞動就業人口 (C)
1.86	1,443.41	77,480

註：A＝B÷C

資料來源：本研究自行整理。

伍、台商對中國財政稅收的貢獻

為了吸收外商直接投資，中國政府提供外商各種稅收優惠政策。2008年以前，一般外商直接投資企業的所得稅稅率約為33%，其中3%為地方所得稅。但在經濟特區、經濟技術開發區、沿海經濟開發區及中西部地區的外商直接投資企業，分別享有18%至27%的所得稅稅率。此外，符合相關規定的外商企業，還可以取得「兩免三減半」及行業特殊減半的優惠。更特別的是，地方政府得以視情況再減免外商的地方所得稅。平均而言，

外商企業繳納的所得稅稅率約為11%，遠低於中國內資企業所得稅稅率
33%。

　　在各種稅收優惠政策的引導下，即使外商企業總數僅佔中國企業總數
3%，且外商企業稅務負擔僅為中國內資企業的三分之一，但卻為中國政
府貢獻龐大的財政稅收。根據中國商務部的統計，自1992年至2007年，
累計外商企業繳納稅負總額達4兆8543億人民幣，佔中國財政稅收總額
18.75%。此外，從各別年度來看，自2002年起，外商企業繳納稅負總額
佔中國財政稅收總額的比重，就已經超過20%。[49]

　　遺憾的是，中國商務部僅公布1992年以後外商繳納稅負總額的統計結
果，1992年以前的數據則無從查證。由於中國商務部並未分別統計各類別
外商繳納稅負的總額，因此只能透過外商繳納稅負的總額，推估台商對中
國財政稅收的貢獻。估算上，本研究將以台商直接投資金額佔外商直接投
資金額的比重，與外商繳納稅負總額的乘積做推估。算式說明如下：

　　　　A＝（C/B）×D
　　　　A：台商繳納稅負總額
　　　　B：外商直接投資金額
　　　　C：本研究所估算的台商直接投資金額
　　　　D：外商繳納稅負總額

　　根據中國商務部的統計，自1992年至2007年，累計外商繳納稅負總額
達4兆8543億人民幣；根據本研究的估計，累計台商直接投資金額佔外商
直接投資金額的比重為19.78%。相乘後，本研究得出，自1992年至2007

---

[49] 〈1992至2007年以外商投資稅收為主的涉外稅收情況〉，中國商務部外資司，2008年11月
10日，http://tinyurl.com/nqobja。

年，台商在中國繳納的稅負總額約為9602億人民幣。另外，根據中國人民銀行公布的人民幣兌美元年度平均匯率，進行幣值的換算後，本研究估計，自1992年至2007年，台商在中國繳納的稅負總額約為1222億美元，佔同時期中國財政稅收總額3.71％（參見表十二）。

表十二：台商對中國財政稅收的貢獻（1992～2007年）

單位：億人民幣；％

年度	中國財政稅收總額 (A)	台商繳納稅負總額 (B)	台商稅負佔中國財政稅收比重 (C)
1992	2,876.1	24.20	0.84
1993	3,970.5	44.82	1.13
1994	4,728.7	79.64	1.68
1995	5,515.5	119.57	2.17
1996	6,436.0	151.14	2.35
1997	7,548.0	196.42	2.60
1998	8,551.7	243.30	2.85
1999	10,311.9	326.16	3.16
2000	12,665.0	438.52	3.46
2001	15,165.0	570.26	3.76
2002	17,004.0	689.72	4.06
2003	20,461.6	844.21	4.13
2004	25,723.0	1,059.22	4.12
2005	30,866.0	1,264.20	4.10
2006	37,636.0	1,577.83	4.19
2007	49,451.8	1,972.58	3.99
合計	258,910.8	9,601.77	3.71

註：C＝B÷A

資料來源：本研究自行計算。

陸、結論

一、研究發現

　　二十年來，台商對中國經濟發展產生極大的貢獻，但兩岸官方所公布的統計數據，皆難以掌握台商在中國發展的實際狀況。以台商在中國直接投資的金額為例，累計至2008年底，中國商務部公布的金額為476.60億美元；經濟部投審會公布的金額為755.60億美元；本研究估計的金額則為1665.26億美元，佔同時期累計外商對中國直接投資金額的19.78%。不過，本研究沒有估算台商經香港、英屬維京群島及開曼群島以外的第三地對中國直接投資的規模，因此，本研究應該還是存在低估的問題。

　　以下分別從資本形成、國際貿易、勞動就業與財政稅收方面說明台商對中國經濟發展的貢獻。首先，本研究估計，自1988年至2008年，累計台商在中國直接投資金額為1665.26億美元，台商在中國固定資產投資為1165.68億美元，佔中國全社會固定資產投資的0.95%。

　　其次，在國際貿易的貢獻方面，本研究估計，自1988年至2008年，累計台商在中國國際貿易的總額為1兆9653億美元，佔同時期中國國際貿易總額13.87%。其中，台商在中國的進口總額高達9771億美元，出口總額為9882億美元。

　　第三，在勞動就業部分，本研究估計，2008年底，台商在中國雇用的就業人口數為一千四百四十三點四一萬人，佔同時期中國勞動就業人口數的1.86%。

　　第四，在財政稅收部分，本研究估計，自1992年至2007年，台商在中國繳納的稅負總額約為1222億美元，佔同時期中國財政稅收總額3.71%（參見表十三）。

表十三：台商對中國經濟發展的貢獻

單位：億美元；萬人；％

指標	期間	總量	對中國經濟發展貢獻
直接投資金額	1988-2008	1,665.26	0.95
進出口總額	1988-2008	19,653.00	13.87
雇用就業人口	2008	1,443.41	1.86
繳納稅負總額	1992-2007	1,222	3.71

資料來源：本研究自行計算。

二、研究限制

　　首先，本研究無法取得近年來外商在中國的進出口傾向數據，只好採用高長1997年的研究成果。因此，後續研究應補足此部分的缺失，力求更為嚴謹的估算成果。

　　其次，從文獻檢閱中發現，部分研究已經開始從效率的面向，衡量外商直接投資對中國經濟發展的貢獻。然而，若無法正確掌握台商投資中國的統計數據，要進行效率面向的分析，無異是緣木求魚。因此，本研究先釐清台商投資的各種統計數據與直接的貢獻。至於效率面向，則待日後學者進一步分析。

　　第三，部分台商在中國直接投資也是以合資及合作的方式，與中國內資企業共同經營，但是只要台商股本低於合資及合作企業註冊資本25％，即會被歸類為中國內資企業。[50] 因此，從總體數據上，研究者難以統計中國所有合資及合作企業直接投資的金額中，究竟有多少是屬於台商投資，卻被歸為中國內資企業。

　　第四，外商對中國經濟發展除提供有形的貢獻外，還包括無形的貢

---

[50] 〈關於劃分企業登記註冊類型的規定〉，中國國家統計局統計設計管理司，2001年10月10日，http://tinyurl.com/nsxcs4。

獻。許多研究從「市場」的面向來理解外商直接投資的流入，強調外商直接投資對中國政經體制變革的貢獻。[51] 然而，本研究並未述及無形貢獻的部分。

　　最後，本文研究焦點以直接效應為主，未觸及間接效應的部分。例如，台商向中國當地非台商企業採購的比例逐年提高，1995年此比例為18.19％，2006年已經上升到28.11％。這說明台商帶動中國當地企業發展，對中國經濟發展產生各項間接的貢獻。[52]

---

[51] 羅長源、張軍，〈轉型時期的外商直接投資：中國的經驗〉，《世界經濟文匯》（上海），2008年第1期（2008年1月），頁40～41。

[52] 中華民國經濟部統計處編，《製造業對外投資實況調查報告》（台北：經濟部統計處，1997年），頁89。中華民國經濟部統計處編，《製造業對外投資實況調查報告》（台北：經濟部統計處，2007年），頁365。方志堅、傅國華、李非，〈台商在大陸投資效率的實證分析〉，《亞太經濟》（福建）（2007年4月），頁60～61。

參考書目

Chenery, Hollis B. and Alan M. Strout, "Foreign Assistance and Economic Development," *American Economic Review,* Vol. 56, No. 4, September 1966, pp. 679～733.

Fei, John C. H. and Gustav Ranis, *Development of the Labor Surplus Economy: Theory and Policy* (Homewood, IL: Richard A. Irwin, Inc., 1964).

Johnson, Harry G., "Survey of Issues," in Peter Drysdale ed., *Direct Foreign Investment in Asian and the Pacific* (Toronto: University of Toronto Press, 1972), p. 2.

Kojima, Kiyoshi, *Direct Foreign Investment: A Japanese Model of Multinational Business Operations* (London: Croom Helm, 1978).

Kuznets, Simon Smith, *Modern Economic Growth: Rate, Structure and Spread* (New Haven and London: Yale University Press, 1966).

McKinnon, Ronald I., "Foreign Exchange Constraints in Economic Development and Efficient Aid Allocation," *Economic Journal,* Vol. 74, No. 294, Jun 1964, pp. 388～409.

Rosenstein-Rodan, Paul N., "International Aid for Underdeveloped Countries," *Review of Economics and Statistics,* Vol. 43, No. 2, May 1961, pp. 107～138.

Rosenstein-Rodan, Paul N., "Problems of Industrialization of Eastern and South-Eastern Europe," *Economic Journal,* Vol. 53, No. 210/211, June/September 1943, pp. 202～211.

Rostow, Walt Whitman, *The Process of Economic Growth* (New York: Norton, 1952).

Svennilson, Sven Ingvar, "The Strategy of Transfer," in Daniel L. Spencer and Alexander Woroniak eds., *The Transfer of Technology in Developing Countries* (New York: Frederich A. Praeger,1968), p.179.

Wu, Yanrui, *Foreign Direct Investment and Economic Growth in China* (Northampton: Edward Elgar Publishing, 1999).

〈1986～2007年香港投資情況一覽〉，中國商務部，2008年11月10日，http://tinyurl.com/ya2ypva。

〈1992至2007年以外商投資稅收為主的涉外稅收情況〉，中國商務部外資司，2008年11月10日，http://tinyurl.com/nqobja。

〈中國將出台政策措施穩定外商投資〉，中國國際電子商務網，2009年6月16日，http://tinyurl.com/nf3wly。

〈台商大陸投資模式正在起變化〉，中國商務部，2004年8月4日，http://tinyurl.com/kl32cp。

〈台商在粵投資增加　上半年新增項目近350個〉，廣東省人民政府，2006年8月15日，http://tinyurl.com/ydec4um。

〈兩岸經貿面臨向全面開放轉型〉，中國廣告黃頁，2006年6月24日，http://tinyurl.com/y8uusgf。

〈理性面對併購　維護經濟安全〉，中國國際電子商務網，2008年9月28日，http://tinyurl.com/mng59k。

〈盡快出台勞動合同法配套法規〉，中國人大網，2008年7月9日，http://tinyurl.com/o5vygm。

〈關於劃分企業登記註冊類型的規定〉，中國國家統計局統計設計管理司，2001年10月10日，http://tinyurl.com/nsxcs4。

《工商時報》主編，《2009大陸台商1000大 台商進化論》（台北：商訊文化事業股份有限公司，2009年）。

中國投資指南網站，http://www.fdi.gov.cn/pub/FDI/default.htm。

中國商務部網站，http://zhs.mofcom.gov.cn/tongji.shtml。

中國國家統計局，《1996年中國統計年鑑》，http://www.stats.gov.cn/ndsj/information/njml.html。

中國國家統計局，《1997年中國統計年鑑》，http://www.stats.gov.cn/ndsj/information/nj97/ml97.htm。

中國國家統計局，《城鎮勞動力調查制度》，http://tinyurl.com/lmun3s。

中國國務院第一次全國經濟普查領導小組，《第一次全國經濟普查主要數據公報》（第二號），http://tinyurl.com/mfcngp。

中國國務院第一次全國經濟普查領導小組，《第一次全國經濟普查主要數據公報》（第三

號），http://tinyurl.com/m5rzlk。

中國經濟信息網統計資料庫，http://tinyurl.com/nm42d9。

中華民國行政院大陸委員會，《兩岸經濟統計月報》（第193期），http://www.mac.gov.tw/ct.as
　　p?xItem=51026&ctNode=5720&mp=1。

中華民國行政院大陸委員會，《兩岸經濟統計月報》（第194期），http://www.mac.gov.tw/ct.as
　　p?xItem=51023&ctNode=5720&mp=1。

中華民國經濟部投資業務處編，《香港投資環境簡介》（台北：經濟部，2006年）。

中華民國經濟部統計處編，《製造業對外投資實況調查報告》（台北：經濟部統計處，1997
　　年）。

中華民國經濟部統計處編，《製造業對外投資實況調查報告》（台北：經濟部統計處，1999
　　年）。

中華民國經濟部統計處編，《製造業對外投資實況調查報告》（台北：經濟部統計處，2000
　　年）。

中華民國經濟部統計處編，《製造業對外投資實況調查報告》（台北：經濟部統計處，2004
　　年）。

中華民國經濟部統計處編，《製造業對外投資實況調查報告》（台北：經濟部統計處，2005
　　年）。

中華民國經濟部統計處編，《製造業對外投資實況調查報告》（台北：經濟部統計處，2006
　　年）。

中華民國經濟部統計處編，《製造業對外投資實況調查報告》（台北：經濟部統計處，2007
　　年）。

中華經濟研究院編，《2003年赴中國大陸投資事業營運狀況調查分析報告》（台北：經濟部
　　投資審議委員會，2003年）。

中華經濟研究院編，《2004年赴中國大陸投資事業營運狀況調查分析報告》（台北：經濟部
　　投資審議委員會，2004年）。

中華經濟研究院編，《2005年赴中國大陸投資事業營運狀況調查分析報告》（台北：經濟部

投資審議委員會，2005年）。

中華經濟研究院編，《2006年赴中國大陸投資事業營運狀況調查分析報告》（台北：經濟部
　　投資審議委員會，2006年）。

中華經濟研究院編，《2007年赴中國大陸投資事業營運狀況調查分析報告》（台北：經濟部
　　投資審議委員會，2007年）。

方志堅、傅國華、李非，〈台商在大陸投資效率的實證分析〉，《亞太經濟》（福建）
　　（2007年4月），頁57～61。

王志樂主編，《2007跨國公司中國報告》（北京：中國經濟出版社，2007年）。

王洛林主編，《中國外商投資報告》（北京：經濟管理出版社，1997年）。

朱炎，《台商在中國──中國旅日經濟學者的觀察報告》（台北：財訊出版社股份有限公
　　司，2006年）。

江丙坤，〈二次江陳會的歷史意義〉，第四屆「兩岸和平研究」學術研討會，台北：國立政
　　治大學國際事務學院東亞所主辦，2008年12月25日。

吳金土，《大陸台商經濟理論與實務》（台北：捷幼出版社，2007年）。

周軍，〈台商在祖國大陸──訪中國社會科學院台灣研究所經濟室主任孫升亮〉，《統一論
　　壇》（北京），2008年第1期（2008年1月），頁41～44。

林則宏，〈廣東將實施台胞落地簽證〉，《經濟日報》（台北），2006年3月16日，版A7。

洪家科，《台商對中國經濟發展的貢獻：1979-2008年》，政治大學國家發展研究所碩士論
　　文，2009年

胡再勇，〈外國直接投資對我國稅收貢獻及影響的實證分析〉，《國際貿易問題》（北
　　京），2006年第12期（2006年12月），頁78～82。

夏樂生，〈台商赴大陸投資現況及其對台灣經濟的影響〉，《展望與探索》（台北），第2卷
　　第4期（2004年4月），頁23～40。

高長，〈900餘億美元的合同金額接近真實〉，《投資中國》（台北），第101期（2002年7
　　月），頁22～23。

高長，〈台商在大陸投資趨勢及其對大陸經濟之影響〉，《經濟情勢暨評論》（台北），第3

卷第1期（1997年5月），頁134～152。

高長、季聲國，《台商與外商在大陸投資經驗之調查研究——以製造業為例（第三年）》
　　（台北：中華經濟研究院，1997年）。

高敏雪主編，《對外直接投資統計基礎讀本》（北京：經濟科學出版社，2005年）。

張毓茜，〈外國直接投資對中國對外貿易影響的實證分析〉，《世界經濟文匯》（上海），
　　2001年第3期（2001年3月），頁36～38。

陳永生，〈外國直接投資與中國大陸的經濟發展〉，《中國大陸研究》（台北），第44卷第3
　　期（2001年3月），頁17～42。

陳策，〈外國直接投資對中國進出口貿易的影響：2000～2007〉，《社會科學輯刊》（遼
　　寧），2008年第5期（2008年5月），頁123～126。

陳麗瑛，〈台灣對中國投資現況及影響評估〉，《經濟情勢暨評論》（台北），第10卷第3期
　　（2004年12月），頁136～143。

童振源，〈大陸政策與兩岸經貿關係〉，國家政策講座，台北：國立政治大學社會科學院行
　　政管理碩士學程主辦，2007年3月1日。

童振源，《全球化下的兩岸經濟關係》（台北：生智文化事業有限公司，2003年）。

黃忠榮，〈中國圍堵奇美　禁建抽銀根〉，《自由時報》（台北），2004年6月7日，http://
　　tinyurl.com/luq3sd。

趙晉平，《利用外資與中國經濟增長》（北京：人民出版社，2001年）。

蔡昉、王德文，〈外商直接投資與就業——一個人力資本分析框架〉，《財經論叢》（浙
　　江），2004年第1期（2004年1月），頁1～14。

戴瑞芬，〈富士康連十跳　郭台銘：絕非血汗工廠〉，中廣新聞，2010年5月24日。

羅長源、張軍，〈轉型時期的外商直接投資：中國的經驗〉，《世界經濟文匯》（上海），
　　2008年第1期（2008年1月），頁27～42。

台商大陸投資：商機與前景

陳子昂

（資策會產業情報研究所主任）

摘要

　　台商赴大陸投資已有二十年，在投資與經營上遭遇到的問題，在各個年代和階段，都有不同的考驗和挑戰。而這一波金融風暴的侵襲，致使大陸的投資環境產生變化，已不利於勞力密集且技術含量低的產業發展，而且勞動成本上升和部分法規如勞動合同法、兩稅合一等政策頒布，台商經營管理亟須進一步調整。因此如何結合兩岸的產業政策與研發能量，協助台商加強自主創新、轉型升級與永續經營等，將是一重要課題。

　　展望未來五年全球趨勢及掌握大陸內需市場的驅動，「創新」將是台商致勝的關鍵。而要能「想像」未來、「看見」未來，這是台商走向創新時代急待培養的核心能力。因此，對照2015年全球六項重大趨勢，即人口結構轉變、全球化風潮、網路化世界、跨領域科技整合、環保與精敏製造、資源使用效能提升，台商若能掌握全球趨勢，結合兩岸的產業政策、研發能量與自身的核心資源，就可創造下列的新商機：(1)兩岸三地高齡化、少子化的商機；(2)單身經濟興起並帶動寂寞商機；(3)各國貿易保護措施對台商的衝擊；(4)網路世界及網路化商機；(5)多領域技術整合造就高值化產業；(6)掌握綠色環保與彈性，製造業才有競爭力；(7)綠色能源與資源效能提升的商機；(8)節能減碳開創新商機。

關鍵詞：轉型升級、寂寞商機、區域經濟整合、節能減碳、綠色能源

壹、前言

　　1980年代由於台幣升值、勞工薪資高漲等因素，台灣企業開始數波之對外投資潮。根據經濟部之調查，台商進行海外投資的製造業者，逾82%是在中國大陸投資。主因除地緣關係、語言及文化相通外，台資企業尚考量中國當地市場發展潛力大、人工成本低廉及配合國外客戶需求等，再加上大陸為招商引資的租稅優惠，提供具競爭優勢的經營環境，使得近二十年來台商紛紛赴大陸投資。

　　1980年代後期以來，前往大陸投資的台商，多半為勞力密集度高、技術密集度低或高污染之產業。但近年，大陸沿海地區經營成本逐漸上升，使勞力密集度高、技術密集度低或高污染產業之台商，正面臨經營環境日趨嚴苛與營業獲利大幅削減之雙重衝擊。而這類廠商為繼續保持經營優勢，多半選擇移往大陸內陸或東北之城市發展，複製十幾年前到華南投資的模式。但一切從頭開始時，對到當地投資的第一代台商而言，又得重新面臨建立關係、談合作契約、整地、建廠、招工、接單、經營等布局，部分第一代台商不願再重起爐灶，而希望委由第二代接手，或部分台商第二代不願接手上一代的企業下，也就開始有「產業轉型升級」的打算。

　　因此，在展望未來五年全球趨勢及掌握大陸內需市場的驅動下，如何結合兩岸的產業政策與研發能量，協助台商加強自主創新、轉型升級、節能減排及永續經營等，將是一重要課題。

貳、尋找台商致勝的關鍵

一、　台灣由天然資源趨向資訊電子大國

　　觀察台灣過去兩百餘年的產業發展，可發現兩百年前台灣的樟腦、茶

葉與蔗糖等天然資源的產值居世界第一位。進入1960年代至1980年代，台灣在紡織品、彩色電視機、傘、鞋、自行車等傳統產業的產值居世界第一；邁入1980年代電腦化的時代，台灣生產的個人電腦、電腦周邊和關鍵零組件，其產值均多年蟬聯世界第一位（參見圖一）。直至1990年代台商面臨新台幣升值、勞動薪資及土地成本高漲，才陸續將廠房遷移至大陸或東南亞地區。但2008年起，大陸台商陸續面臨(1)五大政策衝擊：調降出口退稅、實施勞動合同法、兩稅合一且內外資所得稅一致、開徵土地使用

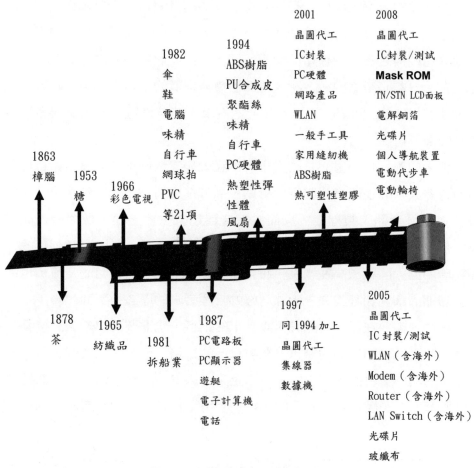

圖一：台灣居世界第一的產品

資料來源：天下雜誌；經濟部ITIS計畫。

稅、環保限制與加強出口企業環保監管。(2)四大環境變化：人民幣升值、工資成本與原物料價格高漲，甚而導致缺電、缺工和罷工、南方雪災、四川大地震。(3)一大市場危機：金融風暴，致使美歐消費景氣低迷，且全球資訊科技支出緊縮。前述這十把利刃在短短一年內陸續揮向台商，迫使台商必須思考生存之道，與下一個十年的產業布局。

二、創新是台商致勝的關鍵

日本趨勢大師大前研一長期觀察日本的經濟變化，因日本過去二十年經歷了巨大的變動，匯率連升四次，從1美元兌360日圓升值到兌84日圓，升值高達四倍之多。同樣產品賣到美國，卻只能收到四分之一的日圓。為求生存，日本必須拿出顧客願意付四倍價錢來買的東西，其中的關鍵，就是創新。[1] 唯有「創新」，日本才能把汽車、消費性電子、工具機做到全世界非買不可。

但大前研一也語重心長的指出，中國人最喜歡做土地開發、做買賣，沒有太多人喜歡在研發、製程、行銷、品牌等事情下苦工。賺錢後很少會投資在改善產品、製程上，反而會把錢存起來去買土地、做開發、開餐館。他指出：我沒見到多少華裔企業家真心想在產品、製造上做創新的。但隨著中國大陸經濟高速增長，將伴隨工資的上漲、人民幣的升值，也都可能短期內讓你利基盡失。因此，好的管理者真的應該往下面想幾步了。下一場仗，需要在行銷、品牌、設計上的創新，也需要到第一線去接觸終端客戶，真正探知市場的需求，開發自己的規格。但要做到這些，必須準備營收的25％重新投入市場中。日本企業過去二十年興盛的企業，都是投資營收25％在美國市場建立品牌、行銷管道、顧客關係的廠商。

---

[1] 大前研一，「未來台灣創新的致勝關鍵」，天下雜誌（台北），第345期（2006年5月），頁54～60。

　　談到「創新」，台商真的準備好創新了嗎？台商在全球競爭激烈的環境下，真的具備創新力嗎？依據英國經濟學人（EIU）2007年5月調查世界各國和地區的創新力排名，其創新力評選指標含專利數、研發支出比例、企業教育訓練、科技技術、公共建設等。經訪談全球四百八十五位金融、ICT、製造、醫療、生技等企業高階主管，台灣的創新力在2002至2006年全球排名居第八名，但預估2007至2011年全球排名將進步二名，至第六名（參見表一）。

表一：全球主要經濟體創新力排名

地　　　區	2007～2011年排名	2002～2006年排名
日　　本	1	1
瑞　　士	2	2
美　　國	3	3
瑞　　典	4	4
德　　國	5	6
中華民國	6	8
新 加 坡	14	17
南　　韓	17	15
香　　港	23	23
大　　陸	54	59

資料來源：經濟學人（EIU），2007年5月。

　　台灣既然在創新力上具有優勢，那大陸台商如何掌握創新力呢？吳怡靜指出：「想創新，先向顧客借腦袋。」新產品，實驗室裡的發明家不再是唯一的英雄，越來越多廠商開始把顧客當成產品創新的另一個救星。搶起觀眾的腦袋，讓一群非專業的門外漢來指導企業如何設計開發產品。[2]

---

[2] 吳怡靜，「想創新，先向顧客借腦袋」，天下雜誌（台北），第320期（2005年4月），頁108。

　　因此，工研院產業學院於2006年8月發表研發管理職能調查報告，其訪查台灣一百多位研發主管，詢問他們就未來研發管理，在任務、知識、技能、特質上，他們認為最重要的五項職能和困難度最高的五項職能。經調查發現，在任務上最重要和困難度最高的職能均是分析產業與市場趨勢，且在知識上最重要的職能亦是市場資訊（參見表二）。由此可見，台商如果想掌握創新力，最直接有效的方法是，讓員工培養市場嗅覺，即讓員工無時無刻觀察市場脈動與消費者／客戶的需求，主動探求客戶的需求與市場潮流，再將這些產品與市場趨勢的訊息反饋給研發部門，讓研發部門能同時掌握技術策略與市場趨勢。綜言之，創新是台商致勝的關鍵，台商在建構創新所需要的資訊時，要讓公司全部的員工多觀察、多問為什麼，鼓勵其好奇心，培養其市場嗅覺。

表二：未來研發管理重點與趨勢

	任務	知識	技能	特質
重要性最高五項職能	1.分析產業與市場趨勢	1.市場資訊	1.關注品質	1.團隊合作
	2.掌握企業之核心技術	2.技術策略	2.創新力	2.團隊領導
	3.擬定研發策略	3.產業知識	3.問題解決	3.主動積極
	4.組織及管理研發人力	4.專案管理	4.規劃與執行	4.自信心
	5.管理智慧財產	5.研發人力管理	5.顧客服務導向	5.成就導向
難度最高五項職能	1.分析產業與市場趨勢	1.技術策略	1.創新力	1.團隊領導
	2.掌握企業之核心技術	2.技術預測方法	2.促進變革	2.組織承諾
	3.管理智慧財產	3.專利知識	3.策略思考	3.成就導向
	4.擬定研發策略	4.技術評估方法	4.提升績效	4.團隊合作
	5.擬定新產品或新技術的研發計畫	5.財務管理	5.規劃與執行	5.影響力

資料來源：工研院產業學院研發管理職能調查報告，2006年8月。

參、前瞻五年後的產業趨勢

政治大學吳思華教授指出，要定義出有主導性的創新產品或服務系統，一定要能「想像」未來、「看見」未來，這是台灣走向創新時代急待培養的核心能力。[3]

一、2015年全球重大趨勢

由行政院經濟部主導，台灣兩大智庫工業技術研究院及資訊工業策進會共同組成的「2015台灣願景規劃小組」，從2005年底開始，執行一項為期三年的台灣關鍵報告。未來十年你我的生活方式與工作形態，都與這份報告息息相關。[4]

2015台灣願景規劃小組蒐集日本、韓國、新加坡、中國大陸、芬蘭等世界各國針對2015年或2020年，甚至2030年所做的全球趨勢大預測，經彙整、過濾後，整理出2015年全球六項重大趨勢。分別是趨勢一：人口結構轉變，即高齡／少子化與人口移動，勞動力質量俱變；趨勢二：全球化風潮，即國際價值鏈洗牌，資源面臨重新分配；趨勢三：網路化世界，即分眾與全新商業模式，重塑行為規範；趨勢四：跨領域科技整合，即人性化導向，加速跨領域整合創新；趨勢五：環保與精敏製造，即提升競爭力，掌握環保與彈性生產；趨勢六：資源效能提升，即追求永續，重新思考資源配置與運用（參見表三）。

---

[3] 吳思華，「能『想見未來』才能大幅創新」，天下雜誌（台北），第327期（2005年7月），頁36。

[4] 徐仁全，「2015關鍵報告　你不能不知未來六大趨勢」，遠見雜誌（台北），第245期（2006年11月），頁184。

表三：全球六大趨勢帶動未來產業創新機會

趨勢一：人口結構轉變 高齡／少子化與人口移動，勞動力質量俱變
趨勢二：全球化風潮 國際價值鏈洗牌，資源面臨重新分配
趨勢三：網路化世界 分眾與全新商業模式，重塑行為規範
趨勢四：跨領域科技整合 人性化導向，加速跨領域整合創新
趨勢五：環保與精敏製造 提升競爭力，掌握環保與彈性生產
趨勢六：資源效能提升 追求永續，重新思考資源配置與運用

資料來源：工業技術研究院。

　　現針對全球六大趨勢分別深入分析如下：

二、掌握全球趨勢，創造新商機

　　人口結構不僅變老，人口還將逐漸減少，是不少已開發國家與台灣將共同面對的問題。因高齡化以及少子化，將導致直接生產人力減少，且社會負擔加重，也反映未來勞動力的成長不足，國家賴以維持競爭力的關鍵創造力減弱，這對一國之永續競爭力將是一大警訊。因此，如何延續五十五至七十歲族群的腦力與經驗、吸引國際人才，才是未來產業持續維繫競爭力的關鍵。而且高齡化帶動銀髮族高消費形態與社會福利需求，將可為台商創造另一商機。另外，都市化考驗都市承載能力，也將帶動都市更新所帶來的新商機。

(一) 高齡化商機在亞洲

根據經濟合作暨發展組織（OECD）的研究，一個國家邁入高齡化社會後，實質GDP成長率將降低0.35％至0.75％。金字塔倒轉，整個人口結構的「質變」，是對經濟、產業的考驗，更挑戰都市承載能力。[5]

日本是全球人口老化最為嚴重的國家。根據估計，目前日本每四人就有一人是在六十五歲以上，而預料到2025年會有三分之一的人口都在六十五歲以上。日本自民黨在2009年8月失去其逾五十年之執政地位，主因在其經濟與社會的結構性問題：人口老化，這也是造成日本經濟長期低迷，引發人民不滿的最主要問題。[6] 而台灣高齡化的速度僅次於日本。預計在 2019 年，台灣將正式邁入高齡國家，六十五歲以上人口超過 14%。此外，據中國老齡工作委員會推估，大陸六十歲以上老年人口於2014年將達二億人，2037年將達三億人。大陸將成為全球老年人口最多的地區。而依據經濟合作暨發展組織（OECD）發表的報告指出，2050年南韓將取代日本成為最高齡化的先進國家（參見圖二），主要歸因於南韓生育率過低。[7]

---

[5] 楊方儒、徐仁全，「預見未來 從六大趨勢看到十年後的世界」，遠見雜誌（台北），第245期（2006年11月），頁206。

[6] 王曉伯，「人口老化問題壓垮自民黨政權」，工商時報（台北），2009年8月31日，版A3。

[7] 蕭麗君，「OECD：2050年南韓高齡化最嚴重」，工商時報（台北），2009年7月14日，版A7。

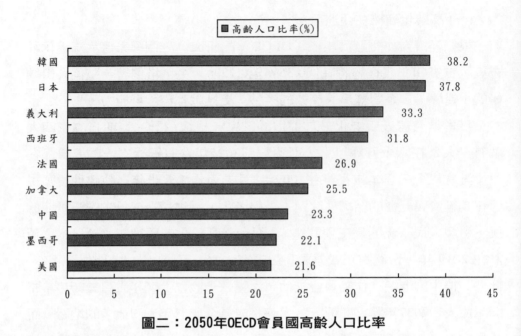

圖二：2050年OECD會員國高齡人口比率

資料來源：NSO。

　　綜合前述的分析可看出高齡化的商機就在亞洲，而其商機大致有：

1. 高級精緻旅遊業：如郵輪業、國外度假等。

2. 長期照護：安養院與老人住宅、老人照顧服務、宅配、老人再教育、老人結婚市場、殯葬業等。

3. 醫療保健：抗老化、美容保健食品、醫療設備及影像診斷技術、醫療保險等。

4. 金融服務業：退休人員理財等。

5. 民生與奢侈品消費：老人輔助用品／玩具、銀髮族雜誌、懷舊商品等。

(二) 少子化商機在兩岸三地

　　2005年，全球人口突破六十五億大關，預計到2015年，將達到七十二億至七十五億。但是相較於1985年人口年增率達1.7%，2000年達

1.3％，2015年僅1％，許多國家出生率正快速下降中。而台灣、香港是目前全球生育率最低的地區，平均每位婦女只生一個小孩（參見圖三），其中2008年台灣新生兒出生率僅0.86％，為歷年來最低。而大陸更是早在三十年前即已實施一胎化政策。對照美國和歐洲各國，都比台灣、香港、大陸更早邁入少子化社會，也頻頻尋找對策。在少子化的趨勢下，因小孩生得少，使每個家庭花在小孩身上的錢也變多了，所以少子化是危機，但卻也是轉機！綜合前述的分析，可看出少子化的商機就在兩岸三地，而其商機大致有：

1. 綜合性安親班、兒童才藝補習班、遊學課程。
2. 鑑定考試。

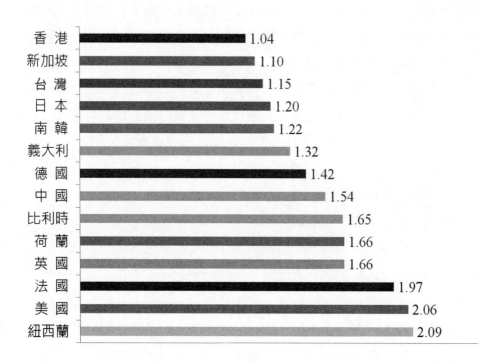

圖三：2010年估計婦女總生育率比較──台港地區少子女化日趨嚴重

資料來源：C.I.A The World Factbook。

3. 高單價、高質感的兒童服飾、嬰幼兒精品系列、安全用品家具、玩具。

4. 寶貝寫真館、兒童保單。

5. 臍帶血銀行、五星級坐月子中心 。

6. 明星學區的住宅。

(三) 宅經濟與寂寞商機

　　日本因少子化使人口逐漸下降，但家庭數卻不減反增。原因出在越來越多老年人獨居及年輕人晚婚或不婚，造成過去三十年來日本單身家庭數與日俱增，但也因此衍生出許多單身族商機，「單身經濟」風潮現正席捲日本各行各業。《日經新聞》報導，現今日本三十歲以上男性未婚比例達47%，人數是三十年前的三倍有餘；三十歲以上未婚女性比例則為32%，是三十年前的四倍多。而終身未婚的比例也明顯攀升，每六位男性就有一位、每十五位女性就有一位表示，希望一輩子維持單身。此外，寧願不結婚而選擇與寵物共組家庭的人數也有增加之勢。日本目前的寵物貓狗數量達到二千四百萬隻，甚至超過十五歲以下兒童人口數。2007年養寵物的單身人士佔日本總人口的7%，比十五年前還多出一倍有餘。[8]

　　根據內政部統計，全台灣二十歲以上的單身人口，從2000年只佔同齡人口的37%，2008年佔比已攀升至42%，高達七百四十萬人。而台灣獨居人口比例，也幾達總人口的10%。

　　而在平均三位男性就有一個找不到配偶的中國大陸，嫁我網、世紀佳緣、愛情公寓、珍愛網和百合網這五大婚戀網站，平均每十二秒就促成一對戀人，五大網站去年總營收達人民幣10億元。因此，一切為結婚積極從事的活動，例如「婚活」產業，還有訴求「單人消費」等形單影隻的寂寞商機，不但人數幾乎與有偶人口一樣多，而且天天都是消費日。一個人的

---

[8] 吳慧珍，「日本單身經濟席捲各行業」，工商時報（台北），2009年3月6日，版A6。

生活形態，商品服務的需求與家庭完全不同，是許多業者最新鎖定搶佔的大餅。[9]

　　談到寂寞商機，依據《遠見雜誌》調查發現，台灣三大都會區台北縣市、台中縣市及高雄縣市，就有高達一百零七萬的寂寞人口，這個數字已經超過台中市的總人口數。而這些寂寞人口的生活形態越來越「一個人」，無聊變商機，寂寞成了好生意。據《遠見雜誌》調查，台灣在六大寂寞產業的市場規模竟如此龐大，即頂客族把寵物當小孩，養出200億元狗市場；苦悶族把動漫公仔當寄託，造就6億元公仔商機；三百五十萬網路族夜夜上線，連成12億元交友網；單身小套房，市場規模600億元；台

表四：無聊是金，六大寂寞產業興起

類別	台灣市場規模	成長率	營業模式	備註
寵物商機（電子狗）	500億台幣（39億台幣）	15~20%	食、衣、醫院、SPA、寫真館、瘦身……	東京每100戶有40戶養狗，台北則僅15戶
公仔商機	6億台幣	30%以上	動漫玩偶、辦公室玩具、紀念品	
網路交友與即時通訊商機	12億台幣	50%以上	交友網站、社群網路、相親網站、虛擬男／女友網站	
單身戶商機	600億台幣	50%以上	小坪數豪宅、冷凍食品、小家電	小套房已佔房地產銷售總額25%以上
夜店商機	台北：30億台幣		Lounge Bar、Piano Bar、餐廳酒吧	
瑜伽、健身商機	100~200億台幣	50%	瑜伽教室、健身中心，結合中醫保健	紓解工作壓力，學習與自己獨處

資料來源：《遠見雜誌》，2006年4月。

---

[9] 盧昭燕、謝明玲，「寂寞商機『婚活』產業火紅」，天下雜誌（台北），第429期（2009年8月），頁76～78。

北市夜店族，一年撒出30億元的消費；未來五年，瑜伽族將達二百萬人（參見表四）；還有，專為療傷族錄製的「心靈美療」音樂，銷量更勝流行天王周杰倫。[10]

　　至於宅經濟所引爆的線上遊戲市場，依據艾瑞市調公司的統計，2008年全球線上遊戲市場中，美國佔29%的市場規模，蟬聯世界最大的線上遊戲市場；其次則是中國大陸，市場規模為207.8億元人民幣，佔全球市場比重27%，首度擠下韓國成為世界第二；至於韓國2008年線上遊戲的市場規模約161.7億元人民幣。但展望2009年，因3G網路的逐步普及化，中國大陸將首度擠下美國成為全球最大的遊戲市場。而在三至五年內，中國大陸的線上遊戲市場規模也將維持20%以上的年複合成長率，2009年中國大陸的線上遊戲人口數量也會高達一千四百至一千五百萬人。[11]

(四) 全球化的迷思與貿易保護興起

　　全球化雖帶動無國界經濟，但在全球一家概念下，台商應以國際化與自由化思維考量資源分配。因此，台商在未來將陸續面臨如下的挑戰與商機：

1. 全球化對品牌的普及與重要性有推波助瀾的效果，國際品牌市場占有率與集中度將增加。
2. 共通性議題重要性日增，如經貿協定、環保規範、產品規格、疾病防治日益重要，爭取加入標準規範制定是產業發展的關鍵。
3. 全球化經濟將促進大規模中產階級興起，帶來龐大的消費力量。

　　全球化雖帶來挑戰與商機，但台商在因應全球化時也會面臨如下的問題：

---

[10] 王一芝，「擁抱千億商機　無聊是金」，遠見雜誌（台北），第238期（2006年4月），頁50～93。

[11] 李純君，「中國將成最大線上遊戲市場」，工商時報（台北），2009年5月12日，版A10。

1. 反全球化人士抗爭越趨激烈。

2. 有限資源之爭奪（石油、鋼、鐵、天然氣等）。

3. 人才、資金分配不均，未開發國家越趨貧窮。

4. 環境與生態之破壞。

5. 區塊經濟興起，未納入區塊之國家將受害。

至於區塊經濟興起，全球三大區域經貿板塊隨著歷史的演進已逐漸成形，從最早發展的歐洲區域經濟整合，到北美自由貿易協定之簽署，而後則是亞洲區域經濟之整合。原本亞洲區塊經濟是依靠強勁出口帶動經濟增長，北美區塊經濟則是全球主要的需求市場。但自金融海嘯發生以來，世界各國都擔心全球貿易是否會重蹈1930年代的關稅壁壘等貿易保護主義，及某些國家會採用貿易保護的措施，進行貿易制裁與惡性競爭。因此，從2008年的G20高峰會、APEC領袖會議，到2009年的G20倫敦峰會、東亞峰會，都免不了重申一次拒絕貿易保護主義的共識宣言。

可惜的是，2009年9月美國政府宣布對中國大陸小汽車／小貨卡輪胎課徵懲罰性關稅三年，也立即引發中國威脅，對美國出口至中國的肉雞及汽車零件進行報復。一時間，擔心貿易保護之疑慮再起。依據中國商務部統計，截至2009年11月，共有十九個國家和地區對中國發起「兩反兩保」貿易救濟調查一百零三宗，其中反傾銷六十七宗，反補貼十三宗，保障措施十六宗，特殊保障措施七宗。此外，中國還遭遇美國「337調查」（即美國國際貿易委員會針對進口貿易中的不公平行為，發起調查並採取制裁措施）六宗。涉案總金額共約120億美元。明顯地，隨著不景氣的持續，發起貿易救濟調查的案件，不僅個數增加，金額規模更是倍數膨脹。因此，對大陸台商而言，雖不必立即改變在中國大陸的投資策略，但分散中國大陸以外的生產基地之策略，勢不可免。[12]

---

[12] 社論，「陰魂不散的貿易保護主義」，經濟日報（台北），2009年9月19日，版A2。

　　世界貿易組織（WTO）與獨立智庫「全球貿易預警組織」（GTA）
的調查報告指出，目前全球僅計畫採取的貿易保護措施就超過一百三十件
（參見表五），這些保護措施包括政府金援企業、高關稅、移民限制及出
口補貼。據GTA統計，中國大陸是貿易保護最大的圍堵目標，共有五十四
國針對大陸貨採取限制措施；其次是針對美國的四十五國，及針對日本的
四十六國。[13]

表五：各國或地區所採取或承受的貿易保護措施

地區	G20	G8	歐盟27國	中國大陸	美國	德國	日本	法國	南韓	新加坡	香港	台灣
件數	204	164	144	145	122	119	107	106	94	72	43	9

資料來源：全球貿易預警組織。

　　依據亞洲銀行統計，全球三大區域經貿板塊，其區域內貿易比重
日增，如歐盟二十七國區域內貿易比重由1980年的61.5％增至2006年的
65.8％，而北美自由貿易區之區域內貿易比重也由1980年的33.8％增至
2006年的44.3％。至於東盟十國加日、韓和兩岸三地之區域內貿易比重，
也是由1980年的36.8％增至2008年的54.5％（參見表六）。

表六：經濟全球化但區域內貿易比重日增

地　　　區	1980	1985	1990	1995	2000	2008
歐盟27國	61.5	60.0	66.8	66.9	66.3	65.8
NAFTA（北美自由貿易區）	33.8	38.7	37.9	43.1	48.8	44.3
東盟十國	17.9	20.3	18.8	24.0	24.7	27.2
東盟加三（中、日、韓）	30.2	30.2	29.4	37.6	37.3	38.3
東亞15國（東盟加三加台、港）	36.8	39.0	43.1	51.9	52.1	54.5

資料來源：亞洲銀行。

---

[13] 陳家齊，「全球貿易保護戰　中國傷最重」，經濟日報（台北），2009年9月16日，版A5。

(五) 網路化與新應用商機

　　未來網路將越來越普及，而網路新規範，以及網路消費者關係與行為的研究，將影響未來台灣產業發展。因此，網路應用普及下，將創造新商機與服務，但也改變舊有商業模式。例如線上服務可促進傳統服務整合與轉型，企業須提供更具品質價格競爭力產品與全方位服務，包括與金流、物流服務的結合。因此，網際網路正在改變產業活動面貌與商業模式。如何篩選、整合與運用浩瀚的網路訊息，才是產業經營致勝的關鍵，網路對法令、社會與文化的衝擊，也將比過去十年更為顯著。

　　電腦應用領域的發展由最早的Main Frame進展到PC（個人電腦），再進展到Internet，未來將呈現Pervasive（Anyone、Anywhere、Any time、Any device）的面貌，即任何人拿著終端裝置將可不限時、地的立即遨遊網路世界（參見圖四）。而台商在資通訊產業的全球競爭力向來名列前茅，尤其是硬體製造能力更是世界第一。因此在網路化的世界，台商可選擇運用資通訊技術製造出獨特、個人化、易操作人機介面等功能之終端裝置，或是資通訊技術結合網路應用提供獨特、個人化的網路服務和電子商務。

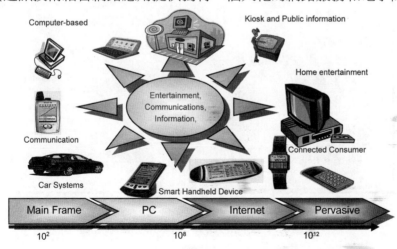

圖四：資訊科技結合網路應用之終端裝置將應用多元化

資料來源：資策會MIC。

　　至於行動運算的下一個新技術——雲端運算（參見圖五），「雲端電腦資料中心」可讓未來電腦運算就像是水、電一樣，只要連上網路就可以無限使用。因此，雲端運算可促成軟硬體與服務業整合，尤其是系統整合，以及平台、軟體加值及服務轉型能量的提升。我國政府預定在五年內投入新台幣230億元發展雲端運算產業，以網路頻寬建設、技術研究、環境建構、應用開發等為重點。其中，中華電信、資策會、趨勢科技已合作開發開放式雲端作業系統，透過開放式雲端作業系統，讓未來雲端處理數百台甚至數千台伺服器或CPU，即便使用不同作業系統（如微軟、Google或IBM），也能在虛擬化的開放式雲端作業系統下順利運作。 另外，中華電信也正打算與ISP業者共同合作成立雲端育成中心，針對金融、製造、服務等各產業別，開發出業界需求的雲端應用服務。而且，中華電信與廣達已簽訂策略聯盟，由廣達扮演整套雲端上下游產業鏈的供貨商。

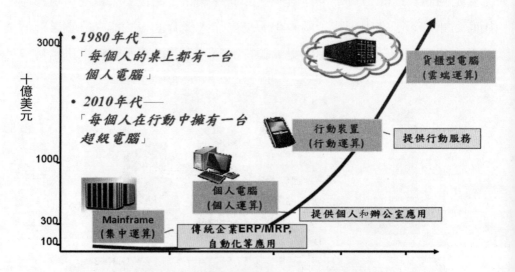

圖五：下世代的運算架構——雲端運算

資料來源：工研院。

(六) 多領域技術整合造就高值化產業

　　所謂多領域技術整合，不僅在技術的結合，更發展為多種技術與學門的整合。因為未來科技創新將主要來自多領域技術整合，而非單一技術本身。所以未來最蓬勃的技術發展，將呈現在生物科技、資通訊技術、微型化與智慧材料。結合電腦和其他學科的人日益增多，創造混合性的新學科，為跨領域的研究帶來重大的改變。因此，台商須培養跨領域專業人才，包含國際技術領導權競爭、專利爭議、相關規範制訂、研發服務等。

　　至於多領域技術整合的代表產品之一——機器人，因機器人的開發須整合不同產業領域知識；而不同產業亦可跨足機器人的研究與開發。使機器人的應用可依據不同的應用領域呈現不同的面貌（參見圖六）。

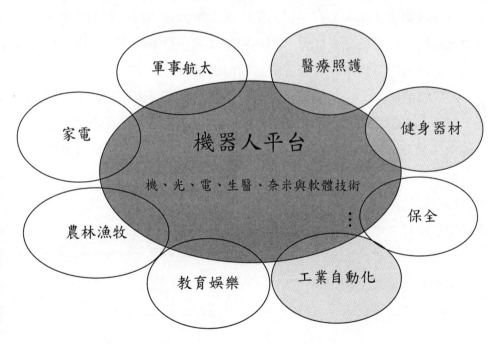

圖六：跨領域科技整合的代表產品——機器人

資料來源：工研院IEK。

　　台灣擁有豐富的機械、半導體、光電、資訊電子等產業群聚，將是機器人產業發展最大的利基，更是未來立足全球的決勝關鍵，未來機器人產業將發展成一新興產業。再加上台灣廠商擁有完整產業供應鏈、彈性應變能力的基礎，與其他國家相較，更具備快速切入市場的優勢能力。為達成台灣在2015年成為全球機器人設計與製造中心，創造產值2500億新台幣的目標，經濟部工業局2008年在「智慧型機器人產業發展推動計畫」中，投入數千萬元新台幣執行協助業界產品開發輔導案，估計至少可創造14億元新台幣產值。

(七) 掌握綠色環保與彈性，製造業才有競爭力

　　對精敏製造（agile）與環保的重視則是未來全球製造業的焦點。因為精巧靈敏快速反應的企業體質，即具彈性且精巧靈敏的能量，將滿足產品差異與客戶的即時需求，方能在劇烈的市場競爭下生存。

　　對於產業而言，自動與彈性製造形態將展現於生產價值鏈中的各個階段，潔淨生產與污染防治，節能、可再利用或回收的功能成為未來產品主要訴求，更是企業展現環保績效、提升形象、改善與提升經營體質的關鍵。製造業的壓力已不僅只是降低成本，如何掌握國際相關規範，同時發展綠色高值化產業才是重點。因此，掌握國際環保規範，節能、可再利用或具回收功能之綠色及永續產品，是爭取國際市場必然的趨勢。

　　所以現今企業的創新，不再只是直線思考，而是如何連成一個圓，讓產品從生產、販售、使用、報廢、回收、分解，到再製，形成完整的循環。如此，既能降低成本，打造具環保價值的產品，成為一種生生不息、有效率的創新。

(八) 綠色能源與資源效能提升的商機

　　現今油價、大宗原物料（礦產、農產品）價格雖回歸正常水準，但未

來自然資源將持續成為各方衝突的焦點，尤其是水、石油與糧食，將持續在未來十年帶來不同程度的影響。由於地球持續暖化造成氣候異常，過去不缺水的國家，也開始感受到水源不再是廉價與理所當然的來源。我們必須深入思考，如何分配水源以達到最大效益。污水回收處理與淨化技術的發展，亦成為重要議題之一。另外，據世界衛生組織（WHO）統計，目前全球約有九億人口沒有乾淨的飲用水，且WHO曾多次表示，未來的戰爭導火線將是爭奪水資源的使用權和所有權。再者，亞洲開發銀行也表示：「亞洲將面臨水資源危機，最新估計顯示，2030年前，水的需求會比供給多出40%。」並警告，亞洲80%的水用於灌溉農田，另有10%到15%是工業用水，水短缺可能對食物供給產生嚴重影響。而石油將持續成為未來十年的重要議題，尤其是油源的不確定性，提升替代能源的相對重要性。另外，為降低煤、石油與天然瓦斯等碳系能源對環境、經濟及能源的衝擊，提高非碳系新能源應用的概念，已成為國際主流。因此，對台商而言，相關水資源的商機有水源養護、合理化與效率化、污水回收處理與淨化技術、水商品化與相關產業。而相關石油資源的商機有替代能源多元化發展，節約與提升能源使用效益之技術服務。至於糧食的商機有農業科技化、資訊化、衛生安全管理、產業價值鏈整合、策略聯盟與創意行銷。

　　台灣擁有IT、半導體、光電、機電、金屬、複合材料等產業的厚實基礎，極具發展成為綠色能源產業大國的潛力。透過技術突圍、關鍵投資、環境塑造、內需擴大、出口轉進等五大策略，突破台灣發展綠色能源產業的關鍵瓶頸。因此台灣為發展綠色能源產業，特選定太陽光電、LED光電照明、風力發電、生質燃料、氫能與燃料電池、能源資通訊及電動車輛等為重點產業，並依產業特性及技術潛力加以扶植。其中能源資通訊意指應用資通訊技術（ICT）於工業製程最佳化、高效能交通運輸系統、住商耗能管理及電網智慧化等領域之節能監控，涵蓋其軟硬體與服務系統技術。未來五年內，行政院將投入250億元新台幣推動再生能源與節約能源

之設置及補助，並至少投入技術研發經費約200億元新台幣，以促使綠色能源產業產值可由2008年的1603億元（佔製造業1.2%），提高至2015年1兆1580億元（估計約佔該年製造業總產值6.6%）（參見表七），並提供十一萬人就業機會。期許於2015年成為全球前三大太陽電池生產大國、全球最大LED光源及模組供應國、全球風力發電系統主要供應商之一、建構國內生質燃料自主供銷系統、成為全球燃料電池系統組裝生產基地、國際能源資通訊供應體系一員，以及亞太地區電動車輛主要生產基地等目標。

表七：綠色能源產業全球市場規模及台灣產值

單位：億元新台幣

重點產業		太陽光電	LED 照明光電	風力發電	生質燃料	氫能與 燃料電池	能源資通訊
2008	台灣 產值	1,011	460	35	9.9	4	80
	全球市 場規模	10,207	4,166	19,698	16,203	50	3,750
2015	台灣 產值	4,500	5,400	200	245	130	1,000
	全球市 場規模	29,705	27,308	59,530	31,680	320	11,250

資料來源：工研院，2009年4月。

再生能源係指符合環境永續發展，可生生不息、循環再利用之能源，包括太陽能、風能、生質能、地熱、水力等，為一種符合環保概念之綠色能源。近年來許多國家基於永續發展，均積極鼓勵使用再生能源；德國早在2000年即推行提供再生能源優惠購電之再生能源法，2003年日本亦開始實施再生能源配比制度。甚至中國大陸亦於2005年2月通過「可再生能源

法」，並於2006年1月1日生效，目標是2010年再生能源佔初級能源比例達5%、佔總發電容量比例10%，到2020年則達到15％。[14]

世界主要地區對再生能源之發展目標，仍以歐盟市場為主。歐盟預計在2010年時，其再生能源電力佔總發電容量比例可達22.1%，而日本則預計僅達1.4%（參見圖七）。

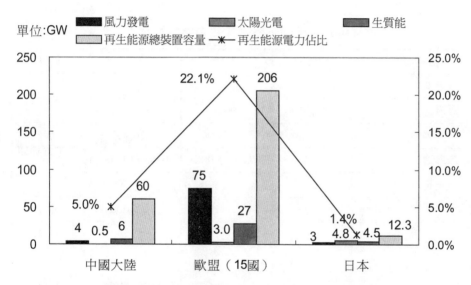

圖七：世界主要地區2010年再生能源推廣目標

資料來源：工研院IEK，2006年4月。

世界經濟論壇（WEF）2009年1月提出報告，鼓吹投資潔淨能源，亦即再生能源及提高能源效率的科技，排除核能及大型水力發電。報告指出，從2004到2008年，全球潔淨能源的投資從300億美元增加到超過1400億美元。而且，從現在起到2030年，全球每年至少要投資5150億美元於潔淨能源，才可能把全球平均溫度上升控制在攝氏兩度以內，這是許多科學家認為超過會很危險的限度。

---

[14] 尤如瑾，「再生能源市場商機探討」，ITIS產業評析，2006年4月。

　　中國大陸能源發展戰略是以「節約優先」，而自主創新科技發展是解決能源問題的根本途徑。預估2020年時，中國大陸之潔淨能源以水力發電最為重要，風力、核能、生物質能發電次之（參見表八）。而在綠色能源部分，中國大陸對風力發電之發展遠較太陽光電重要，主要原因是太陽光電產業鏈較弱且發電成本高，而風力發電能源回收期較短。

表八：中國大陸潔淨能源發展目標

裝置容量	2005	2010	2020	單位
核能發電	6,958	-	40,000	MW
水力發電	117,000	190,000	300,000	MW
生物質發電	2,000	5,500	30,000	MW
風力發電	1,260	10,000(5,000)	50,000(30,000)	MW
太陽能發電	70	300	1,800	MW
生物質固體成型燃料	-	100	5,000	萬噸
沼氣	-	190	440	億立方公尺
生質酒精	-	200	1,000	萬噸
生質柴油	-	20	200	萬噸
太陽熱水器	-	1.5	3	億平方公尺
地熱	-	400	1,200	噸標準煤

資料來源：可再生能源中長期發展規劃，核電中長期發展規劃。

　　為促進新能源和節能環保產業發展，中國大陸於2009年7月21日宣布啟動「金太陽工程」，由大陸財政部、科技部、國家能源局聯袂發布「關於實施金太陽示範工程的通知」。計畫在未來二到三年內，補助太陽能（光伏）發電的材料生產和基礎設施建設，一般太陽能發電系統和配電工程補助50％，而偏遠無電地區更將補助70％，並且以各地火力發電的電價進行全額收購，總財政補助的項目將不少於五百兆瓦。金太陽計畫中，將

針對併網（併聯）太陽能發電、獨立太陽能發電、大型併網太陽能發電、矽原料提煉、併網技術發展等項目進行財政補助。因此大陸將採取財政補助、科技支援和市場拉動等多種方式，加快大陸太陽能發電的產業化和規模化發展。預計在2030年之前，中國大陸將達到太陽能裝機容量一億千瓦，年發電量可達一千三百億千瓦的目標。[15]

　　對想進入新興能源產業的台商而言，大陸啟動太陽能發電補助，對於整體內需市場提升助益大。由於大陸幅員遼闊，很多地方送電不易，太陽能補助等同「送電下鄉」，商機不容小覷。但國務院總理溫家寶2009年8月26日主持國務院常務會議，決定採行審核、環保、土地、融資與信息發布等五大措施，遏止鋼鐵、水泥、煤化工、平板玻璃、風力發電及太陽光電多晶矽等六產業的產能過剩與重複建設現象。國務院是基於太陽能上游多晶矽產業投資規劃產量過大、投資金額高，以及消耗能源等問題，宣布將重點加強對多晶矽產業發展的指導 。而根據徐州中能硅業的估算，已通過審批，目前興建或規劃中的多晶矽產能就達十萬噸，預計2012年底這些新增產能將全數到位。其中一千噸的投資是七億元人民幣（下同），十萬噸多晶矽投資額達700多億元。若以全球七大多晶矽企業已有十二萬噸產能來看，若加上2009年大陸將投產的近二萬噸、規劃的十萬噸產能，則2012年全球多晶矽產能，保守估計將達二十四萬噸。[16] 可惜政策頒布時間太晚，產能供給過剩的問題已鑄下！若以2008年全球太陽能電池組件產量約五‧五兆瓦計算，2012年的電池組件需求最樂觀為十二兆瓦，則頂多需要七‧二萬噸的多晶矽產能。尤有甚者，商務部2010年6月曾考慮將多晶矽行業列入「高能耗、高排放」行業名單中。一旦被列入「兩高」名單，意味未來很難獲得政策支援，將不利多晶矽產業未來發展。

---

[15] 彭媁琳，「金太陽計畫　補助太陽能發電五至七成」，工商時報（台北），2009年7月22日，版A8。

[16] 李純君，「地方投資太陽能越禁越熱」，工商時報（台北），2009年9月7日，版A6。

　　至於風力發電方面，預估2010年中國大陸將超越美國，成為全球最大的風電市場。但近期一些地方政府和相關企業在風電領域「跑馬圈地」，只重視裝機容量而忽視上網發電量，導致風電產能盲目擴張、產能過剩。按目前投資風力發電建廠規模計算，企業的風機產能每年可達三千五百萬至四千萬千瓦，但按中國大陸風電廠的建設速度看，僅能接納每年裝機容量一千萬至一千五百萬千瓦的市場需求。[17]

　　另外，值得注意的是日前大陸發改委網站更新「鼓勵進口技術和產品目錄」，其中「二兆瓦以上風力發電設備設計製造技術」，及太陽光伏發電組件最重要原料「多晶硅」（多晶矽），已經從「目錄」中刪除。此外，「二兆瓦以上風電設備製造」也從「鼓勵發展的重點行業」中刪除。這件事對中國大陸經濟環境的影響，值得兩岸綠色能源產業予以高度重視，尤其大陸台商更要加以深入掌握。

(九) 節能減碳開創新商機

　　面對高油價及環保時代的來臨，也為抑制溫室氣體的排放，世界各國莫不積極推動節能減碳政策。而八大工業國（G8）於2009年7月9日宣布，在2050年前已開發國家溫室氣體排放總量將減降80%以上，而全球整體溫室氣體排放量則應該減少五成。G8並首度同意，將致力防止全球均溫比工業化前上升逾攝氏二度。

　　聯合國跨政府氣候變遷小組估計，2004到2010年中國大陸的二氧化碳排放成長率為2.5%到5%，但美國加州大學一項研究顯示，中國大陸早已超越美國，成為全球頭號溫室氣體排放國。但若以每人平均排放量來看，美國人仍然是中國人的五至六倍（參見表九）。

---

[17] 楊文琪，「風電太陽能發展降溫」，經濟日報（台北），2009年9月4日，版A9。

表九：美國人均二氧化碳排放量高居首位

地區	2008年人均GDP	2008年人均CO_2
美國	4.6萬美元	19.3公噸
日本	3.8萬美元	10.1公噸
台灣	1.7萬美元	11.9公噸
大陸	3,267美元	3.8公噸

資料來源：台灣電力公司。

　　由於中國大陸已超越美國，成為全球頭號溫室氣體排放國。因此中國大陸國家主席胡錦濤於2009年9月22日在聯合國氣候變遷高峰會發表演說，具體承諾將大幅降低二氧化碳排放，增加森林面積，使用對氣候友善的科技，提出一套碳排放的交易架構，並在2020年之前達到能源有15%來自再生能源的目標。[18] 而在碳權交易方面，大陸國家林業局、中國石油天然氣集團及中國綠化基金會（由中國石油天然氣集團出資人民幣3億元進行造林、管理森林，並建設能源林基地）2007年成立中國綠色碳基金，2008年4月初宣布在北京近郊青龍湖鎮及八達嶺林場啟動造林。這是中國綠色碳基金首次以碳權交易為目的的造林項目，計劃出資人民幣300萬元，造林六千畝。[19]

　　台灣在2008年7月也由行政院公開宣示將推動節能減碳政策，要先從「住」與「行」兩方面推動，並在四年內達成四大目標：包括全台計程車全部改裝為油氣雙燃料車（LPG車）、可抽換電池的電動機車達十萬輛，三年時間將全台交通號誌改用省電LED燈，政府及民間全面改用省電燈泡，以及增加十四萬戶使用太陽能熱水器。

---

[18] 傅依傑，「胡錦濤提新減碳計畫　聯國激賞」，聯合報（台北），2009年9月23日，版A13。

[19] 謝柏宏，「民間碳交易　大陸試辦」，經濟日報（台北），2008年4月17日，版A2。

肆、由產業趨勢展望兩岸新事業發展

　　由前述的全球趨勢與商機，現分別探討兩岸新興產業的發展及政府政策，以供大陸台商進行轉型升級之參考。

一、　台灣推動六大新興產業

　　行政院於2009年7月表示，預計2010年度將投入420億元全力發展生技、觀光、綠能、照護、精緻農業及文創產業（參見表十）。其中綠色能源產業旭升方案94.71億元、觀光拔尖領航方案87.16億元、健康照護升值白金方案79.69億元、台灣生技起飛鑽石行動方案66.56億元、精緻農業健

表十：台灣重點發展六大新興產業

單位：新台幣

產業別	發展重點	2009年預估產值	2012年預估產值
生物科技	成立生技創投大型基金、生技育成中心、強化生技中心功能、新藥選題委員會、醫療器材快速試製中心、蛋白質試量產工廠	1361億元	2700億元
觀光旅遊	募集新台幣300億元觀光發展基金、推動主題式旅遊行程、醫學美容和器官移植之醫療觀光、文化展演	4022億元	5500億元
醫療照護	國際醫療、智慧醫療、養生保健、國家衛生安全、長期照護、醫療器材	6119億元	9583億元
綠色能源	太陽光電、LED照明、電動機車、節能減碳交通工具	1603億元	4752億元
文化創意	設計、數位內容、影視、流行音樂、工藝、故宮文創育成	6455億元	1兆元
精緻農業	發展「台灣精品」外銷型農產業、規劃蘭花為全球生產、供應及流通運籌中心、農業生物科技園區	994億元	1589億元

資料來源：行政院科技顧問組，2009年6月。

康卓越方案55.85億元、文化創意產業發展方案36.49億元。而電子書列為文創產業重點之一，文創產業發展方案的數位內容產業發展旗艦計畫暫編7.38億元。

二、　大陸推動七大戰略性新興產業

2009年，中國大陸消耗了世界鋼鐵和水泥總產量的50%、能源總產量的18%，二氧化碳、二氧化硫排放量居世界之首，但中國國內生產總值只佔世界總量的8%左右，因此，當前中國大陸面臨著能源、資源和生態環境的巨大壓力，必須加快轉變經濟發展方式，加快培育和發展戰略性新興產業。再者，大陸欲透過新興產業的發展，達到促進經濟發展、調整產業結構、提升技術層次之目的，並規劃「逐步使戰略性新興產業成為經濟社會發展的主導力量，以爭取經濟科技制高點作為戰略重點」。2009年底依據下列三大篩選原則：「產品要有穩定及發展潛力的市場需求」、「要有良好的經濟技術效益」以及「要能帶動新一批產業的興起」，並按照創新驅動、重點突破、市場主導、引領發展的要求，深化體制機制改革等五大方向，於2010年6月重新篩選出七大戰略性新興產業：「節能環保」、「新興信息技術」、「生物科技」、「新能源」、「新能源汽車」、「高端裝備製造業」和「新材料」（參見表十一）。

至於大陸目前正雷厲風行的淘汰落後產能政策，起因於大陸目前擁有二百一十種工業品產量居世界第一，但因產量與產能不均衡，導致總體上仍處於全球產業鏈的中低端，目前仍有近五分之一的產能位居落後。大陸工業和信息化部部長李毅中於2010年中曾指出，淘汰落後產能推動不易，短期內可能會影響到地方經濟成長和財政收入，但別無選擇。再者，目前工業能耗佔中國大陸總能耗的70%以上，是節能減排重點領域。但2010年首季大陸工業能耗、用電量同比分別增長20.1%、27.6%，單位工業增加值能耗同比上升0.38%。而落後產能之能耗多，污染重，二氧化碳排放強

表十一：七大戰略性新興產業與發展方向

重點產業	發展方向
新能源	積極發展再生能源和新型、安全、清潔替代能源，形成可持續的能源資源體系。構建覆蓋城鄉的智能、高效、可靠的電網體系。
新材料	加快微電子和光電子材料、新型功能材料、高性能複合材料、奈米材料等領域的科技發展，儘快形成具有世界先進水準的新材料與智慧綠色製造體系。
生物科技	建設世界先進水平的生物安全、食品安全、健康營養生活方式的科技保障系統。積極發展生物醫藥、生物農業、醫材等。
新興信息技術	發展和普及網路技術，加快發展網路技術，積極研發和建設新一代網路，改變中國信息資源行業分隔、核心技術受制於人的局面。
高端裝備製造業	推進製造業綠色化、智能化，實現製造系統智能運行，形成綠色、智能、網路化製造和服務體系。
新能源汽車	積極發展混合動力汽車、電動汽車、蓄電池、汽車電子等。
節能環保	提升生態環境監測、保護、修復能力和應對氣候變化能力，提高自然災害預測預報和防災減災能力；積極發展高效節能、智能電網、先進環保和循環利用。

資料來源：MIC整理，2010年7月。

度高，正是工業能耗排放居高難下的重要因素。據統計，2009年底，大陸已經完成淘汰落後產能煉鐵八千一百七十萬噸、焦炭八千二百五十萬噸、水泥二‧四億噸、造紙六百萬噸。但煉鐵、煉鋼、電解鋁、焦炭、水泥、化纖等十八個行業，落後產能佔各自總產能的10%至25%。其中，煉鐵四百立方公尺以下高爐約有一億噸，佔煉鐵產能的20%；落後小水泥五億噸，佔了水泥產能的25%。為此，工信部2010年8月初公布十八個工業行業淘汰落後產能企業名單，高達二千零八十七家，其中水泥七百六十二家、造紙二百七十九家、印染二百零一家、焦炭一百九十二家、煉鐵一百七十五家、鐵合金一百四十三家、製革八十四家。淘汰落後產能較重的省份為：河南二百三十家、山西二百二十六家、浙江一百八十家、河北

一百六十五家、雲南百六十五家、貴州一百二十八家。

伍、結論

　　台商赴大陸投資已有二十年，在投資與經營上遭遇到的問題，在每個年代和階段，都有不同的考驗和挑戰。而這一波金融風暴的侵襲，致使大陸的投資環境產生變化，已不利於勞力密集且技術含量低的產業發展，且勞動成本上升和部分法規如勞動合同法、兩稅合一等頒布，台商經營管理亟須進一步調整。因此「如何做好轉型升級」，已成為眾多台商最為關切的課題。

　　台商對轉型升級的迫切需要，在於追求企業成長，拉開與競爭對手的距離，或保持一定程度的領先優勢。當然，一切成長的動力，來自於既有資源的建構基礎。如何尋求最恰當有效的成長方向和進入新創事業方式，創造績效，形成資源再生的循環動能，以符合全球趨勢並確保企業成長活力。

　　台商長期以來在大陸建立的產業群聚與緊密的供應鏈關係，以及廠商間信賴感的互動，均可協助台商伺機而動進入新事業、新產品的評估、投資與開發。當然，新事業與原產業的相關性及熟悉度固然重要，但只要商機出現，經過可行性評估，仍然是可以考慮投資新事業、新產品。

　　進行轉型升級時，台商除要評估自己所掌握的資源（技術／關鍵材料、人才／團隊、資金）與能力建構程度外，還要發展出一套適合自己發揮的策略和方向。因為台商如果不進行轉型升級以提升競爭力，在五至十年內，台商勢將面臨新商機的流失與大陸民營企業的強力競爭，以及被取代的壓力。

參考書目

大前研一，「未來台灣創新的致勝關鍵」，天下雜誌（台北），第345期（2006年5月），頁54～60。

王一芝，「擁抱千億商機　無聊是金」，遠見雜誌（台北），第238期（2006年4月），頁50～93。

王曉伯，「人口老化問題壓垮自民黨政權」，工商時報（台北），2009年8月31日，版A3。

尤如瑾，「再生能源市場商機探討」，ITIS產業評析，2006年4月。

李純君，「中國將成最大線上遊戲市場」，工商時報（台北），2009年5月12日，版A10。

李純君，「地方投資太陽能越禁越熱」，工商時報（台北），2009年9月7日，版A6。

社論，「陰魂不散的貿易保護主義」，經濟日報（台北），2009年09月19日，版A2。

吳怡靜，「想創新，先向顧客借腦袋」，天下雜誌（台北），第320期（2005年4月），頁108～110。

吳思華，「能『想見未來』才能大幅創新」，天下雜誌（台北），第327期（2005年7月），頁36～37。

吳慧珍，「日本單身經濟席捲各行業」，工商時報（台北），2009年3月6日，版A6。

徐仁全，「2015關鍵報告　你不能不知未來六大趨勢」，遠見雜誌（台北），第245期（2006年11月），頁182～190。

陳家齊，「全球貿易保護戰　中國傷最重」，經濟日報（台北），2009年9月16日，版A5。

彭媁琳，「金太陽計畫　補助太陽能發電五至七成」，工商時報（台北），2009年7月22日，版A8。

傅依傑，「胡錦濤提新減碳計畫　聯國激賞」，聯合報（台北），2009年9月23日，版A13。

楊文琪，「風電太陽能發展降溫」，經濟日報（台北），2009年9月4日，版A9。

楊方儒、徐仁全，「預見未來　從六大趨勢看到十年後的世界」，遠見雜誌（台北），第245期（2006年11月），頁205～218。

盧昭燕、謝明玲，「寂寞商機『婚活』產業火紅」，天下雜誌（台北），第429期（2009年8月），

頁76～78。

劉孟俊，「中國十大產業振興規劃之內容、特點及評估」，**經濟前瞻**，第123期（2009年5月）。

謝柏宏，「民間碳交易　大陸試辦」，**經濟日報**（台北），2008年4月17日，版A2。

蕭麗君，「OECD：2050年南韓高齡化最嚴重」，**工商時報**（台北），2009年7月14日，版A7。

區域發展與台商投資

台商福建投資二十年：
發展回顧與政策思路

李 非

（廈門大學台灣研究中心副主任）

摘要

　　台商在福建投資，起步於1980年代初，發展於1980年代中後期第一波台商投資熱，1990年代則為第二波台商投資興盛時期，至二十一世紀初期第三波台商投資熱潮時進入調整階段。二十多年來，福建台資企業不僅涉及的領域日深，且投資規模擴大，投資行為並趨向長期化，其特點主要表現在：投資活動的集中性、投資企業的規模化和經濟收益的普遍性。

　　台商投資對當地社會經濟發展產生了重要促進作用，不僅推動了海峽西岸經濟區外向型經濟的起飛，且帶來福建社會的巨大變化。在國際經濟環境和兩岸關係形勢不斷變化的背景下，福建發展對台經貿關係雖有獨特的區位優勢和條件，但也面臨新的挑戰和困難。在當前經濟區域化步伐日益加快、兩岸經貿交流持續擴大、惠台政策不斷出台的新形勢下，福建應充分利用兩岸關係發展出現的新機遇，進一步發揮「近台快攻」的獨特優勢，率先開展對台交流，積極落實惠台政策。通過建立兩地經濟合作機制，構築對台合作的前沿平台，加快推進海峽西岸經濟區建設，促進兩岸之間形成更緊密的經貿聯繫。

關鍵詞：台商投資、海峽西岸、發展進程、經濟效用、政策思路

壹、前言

　　福建作為海峽兩岸交流與合作的重要基地，在兩岸關係發展中扮演著先行先試的角色。近二十年來，福建憑藉其特殊的地緣優勢，在發展對台經貿關係上取得初步成效，並形成相當規模。從1980年代起，福建吸引從事中、下游工業生產的台灣中小企業，至海峽西岸沿海地區設立加工出口基地，1990年代進一步鼓勵供應原材料的台灣中上游工業生產廠商，赴福建拓展發展空間，二十一世紀初期又努力爭取台灣高新技術廠商進入海峽西岸經濟區，對台經貿發展規模與領域擴大的作用益顯重要，有力地推動福建外向型經濟迅速發展。

貳、台商在福建投資的發展進程

　　台商在福建的投資，起步於1980年代初廈門經濟特區建立。1980年代中後期，為第一波台商投資熱潮階段；興盛於1990年代，為第二波台商投資熱潮時期，至二十一世紀初期，第三波台商投資熱潮進入調整階段。儘管整個發展過程曲折變化，但已初具規模。

一、第一波投資熱潮的先機（1980年代）

　　1980年代初期，台商在福建的投資，為規避台灣方面的政策管制，多以迂迴的方式進行「投石問路」，或化明為暗，或化整為零，表現出隱蔽、零星、分散等特徵，主要集中在廈門湖里工業區和福州馬尾開發區。不僅數量和規模相當有限，而且行為具有明顯的短期性，至1987年止，累計只有四十項，4000多萬美元，平均單項投資規模約100萬美元。至1980年代中期，以台灣開放民眾赴大陸探親為契機，台商在福建的投資從隱蔽性，逐步走向半公開化以至公開化，企業分布從工業區和開發區擴散到沿

海地區，並向周邊地區延伸。雖有相當一部分台商仍經由第三地中轉，但日益增加的台商，開始直接以台灣企業法人的身分從事投資活動。許多台灣中小企業把海峽西岸經濟區作為加工出口基地，以「台灣接單、福建生產、香港轉口、海外銷售」的模式，轉移台灣部分傳統產業，以輕紡業為代表性的勞力密集型產業。至1980年代末，福建台資企業有近五百家，累計協定投資金額4億多美元，實際到資2億多美元，各項指標約佔大陸吸引台資的三分之一左右，在大陸沿海地區處於領先地位。

二、第二波投資熱潮的成效（1990年代）

以1990年代初中共「十四大」確立市場經濟發展方向為契機，台商看好大陸市場經濟發展前景的趨勢下，採取各種不同方式，擴大對大陸的投資。福建利用台資逐漸步入高潮，1992年新增台商投資項目七百二十四項，協定金額8.96億美元；翌年更增至一千零一十項，達到創紀錄的15.09億美元。台資企業從以輕紡為代表的勞力密集型，擴展到以石化為代表的資本密集型，房地產開發和工業園區建設等也成為投資熱點，投資區域從沿海地區擴大到內陸山區。由於台商日益看好海峽西岸經濟區的發展，其投資行為趨向長期化。至1990年代末，福建吸引台資企業約五千八百五十六家，協議投資金額累計達110億美元，實際到資為79億美元，各項指標約佔中國大陸利用台資的20%左右，成為大陸台資最集中的地區之一。此外，台商投資改採積極的產銷策略，從最初的「跑、帶」策略，轉變為「生根」戰略，簽約期限一般都在四十年以上。

三、第三波投資熱潮的反差（二十一世紀初期）

進入二十一世紀，台商在大陸的投資活動形成新的熱潮，不僅投資數量大幅增加，而且集聚規模不斷擴大。然而，在第三波台商投資熱潮中，以電子資訊為代表的技術密集型產業大多數轉移至長江三角洲地區。福建

吸引台資的成效不僅不如前兩波利用台資的績效，且還遠落後於長三角和珠三角地區。據統計，2000至2009年，福建利用台資四千多項，協議金額100多億美元，實際到資近60億美元，各項指標約佔大陸利用台資的8％。福建台資企業從傳統產業衍生出兩種截然不同的經營模式：借用海峽西岸經濟區在生產要素上的優勢，降低生產成本，將產品推向價格居於高水準的海外市場；或是瞄準海峽西岸經濟區的市場空白，強勢進入，搶佔先機。[1]

參、台商在福建投資的基本特點

　　近二十年來，福建利用台資成效顯著，吸引台資大都為生產性項目，經濟效益普遍較好。自1983年引進第一家台資企業起，至2009年底，福建省引進台資企業已逾萬家，合同利用台資200多億美元，實際利用台資近150多億美元，佔大陸利用台資的12％、10％和13％，在大陸各省市中名列第三位。雖然明顯落後於江蘇、廣東兩省，但稍領先浙江、上海等地，仍為大陸台資較集中的省份之一。[2] 福建台資企業不僅涉及的領域、投資規模擴大。投資行為也趨向長期化，其特點主要表現在：投資活動的集中性、投資企業的規模化和經濟收益的普遍性。

一、台商經貿活動的集中性

　　隨著台灣企業在海峽西岸經濟區的發展，其投資行動、行業和地域分布具有各自的特點。

---

[1] 中華人民共和國國家統計局，「2004年福建吸收外商直接投資發展情況回顧」，2005年2月。

[2] 〈http://www.jixixf.gov.cn/Article/ArticleShow.asp?ArticleID=7644.〉

(一) 投資行動趨向聯合：台商的投資經營活動從過去個體分散行動，發展到數家產業關聯的台商群體聯合行動，往往是上、中、下游相關配套或連鎖的項目共同投資。或由一個龍頭企業帶動一批相關企業前來投資，形成「衛星」體系。台商的聯合投資行動，推動台商企業朝生產一體化、產品系列化、行業配套化方向發展。

(二) 投資領域趨於集中：台商投資和經營的行業主要集中在生產領域，其中絕大多數是工業生產項目，約佔75％左右，主要以電子、機械、光學、塑膠製品、食品、紡織、化工、建材等行業為主，其出口創匯額初期佔銷售總額的70％以上；農業生產項目（含農產加工）也佔有一定比例，約佔10％以上，高於大陸台資農業項目的總體水準（5％）。主要是養殖、園藝和農產加工等；服務業比例有所提高（15％），主要是商貿、餐飲、物流、交通運輸等行業。近年來，旅遊業、房地產、基礎設施建設、物流、工商服務業，甚至金融服務等領域成為台商投資的熱點。

(三) 投資布局均衡發展：福建利用台資已初步發展成以廈門和福州為雙龍頭，杏林、海滄、集美和馬尾四個台商投資區為核心，並以泉州、漳州、莆田等東南沿海地區為周邊的全方位、多層次的投資格局。其中龍頭或中心城市的台商投資，趨於向技術型和服務型產業集中，周邊地區的台商投資趨於向資本密集型和規模經濟型產業集中，內陸腹地的台商投資則趨向勞動密集型和資源密集型產業集中，大體形成「前店後廠」的產業發展關係。

二、台商投資企業的規模化

台商投資企業的規模化主要表現在：投資形式獨資化、投資項目大型化和企業經營集團化。

(一) 獨資企業扮演主角：至2009年，在福建批准的一萬多家台資企業中，

獨資企業七千多家，佔總數的70%以上；合資企業不到二千家，近佔20%；合作企業不到一千家，近佔10%。台資企業大部分屬於獨資經營形態，自主管理，自負盈虧。

(二) 投資項目大型化：近年來，台商投資大型項目不斷湧現，從原來多為百萬美元左右，發展到數百萬、數千萬以至數億美元。1988年在閩台商企業的平均單項投資額不到100萬美元，至2009年單項投資規模已達500多萬美元，其中單項總投資在千萬美元以上的台資項目就有上百家。[3]

(三) 企業經營集團化：台商從中小企業到集團企業都紛紛涉足海峽西岸，尤其是經常出現以同業公會為主的組團訪問，以及以大台商為主體的大規模集團化、組合性投資。在台灣排名前一百大企業中，約有70%以上來過海峽西岸進行工商考察和經貿洽談，並有三十多家在海峽西岸經濟區投資設廠。較具代表性的有：電子業的冠捷、友達，石化業的南亞、台塑、翔鷺，橡膠行業的正新，汽車業的中華、慶豐，運輸業的長榮，百貨業的好又多等。以電子產業為例，廈門引進的友達光電，是由世界第三、台灣第一大的液晶面板廠商友達企業獨資設立，項目總投資達2億美元，並帶進三十家以上的配套廠商進駐翔安，奠定了廈門光電子產業集群的發展基礎。

三、台資企業收益的普遍性

台商投資福建獲得良好經濟效益，主要表現在：

(一) 台商投資效率高：台商投資效率的主要衡量指標──到資率、開工率和履約率等普遍較好，遠高於大陸平均水準。至2009年，福建台資企

---

[3] 「福建再現台資集聚熱潮　大型台企紛至沓來」，http://haixi.cnfol.com/080323/417.1943. 3939881.00.shtml。

業協議投資額累計約200多億美元，實際到資金額150多億美元，到資率為70%，高出大陸平均水準（50%）二十個百分點。在總數一萬多家台資企業中，已開工的企業約八千多家，開工率達80%以上；有九千多家台資企業都按規定履行合約，資金如期到位，履約率在90%以上。

(二) 企業經濟效益好：海峽西岸的台資企業，尤其是大企業的起點高，產品升級換代快。由於其設備與技術較為先進，台資企業一般都具有一定的產品研發能力，加上其母公司的研發力量，新產品開發週期短，企業產品更新換代快，能較好適應市場的變化，具有較強的競爭力。因此，福建台商投資企業獲得較好的回報，經濟效益普遍較好，盈利面在70%以上，其中投資經營工業生產項目為主的企業盈利面高達80%以上。

(三) 台商增資擴產多：從已投產的台資企業看，相當一部分台商增資擴產勢頭強勁，顯示其扎根海峽西岸經濟區的信心。在已開業的八千多家台商企業中，有一千多家增資擴建，平均每家增資200萬美元以上，累計增資超過30億美元。如明達塑膠、正新實業、尤揚電器、多威電子、玉晶光電等台資都在原有項目的基礎上加大資金投入。台商透過擴大生產規模、新辦企業以及帶進配套項目等方式進行增資，逐步朝集團化、規模化經營方向發展。台商增資主要來源於投資盈利，也不乏證券融資。先期在福建投資的企業，如翔鷺、正新等大型台資企業產銷兩旺，不斷增資擴產。正新輪胎經過多次擴資，合同金額由原來的2000萬美元增至2億美元以上，成為福建出口和納稅大戶之一；翔鷺公司已成為中國化纖行業中最大的外商獨資企業。

肆、台商在福建投資的經濟效用

台商在福建的投資，對當地社會經濟發展產生重要的促進作用，不僅有力地推動海峽西岸經濟區外向型經濟的迅速起飛，而且帶來福建社會的巨大變化。

首先，增強區域經濟實力。台資是福建僅次於港資的第二大境外資本，構成福建經濟持續快速發展的一個重要因素。台商投資項目數、投資總額、到資額約佔福建外資總數的20%以上，其生產總值和出口創匯均居重要地位。台資企業以工業生產為主，是福建工業的主要支柱之一，對經濟發展發揮重要作用。台資企業生產的產品有數千種，數萬個規模，其中不乏世界品牌，在一定程度上填補海峽西岸經濟區許多工業產品的空白。台資企業產值佔福建工業總產值的10%以上，產品外銷比例達70%以上，有近一半企業的產品全部外銷，是福建出口創匯的主要來源。

其次，增加區域財政收入。台資企業大都已進入納稅期，其涉外稅收佔有重要地位。2009年，福建台資企業共計繳納各項地方稅費上百億元人民幣，約佔全省涉外稅收的10%以上。其中東南汽車、翔鷺化纖股份有限公司、正新橡膠工業有限公司、明達塑膠有限公司、翔鷺石化企業等公司全年繳納地方稅費均在千萬元以上，有的上億元。

第三，提供眾多的就業機會。從台資企業就業人數看，已投產開業的台資企業八千多家，雇傭員工一百多萬人，平均每家企業雇傭員工一百五十人。如果加上為台資項目基建的工人，以及為台資企業、台商提供生產、生活配套服務的員工，那麼台商在福建的投資為當地提供大約二百多萬的就業機會。這些員工全年的工資總額達數百億元人民幣，其在社會上消費形成的商業利稅也有數十億元。

第四，先進的管理經驗傳入。台商在福建投資，不僅帶來有形的資產和技術設備，更重要的是促進社會價值觀念的變化。台灣業者精明的投資

理念和市場觀念，以及台資企業較為先進的管理和經營經驗，不僅直接影響許多受雇台資企業的本地管理人員、技術人員和普通工人，而且間接影響福建的本地企業，帶來無形的社會價值觀念變化。

　　第五，擴大利用外資的來源。隨著國際資本流動日益頻繁，台資企業，尤其是大企業利用其與國際大財團的關係，有效與國際資本相結合，聯合外國跨國公司的資本、品牌、市場，共同投資。如翔鷺、明達等企業就是台資結合東南亞華人資本設立的外資企業。這在客觀上豐富了海峽西岸吸引外資的內涵，形成「以台引台、以台引僑、以台引外」的發展格局，擴大福建利用外資的來源。[4]

伍、台商在福建投資面臨的挑戰

　　在國際經濟環境和兩岸關係形勢不斷變化的背景下，海峽西岸經濟區發展對台經貿關係，雖有獨特的區位優勢和條件，但也面臨新的挑戰和困難。

一、外因：區域之間吸引台資競爭加劇

(一) 台商投資熱點逐步北擴內移：二十一世紀初期，台灣企業掀起第三波投資高潮後，以電子資訊為主的技術密集型產業加速「登陸」步伐，不僅投資形態從以往在大陸東南沿海地區設立加工出口基地為主要目的，轉向重點布局大陸市場，而且投資地域格局也發生重大變化。投資重心從過去以華南、東南沿海地區為「主戰場」，轉向北擴至華東和華北沿海地區。台商對珠江三角洲和海峽西岸沿海地區的投資步伐

---

[4] 翁東玲、全毅，「全面提升福建利用外資品質與效益研究」，東南學術（福州），第6期（2008年）。

已明顯放緩，以上海為中心，蘇南、浙北為兩翼的長江三角洲地區，和以京、津為中心，山東半島和遼東半島為兩翼的環渤海灣地區，日益成為台商投資的熱土，並出現向內陸中部，甚至西部地區轉移的發展趨勢，也有出現外移至越南等地的現象。

(二) 其他地區對台招商引資力度明顯加強：由於大陸其他地區，尤其是東部和北部沿海地區的有力競爭，海峽西岸在吸引新一輪台商投資中，相對處於下風。表現最為突出的是，蘇州和東莞兩地引進台資遙遙領先。僅廣東東莞一地的台資企業就超過萬家，協議台資總額約200億美元；江蘇的蘇州更是以驚人的速度在發展，累計協議引進台資超過250億美元，實際到資超過150億美元。故有福建吸引台資「南不如東莞，北不如蘇州」的說法。北部的天津、河北、山東、遼寧雖然在利用台資的總量上還不如海峽西岸，但其增長速度明顯快於海峽西岸，甚至超過長三角和珠三角地區。

二、內因：海峽西岸一些對台魅力正在喪失

近年來，海峽西岸吸引台資的一些原有魅力正在逐步喪失。

(一) 投資門檻過高，影響對台招商引資的競爭力：據台商反映，台資企業在海峽西岸沿海地區投資設廠的經營成本日益增高，不僅勞動力和土地價格上漲過快，而且其他生產要素的價格一路攀升，港口的碼頭費、集裝箱拖車費、報關費等也相對較高，影響到台資企業產品在國際市場上的競爭力。

(二) 行政工作效率低，讓部分台資企業望而卻步：台商投資常受到政策不規範的困擾，地方一些政府部門缺乏統一的協調機構，無法對台資企業的經營活動進行有效的宏觀指導、服務和監督。

(三) 政策優勢淡化，減弱福建對台資的吸引力：隨著中國改革開放力度不斷加大，內陸地區的開放政策不斷加強，政策差距日益縮小，甚至有

過之而無不及，從而使海峽西岸原有的優惠政策不再具有優勢，「特區不特」的趨勢不可避免。如近年來中央政府出台的一系列綜合改革配套措施的試點地區，均設在中部（武漢、長沙）和西部（成渝）等地區。

(四) 市場腹地限制，關聯產業形成一定規模：隨著台商投資形態從加工出口型轉向市場佔領型，海峽西岸物流覆蓋面有限的弱勢逐漸顯現。由於原有產業基礎較為薄弱，可供台資企業選擇的合資載體或合作夥伴較少，周邊地區能提供配套零部件及相關服務的企業也有限，台資企業無法形成大規模的產業鏈。

陸、福建擴大利用台資的政策思路

擴大利用台資的政策思路，就是要造就兩岸經貿交流的特殊環境，和對台經濟政策的試驗場，以作為兩岸經濟合作機制的發展方向。加強兩岸經濟合作應有宏觀的戰略思維，從拓展對台經濟關係、提高交流層次入手。落實「同等優先，適當放寬」的政策，有步驟地讓一些帶有探索性的經濟合作議題，在一些地方先行先試，發揮「政策試驗」的功能，為進一步完善兩岸經濟合作機制做出貢獻。

一、推動閩台產業對接

在兩岸經貿關係日益密切的形勢下，福建在「十一五」規劃中制定打造海峽西岸製造業基地的目標，並為有效利用台灣產業優勢資源，加強兩岸產業對接制定了具體策略。2006年8月，福建省政府發布「福建省『十一五』閩台產業對接專項規劃」和「關於實施福建省『十一五』閩台產業對接專項規劃的若干意見」，提出十大重點對接行業領域以及五個方面、十七條推進閩台產業對接措施，對閩台產業對接的目標任務、重點

及政策與協調機制等，做出制度性、創新性安排。福建打造海峽西岸產業
基地的目標和各項措施，為閩台產業對接發揮作用。近年台商在海峽西岸
投資的製造業層次不斷提升，正逐步形成閩台產業合作分工的新格局，在
石化、機械和電子資訊方面的產業分工與合作，已逐步由勞力密集型向資
本、技術密集型轉變，並從垂直分工向水平分工方向發展，初具較強的產
業關聯度和發展鏈。目前，福州、海滄、杏林、集美四個台商投資區已成
為兩岸產業對接的集中示範區。福建已初步形成多個台資產業集群，以華
映、冠捷、友達光電等為代表的電子資訊產業集群，以東南汽車等為代表
的機械產業集群，以翔鷺石化、正新橡膠等為代表的石油化工產業集群等
三大台資主導產業集群，推動閩台產業對接向縱深方向配套發展。

　　在農業合作方面，福建充分發揮區位優勢，積極推動閩台農業對接，
率先發布大陸首個「海峽兩岸（福建）農業合作試驗區發展規劃」，成立
大陸唯一的兩岸林業合作試驗區，開辦漳浦台灣農民創業園，透過舉辦兩
岸農業合作成果展覽暨項目推介會、海峽兩岸花卉博覽會、海峽兩岸茶葉
博覽會、海峽兩岸林業博覽會等各種平台，密切閩台農業交流與合作。至
2008年底，福建省已累計引進台資農業項目二千多個，合同利用台資27億
美元，實際到資16億美元，成為大陸農業引進台資最多、對台合作平台最
大的省份。

二、積極落實惠台先試政策

　　圍繞中共中央近期出台的一系列惠台政策措施，海峽西岸經濟區著力
構築全新的政策機制，先行先試，逐步推動。這些政策主要包括：在鼓勵
台商投資方面，支持現有台資企業發展，保護台商合法權益，繼續辦好台
商投資區，逐步擴大其功能與範圍，對台商投資項目審批予以政策傾斜；
爭取涉及國家宏觀調控的台資項目，採取個案審批，優先安排，大型台資
項目的審批標準適當放寬；在金融合作機制方面，一些具有「試驗性」的

政策措施可在區內先試行操作，總結經驗後再推至其他地區，如適當降低台資銀行的准入門檻、減免設立分行的過渡期等。

在產業合作機制方面，密切與台灣行業協會、企業的聯繫，採取傾斜政策，積極引進機械、電子、石化等資本與技術密集型重點領域的產業，引導台商向知識密集型服務業投資，吸引台灣資訊諮詢服務業及其他工商服務企業前來投資；在農業合作方面，落實兩岸農業合作試驗區政策，加快兩岸現代林業合作試驗區發展，推動廈門台灣水果銷售集散中心、霞浦台灣水產品銷售集散中心和漳浦、漳平、福清等台灣農民創業園建設；在交通聯繫機制方面，發揮福建與金門、馬祖、澎湖直接往來的通道作用，擴大直接往來的成果，以及直航口岸的功能與範圍，打開「大三通」的缺口，推動「小三通」航線延伸至台灣本島。

在人員交流機制方面，在開放台灣同胞「落地簽證」、「落地簽注」，以及和授權福建省簽發五年期「台灣居民來往大陸通行證」的基礎上，放寬五年期通行證的適用對象，和更長期或靈活的台胞簽注手續或免簽條件，爭取和推動將大陸一般人員赴台審批權下放給地方台辦，由當地根據實際靈活操作；在城市交流機制方面，在條件成熟時，區內的一些地區，如福州、廈門、漳州、泉州等可先行與台灣的基隆、高雄、台中、宜蘭、台南等地建立某種城際交流關係。海峽西岸經濟區作為對台經濟政策的試驗場，就是具體造就對台經貿交流的特殊環境，以作為對台經貿政策創新的重點和發展方向。

三、探索建立閩台合作機制

當前對台工作的主要任務是擴大兩岸經貿交流，打造兩岸合作平台。據此，著眼於「兩岸人民的共同利益」，採取「不以政治分歧去影響、干擾兩岸經濟合作」的策略，積極探尋並構築適應形勢發展需要的兩岸經貿合作平台和機制。在經濟全球化和區域化日益深入的形勢下，雖然市場力

量仍是兩岸經貿關係的主要動力，但是制度性的經貿安排，在適應區域化發展、應對「邊緣化」危機中發揮越來越大的作用。兩岸產業分工，不僅是兩岸產業互補性的體現，更是全球產業分工中的一個環節。純粹由市場力量推動、民間自發行為構築的功能性經濟一體化，已不適應形勢發展的需要，兩岸經貿關係需要從功能性一體化走向制度性一體化。台灣產業界人士積極敦促台灣當局與大陸合作，做出適合於台灣產業轉移的相關安排。為此，應尋找有利時機，在條件成熟時，按照世界貿易組織所認同的授權原則，在海峽西岸經濟區政策試驗的基礎上，由中央政府特派或授權地方政府及有關部門，負責與台灣有關方面商談制度性一體化下的經貿合作，為兩岸要素流動、經濟合作提供更有效的制度保障。

從海峽西岸在未來兩岸關係中的戰略地位著眼，福建應在立足現有對台經貿交流成果的基礎上，積極構築對台交流與合作的前沿平台，進一步認真研究台灣社會群體的經濟需要與主張，在不損害大陸相關群體利益的前提下，以市場為導向，以經貿為紐帶，繼續實行「同等優先、適當放寬」的政策，實施有利於吸引和爭取台灣人民的經貿政策，有步驟地讓一些帶有探索性的交流合作議題在一定範圍內試行，積極發揮「政策試驗」的功能，逐步完善經濟合作機制，在條件成熟時，再擴大到其他區域。因此，推動海峽西岸經濟區建設的深層意義在於：創建對台經濟合作新平台。亦即將海峽西岸經濟區作為對台經濟政策的試驗場，整合創新現有對台經貿政策，使之走向規範化，為即將到來的全面合作提供經驗，為兩岸經濟一體化進行全面的政策準備。

柒、福建擴大利用台資的具體措施

拓展對台經貿關係、擴大利用台資規模的有效手段，已從最初的投資硬環境建設，發展到後來的投資軟環境改善，再演進到產業鏈的建構，先

後經歷了三個階段的發展變化。

一、靈活運用引進台資政策

　　擴大利用台資是海峽西岸經濟區拓展對台經貿關係的關鍵。在基礎設施等「硬體」條件日益完善的基礎上，海西區應在投資軟環境建設上多下工夫，尤其是在運行機制上，營造擴大利用台資的政策優勢。

(一)　營造對台經貿的法制化環境：海西區應進一步完善立法制度，制定一整套可操作、有利於擴大利用台資的政策法規，以體現對台政策優勢。除了「台灣同胞投資保障條例」外，還有必要進一步側重研究與制定有關台資企業組織管理、企業稅收優惠及管理、貿易、金融、知識產權保護、商業、服務業管理以及經濟糾紛解決辦法等一系列條例或管理辦法，頒布有關與涉台法律及法規相配套的實施細則和政策措施，切實、認真落實並定期檢查執行情況，使海西區從依靠優惠政策吸引台資，轉向依靠經濟立法擴大對台經貿合作。

(二)　擴大利用台資的方法和途徑。在台商獨資、合資、合作等形式的基礎上，應積極採用股權轉讓、收購兼併、合資基金、證券投資、產權置換等多種方式擴大利用台資。一方面，要加強對台招商的針對性，及時了解和掌握台灣企業對外投資動向，做好前期規劃，落實有投資意向的台資大企業項目的引資工作，尤其是加強對台灣大企業的招商，爭取逐個落實推進，達到「引進一個，成功一個，增資一個，帶進多個」的連帶效果；另一方面，要建立項目追蹤服務制度，做好台資企業的服務和管理工作，扶持重點。尤其是對台灣大企業投資項目實行全過程服務，辦好現有台資企業，及時為台商排憂解難，解決其在投資經營過程中出現的困難，保護其合法權益，使其發揮示範作用。

(三)　發揮對台經貿的政策集成效應。除了用好、用足、用活已出台的各項對台經貿政策和措施外，福建還應進一步貫徹落實「同等優先，適當

放寬」的政策。積極制定優先處理涉台經貿事務的各種辦法，對台灣大企業及上市公司投資符合產業政策的項目，和老企業技術改造項目，在同等條件下，優先審批、優先融資、優先驗放、優先辦證照，對台資企業的水、電等優先供應、涉台治安案件優先處理。同時，對台資企業的投資方向、方式、領域及內銷市場方面等給予適當放寬，尤其是放寬對台商投資服務性產業的限制，放寬台商設立仲介機構的條件，放寬台商子女上學條件等，並可考慮在條件成熟時，給台商發放大陸身分證或類似「綠卡」的長期居留證。

二、構築台資企業產業鏈

構築產業平台，承接群體性投資，是福建擴大利用台資的有效手段。在吸引台資的軟環境建設中，優惠政策和服務措施固然重要，其對台灣廠商降低經營成本，實現利潤最大化有較強的吸引力。但是，服務措施，尤其是優惠政策極易被複製，而廠商同樣看重的產業鏈卻不易被模仿。產業鏈對擴大利用台資的重要性日益凸顯。

台灣廠商之所以看重產業鏈，主要是因為在有產業鏈的地方，各項資源較為集中，許多交易成本可以大幅度降低。從理論上看，邊際成本等於邊際收益時，企業才能實現利潤最大化。產業鏈在很大程度上降低企業的物流成本，在一個較小的經濟區域中能找到上有供應商、下有買家的地方，對投資廠商具有極大的吸引力。除了降低有形生產成本外，有產業鏈的地方還有資訊資源匯聚等許多無形的好處。產業鏈在擴大利用台資中的功能日益重要。一方面，大企業引導中小企業；另一方面，大量中小企業落戶，並形成較為齊全的產業配套基礎後，對大企業也會產生吸引力。

蘇州、東莞的引資經驗和成功之處正是如此，尤其是在以昆山、吳江為中心的蘇南地區，已經集中大量的台灣電子資訊企業。優良的投資環境，加上產業鏈優勢，誘發台資企業的群體性投資。這一效應不僅在電子

資訊產業內發酵，而且延伸到其他產業，促使其他台資企業也湧向長三角地區。大量的台資企業湧入，又強化了長三角地區電子資訊產業的整體優勢。實際上，海西區也有不少憑藉產業鏈吸引配套企業的例子。例如，杏林的正新橡膠帶動廈暉、尚暉、白馬、新長城等相關企業入駐；友達光電在翔安設廠，也帶來十多家配套企業，形成較為完整的分工、協作網絡，發揮規模經濟的作用。但是，從總體上看，海西區利用台資還沒有形成某類完整的大產業鏈，以產業鏈引資的效應還不是十分顯著和有效。產業鏈的形成並非一朝一夕就可成就之事，政府有關部門應在這一問題上多下工夫。

從理論上看，在構築某一產業平台與承接台商群體性投資之間存在某種關係。海西區要在擴大利用台資上取得新的突破，有必要在營造投資環境的基礎，選準符合台商投資的某類產業，並以此為平台，承載台商的群體性投資。創造群體性投資效應，不乏為已被經驗證實過的正確策略選擇。換言之，海西區要進一步擴大利用台資優勢，必須遵循群體性投資規律，開拓全新引資模式，重點是瞄準新興的技術產業，針對台灣外移產業的類別和群體性投資的特徵，注重某項關聯性產業鏈的建立，增強海西區對台資企業的吸引力，積極促進台灣集團企業在海西區投資，以提高利用台資項目的資金和技術含量，積極引進與大項目關聯度大，面向全球供貨的零配件項目。

三、建設有特色的產業平台

海西區應以何種產業平台承接大規模的台商投資？由於電子資訊硬體產業已在長三角地區形成相當規模，要想改變台資電子資訊硬體生產企業的流向似乎不合現實。海西區畢竟已失先機，在未來爭奪台資的競爭中，若想取得成績，必須尋找新的產業，構築新的產業平台，而這個產業平台體現在製造業上就是光電業、軟體業和石化業。光電業是台灣新興的高科

技產業，在台灣市場尚未完全成熟時，企業出於大陸市場布局的考慮，已陸續啟動對大陸的投資，在廈門也初具規模，但是，完整的產業鏈尚未形成。未來這類產業外移的空間還十分大，海西區可以藉友達光電投資廈門的集聚效應，促進光電子產業的集群發展。軟體業是台灣電子資訊產業的重要一環，未來向大陸轉移的趨勢會進一步加強。以軟體業為重點，而「以軟帶硬」，從資金、法律、管理等各方面給予有力的支持，吸引更多的台灣電子資訊軟體廠商赴海西區投資，促進海西區產業結構的調整和優化。以石化業作為海西區大規模利用台資的產業平台，也有一定的合理性。隨著台灣產業外移趨勢加強，石化業向具有巨大市場潛力和低投資成本的大陸轉移和發展不可避免。海西區在承接台灣石化產業外移時應積極有為，促進並形成台灣石化產業在海西區的群體性投資。

　　台灣服務業向大陸轉移是未來台商投資的重要發展趨勢。海西區，尤其是廈門在建立兩岸金融合作機制方面可發揮更大的作用。兩岸金融合作中一些帶有「試驗性」的政策，可在廈門先試行操作，總結經驗後再推廣至其他地區。如：放寬台資銀行、保險、證券機構進入條件，可不將設立代表處為先決條件，或相應減少過渡期的時間，適當降低台資銀行設立門檻，資產規模以不低於60億美元為限；允許台資參股地方股份制金融機構，適當放寬股東資格、持股比例、審批程序等條件；允許台資銀行開辦人民幣業務與台幣兌換業務，增加台資企業融資管道；試辦對台離岸業務，指定幾家商業銀行作為兩岸貨幣清算的我方指定銀行，推動人民幣在兩地的使用和結算。

捌、結論

　　福建作為大陸對台交流的重要基地，憑藉其特殊的地緣優勢，在發展對台經貿關係上取得初步成效。二十多年來，福建台資企業不僅涉及的領

域越來越深，而且投資規模越來越大，投資行為也趨向長期化。

　　台商投資對當地社會經濟發展產生重要的促進作用，不僅有力地推動了海峽西岸經濟區外向型經濟的迅速起飛，而且帶來福建社會的巨大變化。在國際經濟環境和兩岸關係形勢不斷變化的背景下，福建發展對台經貿關係雖有獨特的區位優勢和條件，但也面臨新的挑戰和困難，其外因源於區域之間吸引台資競爭加劇，而內因則源於海峽西岸一些原有的對台魅力正在逐步喪失。在當前經濟區域化步伐日益加快、兩岸經貿交流持續擴大的新形勢下，福建應率先開展對台交流，通過建立兩地經濟合作機制，構築對台合作的前沿平台，加快推進海峽西岸經濟區建設，促進兩岸之間形成更緊密的經貿聯繫，以擴大對台經貿交流的規模。

　　擴大兩岸區域經濟合作的政策思路，就是要造就兩岸經貿交流的特殊環境和對台經濟政策的試驗場所，以作為兩岸經濟合作機制的發展方向。加強兩岸經濟合作應有宏觀的戰略思維，從拓展對台經濟關係、提高交流層次入手，有步驟地讓一些帶有探索性的經濟合作議題，在福建先行先試，發揮「政策試驗」的功能，為進一步完善兩岸經濟合作機制做出應有的貢獻。

參考書目

王鍵全、劉大年、顧瑩華等，台、日、韓在印度、東南亞、中國投資現況及國際價值鏈分工模式之研究（台北：台灣經濟研究院研究報告，2006）。

林祖嘉，策略性協助兩岸進行產業分工（台北：國家政策基金會研究報告，2001 ）。

陳介玄，協力網絡與生活結構──台灣中小企業的社會經濟分析（台北：聯經出版公司，1994）。

陳信宏、史惠慈、高長等，台商在大陸從事研發趨勢對台灣科技創新之影響及政府因應策略之研究（台北：經濟部委託研究報告，2002）。

陳博志，台灣經濟戰略：從虎尾到全球化（台北：台灣智庫公司，2004）。

陳麗瑛、呂慧敏、林宗慶等，兩岸產業分工政策執行成效之評估（台北：經濟部工業局委託研究報告，1997）。

賈慶林，「全面深化和擴大兩岸經濟交流與合作，努力促進兩岸關係朝著和平穩定的方向發展」，第一屆兩岸民間菁英論壇開幕式演講（上海：親民黨、中共中央台辦主辦，2005年9月15日）。

經濟部統計處，「製造業對外投資實況調查報告」，2006年10月。

劉孟俊、陳信宏、林穀合等，台商在中國大陸生產供應鏈之研究──以電子業為例（台北：經濟部委託研究報告，2005）。

要素流動與制度創新：長三角台資產業集聚的形成與發展（1989～2009）

盛九元

（上海浦東台灣經濟研究中心副主任）

張遠鵬

（江蘇省社會科學院世界經濟研究所研究員）

摘要

　　自1990年代初以來，台商投資布局逐步由珠江三角洲向長江三角洲地區擴展。由於市場資源、區位與行政區劃、要素稟賦與經濟體制等方面的差異，長三角台商在投資領域、產業布局、產品結構與經營模式等方面形成與其他區域不同的特點。本文依據要素流動與制度創新理論，通過理論與資料分析、調研與案例等方式，對長三角台資產業集聚形成原因、現狀、結構特點與發展，並針對長三角地區台商投資的發展軌跡與前景，以及長三角與台灣的經濟合作趨勢進行分析。

關鍵詞：台商投資、長三角、區位選擇、要素流動、制度創新

壹、前言

台商在長江三角洲（簡稱長三角）地區的大規模投資，與1990年中共中央宣布浦東開發開放密切相關。由此，長三角地區的對外開放，進行以市場化為目標，經濟體制改革為主要特徵的新的發展階段。隨著對外開放的加快與外資的大規模進入，導致長三角地區的要素結構與配置調整與變化，並推動與此相應的政府管理體制與管理方式的變革。這些因素不僅在很大程度上影響和主導台商的投資布局，也形塑這一區域新的經濟發展格局。本文試以台商投資的區位選擇，以及區域內要素流動與制度創新的互動關係，分析二十年來台資產業在長三角產業集聚的形成與發展。

貳、研究說明

一、研究的理論體系

從長三角地區台商投資的實踐分析，影響這一進程的核心在於以下三方面，即投資的區位選擇、要素結構與配置效率的調整、制度創新的激勵。這三個理論也是研究現階段台商投資趨勢的重要理論依據。

(一) 傳統的對外投資的區位選擇理論

經濟學界至今還未形成企業對外投資區位選擇的一般理論，但很多主流國際直接投資理論，都包含了區位選擇的基本內容。1990年代以來，區位選擇研究引入「產業集聚」概念，將區位選擇理論逐步擴展到產業層面。區位選擇是國際直接投資（FDI）領域的研究重點，最初是以開發國家企業為研究標的，從母國的角度考慮傳統的比較優勢因素對FDI的影響。1980年代中期後，開發中國家對外直接投資有很大發展，於是東道國

的影響等問題也受到廣泛關注。正是基於上述理論和現實原因，本文對台資的區位選擇理論綜述如下：

1. 以成本最小化為基礎的理論，包括J. H. Thunen的成本學派和以W. Christaller和A. Lorsh為代表的市場學派。成本學派將對外直接投資中的區位選擇目標歸結於成本最小化。市場學派則認為：隨著科技發展水準的提升和各國、各地區基礎建設的日益完善，運輸和通訊成本對投資區位的影響已經大幅弱化，而產品能否適合市場需求，並接近市場進行銷售，才是投資布局的核心問題。當然，與銷售有關的稅收、自然資源狀況、市場風險、行政管制等問題也需要加以考慮。

2. 以產業組織理論為基礎的區位選擇理論，以S. Hymer的內部化理論和J. Dunning的國際生產折衷理論為代表。Hymer首次將傳統產業組織理論中的壟斷理論，應用於分析對外直接投資問題，提出壟斷優勢理論。其觀點認為一個企業對外直接投資，是因為它比東道國同類企業擁有壟斷優勢。雖然該理論沒有正面涉及跨國投資的區位選擇問題，但包含跨國公司以競爭力為標準選擇東道國的區位概念。R. Caves, Johnson和P. Buckley等對此進行補充，認為中間產品市場是不完全的，必須通過內部化來達到節約交易成本的目的。而真正將區位因素和對外直接投資結合，並明確提出來的學者首推英國里丁大學教授Dunning。他認為，區位因素是決定對外投資的充分條件，它不僅決定企業對外直接投資的傾向，也決定它們對外直接投資的部門結構和生產的類型。

3. 以國際貿易學說為基礎的理論，以邊際產業擴張理論為代表。小島清提出的該理論的基本內容是：對外直接投資應該從本國已經處於，或即將處於比較劣勢的產業依次進行。因此，對外直接投資必然按照母國的邊際產業順序進行，投向在這些產業擁有潛在比較優勢的國家或區域。

(二) 要素流動與結構調整的理論

傳統的比較優勢理論，是以勞動生產率的國際比較為基點，而要素稟賦（包括勞動力、資本、資源等直接投入的生產要素）為基礎進行競爭優勢研究。從研究的基本內容而論，更適合於傳統的工業化經濟。現代的「國家（區域）競爭理論」則是透過擴大生產要素的外延，體現國際經濟競爭的本質。M. E. Porter在《國家競爭力》一書中指出：生產要素是產業最上游的競爭條件。一般而言，生產要素可以被歸納為人力資源（管理層與不同的勞動層次）、天然資源（區位及對市場、供應、運輸成本、文化與商業之間的適應性）、知識資源（研究機構構成與基礎研究能力）、資本資源（資本總額、金融運行模式及資本市場的構成）、基礎設施（影響社會生產的各種條件）五方面。[1] 由上述分析顯示，生產要素外延的擴展，使現代國際經濟的競爭有更深刻而準確的內涵。

經濟全球化的基本特徵是要素的國際流動，這深刻地影響一系列經濟學的概念，包括國際經濟競爭的方式、要素稟賦的結構、國際分工等。全球化經濟中要素流動的本質與基礎特徵，使開放經濟體可以透過要素流入的方式，實現生產要素在區域內的有效組合，從而使分工的概念進一步深刻地發展變化。二十世紀以產業的國別差異，為基本特徵的國際分工，進一步深化為以產品的國別差異，為基本特徵的現代分工。[2] 由此分析，現代國際分工的特徵就是要素的分工，即各國／各區域是以一種或多種優勢要素參與經濟全球化條件下的國際分工。

必須指出的是，儘管要素流動可以被視為全球化的基礎特徵，但不同要素流動性的程度完全不同。資本、專利權、技術、高端管理和高素質的

---

[1] 張幼文等著，世界經濟學——原理與方法（上海：上海財經大學出版社，2006）。

[2] 張幼文，「中國開放型經濟新階段理論建設的主題」，開放型經濟的戰略選擇（上海：上海社會科學院出版社，2008），頁132。

勞動力等具有很強的流動性，低素質的勞動力的流動性則較低（跨境流動性更低），土地與自然資源則無流動性。由此導致兩種結果，一是流動性強的要素向流動性低的區域集聚，形成新的有效要素組合；二是流動性高的要素價格趨於均等化，而流動性低的要素仍保持巨大的國際價格差距。大陸參與經濟全球化的要素優勢是勞動力，廉價的近似於無限供給的勞動力，是大陸參與經濟全球化的主要優勢要素。[3]

從要素自由流動的理論可以推導出以下結論：要素的流動改變國家或區域的產業發展特徵；要素的收益改變要素的分配結構，即要素向收益高的區域流動；要素的流動並不改變要素的所有權，並呈現出使用權與所有權分離的特徵。

(三) 制度創新理論

在本文研究中，主要涉及的是制度變遷理論。該理論強調，制度的構成要素主要是：正式規則（例如法律、規章等）、非正式規則（例如習俗、道德、行為規範、宗教等），以及它們的實施效果。這三者共同界定社會、經濟發展的基本框架。獲得1993年諾貝爾經濟學獎的Douglass C. North將「結構」定義為制度框架，「變遷」定義為制度的創立、變更及隨著時間變化而被打破的方式。因此，制度變遷就是指制度的變更與創新。制度也是一種公共產品，它是被個人或組織生產出來的，這就是制度的供給。由於人們的有限理性和資源的稀缺性，制度的供給是有限和稀缺的。隨著外界環境的變化或自身理性程度的提高，人們會不斷提出對新的制度需求，以實現預期增加的收益。依據經濟主體的不同，可以把制度變遷分為「自下而上」的制度變遷，和「自上而下」的制度變遷。就大陸的整體政治與法律框架與長三角的實際運行情況分析，其制度創新的動力是

---

[3] 張幼文，「中國開放型經濟新階段理論建設的主題」，學術月刊，第3期（2006年），頁133。

「自上而下」的，這與現階段大陸以經濟增長與社會穩定為核心的政府績效考核體制密切相關。

　　制度變遷理論是新制度經濟學的一個重要內容。North強調，技術的革新固然為經濟增長注入活力，但人們如果沒有制度創新和制度變遷的衝動，並透過一系列制度（包括產權制度、法律制度等）把技術創新的成果鞏固，人類社會長期經濟增長和社會發展是不可設想的。因此在決定一個國家或地區經濟增長和社會發展方面，制度具有決定性的作用。制度變遷的主要原因之一就是相對節約交易費用，即降低制度成本，提高制度效益。所以，制度變遷可以理解為一種收益更高的制度，對另一種收益較低的制度的替代過程。在經濟成長的某個階段，正是由於制度安排的有效性，使得整個社會的交易成本降低，從而使得社會的經濟發展、技術進步和制度演進受到巨大激勵。這種情況在大陸區域發展與區域間的經濟競爭過程中得到充分體現。

二、研究方法與架構

　　本文的重點是在於闡述自1990年代初以來，台商投資布局，逐步由珠江三角洲向長江三角洲地區擴展的基本原因與發展階段。必須指出的是，由於市場資源、區位與行政區劃、要素稟賦與經濟體制等方面的差異，長三角台商在投資領域、產業布局、產品結構與經營模式等方面，形成與其他區域不同的特點。

　　有鑑於此，本文對上述問題的分析與研究方法包括兩方面：理論推演與文獻資料相結合，再輔之以實際調研與案例分析。首先，文章依據要素流動與制度創新理論，透過理論與資料（結合相關報紙、網路資料、雜誌、研究文獻等），對長三角區域內台商投資布局、產業集聚的現象及其形成的原因、現狀、結構特點與發展趨勢進行分析，試圖較為準確地把握長三角地區台商投資的發展軌跡與前景，並對長三角與台灣的經濟合作趨

勢進行基本的研判。其次，透過相關的調研與案例分析方式，對相關的判斷與結論進行實證檢驗，以使文章的基本分析與結論和實際情況不致出現大的背離。

　　鑒於文章所涉及的研究內容較為廣泛，因此沒有設計專門的調查問卷，但在文章中引用了部分專項調研（問卷）的成果。必須指出的是，這些成果主要來源於浦東台灣經濟研究中心的調研報告。

　　文章的研究架構方面主要分六大部分。一是理論綜述，主要對文章的基本理論脈絡進行初步的梳理；二是通過相關文獻資料整理，對長江三角洲地區台商投資的歷程與現狀進行大體的描述；三是結合相關理論體系與實際調研情況，對台商投資與集聚長三角的成因進行分析；四是以高科技產業為例，對長三角地區台商的投資布局與關聯效應進行分析、歸納；五是結合長三角的總體發展規劃，對台商的發展趨勢進行初步研判；六是結語部分。

參、台商投資長三角基本歷程與現狀分析

　　台商大規模投資長三角始於1990年代初期，與大陸正式宣布浦東開發開放密切相關。[4] 其時正值大陸吸引外資面臨困境時期，而浦東的開發開放則向世界昭示大陸堅持改革開放的決心。在這種情況下，已在珠三角取得快速發展的台商逐步向長三角進行擴張，以尋求新的增長空間。長三角在區位、要素稟賦、政策環境、產業基礎、社會文化背景等方面，與珠三角相比存在較大差異，因此形成不同的產業形態與發展特點，並出現高速成長的態勢，成為大陸台商投資最密集的地區和高科技產業、資本密集型產業的集聚區。

---

[4] 大陸宣布浦東開發開放始於1990年4月，由時任國務院總理的李鵬在上海正式對外宣布。

　　從台商投資長三角的發展歷程分析，基本經歷了以下八個階段：一是試探期，從1984至1991年底止，期間台商投資從零星、分散、隱秘狀態逐步發展到大規模的集中投資，在宣布浦東開發開放後，這一態勢更加明顯。截至1991年底，長三角的台商投資數量超過一千項，協議投資額超過10億；[5] 二是發展期，經過投資實踐及與當地政府的磨合，台商對長三角的總體投資環境有進一步的了解，因而投資呈現快速上升局面。值得注意的是，此一階段，台商在長三角的投資已呈現大項目多、電子資訊產業項目多和服務業項目多的特點；三是高峰期，進入1993年以後，隨著長三角地區經濟的快速發展，及各地加強對台招商引資的力度，特別是通過有針對性的「以台引台」政策，對台商投資形成較強的吸引力。另再加上當時台灣產業結構面臨調整，因此大批電子資訊類的台資企業投資長三角，昆山的台灣電子資訊產業集群即是在這一時期形成；四是下降期，1995至1996年，由於兩岸局勢繃緊，影響了台商的投資信心，1995、1996兩年長三角批准設立台資項目與合同台資均出現下滑，上海這一時期的台商投資項目數和資金額僅相當於1993年的投資金額；[6] 五是限制期，從1995年起，為了給「大陸熱」降溫，限制台灣大財團、上市公司以及高科技企業到大陸投資，李登輝拋出了「戒急用忍」政策，極大地限制台商，尤其是台灣大財團、上市公司和高科技企業到大陸投資，導致台灣大企業與上市公司投資項目的明顯減少；六是突破期，台灣當局在限制台灣企業到大陸投資的同時，既制約台灣企業的發展，也制約台灣經濟的發展。2001年8月，台灣「經發會」結束後，「戒急用忍」政策逐步為「積極開放、有效管理」方式所取代，但尚未從根本上解決兩岸經貿關係發展中的障礙問題，其中最核心的問題已從資金控制轉化技術控制。在這種情況下，從

---

[5] 根據江浙滬三地台辦提供的資料整理。

[6] 陸笑炎，「台商在上海的投資歷程」，上海對台工作，2001年6月，頁15。

2000年以來，台商投資長三角的項目數與合同金額呈現較快的增長趨勢。最明顯的特徵是自2001年起，江蘇吸引台資的數量與金額均超過廣東，這一發展態勢一直保持至今。

據大陸商務部統計，截至2009年12月底，大陸累計批准台資項目八萬零六十一個，實際利用台資495.4億美元。按實際使用外資統計，台資在大陸累計吸收境外投資中佔5.2%。另據對長江三角洲區域各省市統計顯示，截至2008年底，上海市引進台資累計七千三百七十六項、總投資411億美元、合同台資212億美元；[7] 至2008年底，浙江省引進台資累計六千八百三十八項、協議投資353億美元，合同台資228億美元（主要集中在杭州、寧波、嘉興等滬杭甬高速等沿線大城市）；[8] 至2008年底，江蘇省引進台資累計二萬零八十七項、協議投資947億美元，合同台資405億美元（主要集中在蘇州、無錫、南京、南通等滬杭高速沿線及長江沿岸等中心城市）。[9] 2009年上半年，在金融危機的衝擊下，江蘇吸引台資總量仍出現10%（四百零七項、合同台資36.64億美元）的增長，顯示較為優越的引資環境與區域競爭力。依據上述統計，截至2008年底，長江三角洲地區歷年累計引進台資達三萬四千二百九十五項、合同台資845億美元。台灣「經濟部投審會」的統計顯示，2009年第一季度，台商在蘇、浙、滬長三角地區的投資佔其對大陸投資總額的三分之二強。[10] 各種統計均顯示，在進入二十一世紀後，尤其是近年以來，長江三角洲地區已經成為台商大陸投資的主要分布區域。近年來更呈現高科技產業快速集聚和產業鏈日趨完善的發展態勢，長三角地區在吸引台資的優勢仍在擴展。

---

[7] 根據上海市台辦提供的歷年統計資料整理。

[8] 根據浙江省台辦提供的資料整理。

[9] 根據江蘇省台辦提供的歷年統計資料整理。

[10] 經濟日報（台北），2009年5月21日。

表一：台商投資大陸統計（2000～2009年）

單位：億美元

年份	項目數			實際使用台資金額		
	個數	同比%	佔當年總額比重%	金額	同比%	佔當年總額比重%
2000年	3,108	24.4	13.9	23.0	-11.7	5.6
2001年	4,214	35.6	16.1	29.8	29.8	6.4
2002年	4,853	15.2	14.2	39.7	33.3	7.5
2003年	4,495	-7.4	10.9	33.8	-14.9	6.3
2004年	4,002	-11.0	9.2	31.2	-7.7	5.1
2005年	3,907	-2.4	8.8	21.6	-31.0	3.6
2006年	3,752	-4.0	9.1	21.4	-0.7	3.4
2007年	3,299	-12.1	8.7	17.7	-20.4	2.4
2008年	2,360	-28.5	8.6	19.0	7.0	2.1
2009年	2,555	8.3	10.9	18.8	-1.1	2.1

說明：作者根據下述統計整理。

資料來源：1. 大陸商務部台港澳司統計，http://tga.mofcom.gov.cn/aarticle/d/201001/2010010674
9276.html。

2. 國務院台灣事務辦公室，http://www.gwytb.gov.cn/lajmsj.htm。

表二：台灣對大陸投資分區統計表（1952年1月至2009年8月）

單位：千美元

地　區	件　數	佔件數比率	核准金額	佔核准金額比率
江蘇省	5,838	15.60%	26,262,978	33.38%
廣東省	12,079	32.28%	18,830,192	23.93%
上海市	5,187	13.86%	11,649,874	14.81%
福建省	5,297	14.15%	5,703,079	7.25%
浙江省	1,953	5.22%	5,408,034	6.87%
山東省	925	2.47%	1,472,426	1.87%
天津市	877	2.34%	1,423,893	1.81%
北京市	1,127	3.01%	1,344,122	1.71%
湖北省	519	1.39%	891,070	1.13%
遼寧省	523	1.40%	733,366	0.93%
長三角地區	12,978	34.68%	43,320,886	55.06%

資料來源：經濟部投審會。

肆、台商集聚長三角區域的成因分析

　　1990年代後期以來，台商對大陸投資的規劃布局重心，已逐步從珠江三角洲北移至長江三角洲。已在珠江三角洲地區的台商也早已開始北擴，其中北上投資長江三角洲地區佔90％。[11] 長江三角洲已經迅速發展成為台商大陸投資布局中資金、技術密集項目的相對集聚區域。從宏觀面分析，台商大陸投資布局正在形成新的特點，即資金、技術密集型產業（電子資訊、房地產、金融服務業等）以長江三角洲為主要集聚區域；勞力密集型傳統產業則正在顯現由長江三角洲地區進一步向北（或向西）擴散的趨勢。

　　據相關省市統計資料，至2002年底，江蘇省已累計引進合同台資296.7億美元，吸引台資總額已超過廣東，居大陸首位。[12] 投資區域則主要集中在蘇州、無錫、昆山等地；到2008年吸引合同台資總額更達到405億美元，佔長三角地區吸引台資總額的50％，成為大陸吸引台資最密集的區域。同期，浙江累計引進合同台資104.32億美元，相對集中在杭州、寧波等地，到2008年增長至228億美元；[13] 上海市同期引進的合同台資83.32億美元，到2008年增加到212億美元。由此計算，2002年長江三角洲地區累計引進合同台資為484億美元，到2008年增至845億美元，平均年增長率為20％，呈現出持續高速的增長態勢。而「經濟部投審會」的統計顯示，2004年上半年，台商在長三角地區和珠三角地區的投資佔其對大陸投資總額的比重分別為67.64％和25.4％，到2008年這一差距擴大至66％與23％。[14]

---

[11] 「台商投資長三角漸成熱潮」，人民日報（海外版），2001年8月17日。

[12] 「江蘇成為台商投資的熱土」，人民日報，2003年3月21日。

[13] 根據浙江省台辦提供的統計資料整理。

[14] 經濟部投審會，http://tga.mofcom.gov.cn/accessory/200902/235550029210.xls。

　　台商投資長三角的歷程充分顯示，長江三角洲區域在吸引台商投資方面具有令人矚目的區域優勢，其成因主要包括：

一、上海的高速建設

　　上海建設從「一個龍頭、四個中心」（亞太經濟中心、貿易中心、金融中心和航運中心）建設，到確立「兩個中心」（國際金融與航運中心），以及從浦東開發開放到綜合配套改革試點，使以上海為中心的長江三角洲地區，始終保持著持續高速的發展態勢。

　　得益於這樣的契機，長三角的經濟規模迅速擴展，國際化程度不斷提高。截至到2007年，世界五百強企業中有四百家在長江三角洲地區有投資，一百六十家跨國公司已在這一地區設立全球總部或地區總部，二百多家國際金融機構在滬設分行或辦事機構，其中世界前五十名大銀行已有三十家在上海設有分支機構。[15] 2008年上半年，上海引進外資總額中，現代服務業項目佔70%以上。[16] 萬商雲集使得長江三角洲地區商機大增，為台資企業的發展提供完備的交易平台（包括市場、金融支援、交通運輸、物流倉儲、人才招聘、產品發布、廣告行銷、研發設計等）和巨大的增值空間。

二、長江三角洲地區勞動力資源充沛，且素質相對較高

　　據統計資料顯示，長三角地區的普通高校數量是珠三角地區的四倍，京津地區的一‧五倍；在校大學生是珠三角地區的一‧六倍，京津地區的一‧九倍；專業技術人員總量是珠三角地區的四‧三六倍，京津地區的二‧六五倍。華東地區高校集中，人才眾多，為在長江三角洲地區集聚

---

[15]「跨國公司總部加快投資長三角的步伐」，新華日報，2008年4月7日。

[16]「現代服務業已成為外商投資的新熱點」，解放日報，2008年9月11日。

的台灣電子資訊產業和其他台資大企業在上海設立營運中心、研發中心和軟體設計等，提供源源不斷的人才儲備。同時，長三角地區經濟的快速發展，也吸引大量國外高學歷人才來滬就業。根據上海市勞動和社會保障局2007年公布的資料，已在滬就業的外籍人士中有九成以上為高學歷（其中：博士與博士後2.5％、碩士14.8％、大學本科69.8％、大學專科5.6％）。[17] 除了高端人才資源充沛外，這一地區還擁有許多教學水準很高的高中、中專、技校等，這對吸引資金和技術密集型項目投資，以及高科技企業設立研發機構具有較大資源優勢。

三、長江三角洲地區已形成產業配套均衡，產業鏈完整的區域環境

2000年以後，隨著台商在長三角地區投資高新技術產業的迅速擴大，產業配套的均衡度和產業鏈的完整性大幅提高。台商製造業在大陸配套採購的總體比率已增至60％以上，高於日商的58％而居首位。[18] 以中芯國際、宏力半導體、台積電、和艦、南亞電子、聯電等知名台資大型積體電路製造商相繼在上海、昆山、蘇州投資設廠，並迅速集結起數百個相關企業。神達、精英、仁寶等企業在昆山形成的筆記型電腦生產基地，不但零部件配套自成體系，其產量已分別佔大陸的二分之一和全球的四分之一。沿滬寧、滬杭甬高速公路沿線分布，集研發、設計、製造、封裝及測試業於一域的台資電子資訊產業鏈已基本形成。而江蘇省2003年編製完成「江蘇國際製造業基地建設總體規劃」，就已經提出2010年形成以高新技術為先導、優勢產業為支撐、關聯產業集聚發展的國際製造業基地的目標。

---

[17] 「海外高端人才雲集上海」，文匯報，2007年10月13日。

[18] 經濟日報（台北），2006年7月22日。

四、長江三角洲地區地理位置優越，交通發達，進出口貿易便捷

未來二十年至三十年，長江三角洲地區完全可能形成世界的特大城市群。「兩個中心」國家戰略的確立更使上海海、空港與鐵路、公路樞紐的吞吐、儲運、物流能力日增。便捷的交通環境（目前已需要進一步加以改善）使得台資企業可進一步提高交貨速度，從而獲得更大的增長空間。

五、法制環境較佳，社會安全穩定

相對而言，長江三角洲地區主要城市在依法辦事、行政公開，以及政府職能轉變、提高辦事效率方面進步較快，也做得較好。提供較為公開、公正的市場運行環境，這也是形成產業配套體系的重要環境因素。

六、眾多台資企業在長江三角洲地區發展順利所產生示範效應

有關資料顯示，在長三角地區投資的台商中正常運營的大約佔60％，其中有65％左右是盈利的，盈虧持平的約25％，[19] 顯示長三角地區投資台商的主體部分經營狀況與市場信譽十分良好。2004年3月，上海的中芯國際順利在美國和香港股票上市，募資18億美元投入三家新廠建設；截至2008年已有七家台資企業在大陸的A股上市。台商企業在長江三角洲地區投資的良好態勢，以及普遍獲利的現狀，顯然有利於增強台商在該地區擴大投資的信心和意願。

伍、台資產業布局與關聯效應分析：以高科技企業為例

長江三角洲地區長期以來一直是大陸經濟發展重心，具有雄厚的經濟

---

[19] 根據中心2007年對長三角地區一百二十家不同類型企業的調研而得出的結論，見「長三角地區台商投資現狀分析」，浦東台灣經濟研究中心研究通訊，2008年2月。

基礎和較高的工業技術水準，在計畫經濟時代就在大陸經濟中有較高的比重。而以上海為中心的城市網絡，也是大陸較早形成的大城市群。為推動長三角的經濟整合，早在1990年代初期，就規劃由上海市前市長汪道涵主持上海經濟區（狹義的長三角地區，範圍涵蓋上海至蘇州、杭州之間的區域）的發展戰略。這一戰略規劃的直接結果，就是推動形成上海「一個龍頭、四個中心」建設戰略的形成與浦東的開發開放，這一政策使得這一區域既有的「蘇南模式」、「溫州模式」與外資逐步形成銜接，並迅速形成繼珠三角之後新的台資集聚區。

　　長三角區域良好的經濟發展與科技教育基礎、優越的區位環境、經濟一體化發展的前景，以及由浦東開發開放所形成政策激勵（主要針對包括電子資訊產業在內的高科技產業，但仍以出口導向為主，如上海市政府2000年制定的「關於鼓勵軟體業和積體電路產業發展有關稅收政策問題的通知」、「關於外商投資設立研發機構的暫行規定」與「上海市促進張江高科技園區發展的若干規定」等均針對著電子資訊產業），[20] 使之成為外商投資的焦點，再加上投資起點較高，因此在起步階段就形成以大企業為核心，以電子資訊產業為重點，以高科技產品出口為特徵的產業發展要點。而在這一過程中，台商則挾其在珠三角投資成功的經驗與效應，將投資的觸角與重心進一步向長三角地區延伸。

　　根據目前台商在長江三角洲區域投資的現狀分析，顯示台商在投資的產業選擇、區位分布存在較明顯的要素偏好，而在區域規劃則有強烈的政策尋租趨向，尤其是在高科技產業發展方面，這一布局特點更加明顯。具體而言，包括以下四方面的特徵：

---

[20] 浦東新區投資辦編，浦東投資政策選編（上海：百家出版社，2001）。

一、結合產業政策導向，以中心城市為核心，形成沿線、沿江與沿海的布局

　　長江三角洲區域在較好的產業分工條件和區位選擇，而且基本能夠形成相對完整的配套體系下，為外來投資建構起較為完善的平台。

　　就產業選擇而言，鑒於長三角地區具有較雄厚的工業基礎，以開發區為核心的產業集聚形態，和以上海為中心的城市集群特徵，使得台資產業布局呈現出明顯的中心城市的綜合服務功能與開發區規劃相結合。從對台資企業的調研情況分析，長江三角洲地區的台資高科技企業已基本形成「兩線兩帶」（滬寧、滬杭高速以及杭州灣、太湖沿岸帶）經濟走廊，集聚起相對完整的電子資訊產業帶。

　　從直接投資的成本最小化理論的角度分析，中心城市經濟輻射範圍內的經濟區域，結合自身經濟發展條件和有利特點，制定有針對性的政策，搶先建構起吸引、承接外來投資的平台，非常有利於迅速形成外來投資集聚的現象。長江三角洲地區正是在充分利用並創造性地發揮這些有利條件的基礎下，通過一系列的制度創新，在一定程度上有效改變既有的要素結構，將既有的城市集群分布、工業發展基礎、人才與土地優勢與外來的資本、技術優勢結合起來，成為將中心城市的綜合服務功能與區域性的開發區規劃有機結合。

二、產品間的分工模式，推動台資高科技企業集聚效應的形成與發展

　　根據產業組織理論，由於市場是不完全的，必須通過內部化來達到節約交易成本的目的。台資高科技企業多依循以大企業為核心，逐步形成在關聯企業內完成配套的投資模式尋求短期內的大擴張，也就是大陸所謂的「以台引台」模式。這種合作要求核心產業與周邊配套產業之間，應在區域性布局上滿足產業集聚的規模效益，或產業關聯的臨界度。當產業關聯的臨界度或產業集聚的規模效益達到飽和，則會出現產業集中度的馬太效

應，產業間就會呈現出群聚現象。同時帶動與之相適應的研發、技術創新、生產性服務體系、大規模產業組織及完備的金融服務等活動，從而構成產業發展的良性循環，形成區域產業發展既合作又競爭的互動模式，推動產業系統的優化和發展。

　　從目前長江三角洲地區台資高科技企業關聯度分析，在外向型經濟引導下，產業集聚效應已初步形成，其基本形態包括：多家廠商向同一供應商購買中間產品，或多家廠商向同一上游企業供應零元件（據統計，蘇州地區台商彼此之間的採購比重已達到60％以上）、[21] 勞動力集聚與溝通效應的產生。2002年，廣達電腦進駐上海松江，相關的周邊設備與零配件廠商紛紛跟進，在大企業所處的地域形成完整的產業供應鏈；而投資昆山的仁寶筆記型電腦的配件，有很多是由在當地投資的富士康企業供應。同時，富士康因在接合器、鍵盤、機箱等配件上的生產能力，又吸引了其他上下游廠商。[22] 但從目前已掌握的相關情況分析，這種關聯效應還基本處於「工廠生產」形態──生產配套功能專區，尚未達到集聚的臨界數值，產業發展還沒有形成真正的良性互動。因此，在今後發展過程中，需要進一步依託中心城市的綜合性服務功能，在基礎建設、產業發展、人才流動方面更好地與中心城市進行銜接，從而推動產業集聚和整體運行機制的良性發展。

三、區域內交通網絡與統一通關機制的形成，強化以出口導向為主的營運模式

　　隨著長三角地區交通大網絡的日臻完善，與統一快速通關機制的形成，進一步強化台資企業以出口導向為主的營運模式。目前，台商對長江三角洲地區的投資已呈現群落化分布格局，群落劃分基本涵蓋上海虹橋、

---

[21] 根據課題組對蘇州地區一百家台資出口加工型企業的調研情況整理。
[22] 昆山台辦主任王建芬在接受筆者訪談時的回答。

浦東機場周邊直線距離一百公里以內的高科技產業群落（所謂1002工廠與「一小時經濟圈」），和直線距離三百公里以內的傳統產業和配套產業群落。這一情況的形成是台商投資產業特徵，導致當地經濟管理體制調整的典型案例，在一定程度上也是地方政府結合實際情況、服務企業進行體制創新的結果，極大地改變以往依據行政區域範圍各自規劃基礎設施與通關系統各自為政的格局，也在很大程度上改變了區域內的要素稟賦結構。台灣第二大筆記型電腦生產廠商仁寶集團的一位郭姓經理稱，上海周邊一小時經濟圈的物流系統效率（包括交通網絡、第三方物流系統、快速通關系統、安全檢驗，乃至於銀行的出口信貸與保理業務）提高得很快，以前大約要一天或一天半才能完成的物流作業，現在只要六個小時就可以。[23] 這種特點有利於推動台資高科技企業沿交通網絡的集聚與產業能級的提升。

從今後高科技產業，尤其是IT產業的發展趨勢看，大陸作為「世界工廠」或次級產業中心的態勢已非常明顯。從另一角度講，即大陸作為全球IT產業的加工裝配中心的格局已基本形成。在這種情勢下，「1002」加工出口模式與「一小時經濟圈」相結合的模式仍有著一定的發展空間。

四、隨著激勵措施逐步從政策優惠轉向制度創新，台商在長三角的投資類型與布局也呈現深化發展的態勢

根據對台商投資地點選擇偏好的調查，我們發現長期以來台商在選擇投資地點過程的利益最大化驅動外，其心理偏好著重於借助對投資地點政策優惠（特別是與地方政府的關係），以提升企業直接收益與擴張效應。因此，表現出強烈的尋租動機及與當地政府密切合作的特點。這一特點在長江三角洲地區，主要體現為在業務開展上依託中心城市，尋找周邊臨近地區的政策最優惠地區；而具體投資地點則根據調研和其他台商推介，通

---

[23] 透過對昆山仁寶集團郭姓經理的訪談資料整理。

過與當地政府協商、談判以確定最終投資地。由於長江三角洲地區投資整體環境相對優越。因此，一旦選擇好投資地區，透過與當地政府的密切合作，台商整體經營的「在地化」程度多會以較快方式和進程推進。

隨著長三角地區引資競爭的日趨激烈，以及地方政府可用資源成本的不斷上升，通過制度創新以實現「保增長、調結構」的目標，從而尋求外資可持續發展，成為長三角地區新的引資著力點後，台商企業尋求投資的多元化、跨域化現象明顯增多。特別是通過與地方政府合作向原先的壟斷性行業投資成為新的投資熱點。

總體而言，台資高科技企業積極投資長江三角洲，既有著全力推動拓展內銷市場的願望，也在很大程度上期望通過與跨國公司的合作，以保持強而有力地出口競爭優勢。在投資過程中，台資企業的一部分行銷經驗、研發技術、管理方式和服務配套模式一併帶入，一定程度上幫助本地企業提高生產效率，提升國際競爭力。從今後的發展趨勢分析，台商投資隨著區域經濟發展條件的變化，向長江三角洲內部延伸，從而在一定程度上推動這一地區區域經濟合作的深化與發展。

陸、長三角經濟發展的基本趨勢及對台商投資的影響

一、長三角的產業發展趨勢分析

從產業結構調整的總體趨勢分析，長三角需要根據三大產業逐步融合的態勢，並在此基礎上進一步強化現代服務業的支撐作用。產業結構優化是三大產業逐步融合及高級化的結果，這種變化將導致產業邊界和關聯性的重新調整與組合。這種產業發展的新趨勢成為推動長三角產業演化的動力，也是政府制定產業發展規劃的基本依據。根據全球產業演化的基本經驗與路徑，長三角在推動產業結構優化的過程中，將更加注重產業的關聯

性，把發展現代服務業與推動現今製造業、現代農業緊密結合。此外，在發展現代服務業時，除綜合考慮服務業的規模、層次和結構，繼續優化生活性服務業的發展外，更將積極推進以研發、交通、倉儲、物流、電信、金融等生產中間產品的生產性服務業的深化與發展。在這方面，台灣的經濟與其中華文化的背景，更有利於長三角的吸收與消化。從大陸經濟發展的實踐觀察，技術創新在很大程度上取決於制度創新，因此政府將逐步改變在競爭領域「進入過度」和公共產品領域「供給不足」的狀況，從行政壟斷產業有序退出，並降低市場進入壁壘，縮小行政干預範圍，以重新確立政府與市場之間的關係邊界。依據「小政府、大服務」的理念有效彌補市場失靈，轉變政府職能提升行政效率、改善交易環境，為現代服務業的發展提供空間和條件。浦東綜合配套改革試點，正是在這一背景下扮演更重要的角色。

就產業布局的空間而言，長三角各地區今後將根據資源稟賦、市場需求和國家政策等因素，通過「錯位」發展和「無縫」銜接，在產業互補的基礎上增強區域競爭優勢，打破產業結構簡單重複的競爭格局。根據要素結構、產業基礎、政策環境與區位分布，形成更有效的產業競合格局。例如，江浙地區可以重化工業、生物工程業、資訊產業、高附加值製造業、環保產業和現代物流產業等為重點，推動產業的高級化，而上海則應以「兩個中心」（金融與航運中心）建設為核心，在全面實行資訊化的基礎上，以金融與航運發展為依託，以發展大型工業成套設備、大飛機項目和大旅遊重點，建設融合三大產業的相關現代服務業聚集區。著力提升服務業的層次、規模和能級，形成自主創新的體制與機制，為推動長三角實現一體化，帶動長江流域經濟的全面發展，提供更有效的龍頭與輻射效應。

二、長三角發展總體規劃綱要的制定及對區域經濟發展的影響

2008年9月16日，「國務院關於進一步推進長江三角洲地區改革開放

和經濟社會發展的指導意見」正式對外公布。「意見」要求長三角地區建立以服務業為主、製造業為輔的全面發展體系。[24] 到2012年，產業結構進一步優化，服務業比重明顯提高；到2020年，形成以服務業為主的產業結構，三次產業協調發展。

　　資料顯示，改革開放三十年來，長三角地區是大陸經濟發展最快的地區之一。2006年長三角十六個城市GDP達39,613億元，以全中國大陸1.14%的土地面積創造19%的經濟總量、36%的對外貿易總額。多年來一直都是大陸經濟發展的重要推動力量。但是，由於土地資源漸稀缺、商務成本持續提高，長三角地區拚土地、低勞動力成本、靠外資拉動的外延式增長方式，已難以支撐經濟的持續發展。因此，「意見」要求，要積極發展面向生產的現代服務業，服務對象是國際先進的製造業，其發展路徑歸納起來，就是要依託長三角共建上海國際航運中心，積極發展現代物流業；依託上海國際金融中心，加快健全金融市場體系；發展面向民生的服務業。

　　「意見」也對長三角的製造業的發展做出明確規劃。至2012年，區域內創新能力顯著增強，科技進步對經濟增長的貢獻率大幅提升；2020年，在重要領域科技創新接近或達到世界先進水準，對經濟發展的引領和支撐作用明顯增強。區域內部發展更加協調，形成分工合理、各具特色的空間格局。「意見」同時提出，長三角應該以滬寧、滬杭甬沿線為重點，發展具有先導效應、發展潛力大的電子資訊、生物、新材料和先進裝備製造等產業；在沿江、沿海、杭州灣沿線優化發展產業鏈長，且帶動性強的石化、鋼鐵、汽車、船舶等產業。同時鼓勵和支持優勢企業跨行政區併購和重組，加快培育形成一批具有國際競爭力的大企業。形成以大企業為龍頭，中小企業專業化配套的協作體系，提升產業整體素質。此外，「意

---

[24] 人民日報，2008年9月16日。

見」還要求，今後長三角地區要堅決實行最嚴格的土地管理制度，要加強區域產業政策和環保政策的銜接，完善節能減排地方性法規。到2010年全部淘汰國家產業政策明令禁止的落後生產能力。

三、長江三角洲地區台商發展趨勢分析

　　根據長三角區域經濟發展的總體規劃，以及台商在此一區域的實際投資狀況分析，今後台商在長三角將呈現出以下發展態勢：

　　首先，長江三角洲地區台商投資的集聚效應已顯現，以綜合條件評估，長三角地區的台商投資仍有較大發展空間。

　　蘇、浙、滬長江三角洲地區在地理條件、基礎設施、經濟規模、人才資源等與投資經營環境密切相關的方面，擁有相對優勢。近年來區域經濟的快速發展所形成的外部經濟作用，更促使長江三角洲地區台商投資產業鏈的形成。和艦規劃十年內在蘇州工業園區興建六座晶圓廠，顯然是因為和艦對園區內擁有台灣的聯詠科技、奇景光電、瑞昱電子，日本的夏普、韓國的三星等一大批企業所形成的電子產業集聚效應十分看重。上海以張江高科技園區為核心，形成的浦東微電子產業帶，同樣也是產業集聚效應的明顯實例。浦東微電子產業帶內外資總投資金額達100億美元，擁有中芯國際、宏力、華虹NEC、英特爾等眾多國際知名大廠，已成為中國大陸晶片產業的第一重鎮。其建成和在建的各類晶片項目近百個，投資金額超過1億美元的企業有十二家，形成了以晶片製造業為主，包括研發設計、製造、封裝、測試、設備、材料、模具等環節在內的完整產業鏈。此為台灣廠商提供有效降低成本的競爭優勢同時，也使台資企業對區域產業集聚環境形成依賴。

　　其次，台商對大陸投資的區域格局變化，短期內不會對長江三角洲地區高科技產業布局產生大的影響。

　　目前，台商對大陸投資區域格局的新變化，是台商大陸投資新的演變

趨勢之一，但商務成本並非是企業經營決策的唯一、絕對依據，對投資地的選擇更多是建立在綜合評估的基礎之上。以山東半島為例，儘管近年來引進台資增幅較大，但相比韓、港、日資企業而言，台商投資至今依然表現為集聚度不高，產業鏈不完整，產業層次較低，企業規模偏小，以及現代物流不健全等特徵。台灣電電公會的許勝雄理事長亦認為，就IT產業而言，山東半島尚未形成產業鏈，相關台資製造業大量北移雖是趨勢，但要形成氣候仍有待時日。這也是近年來台灣工商團體和企業到山東考察猛增，但實現投資簽約的比例並不高的主要原因。根據調查結果顯示，目前台商赴大陸投資總額前五名依次為江蘇省、廣東省、福建省、上海市、浙江省。如果以合同台資排序，則依序為江蘇省、廣東省、福建省、浙江省、上海市。從發展趨勢分析，長江三角洲地區在提供便捷的交易平台、完整的產業配套、充沛的專業人才、深入的國際化程度和寬容的人文環境方面，將呈現出更加寬廣的發展空間。

最後，投資產業逐漸轉向服務業和多角化發展的路徑。從大陸的「十一五」規劃開始，就提出要加快服務業的發展，同時2006年加入世界貿易組織的過渡期結束，大陸服務業市場將加速開放，而台灣服務業也處於轉型之中，這就為台商在大陸投資服務業提供極好的機遇。一方面，台灣在物流業、生產性服務業和專業服務領域（包括會計師、醫師、律師等）具有先行優勢；另一方面大陸服務業起步晚、基數低、技術含量不高，仍以傳統服務業為主，服務業發展存在較大的城鄉和地區差異，而製造業發展迅速，對物流、金融、電子商務等服務業的要求高，這就急需引進包括台資等外來資本。因此，台商在經歷製造領域的投資浪潮後，隨著兩岸關係的緩和，與大陸市場的進一步對外開放，已開始加快向商業、研發、物流、醫療、房地產、基礎設施、教育、文化等領域轉移。如在文化領域，台灣亞洲創新文化產業集團已投入12億美元鉅資，在南京浦口建設佔地面積一千三百畝的創意產業園；在上海、北京等地台商開始積極布局

文化藝術產業、廣告業、建築設計業等知識經濟產業；台灣金鼎科技、瀚宇博多、東捷資訊等知識型服務業已陸續登陸無錫。在兩岸實現雙向投資與協商簽署ECFA的大背景下，這一發展趨勢將更加明顯。

柒、結語

　　成本學派將對外直接投資中的區位選擇目標，歸結於成本最小化。市場學派則認為：產品能否適合市場需求，並接近市場進行銷售才是投資布局的核心問題。壟斷優勢理論認為：一個企業對外直接投資是因為它比東道國同類企業擁有壟斷優勢。但這些都不能解釋為什麼在1980年代末期之前，台商沒有對中國大陸，以及長三角地區進行稍具規模的投資。只是在台灣當局開放兩岸交流，兩岸同文同種，共同的商業習慣等因素，才能發生促進台商大陸投資的作用。大陸的國策自以階級鬥爭為綱，轉變為經濟建設為中心，從強調政治掛帥到發展經濟為先，制定鼓勵和保護台商投資的相關法規，官員的考核、升遷制度發生相應的變化，台商對大陸投資才有可能獲得進展。

　　那麼為什麼長三角地區能夠在二十多年來吸引了半數以上的台商投資呢？說起來，珠三角地區得改革開放風氣之先，也是台商最早大規模聚集的地區，其應該有條件發展出馬太效應，實現強者恆強，長三角地區後來居上的理由何在？

　　這一方面是大陸的改革開放從南向北的發展，1980年代的南方特區試驗，1990年代初開始浦東開放開發，以及整個沿海地區的開放，南方特區的政策優勢也轉移到長三角地區。也就是說，長三角地區發生重要的制度變遷，或者說制度創新。另一方面，更重要的是，長三角地區具備其他地區所不能完全具備的生產要素優勢。從人力資源來觀察，長三角地區勞動力素質較高，技術人才相對豐富，鄉鎮企業的發達提供較多的企業經營管

理人才；從知識資源來看，長三角地區是大陸大學和科研院所最集中的地區，具有較強的研究開發能力；從天然資源來看，長三角區位優勢明顯，數百年以來就是全大陸的經濟中心，長江流域是大陸經濟最發達的區域，市場廣闊，長三角位居大陸沿海的中心點和長江的出海口區域，陸上交通和空運也是最發達的地區。其他如開放的心態和良好的社會治安環境等，構成其獨一無二的投資環境。相對來說，長三角地區和台灣的生產要素相比較有落差，但是在大陸地區來說是最小的，因而最能吸引台灣的資本、技術、人才等要素向長三角地區流動。逐漸形成台資產業集聚。製造業帶動相關生產服務業的投資，產業集聚日益完善。

　　儘管長三角地區具有特別的優勢，台商對長三角地區的投資順序還是符合成本最小化，接近市場，邊際產業對外轉移等理論的。先後進行了勞動密集型、資金技術密集型產業的轉移，而目前台灣的服務業也加快進入長三角。總體而言，目前台商在長三角地區的投資已形成全方位、多層次、區域較為集中的格局。由此分析，在今後五至十年左右，長江三角洲地區台商投資的集聚效應將更加凸顯。當然，在這一發展過程中，還需要政府、企業和社會各界進一步努力，推進台商在實現產值極大化、結構高級化、發展跨越化的同時，積極形塑自有技術和自主品牌，實現產業發展的多元化、高值化、服務化，進一步提升在價值鏈中的層次，這也是進一步深化兩岸經濟合作、實現雙贏與共同發展的基礎。

參考書目

上海社會科學院世界經濟研究所編，開放型經濟的戰略選擇（上海：上海社會科學院出版社，
　　2008）。

莊起善主編，世界經濟新編（上海：學林出版社，1996）。

浦東新區投資辦編，浦東投資政策選編（上海：百家出版社，2001）。

崔新健著，外商對華投資的決定因素（北京：中國發展出版社，2001）。

張幼文，「中國開放型經濟新階段理論建設的主題」，開放型經濟的戰略選擇（上海：上海社會
　　科學院出版社，2008）。

張幼文等著，世界經濟學——原理與方法（上海：上海財經大學出版社，2006）。

盛九元主編，東亞區域經濟合作與兩岸經貿關係發展（遼寧：吉林人民出版社，2006）。

劉震濤等主編，台資企業個案研究（北京：清華大學出版社，2005）。

珠三角台商投資二十年：回顧與展望

馮邦彥

（暨南大學台灣經濟研究所教授）

摘要

　　1980年代後期，台灣的製造業在土地、勞動力等要素成本大幅上漲壓力下，開始將其勞動密集型產業向中國大陸轉移，形成「西進」趨勢。二十年來，台商在珠三角的投資，大體經歷起步發展、快速增長、鞏固提升和調整轉型四個發展階段。與長三角地區相比，台商在珠三角的發展有其獨特的戰略優勢，但也存在缺陷。其基本特徵是：利用比鄰香港的區位優勢，形成「台灣接單、珠三角生產、香港轉口及財務管理」的運作模式；移植「專業化分工、集聚式配套協作」的生產模式，形成「地方產業群」；形成資源外延擴張式的粗放型發展模式。土地、勞動力、水、電等生產要素正制約著經濟規模的持續擴張。

　　跨入新世紀以後，特別是2006年以來中國大陸調整經濟發展戰略，珠三角的台資企業面臨日益嚴峻的轉型與轉移壓力。然而，受制於本身自主創新能力的不足，以及在土地、勞動力、資源型要素等方面的制約，再加上融資困難等問題，台資企業的轉型與轉移並不順利。展望未來，在兩岸實現「三通」及經貿關係加快發展的新形勢下，台商在珠三角的發展，仍有相當的空間，包括台資企業將加快升級轉型，傳統製造業加快轉移；粵台現代農業合作將進入新階段；服務業合作將獲得新契機；粵東將開拓粵台合作新平台。

關鍵詞：珠三角地區、台商、產業集聚、轉型升級

壹、 前言

　　1987年以後，台灣當局陸續開放民眾回大陸探親，取消戒嚴令，准許間接貿易，從而推動台商到大陸投資。在台商「西進」大潮中，廣東珠三角地區是台商在大陸投資的首站，且至今也一直是台商投資大陸最重要的省份。二十年來，隨著珠三角在中國改革開放中的崛起，在珠三角的台資取得全球矚目的發展。不過，隨著廣東經濟增長方式的轉變，特別是在兩岸全面實現「三通」、經貿關係鬆綁、金融海嘯衝擊全球經濟的背景下，珠三角的台商投資也發生歷史性變化。本文將在回顧珠三角台商投資二十年的基礎上，對當前的內外部發展形勢進行總結分析，並展望台資在珠三角的發展。

貳、珠三角台商投資二十年：歷史回顧

　　1980年代後期，台灣的製造業在土地、勞動力等要素成本大幅上漲壓力下，開始將其勞動密集型產業向東南亞地區和中國大陸轉移，形成「南向」與「西進」趨勢。二十年來，台商在珠三角的投資，大體經歷了四個發展階段：

一、 起步發展階段（1987至1991年）

　　1987年以前，台商在海外投資的規模甚小，據「投資審議委員會」統計，1959至1987年台灣的海外投資僅3.75億美元。1987年以後，台灣當局陸續開放民眾回大陸探親，取消戒嚴令，准許間接貿易，台商到大陸投資開始增加。1988年，《廣東統計年鑑》開始出現台商在廣東投資的紀錄，當年廣東簽訂台商投資項目二十九個，實際利用台資324萬美元（參見表一）。

　　這一時期，台商在大陸的投資以廣東地區最為集中，全省吸引台商投資項目和金額佔全國的50％。早期，台商在廣東的投資主要是勞動密集型產業，包括製鞋、製傘、印染、玩具、家具、塑膠、五金、燈飾等勞動密集型的島內「夕陽產業」，經營方式以「台灣接單、珠三角生產、香港轉口、海外銷售」為主，是典型的「兩頭在外」的加工貿易模式。基於對大陸改革開放政策穩定性及長期性的擔心，台商的投資規模較小，大企業仍處於觀望階段，投資行為具有試探性質，對本地依賴性小。

表一：台商在廣東的投資概況

年份	簽訂協議（合同）數（個）	協議利用外資額（萬美元）	實際利用外資額（萬美元）
1988	29	8748	324
1989	82	10995	2272
1990	270	25749	7033
1991	276	26310	11517
1992	526	65839	12984
1993	873	114135	26700
1994	641	85211	43816
1995	579	81320	35951
1996	427	47930	47436
1997	436	23633	45394
1998	498	38971	35115
1999	388	39563	46934
2000	482	48354	49746
2001	697	59586	49029
2002	802	80706	63562
2003	674	62822	67688
2004	589	63108	34897
2005	531	60237	33370
2006	483	60321	38941
2007	422	38665	32051

資料來源：廣東統計局編：《廣東統計年鑑》各年。

二、快速增長階段（1992至1997年）

1992年，鄧小平發表「南巡講話」，中國進入全方位對外開放的新階段，台商對廣東的投資大幅增加，到1993年達到高峰。當年廣東簽訂台商投資項目增加到八百七十三個，協議利用台資11.4億美元，實際利用台資達2.67億美元，分別是1988年的三十倍、十三倍和八十二倍。

這一階段，廣東吸引台商投資的優勢進一步凸顯，其吸引的台商投資項目與金額佔大陸的三分之一。紡織、皮革、塑料等傳統產業成為投資的主流，也有少數石化產業。基於這一時期兩岸政治關係的緩和，以及內地改革開放政策的進一步推進，台資在大陸的投資迎來高速增長，五年間實際利用台資金額年均上漲35%左右，其中1993年較上年上漲超過100%。

三、鞏固提升階段（1998至2005年）

1997年亞洲金融風暴驟起泰國，並橫掃整個東南亞地區，東盟諸國的投資環境迅速惡化，台商的「南向」計畫失利，投資的重點進一步轉移到中國大陸，「西進」凸顯。2001年，中國大陸和台灣地區分別成功加入世界貿易組織，兩岸也於當年初實現「小三通」，在兩岸政治關係緩和、經濟合作條件初步成熟的背景下，台商在大陸的投資掀起新一輪的熱潮。在此次投資熱潮中，台灣電子電器製造業在全球電子電器產品削價競爭的壓力下，大規模向大陸轉移，從而使台商投資出現大型化、集團化的發展趨勢。

這一階段，台商對廣東的投資開始轉向資本、技術密集型產業，主要是低檔的電腦周邊產業。產業類型上以電子、信息產業為主，進入大陸的IT類產品層次快速提高，監視器、顯示卡、主機板、桌上型電腦等產品移至大陸生產的速度成倍增長。從投資主體看，這一階段台商開始由以往的單打獨鬥轉為集體合作，從單純的委託加工變為共同參與，聯合上、中、下游相關產業配套進行，投資策略也更為積極，由最初的「跑、帶」戰略

轉變為「生根」戰略，簽約期限一般都在四十年以上。包括台灣統一、光寶、台塑、台達等數十家知名大企業及上市公司均先後投資廣東。

表二：長三角與珠三角利用台資的總體比較

（單位：件、億美元、％、萬美元）

地區別	廣　　東				上　　海			
類　別	項目數	核准金額	比重	平均項目規模	項目數	核准金額	比重	平均項目規模
1991至2002年	9357	84.58	31.78	90.39	3594	37.46	35.73	104.22
2003年	1228	20.54	26.69	167.30	641	11.04	29.80	172.28
2004年	461	14.03	20.22	304.36	269	11.75	16.93	436.80
2005年	314	12.20	20.31	388.59	203	10.18	30.22	501.24
2006年	245	14.15	18.52	577.63	190	10.42	13.63	548.31
2007年	216	19.78	19.84	915.96	138	14.40	14.44	1043.64
2008年	152	15.05	14.07	989.87	112	17.04	15.94	1521.54
累　計	11973	180.34	23.87	150.62	5147	112.29	14.86	218.16
地區別	江　　蘇				浙　　江			
類　別	項目數	核准金額	比重	平均項目規模	項目數	核准金額	比重	平均項目規模
1991至2002年	3539	67.39	25.32	190.41	1407	14.44	5.42	102.60
2003年	815	26.01	33.79	319.15	215	6.08	7.89	282.66
2004年	370	24.87	35.83	672.10	95	6.89	9.93	725.75
2005年	332	23.49	39.11	707.56	79	4.85	8.07	613.67
2006年	282	28.83	37.73	1022.45	52	5.91	7.73	1136.53
2007年	279	38.42	38.53	1377.03	56	6.91	6.93	1233.56
2008年	158	42.29	39.56	2676.65	30	6.12	5.72	2039.61
累　計	5775	251.30	33.26	435.15	1934	51.19	6.77	264.70

資料來源：經濟部投資審議委員會，http://www.moeaic.gov.tw。

　　不過，在此次投資熱潮中，台商投資的重點開始發生轉移。由於珠三角地區在項目用地、電力與能源供應方面趨緊，在既有產業基礎與高技術人才供應方面也落後於長三角地區，長三角地區逐步取代珠三角地區，成為大陸吸引台商投資額最多的地區。從表二看，這一階段長三角利用台資的項目數、實際利用金額、比重，以及平均項目規模均加速上升，而珠三角則相對下降。

四、調整轉型階段（2006年至今）

　　2006年以來，中國進入「十一五」發展時期，在人民幣持續升值、勞動力供應日趨緊張、宏觀加工貿易政策調整、國際原材料價格的大幅上揚，乃至全球金融海嘯等一系列因素的影響下，台商在大陸的投資進入一個調整轉型的新階段。這一階段中，珠三角的台資企業面臨較大的衝擊，投資增長放緩，傳統產業的生存與發展受到嚴重制約，陷入「成本倒逼」型經營困境，企業面臨的轉型升級或轉移選擇的壓力大增。

　　不過，這一階段，整體而言，廣東還是大陸台商投資的大省，具有舉足輕重的地位。據廣東省台辦統計，截至2008年底，廣東省台資企業累計二萬二千八百一十五家，合同利用台資累計515.6億美元，實際利用台資累計432.68億美元，共提供六百多萬個勞動就業崗位，每年經廣東口岸進出口大陸的台胞達三百多萬人次，常住廣東台胞超過二十萬人。台資仍然是廣東僅次於港資的第二大外資來源，在廣東經濟發展中扮演重要角色。

參、「珠三角模式」：戰略優勢與存在問題

　　過去二十年，台商在珠三角的投資，在兩岸「三通」並未開放的前提下，利用廣東對外開放最早、土地與勞動力資源充裕，且價格低廉，以及比鄰香港的區位優勢等有利條件，形成特定的發展模式，這一模式可稱為

「珠三角模式」。與長三角地區相比，「珠三角模式」有其獨特的戰略優勢，但也存在缺點。其基本特徵是：

一、利用比鄰香港的區位優勢，形成「台灣接單、珠三角生產、香港轉口及財務管理」的運作模式

1980年代後期，台灣的勞動密集型產業開始向外轉移，最初在大陸福建、廣東沿海地區設廠，並逐漸在珠三角的深圳、東莞等城市集聚。當時，台商最重要的考慮因素，就是利用廉價豐富的勞動力和土地資源以降低生產成本，保持其在國際市場的佔有份額。[1] 因此，投資珠三角的台商，一般將其營運中心繼續留在台灣，負責接單、運籌、產品研發等業務，而將產品的生產製造工序安排在深圳、東莞。

經過二十年發展，目前珠三角地區，尤其是珠江東岸地區已成為台商投資大陸的主要聚集地區之一。目前，東莞的台資企業已超過六千家，約佔廣東台資企業的三分之一，是廣東乃至全大陸台商投資最密集的城市。珠江東岸的其他城市，包括深圳、廣州、惠州則分別有台資企業數四千多家、二千六百多家和一千五百家。台資在廣東省已形成以東莞為中心，以珠江東岸為重點、覆蓋全省的地域格局。

台商在珠江東岸地區，尤其是在深圳、東莞地區聚集，最重要的因素就是比鄰香港。在兩岸的人員、貨物甚至大部分資金都必須以香港為中介進行往來的情況下，台商在大陸投資的地域，很大程度以交通便利、比鄰香港為優選。東莞是廣州至香港的水陸必經之地，又是廣深、廣珠高速公路的樞紐，陸路距深圳九十公里，水路距香港四十七海里，台商進口到香港的原材料、設備，半天內便可抵達東莞。在東莞加工成品的貨物，透過

---

[1] 朱炎，「台灣資訊產業的成長及其對中國大陸的投資」，台灣研究集刊（廈門），第2期（2001年2月），頁100～101。

香港葵涌貨櫃碼頭和國際機場可迅速運往世界各地，交通便利。

台商在珠江東岸地區，尤其是東莞地區聚集，不僅要利用香港便利的航空、航運設施，更重要的是要利用香港國際金融中心的功能。據香港理工大學中國商業中心2000年的一項調查，香港的台資企業的業務，主要為台資大陸公司提供轉運、接單、採購、行銷、財務調度、收取貨款、融資等服務，以提高效率並規避財務風險。[2] 踏入二十一世紀以來，香港成為台資大陸企業日益重要的境外上市市場。據統計，截至2008年底，在香港上市台資企業已超過五十家，包括富士康、裕元、康師傅以及順誠集團在內的大企業都在香港上市，並且市值均超過100億港元。[3] 而與長江三角洲地區相比，「香港因素」無疑是珠三角地區吸引台商投資的重要優勢之一。

二、移植「專業化分工、集聚式配套協作」的生產模式，形成「地方產業群」

M. E. Porter在其著作《國家競爭優勢》中，將產業群聚與配套產業的完整性、創新性視為國家競爭理論的重要構成部分，強調相關支持性產業是休戚與共的優勢網絡。[4] 從經濟學的角度分析，群聚可使企業獲得規模經濟和範圍經濟效應，從而大幅減低生產成本和交易成本，提高企業的競爭力。

1980年代，台灣企業在激烈的國際市場競爭中，逐步形成「專業化分工、集聚式配套協作」的生產模式，有效地促進生產效率的提高，形成較

---

[2] 陳文鴻、朱文輝，產業集聚與地區集中：世紀之交台商投資大陸行為的變化（香港：香港理工大學中國商業中心，2001），頁14。

[3] 邰宗妍，「廣東台資企業香港上市情況分析」，粵台窗口（廣州），第2期（2007年2月），頁7～9。

[4] 邁克爾‧波特（Michael E. Porter），國家競爭優勢（北京：華夏出版社，2002），頁1～18。

強的市場競爭力，在全球市場中佔據了較大規模的比重。台商進入珠三角地區後，這種生產模式在工業園、投資區的招商引資平台上得到進一步的強化，可以說被成功地移植到廣東。這些投資大都按照行業向特定地域集聚，並圍繞最終產品的生產企業形成上、中、下游密切配套的產業集群。

　　早期台商在珠三角投資的企業，基本上是按製鞋、家具、五金、塑膠、電線電纜等產業，在不同的地區或城鎮聚集，如在深圳約三分之一集中在寶安區，其中消費性電子加工業聚集在西鄉鎮，陶瓷業聚集在沙井鎮，自行車製造業聚集在龍華鎮；在東莞，製鞋業集中在厚街鎮，家具業集中在大嶺山鎮，電線電纜業集中在虎門、石碣鎮等。到1990年代中後期，台灣IT產業，主要是電腦周邊產品製造業向大陸轉移，並逐漸聚集在深圳、東莞等地區時，產業群聚的特點更為明顯。當時，部分台灣大企業和上市公司，如台達、國巨、群光等相繼進入東莞或加大對東莞的投資，這些大企業在東莞落戶產生強大的雪球效應，帶動周邊和中下游企業向東莞聚集。如台達電子在東莞投資設廠後，就吸引了超過一百家協作企業聚集其周圍，形成一個有明確分工和配套、互補的產業群體和產業鏈，即所謂的「地方產業群」。台商的產業集聚，在一些鄉鎮表現得尤為突出，如石碣鎮就集聚了數百家電子電腦生產企業，包括台達、光寶等十六家跨國公司在這裡設廠。其產品中有八種產品，包括電源供應器、電腦鍵盤、碎紙機、變壓器等產量均居世界第一位；清溪鎮生產的電腦機箱就佔全球份額的30％，居世界各產區之首。

　　目前，台商在珠三角地區，已經形成以IT產業為主的高新技術產業帶與數控機床、光學儀器、石化、五金、電器、製鞋、機械製造、三高農業等一批產業配套群體。其中，東莞仍然是全球最大桌上型電腦零配件的加工出口基地，電子資訊企業產品零部件的本地區採購率高達95％。[5] 深圳

---

[5] 陳文鴻、朱文輝，產業集聚與地區集中：世紀之交台商投資大陸行為的變化，頁14。

電子資訊企業產品零部件的本地區採購率亦高達80％。美國廠商從接單到出貨時間約為四個月，而台商僅需兩個星期，[6]且在粵台企高達90％以上盈利。[7]目前，「東莞製造」的IT產品行銷全球，IBM、康柏、惠普、貝爾等電腦公司都將東莞作為重要零部件採購基地。一年一度舉辦的東莞國際電腦資訊產品博覽會，已成為繼美國拉斯維加斯、德國漢諾威和台北之後，全球第四大電腦資訊產品博覽會。

珠三角台商的產業集聚，在企業結構方面，還形成大企業為龍頭，以中小企業為主體的模式。據統計，截至2007年底，珠三角的台資企業中投資額超過1000萬美元以上的有七百四十四家，投資額超過3000萬美元以上的有一百七十六家，超過1億美元的有三十八家。雖然珠三角地區已集聚了數十家台資大企業或上市公司，但總體而言，二萬家台資企業中，仍以中小企業為主體，投資規模較小，平均每家僅二百六十人。台商在珠三角的產業群聚，透過大中小企業配合、上下游連動，形成了「專業化分工、集聚式配套協作」的生產模式，大幅提高地區產業的國際競爭力。

三、資源外延擴張式的粗放型發展模式：土地、勞動力、水、電等生產要素正制約經濟規模的持續擴張

在「珠三角模式」中，由於集聚的產業以勞動密集型為主，在全球產業鏈中所獲得的價值和利潤分成很少。經濟增長主要靠低成本的生產要素，包括土地、勞動力等投入的增加，形成一種資源外延擴張式的粗放型發展模式。在這種模式下，因為改革開放早期廉價土地和勞動力的供應充足，珠三角成為中國大陸台商投資和經濟發展最快的地區之一。然而，進

---

[6] 郭軍，「台資：在大陸的兩個三角之間」，新經濟（廣州），第3期（2003年3月），頁17～21。

[7] 劉名，「東莞、昆山等地台商投資現狀的對話」，現代鄉鎮（廣州），第22期（2003年10月），頁18～21。

入二十一世紀以後，隨著土地、勞動力等供應開始短缺，該模式的可持續性受到質疑。

從土地資源而言，1990年代廣東經濟的快速發展，消耗大量的土地。據估計，1990至2002年間，廣東省減少耕地三十五‧八萬公頃，年均減少二‧九八萬公頃。2008年，東莞全市建設用地總規模已突破42％，按照50％的極限建設用地規模計算，未來全市僅有8％的新增建設用地空間。[8]深圳的建設用地總量也已經佔全市總面積近一半，可新增為建設用地的農地已經剩下不足一百五十平方公里。[9]據估計，若按照近年建設用地的增長速度計算，深圳僅用六年時間即可耗盡全市可建設用地資源。近年來，由於珠三角土地利用接近飽和，地價大幅上升，每畝地大約要15到20萬元人民幣，而長三角每畝地只要4到6萬人民幣左右。[10]

就勞動力資源分析，根據2000年第五次人口普查，廣東省人口總數的近30％，其「戶籍」在外省，規模超過二千六百萬，其中95％以上是勞動力人口。其中，珠三角每年的流動人口在一千五百萬以上，但2005年以來，勞工短缺日益突出，每年約在兩百萬左右。此外，缺水、缺電也開始制約經濟增長。2005年廣東電力缺口達六百萬千瓦以上，佔電力總需求的13.3％。台資企業特別關注用電問題，在用電高峰期，不少企業都面對「停三開四」的困境，電力短缺已成為制約珠三角台商發展的瓶頸。

同時，珠三角自身的一些問題也逐漸凸顯。與長三角等其它區域相比，珠三角行政管理相對缺乏規範；缺乏高階人才及熟練技工，員工穩定性差；加上現行社保與員工工傷的賠償撫恤政策存在漏洞，使得企業成本

---

[8] 潘勤毅，「東莞新增建設用地空間僅剩8％，東莞將摸清土地家底」，廣州日報（廣州），2008年9月9日，版A16。

[9] 佘慧萍，「建設用地佔了半個深圳」，南方日報（廣州），2008年3月28日，版C02。

[10] 段小梅，「台商投資大陸的區域特徵及未來走向」，亞太經濟（福建），第3期（2006年），頁72～75。

上升、用工環境惡化。此外，交通、通訊、城市景觀、社會治安、污染狀況、居住條件等也存在不少挑戰，[11] 這些問題都直接影響台商投資的積極性。因此，在部分台商投資者心目中，珠三角的投資營商環境不獲好評。在台灣電機電子同業公會的調查報告中，珠三角在投資風險、區域投資環境力等方面連續多年排名殿後，甚至排在西南地區之後。東莞、深圳以及惠州是珠三角三個台商最主要的群聚地，更是連續多年被列入「暫不推薦」最劣排名（見表三）。

表三：2000至2007年中國大陸城市綜合實力「暫不推薦」最劣排名

城　　市	省　市	區　域	年　度	等級總分
東莞市區	廣　東	華南	5	24
惠　　州	廣　東	華南	4	18
東莞長安	廣　東	華南	3	23
東莞其他	廣　東	華南	3	22
東莞樟木頭	廣　東	華南	3	21
泉　　州	福　建	華南	3	10
深圳龍崗	廣　東	華南	3	8
東莞石碣	廣　東	華南	3	7
泰　　州	江　蘇	華東	2	15
南　　寧	廣　西	西南	2	10
哈　爾　濱	黑龍江	東北	2	10

資料來源：台灣區電機電子同業公會。

---

[11] 姜坤，「『台商北移』與東莞IT產業發展對策」，開放觸覺，第11期（2002年11月），頁18～19。

肆、珠三角台資轉型與轉移：宏觀背景及存在問題

一、 轉型與轉移背景

　　對產業轉移動因的研究，通常分為宏觀和微觀兩個角度。宏觀角度即在產業層次上分析產業轉移的動因，包括成本上升論、移入需求論、生命週期論、梯度轉移論等。其中，產品生命週期理論被區域經濟學家用來解釋區域產業布局和轉移問題，其基本含義是：產業轉移是企業為了順應產品生命週期的變化，迴避產品生產的比較劣勢而實施的空間移動，是產品生命週期特定階段的產物，亦是產品演化的空間表現。

　　2006年以來，中國進入「十一五」發展時期，轉變經濟增長方式、走新型工業化道路等，成為經濟發展的「中心詞」。在這種背景下，經歷二十五年快速成長的廣東經濟，隨著土地、能源、勞動力等成本的提高，尤其是近幾年電荒、煤荒、油荒、地荒等問題接踵而至，其傳統的依靠土地和勞動力大量投入的粗放型經濟增長方式已難以為繼。從「十一五」時期開始，廣東經濟開始轉變經濟增長方式、優化產業結構的艱難進程。所謂「騰籠換鳥」的戰略也正是在這種歷史背景下提出。這種經濟發展戰略的調整，給廣東珠三角地區長期依靠低成本發展的香港、台灣企業，形成日益增長的轉型和轉移的壓力。

　　與此同時，2005年5月以來，中國啟動人民幣匯改，人民幣開始持續三年的升值進程，大量熱錢湧入，國家外匯儲備大幅增長。在這種背景下，2007年下半年以來，有關部門下調甚至取消低附加值、高能耗、高污染、資源型傳統產業的出口退稅率，限制使用短缺資源的產品出口。同時，國家加工貿易政策也進行調整，把取消出口退稅的商品列為加工貿易禁止類管理，降低出口退稅率的商品增列為加工貿易限制類管理，需要繳納保證金。這些措施，對於珠三角加工貿易類的台資企業產生較大的影

響。此外，珠三角台資企業大都從事中下游製造業務，其行業特性決定了對生產原料依賴較強的客觀現實。全球金融海嘯前，國際市場上金屬、木材、化工等原料價格升幅較大，有些甚至被國內列為禁止類或限制類，台資企業自身又不能從上游產業開始自產自足，因此受價格變動影響較大。一些傳統型、主要靠勞動力賺錢的台資企業生存空間有限，企業利潤日益下降，生產經營面臨的困難增加。

宏觀經濟環境的轉變，推動珠三角台資企業的升級轉型。近年來，珠三角台資企業在產業結構調整和技術管理水平都有明顯提升，主要表現為資金技術密集型台資企業日益增多。以台塑、南亞、宏碁電腦、富士康為代表的台灣大企業相繼落戶珠三角，寶成集團在東莞成立了黃江科技園，從事電子產品生產。同時，台資企業自身的研發能力也有增強，從簡單的OEM（委託代工生產）發展到ODM（原始設計生產）、OBM（自我品牌生產），自行設計、自創品牌已經成為珠三角台資企業新發展方向。部分台資企業實現就地優化升級，從一般裝配加工轉型為具備生產高端產品能力的企業，並逐步向具有高附加值產業轉型升級。如深圳豪佳電子，從2000年著手轉型，並進入生產數位內容為主的IC封裝行業；又如深圳德之杰公司，1990年代末開始發展數位相機，提高產品附加值，積極參與國際競爭，並獲得成功。

與此同時，部分屬於傳統產業的台資企業在競爭優勢逐步減弱、利潤空間日益萎縮的情況下選擇轉移。據統計，僅深圳一地的台資企業向長三角和省內東西兩翼及北部山區轉移的就不少於一千家，其中廣東的惠州、清遠、河源、韶關等地區為主要承接地。其後，廣東東西兩翼，和北部山區的資源環境優勢逐漸顯現，加快交通、電力等基礎設施建設和招商引資工作力度，在承接珠三角台資企業產業轉移方面進展明顯。部分台資企業在珠三角和東西兩翼及北部山區不同的地方產業政策指引下，區域布局調整的步伐也日益加快。同時，珠三角台資企業產業轉移還向外省延伸，湖

南、江西、四川、廣西等地區都承接不少珠三角的外移台資企業，甚至有些台資企業還將工廠轉移到越南、泰國、印度等國家。

　　此次珠三角台資產業升級、轉型中，廣東各級政府發揮積極作用，從政策引導、園區建設到融資、水電等優惠政策，支持台資企業的升級、轉移。此外，廣東省政府還積極建立不同主導產業、各種規模的產業轉移工業園區，用以吸引台資企業轉移落戶。及至2008年5月，廣東省已認定省級產業轉移工業園區二十四個，主要布局在珠三角的山區以及粵東西兩翼。廣東省及各市級政府部門還成立專門的升級轉型辦公室，並出台一系列具體幫扶政策，積極配合珠三角台資企業的升級、轉移，解決升級轉移中遇到的各種問題，使企業在最短的時間內，以最小的成本完成本地企業產業升級或實現企業外遷轉移。如東莞市提出「三個平台，十億基金」的促升級、轉移政策。三個平台包括轉型升級的服務中心、外商投資的信息發布平台，與港台政府機構合作搭建教育平台；而由市財政撥付的10億基金，主要用於獎勵企業擴大內銷，創造品牌，鼓勵企業將研發機構引入東莞，以及幫助企業引進先進的生產設備等。[12]

二、珠三角台資企業轉型、轉移存在的問題

　　不過，總體而言，珠三角台資企業在升級轉型和轉移過程中，發展並不順利，面臨的問題不少。歸納來看，主要有以下幾個方面：

(一) 宏觀經濟政策與經濟環境的變動加大台商生存難度

　　珠三角台資企業以服裝、鞋帽、玩具、塑料製品、體育用品、五金配件和金屬製品等傳統行業為主。出口退稅政策的調整，無疑加重珠三角地區毛利率較低的加工貿易類台資中小企業的生存壓力，許多企業不僅完全

---

[12] 華夏經緯網，「東莞未出現關閉和外遷潮　10億基金促產業升級」，http://www.huaxia.com/tslj/rdqy/gd/2008/09/1156258.html，2008年9月9日。

失去出口退稅，還要追加一定數額的增值稅，企業負擔難以承受。2008年，新的企業所得稅法實行「兩稅合一」以及新勞工法的出台，降低台資企業的利潤，加大生產成本，使其面對嚴重的經營困難。台灣學者呂鴻德的調查問卷也反映，政策變動成為制約台資企業升級、轉移的首要因素。[13] 同時，複雜國際環境加大產業升級、轉移緊迫性。經濟危機背景下，市場需求能力大幅下降，而台資企業又以美國為主要出口市場，受經濟危機的影響更為明顯，2008年台資企業訂單數額大幅下降，珠三角地區出現不少台資企業停產倒閉。再者，人民幣持續升值，使得以外銷為主的珠三角台企出口競爭力大幅下降，並造成了巨大匯兌損失。此外，世界經濟的不斷融合，以及越南、印尼等東南亞國家更低的勞工、水、電、用地成本和航運優勢，更在成本上增加珠三角台企的負擔。[14]

(二) 台資企業自主創新能力相對不強，難以順利轉型升級

珠三角的台資企業絕大多數是典型的「兩頭在外」的加工貿易型企業，沒有自己的品牌，且總體上仍以進行OEM的勞動密集型中小企業為主。長期以來主要由國外客戶提供技術標準和技術支持，本地研發能力仍較低，升級轉型困難。[15] 此外，台資企業主要處在產業鏈的低端生產裝配環節，雖然生產規模較大，但全員勞動生產率較低，採取的大都為「台灣設計、大陸生產」的分工模式，在大陸的台資企業只能按照台灣總部的要求進行成本控制，不能參與企業的戰略決策，自主權有限，一定程度上抑

---

[13] 呂鴻德，「台商轉型升級創造第二曲線」，兩岸經貿月刊（台北），第9期（2008年9月），http://www.seftb.org/mhypage.exe?HYPAGE=/03/03_content_01.asp&weekid=115&idx=1。

[14] 中國政府門戶網站，「珠三角『鳥巢經濟』向新格局演化，轉型引人注目」，http://www.gov.cn/jrzg/2009-03/26/content_1269119.htm，2009年3月26日。

[15] 張科、彭玉蓉、劉小青，「關於在粵台資企業產業升級與轉移的分析」，廣東經濟（廣州），第3期（2008年3月），頁19～25。

制台資企業的自主技術開發和自有品牌培育，容易導致企業生產固化在產業鏈低端，並難以實現本地升級轉型。

(三) 招工、用工存在困難，升級、轉移均受抑制

各類人才尤其是專業技術人才的短缺，以及珠三角地區的勞動力工資增長迅速，已成為珠三角台資企業產業升級的「瓶頸」。廣東東西兩翼、粵北山區由於地理位置相對偏僻，基礎設施不完善，生活條件相對落後，儘管當地勞動力資源充裕，但勞動力整體素質還比較低，可提供給企業的高級管理、技術人才比較有限，熟練工人技師匱乏。因此，影響珠三角台資企業的產業升級和經營發展，也制約承接珠三角產業轉移地區的用工需求。

(四) 資源型要素成本上升阻礙產業升級、轉移

2006年開始國際原油價格持續維持在高位，2008年一度超過每桶100美元的歷史高點。油價等原材料價格的上升，使得企業的加工、運輸成本大幅提高，也制約台資企業的本地升級。珠三角台資企業的升級、轉移還受到用地指標的限制。近年來，國家實行嚴格的土地政策，嚴格控制工業用地，土地徵用難度不斷加大，土地辦證費用大幅上漲。珠三角土地資源相對缺乏，除對高新技術項目和現代服務業項目預留發展用地外，對其他傳統產業的發展用地全部實行招投標的市場競爭，土地成本逐年上升，在相當程度上影響台資企業的產業升級、轉移。例如東莞土地競價已由前幾年的每平方公尺1,600元人民幣，大幅增至目前的每平方公尺7,000多元人民幣。除了土地資源短缺外，珠三角電力短缺也是台資企業在產業升級過程中面臨的棘手問題。

(五) 台資企業產業升級、轉移遇到融資瓶頸

台灣當局關於投資上限的設定，使得台資企業能外溢投資的資本極其有限。加上台資企業大都採取「兩頭在外、差額核銷」的經營運作模式，大陸公司只有最低限度的成本費用收入，而不能形成盈餘資金積累。此外，台資企業本身融資能力欠缺，更加劇資金短缺問題。一方面，台商在珠三角多採取租賃廠房的方式進行生產，並且傳統產業生產設備的價值也不高，台商可用於抵押融資的固定資產相當少；另一方面，兩岸金融信息不對稱，風險難以控制，使得在粵台企從兩岸金融機構內都很難獲得貸款。據相關人士統計，由珠三角台資傳統產業升級與轉移而導致的融資缺口即高達3,000億元。兩岸金融合作嚴重滯後於製造業等其他產業的合作，制約台資企業的升級轉型和增資擴廠。

(六) 環保要求對台資企業形成新挑戰

珠三角台資企業多數以製造業為主，布局分散，污染治理難度大，導致「三廢」（廢水、廢氣、廢渣）排放量大，對生態環境造成重大壓力。近年來，珠三角地區低附加值的台資企業，陸續向粵東西兩翼及粵北山區轉移。但是，這些轉移地區地處珠江水系上游，肩負著義不容辭的生態屏障義務。珠三角的污染、高能耗的傳統產業在轉移過程中必須加大對污染的治理。

伍、新形勢下台商在珠三角發展的前景展望

2008年，由美國次貸危機引發的金融海嘯，導致全球性經濟危機的爆發，美國及歐洲經濟均先後陷入深度危機之中。國際市場需求大幅萎縮，對高度依賴出口加工貿易的珠三角經濟發展構成嚴重的衝擊和巨大挑戰。珠三角的台資企業，約有80%以上屬於加工貿易型，在金融海嘯前，在國

家宏觀政策調整、資源日漸短缺和成本不斷上升等因素影響下，競爭優勢逐步減弱，利潤日益萎縮，生存壓力大增。金融海嘯無疑令這些企業雪上加霜，轉型或轉移已勢在必行。

幸而，2008年以來，兩岸經貿關係出現新的發展契機。年初，台灣大選，國民黨馬英九、蕭萬長以高票當選，兩岸經貿關係在停滯多年後出現重大發展機遇。11月，海協、海基兩會首次在台北舉行會談，並就兩岸的空運、海運、郵政和食品安全簽署了四項協議。經過多年努力、推動，兩岸終於建立直接、雙向的大三通。新政府對大陸經濟政策的鬆綁，以及兩岸實現全面「三通」，大幅降低兩岸經貿往來的成本。隨後，建立「兩岸經濟合作架構協議」（ECFA），納入的經濟合作涵蓋貨品貿易、服務貿易、投資保障、商品檢驗檢疫、智財權保護、貿易投資便捷化、防衛措施及爭端解決機制等。

在新的歷史環境下，兩岸的經貿關係無疑將進入一個新的發展階段。配合廣東經濟增長方式的轉變，以及建立現代產業體系的要求，2008年國務院頒布「珠江三角洲地區改革發展規劃綱要（2008～2020年）」，明確提出：廣東要「提升對台經貿合作水平」。要依託珠江三角洲地區現有台資企業，進一步擴大對台經貿合作，拓展合作領域。支持建立多種交流機制，加大協會、商會等民間交流力度，鼓勵開展經貿洽談、合作論壇和商務考察。加強與台灣在經貿、高新技術、先進製造、現代農業、旅遊、科技創新、教育、醫療、社保、文化等領域合作。加強海峽西岸農業合作，推進珠海金灣台灣農民創業園，以及佛山海峽西岸農業合作實驗區建設。積極為台商創造良好的營商和生活環境，鼓勵開辦台商子弟學校和建立相關的醫療、工傷保險機制。鼓勵粵東地區利用地緣、人文相通的優勢，發展對台貿易，提升對台經貿合作水平。[16] 展望未來，在新的歷史環境下，

---

[16] 國家發展和改革委員會，「珠江三角洲地區改革發展規劃綱要（2008～2020年）」，2008年12月，頁53～54。

珠三角台商企業發展將呈現出一些新的趨勢。

一、珠三角台商製造業企業加快轉型升級或向外轉移的步伐

展望未來，廣東珠三角地區將加強粵台在高新技術、先進製造、科技創新等領域合作。重點引進台灣以光電產業、現代裝備、石化、鋼鐵、塑料、精密機械製造為主體的先進製造業和以電子信息、生物技術、新材料、環保、節能減排等為主體的高新技術產業。著力推動形成若干技術含量較高的特色產業集聚區域。及至2012年，爭取建成南海奇美液晶平板生產園區、廣州台企聯B2B鞋產業創新園區、深莞電子信息產業帶、江門鶴山LED半導體照明光電生產基地等粵台產業交流合作示範區。

珠三角的製造業，應充分認識到未來企業轉型升級或者轉移的緊迫性及新的機遇，突破傳統的「差價驅動型」思維定勢，[17] 推動台資企業（尤其是加工貿易企業）自主開發技術，自創品牌，拉長產業鏈，加快從貼牌加工向品牌競爭轉變；從生產車間向企業總部轉變；從規模數量型向品牌效益型轉變；積極探索低投入、高效益的質量型發展模式，[18] 加快「三來一補」、加工貿易型台資企業的升級轉型。

同時，廣東也將加快珠三角淘汰落後生產力，在產業結構升級過程中對傳統產業進行一定的限制，並強化環保、產品質量的執法檢查，台資傳統產業的簡單擴張模式將受約束，部分企業甚至可能被列入外遷清退名單。因此，珠三角的傳統產業台資企業，在未來必須加快區域布局調整步伐，並積極開拓內需市場，將投資向環珠三角甚至泛珠三角區域轉移。

---

[17] 王鵬，「珠三角台資電子業升級研究」，2008年廣東涉台研究論文集（廣州：廣東人民政府台灣事務辦公室、廣東台灣研究中心，2009年4月），頁301～311。

[18] 張科、彭玉蓉、劉小青，「在粵台資企業產業升級與轉移探析」，粵台視窗口（廣州），2008年1月，頁8～12。

二、粵台現代農業合作將進入發展新階段

　　台灣的農業以其多功能、現代化以及都市型的特點，成為國際農業發展模式的學習典範之一。過去十年來，廣東對粵台農業合作的重視逐步提升。目前，台商在廣東投資的農業種養和加工企業超過一千家，投資額超過10億美元，台商投資廣東農業的主要特點是：地域相對集中，主要集中在珠三角；以種植業和園藝業為主；市場外向化明顯；以獨資為主，生產規模不大。

　　2006年4月，國務院批准廣東在佛山和湛江設立海峽兩岸農業合作試驗區。2008年2月，國家農業部、國台辦又批准在珠海設立廣東省台灣農民創業園。汕頭市政府還制定頒布「關於汕頭市鼓勵台灣農民創業園建設若干政策意見」，提出財稅、土地、金融、出入境等優惠和服務措施二十條。[19] 廣東未來將會進一步完善佛山、湛江海峽兩岸農業合作試驗區和珠海、汕頭農民創業園區的政策措施，加大投入力度，解決園區建設資金、台資農業企業的用地和融資等問題，並推動設立中山、韶關、江門、梅州、惠州等地設立粵港澳台現代農業合作示範區或台灣農民創業園，並進一步簡化檢驗、檢疫手續，推動建立台灣農產品集散中心。

　　隨著兩岸農產品市場的不斷開放，以及台灣對台商大陸投資的鬆綁，台商可以將珠三角的農業投資領域逐步擴大到海淡水養殖業、農副產品加工業、觀光農業、生態農業等多領域。[20] 發揮台灣農業的經營模式和技術創新優勢，與珠三角的資金和營銷、貿易、物流管道，以及泛珠的自然資源進行有機整合、優勢互補，從而加長粵台的農業產業鏈。

---

[19] 南方網，「建設粵台合作試驗區應先行先試」，http://opinion.southcn.com/gd/content/2009-06/19/content_5271883.htm，2009年6月19日。

[20] 吳雪菲、詹曉婷，「淺析粵台農業合作」，合作經濟與科技（石家莊），第12期（2007年6月），頁36～37。

三、粵台服務業合作將獲得新的發展契機

　　台灣服務業發展有相當長的歷史，部分領域已達到較高水準。特別是伴隨著台灣產業結構的調整和升級，製造業逐漸外遷，第三產業蓬勃發展，服務業佔台灣GDP的比重顯著提升。2005年達到73.9％，接近發達國家水平。[21] 目前，製造業在台商投資大陸中一枝獨秀，與台灣73.9％的服務業比例極不相稱。而國民黨重新執政，主打的「拚經濟」牌，並且在金融海嘯猛烈衝擊兩岸大批的台資中小企業的背景下，服務業將成為未來兩岸經濟關係的主要內容。因應大陸台企的需要，台灣金融業、科技服務、物流、會計、法律生產性服務業，以及專業服務業，將有望成為新的發展熱點。

　　大陸通過CEPA向港澳先於世界貿易組織，承諾開放了銀行、保險、物流、通訊、會展、法律、會計、廣告等四十二個行業，並降低相應准入門檻，部分行業還允許以獨資形式進入內地。這些優勢政策使港資公司獲得了內地，特別是廣東的拓展服務業的先機，也為台灣服務業以CEPA為平台加快投資廣東創造良好機遇。近年來，台灣的運輸、物流、廣告、房地產、零售、影視、醫療等行業在珠三角的投資不斷增加，其中不少是與香港的公司攜手進行。CEPA的實施，使台灣服務業更多的以香港公司的名義享用CEPA優惠，加快進入珠三角地區。部分台商今後將以香港作為進軍大陸服務業的跳板。

　　同時，隨著珠三角產業的轉型升級，「綱要」的支持未來珠三角將優先發展現代服務業，[22] 粵台服務業合作也得到高度重視。廣東在金融服務領域已經在爭取中央批准廣東建立「海峽兩岸金融合作試驗區」，推動優

---

[21] 丘麗雲，「粵台服務業特徵比較」，2008年廣東涉台研究論文集（廣州：廣東省人民政府台灣事務辦公室、廣東台灣研究中心，2009年4月），頁234～243。

[22] 「綱要」規劃的目標是：到2020年要實現服務業增加值比重達到60％，現代服務業增加值佔服務業增加值的比重超過60％。

質台資在內地和香港上市融資。配合廣州、深圳區域金融中心建設，發揮廣交會、高交會、文博會等展會品牌優勢，引導和推進粵台金融服務業和會議展覽業合作，打造廣深「粵台現代服務業集聚區」。同時也將要推動台資企業將結算中心轉移到廣東，積極引進台灣大型現代物流企業，推進粵台中介服務機構的合作。服務業將成為粵台合作的新焦點，並通過產業鏈的合作升級，促進兩地經濟發展與合作水準顯著提升。

四、粵東將開拓粵台合作新平台

　　粵東向來在人文和地緣上與台灣密切聯繫。2008年12月15日，兩岸三通全面實現。2009年1月18日，汕台貨運海上直航首航成功，汕頭成為廣東省內首個對台海上貨運直航城市；5月6日，「亞洲之星」郵輪在汕頭港啟航赴台，汕頭成為大陸第三個、省內第一個對台包船旅遊直航城市。目前，汕頭推進粵台經貿合作試驗區建設的工作方案正在制定，在台商投資區基礎上擴建的十一平方公里的汕頭台灣產業園，將成為粵台經貿合作試驗區的核心區和主要載體。主要由地處汕頭濠江區的台商投資區、南山灣工業區及河浦工業區組合構成，主要吸引電子信息產業、裝備製造業及石化產業等方面的台商投資。為建設好粵台經貿合作試驗區，汕頭將著力擴大對台直航，使汕頭成為兩岸經貿的集散中心之一。汕頭還將與台企合作，積極發展現代服務業和商貿業，引進台灣金融業，開展對台小額貿易，建設好對台小額商品交易市場等。在正在制定的珠三角城際軌道規劃中，廣東省發改委已預留通往粵東地區的出口。與此同時，廣東亦已向國家發改委上報有關文件，建議將粵東地區納入海西經濟區。[23]

　　可見，隨著兩岸經濟政策的放寬，粵東地區未來將能充分發揮在粵台

---

23 華夏經緯網，「粵東籌建對台合作試驗區　汕頭冀成領頭羊」，http://www.huaxia.com/tslj/rdqy/gd/2009/06/1466407.html，2009年6月18日。

聯繫合作中的人文和區位的優勢，以及汕頭的經濟特區優勢，成為粵台經貿合作與台商在粵投資的新平台。

參考書目

王鵬，「珠三角台資電子業升級研究」，**2008年廣東涉台研究論文集**（廣州：廣東人民政府台灣事務辦公室、廣東台灣研究中心，2009年4月）。

丘麗雲，「粵台服務業特徵比較」，**2008年廣東涉台研究論文集**（廣州：廣東省人民政府台灣事務辦公室、廣東台灣研究中心，2009年4月）。

朱炎，「台灣資訊產業的成長及其對中國大陸的投資」，**台灣研究集刊**（廈門），第2期（2001），頁100～101。

吳雪菲、詹曉婷，「淺析粵台農業合作」，合作經濟與科技（石家莊），第12期（2007年6月），頁36～37。

呂鴻德，「台商轉型升級創造第二曲線」，**兩岸經貿月刊**（台北），第9期（2008年9月）。

佘慧萍，「建設用地佔了半個深圳」，**南方日報**（廣州），2008年3月28日，版C02。

邰宗妍，「廣東台資企業香港上市情況分析」，**粵台窗口**（廣州），第2期（2007年），頁7～9。

姜坤，「『台商北移』與東莞IT產業發展對策」，**開放觸覺**，第11期（2002年11月），頁18～19。

段小梅，「台商投資大陸的區域特徵及未來走向」，**亞太經濟**（福建），第3期（2006年），頁72～75。

國家發展和改革委員會，「珠江三角洲地區改革發展規劃綱要（2008～2020年）」，2008年12月。

張科、彭玉蓉、劉小青，「關於在粵台資企業產業升級與轉移的分析」，**廣東經濟**（廣州），第3期（2008年3月），頁19～25。

張科、彭玉蓉、劉小青，「在粵台資企業升級與轉移探析」，**粵台窗口**（廣州），（2008年1月），頁8～12。

張傳國、俞天貴，「長三角與珠三角利用台資的比較研究」，**中國軟科學**（北京），第3期（2005年3月），頁105～110。

郭軍，「台資：在大陸的兩個三角之間」，新經濟（廣州），第3期（2003年3月），頁17～21。

陳文鴻、朱文輝，產業集聚與地區集中：世紀之交台商投資大陸行為的變化，（香港：香港理工大學中國商業中心，2001）。

劉名，「東莞、昆山等地台商投資現狀的對話」，現代鄉鎮（廣州），第22期（2003年10月），頁18～21。

潘勤毅，「東莞新增建設用地空間僅剩8％，東莞將摸清土地家底」，廣州日報（廣州），2008年9月9日，版A16。

邁克爾‧波特，國家競爭優勢（北京：華夏出版社，2002）。

中國大陸勞動法規變動對企業經營之影響：以廈門台商為例*

蔡昌言

（台灣師範大學東亞文化暨發展學系主任）

摘要

　　本文旨在探討廈門台商在經濟全球化架構下，面對中國大陸實施「勞動合同法」的影響及組織行為。依據資料分析與深度訪談，本文得到兩個結論。第一，在經濟全球化架構下，中國為了吸引外國投資，必須滿足先進國家及國際組織的勞動標準，制定改善勞動條件的法令規章，而中國勞動法規的制定與實施，將造成企業經營成本的增加。第二，地方政府在財政能力許可的情況下，將以改善勞動條件來穩定政治及社會基礎。由於廈門具有地方財政健全、法治基礎穩定等優勢，因此在執行「勞動合同法」時，儘管地方政府傾向以維護勞工權益及改善勞動條件為主要目標，但廈門台商仍選擇在合法的架構下逐漸調整經營方式，以因應其衝擊與影響。

關鍵詞：勞動合同法、台商、廈門、勞資關係

---

*　本文曾發表於「台商大陸投資二十年：經驗、發展與前瞻」研討會（台北：政大中國大陸研究中心、政大中國區域經濟發展暨治理論壇、台大中國大陸研究中心與台灣民主基金會主辦，2009年10月3～4日）。後修改投稿，刊登於中國大陸研究季刊第52卷4期。感謝政治大學國際關係研究中心同意授權轉載出版。

壹、前言

中國經濟改革開放初期，透過設立經濟特區以吸引外國資本和技術轉移，藉此提升中國本地企業的生產力。在低廉勞動力及廣大市場的吸引之下，大量台商相繼前往中國大陸投資。據經濟部投資審議委員會統計，自1991至2008年11月，台灣赴大陸投資總投資金額已經超過700億美金，[1] 而這投資金額還未包括未經政府核准逕行赴中國大陸投資，以及經由第三國以私人資金轉進中國大陸的投資行為。台商作為投資大陸先行者，其優勢不僅在於文化和地理上的相近，更在於引進生產技術及管理方式，透過組織學習及人員訓練的過程，促進中國企業的現代化及培養在地管理人才。[2]

然而，在經濟發展優先的目標下，雖然外資企業的重要性與貢獻與日俱增，但是以勞力密集產業為主的台、港、韓商等企業，勞動條件苛刻亦長期為人所詬病。由於勞資糾紛及大規模的勞工抗爭事件大量增加，許多學者及輿論便預測中國在享有經濟快速成長之同時，亦將面臨層出不窮的社會問題及政治危機。[3] 面對日益嚴重的社會問題和資本積累的危機，中國政府近年來也試圖透過各種法令及一系列的宏觀調控政策，一方面逐步

---

[1] 「97年12月核准僑外投資、國外投資、對中國大陸投資統計速報」，經濟部投資審議委員會，〈http://www.moeaic.gov.tw/system_external/ctlr?PRO=NewsLoad&id=626〉。

[2] 有關中國企業透過與外資合作學習技術及管理方式，詳見Doug Guthrie, *Dragon in a Three-Piece Suit: The Emergence of Capitalism in China* (Princeton, NJ: Princeton University Press, 1999); Doug Guthrie, "Organizational Learning and Productivity: State Structure and Foreign Investment in the Rise of the Chinese Corporation," *Management and Organization Review*, Vol. 1, No. 2 (2005), pp. 95～165. 有關中國勞工接受台商管理方式訓練並晉升管理幹部，詳見 Hong-zen Wang, "China's Skilled Labor on the Move: How Taiwan Businesses Mobilize Ethnic Resources in Asia," *Asian Survey*, Vol.48, No.2 (Mar./Apr. 2008), pp. 265～281.

[3] Gordon Chang, *The Coming Collapse of China* (New York: Random House, 2001); Peter F. Drucker, *Managing in the Next Society* (New York: St. Martin's Griffin, 2003).

推動市場經濟制度，另一方面減緩經濟發展所帶來的社會衝突。[4]

　　在一系列的宏觀調控政策中，「勞動合同法」扮演著關鍵的角色。「勞動合同法」立法的目的是：穩定勞動力市場，以保障勞工福利，改善勞動人權，但是卻引起以勞力密集為主的外資企業強力反彈。例如上海歐美商會認為「勞動合同法」過度保護勞工，將大幅提高人事成本，威脅將自中國撤資並遷廠至印度、巴基斯坦及東南亞國家。[5] 以台商而言，根據經濟部投資審議委員會甫完成的《大陸經貿新措施對台商影響分析》研究報告亦指出，台商普遍認為「勞動合同法」是宏觀調控政策中對台商影響最大的一項，尤其快速增加的勞動糾紛，大幅提高台商經營的風險及不確定性。[6] 此外，根據台灣區電機電子工業同業公會於2008年8月所公布《2008年中國大陸地區投資環境與風險調查》指出，台商在中國大陸投資所面對的經貿糾紛類型中，勞動糾紛為成長比例第四快的糾紛類型，成長幅度約為12.63％。[7] 對大多數台商來說，低廉的勞動成本一直是中國吸引台商投資的關鍵因素，「勞動合同法」不但增加台商經營之人事成本（請參見表一），更嚴重影響台商投資大陸的信心與動機。因此，中國人

---

[4] 中國自2004年開始實施改革開放以來第六次的宏觀調控政策，包括：信貸緊縮政策、人民幣匯率政策調整、兩稅合一政策、調整外貿結構政策，以及正在草擬的社會保險法。有關宏觀調控政策對總體經濟的影響，請參見：跨區域經濟發展動態仿真模擬技術開發課題組，「當前國家宏觀調控政策的影響及其評價——基於對廣東省深圳市、佛山市工業企業的調研分析」，中國工業經濟，第11期（2008年11月），http://gjs.cass.cn/pdf/new%20research/dqgjhgtkzcyxjpj.pdf；Mary E. Gallagher and Junlu Jiang, "Guest Editors' Introduction," *Chinese Law and Government*, Vol.35, No.6 (Nov./Dec. 2002), pp. 3~15.

[5] GLS North American Staff, *Behind the Great Wall of China* (New York: Global Labor Strategy, 2006), http://laborstrategies.blogs.com/global_labor_strategies/files/behind_the_great_wall_of_china.pdf.

[6] 林庭瑤，「勞動法發威，大連台商最慘」，經濟日報（台北），2009年1月5日，版A10。

[7] 台灣區電機電子工業同業公會，蛻變躍升謀商機 —— 2008年中國大陸地區投資環境與風險調查（台北：商周編輯顧問有限股份公司，2008年8月），頁29。

大代表在實地調查「勞動合同法」對企業的影響後，計畫將提出修正，以減緩衝擊，[8] 中國大陸管理學者甚至呼籲中國政府立即停止或修正「勞動合同法」。[9] 雖然就實際利用外資數據而言，實際變化也許尚未立即反應在吸引外資在中國的投資上（請參見表二），但綜觀媒體與學者專家的討論，一般認為就現有企業投資而言，對於「勞動合同法」實施一年多以來之影響初步的結論是，在全球經濟不景氣以及宏觀調控政策等大環境因素下，「勞動合同法」被認為是壓垮駱駝的最後一根稻草，[10] 特別是對勞力密集產業而言，原本利潤就較低的勞力密集產業幾乎無法生存。

　　此外，在討論「勞動合同法」所造成之影響時，亦不可忽略中國大陸各區域發展的差異。不同區域因經濟發展的程度互異，產業結構不同，因而對於外資設廠的要求、法律執行的標準與區域經濟發展的目標皆略有差異。如果「勞動合同法」加強對違法單位的處罰，對於長期未遵法令執行的企業顯然衝擊較大，那麼對於已經按照「勞動法」執行的企業或是地區而言，「勞動合同法」的影響是否會有所不同？有哪些基礎造成這些差異？這是過去在討論「勞動合同法」的影響時被忽略的研究重點，也是本文的主要研究問題。

　　因此，筆者透過實地走訪中國大陸各地台商，就「勞動合同法」在不同地區所造成的影響與各地台商的因應之道進行研究，進而比較分析其間的差異。其中本文選擇廈門作為這一系列研究的第一步，其原因有以下兩點：第一，「海峽西岸經濟特區」（簡稱海西區）於2005年10月正式寫入「中共中央關於制定國民經濟和社會發展第十一個五年規劃的建議」與

8　康彰榮，「勞同法衝擊大，人大代表擬提案修正」，工商時報，2008年10月31日，版A10。

9　白德華，「勞動法週年，學者籲停止執行」，中國時報，2009年2月10日，版A9。

10　「新勞動合同法觸發多米諾效應　上千家鞋廠倒閉」，中國評論新聞網，2008年1月2日，http://www.chinareviewnews.com/crn-webapp/search/siteDetail.jsp?id=100551633&sw=新勞動法。

「中國海洋事業『十一五』規劃」之中，其重要性已不可同日而語。[11] 未來台閩雙方的交流將因海西區的發展而日益密切，部分企業對於深化投資福建躍躍欲試，亟欲更進一步了解該地區的制度與法規。[12] 廈門作為福建的重要城市，也是海西區中優先與台灣落實合作機制的城市，正確理解「勞動合同法」的施行對廈門投資環境所造成的衝擊，以及廈門台商的因應之道，近來格外受到欲赴大陸投資之企業的重視。因此，本文試圖檢視廈門台商因應「勞動合同法」運作，並進一步探討台商在中國大陸勞動法規變遷下的組織行為與勞動過程改革。

　　第二，廈門是距離台灣最近，也是最早開放的經濟特區之一。在經濟改革的過程中，廈門也是各種市場經濟法規和制度試行的地區。在改革開放三十年之後，廈門的法治基礎與市場經濟制度相對較為健全。因此，我們以廈門為起點來探討「勞動合同法」對台商的影響，有助於理解中國大陸地方政府在面對經濟全球化，及勞動法規改革的過程中所扮演的角色，未來更可以此個案研究為基礎，進一步比較其他具有類似制度基礎的地方（例如其他經濟特區），「勞動合同法」的執行影響有何差異。

　　本文首先將從政治經濟學的觀點，討論經濟全球化下的中國勞工人權問題，以及中國經濟轉型過程中制度變遷的相關理論。接著本文討論勞動法規變遷對企業經營及勞資關係的影響，並指出地方政府與台商在面對勞動法規變動時，如何相互調適，在降低企業經營成本與實踐勞動法規兩者間取得平衡。最後，本文探索當地方政府原本即以較嚴謹方式落實勞動法規，同時於基礎建設、生活環境等條件都不遜於其他競爭對手的前提下，在面對「勞動合同法」的衝擊時，台商是否會繼續逐水草而居而撤資，

---

[11] 「十七大後海峽西岸經濟區未來發展」，遠景基金會，http://www.pf.org.tw:8080/web_edit_adv/admin/temp_lib/temp2/temp2b1/template_view.jsp?issue_id=128&pv=2&byfunction。

[12] 同前註11。http://www.pf.org.tw:8080/web_edit_adv/admin/temp_lib/temp2/temp2b1/template_view.jsp?pv=2&issue_id=128&chapter_id=23。

或是選擇在合法的架構下調整經營方式，並開源節流以適應「勞動合同法」，將是本文研究的重點。

貳、文獻分析與問題假設

本文從全球化下的中國勞動人權、中國經濟轉型過程中的制度變遷，以及中國勞動法令變動對企業的影響三個角度，回顧過去中國大陸勞工人權之政治經濟發展。

一、全球化下的中國勞動人權

學者關於經濟全球化程度的加劇，對勞工人權會產生何種影響，主要有新自由主義學派（Neo-liberalism School）以及批判理論學派（Critical Theory School）兩種觀點。新自由主義學派認為，當一個國家經濟活動與他國日益頻繁互動時，國家的整體經濟力量與財富將同時提升，越是全球化的經濟體會創造更多的財富總和，而勞工亦能從中受惠。其中，低度開發國家（Less Developed Countries, LDCs）的勞工將最有可能藉由國家經濟全球化的過程獲得最大利益，因為跨國公司的投資，傾向把資金投注於低工資與勞動環境要求條件低的地區，一旦資本大量投資於低工資與勞動環境要求低的國家，經濟逐漸發展之後，勞工的實質收入自然能逐漸好轉，長期而言勞工自然更有餘裕去追求其他勞工基本權益的提升。

相對於新自由主義學派，批判理論學派則強調世界經濟體系中階級利益的衝突。批判觀論點的學者認為，跨國公司的利益適恰與勞工利益正面衝突。簡言之，跨國公司龐大利益的來源，正是奠基於對勞工利潤的高度剝削。全球化的過程使得跨國公司更易於掌握資訊，去尋找可提供低成本的勞工與低要求的基本勞動環境，同時更便於資本的跨國轉移。未開發與開發中國家勞工，或許短期而言可獲得因跨國公司投資而增加的工作機

會；然而長期而言，跨國公司一旦發現投資國無利可圖或比較成本過高，必然會轉移其投資到更低的勞工成本之國家。因此，勞工仍將因就業機會的喪失與經濟的停滯發展，嘗到經濟全球化的苦果，而這亦是「向下追逐」（race to the bottom）論點的論述邏輯。

關於經濟全球化對中國勞工人權的影響，學術界一般抱持著正負面效益並存的看法。舉例而言，宋國誠便認為全球化現象對中國整體勞動市場的就業率提升有著明確幫助，但另一方面，全球化亦增加更為廣泛的剝削和無情競爭，而競爭之後的經濟利得不見得回歸於勞工，而是回歸於企業主。[13] 因此，中國勞工的整體福利在全球化現象衝擊影響下未必會有明顯增進。陳佩華（Anita Chan）則認為，中國勞工面對國內和海外競爭的雙重壓力，必須增加產出和提高效率。其結果有二：第一是工資水準的持續下滑。表面上看，因為官方制定的最低工資標準逐年提高，工人的工資也有所增加。但如果根據通貨膨脹率進行調整以後，儘管白領工人的工資有較大幅增長，民工的工資實際上卻下降。第二是拖欠民工的工資額一年比一年多。這些事件已成司空見慣的工資制度，甚至地方政府也認為有必要進行干預。[14]

批判理論的分析對於開發中國家，以及中國勞工的勞動條件做了許多悲觀的解釋及預測。然而，自1990年代由「耐吉觀察陣營」（Nike Watch Campaign）領導的新反血汗工廠運動（anti-sweatshop movement），針對開發中國家跨國公司（transnational corporation, TNC）及其合作廠商的勞

---

[13] 宋國誠，全球化與中國：機遇、挑戰與調適（台北：政大國關中心，2002）。

[14] Anita Chan, "A Race to the Bottom," *China Perspectives*, Vol.46 (Mar./Apr. 2003), pp.41～49, "Labor Standards and Human Rights: The Case of Chinese Workers Under Market Socialism," *Human Rights Quarterly*, Vol.20, No.4 (Nov. 1998), pp. 886～904; Anita Chan and Robert J. S. Ross, "Racing to the Bottom: International Trade without a Social Clause," *Third World Quarterly*, Vol.24, No.6, (Dec. 2003), pp. 1011～1028.

動條件進行監督和稽核，越來越多的外資為了企業形象開始制定生產準則
（codes of conduct），納入企業社會責任（corporate social responsibility）
的勞動規範。[15] 因此，在解除勞動市場管制和維持企業形象兩個因素之
下，無論是與內資企業合資（joint venture）、外國直接投資（foreign
direct investment, FDI），或外資企業的外包廠商（outsourcing），中
國都必須滿足外資企業及國際組織如國際勞工組織（International Labor
Organization, ILO）的規範。1995年勞動法的實施以及2001年工會法的修
改，反映了中國勞資關係法制化的趨勢。雖然在實際執行層面仍有許多改
進的空間，但是在法規制度上已明確納入了部分國際標準，[16] 並有部分企
業開始採用社會責任標準的認證。

　　中國大陸在全球化的壓力下，透過勞動立法使勞資關係理性化的結
果，與批判理論所描述的全球化結果截然不同。中國大陸在三十年的經濟
改革之後，國家財政狀況大幅改善，因此即使面對全球化及外資的壓力，
國家仍具有相當高的自主性實施提高勞動成本的法規改革，以提升勞工自
主性及勞動人權。這種國家主導下的勞動人權改革，對於新自由主義理論
和批判理論的觀點同時構成挑戰。

二、中國經濟改革的制度變遷

　　有關中國經濟改革的制度變遷，學界主張主要可以分為三個觀點。首
先，市場轉型理論認為中國大陸在經濟改革的過程中，藉由市場經濟制度

---

[15] 「工會與全球反血汗工廠運動」，中國驗廠網，2006年12月21日，http://www.sa8000cn.cn/
Article/scsz/200612/20061221091020_346.html。

[16] 周長征，「我國勞動立法與基本國際勞工標準的比較」，中國勞動，第5期（2004年5月），
頁25～28；岳經綸、蔣曉陽，「經濟全球化條件下中國勞工與國家的張力」，鄭功成、鄭
宇碩編，全球化下的勞工與社會保障（北京：中國勞動社會保障出版社，2002），頁111～
29。

的改革，以市場機制取代計畫經濟時期由國家官僚體制來協調生產與分配，因此社會階層的制度基礎由政治權力所控制的再分配機制，轉變為由市場經濟的交換制度，結果是市場機制提供了社會底層的農民累積資本的致富機會，促進社會流動，進一步降低黨政官僚的影響力。[17]

這個論點近來已經受到許多學者的挑戰。例如劉雅靈對蘇南吳江的研究指出，鄉鎮企業產權私有化的最大受益者，是與黨政官僚關係密切的企業管理階層，地方農民反而被剝奪分享企業的所有權，成為最大的受害者，市場轉型論忽略市場經濟制度中的政治過程，過度強調市場經濟的影響力。[18] 陳志柔的研究也指出，市場轉型論並沒有考慮到中國幅員廣大，地方差異極大，很難一概而論，必須考慮地方制度的影響。[19]

地方政府法人理論強調：中國地方政府一方面為了增加財政收入，另一方面為了促進經濟成長以作為執政成績的指標，藉著強大的行政權力取代資本家以公司法人的角色直接領導，以提供鄉鎮企業誘因及資源的方式發展地方經濟。[20] 這個理論強調地方政府對財產權制度的合理化，是中國

---

[17] Victor Nee, "A Theory of Market Transition: From Redistribution to Markets in State Socialism," *American Sociological Review*, Vol.54 (Oct. 1989), pp. 663～681; "Social Inequalities in Reforming State Socialism: Between Redistribution and Markets in China," *American Sociological Review*, Vol.56 (Jun. 1991), pp.267～282; "The Emergence of a Market Society: Changing Mechanisms of Stratification in China," *American Journal of Sociology*, Vol.101, No.4 (Jan. 1996), pp. 908～949.

[18] 劉雅靈，「強制完成的經濟私有化：蘇南吳江經濟興衰的歷史過程」，台灣社會學刊，第26期（2001年12月），頁1～54。

[19] 陳志柔，「中國大陸農村財產權制度變遷的地方制度基礎：閩南與蘇南的地區差異」，台灣社會學，第2期（2001年12月），頁219～262。

[20] Jean Oi, "Fiscal Reform and Economic Foundations of Local State Corporatism in China," *World Politics*, Vol.45 (Oct. 1992), pp.99～126; "The Role of the Local State in China's Transitional Economy," *China Quarterly*, Vol.144 (Dec. 1995), pp. 1132～1149; "Evolution of the Local State Corporatism," in Andrew G. Walder ed., *Zouping in Transition: The Process of Reform in North China* (Cambridge: Harvard Universtiy Press, 1998), pp. 35～61.

經濟轉型的關鍵，地方政府只要提供足夠的誘因及完善的監督機制，清楚定義財產權關係，集體企業也能獲致經濟效率，而不一定要私有化。[21]

這種觀點受到的批評主要在於：過度強調地方政府的行政效能，忽略地方黨政幹部的尋租行為，沒有考慮計畫經濟時期短缺經濟所遺留下來的「路徑依存」（path dependency）後果，造成地方政府在投資飢渴，以及經濟成長作為執政績效的邏輯下，大量借貸進行無效率投資，造成嚴重的資源浪費。[22]

社會鑲嵌理論則進一步強調：人際脈絡中社會資本對經濟行為的影響，經濟行動者運用社會關係網絡動員經濟發展所需的資金、技術、人才等要素，甚至透過地方政治菁英與傳統家族勢力的結合，共同促進資本積累。[23] 社會鑲嵌理論認為，地方的權力關係及各種非正式的制度，是正式制度（如勞動法規）落實地方的重要媒介，地方制度如何轉化、影響法規的執行，是探討中國法規與制度變遷必須要考慮的因素。[24]

晚近對中國經濟轉型的制度變遷研究發現，地方政府在推動地方經濟發展的參與程度不同，而有不同的角色，包括：直接參與經營的企業家政府（entrepreneurship）、主導發展模式帶動企業興起的發展型地方政府（developmental）、保護企業發展的侍從主義政府（clientelist），以及抽取企業利潤的掠奪性政府（predatory）。[25] 因此，地方政府在不同發展時

---

[21] Andrew G. Walder, "Local Governments as Industrial Firms: An Organizational Analysis of China's Transitional Economy," *American Journal of Sociology*, Vol.101 (Sept. 1995), pp.263～301.

[22] 劉雅靈，「強制完成的經濟私有化：蘇南吳江經濟興衰的歷史過程」，頁6。

[23] Nan Lin, "Local Market Socialism: Local Corporatism in Action in Rural China," *Theory and Society*, Vol.24, No.3 (Jun. 1995), pp. 301～354.

[24] 陳志柔，「中國大陸農村財產權制度變遷的地方制度基礎：閩南與蘇南的地區差異」，頁219～262。

[25] Richard Baum and Alexei Shevchenko, "The 'State of the State'" in Merle Goldman and Roderick MacFarquhar eds., *The Paradox of China's Post-Mao Reforms* (Cambridge: Harvard University Press, 1999), pp. 333～360.

期可能扮演不同經濟角色，地方政府法人只是特定時期的其中一種，地方
政府亦會基於本身不同的歷史條件及財政能力，對中央政府的法令執行採
取不同的力度與彈性。本文的田野訪談資料指出，地方政府的財政與執法
能力是「勞動合同法」影響台商的關鍵因素。

三、勞動法規變動對企業的影響

　　過去對於中國經濟轉型過程中制度變遷的研究累積了重要的貢獻。然
而，制度研究經常受到的批評是過度強調宏觀的制度變遷，並擴大推論至
個別經濟行動者的行為模式，卻缺乏微觀層次的實證資料佐證，[26] 或者採
用大量的總和性資料（aggregate data）討論制度變遷對企業的影響，卻沒
有組織層次的資料來說明組織行動者對制度變遷的回應和調整。[27]

　　一般而言，勞動法規的實施或修訂，通常對於企業利潤有負面的影
響。例如中國大陸勞動合同法的實施，通常被認為大幅提高了企業成本，
造成企業經營困難。然而亦有研究指出，企業若能參與政府對社會政策制
定的過程，儘管會造成成本上升，但為了穩定長期經營環境，企業仍可能
支持政府對完善勞動制度所做的改革。[28] 根據學者研究，1960年代整體美

---

[26] Jonas Pontusson, "From Comparative Public Policy to Political Economy: Putting Institutions in Their Place and Taking Interests Seriously," *Comparative Political Studies*, Vol.28 (1995), pp. 117～147.

[27] 例如Barry Naughton, *Growing Out of the Plan: Chinese Economic Reform 1978-1993* (New York: Cambridge University Press, 1995). Guthrie在另一篇文章中提到制度研究學者如Victor Nee還有另一種區位謬誤，即以微觀的個人層次資料推論計畫經濟的制度轉型，卻沒有對市場行動者做直接觀察。詳見Doug Guthrie, "Between Markets and Politics: Organizational Responses to Reform in China," *American Journal of Sociology*, Vol.102, No.5 (Mar. 1997), pp. 1265～1267.

[28] Cathie Jo Martin and Duane Swank, "Does the Organization of Capital Matter？ Employers and Active Labor Market Policy at the National and Firm Levels," *American Political Science Review*, Vol.98, No.4 (Nov. 2004), pp. 593～611.

國提倡重視人權的社會氣氛，形成一種規範環境，促成許多勞動法規的通過，並引起企業對勞動人權的重視。因此在法律正當程序（due process）受到保障之後，勞工遭遇不合理的勞動條件，可以依照法律程序，從制度層面解決糾紛，司法部門則作為仲裁者，長期下來使勞工待遇獲得顯著改善。[29] 亦有研究指出，企業組織因應「平等就業機會法案」（Equal Employment Opportunity Law）所做的調整策略及勞資關係的改變，研究發現企業為了符合「平等就業機會法案」的規定改變了升遷制度，使企業內部的人力資源管理及升遷方式有明確的制度規定，改革過去升遷依賴人際關係與主管個人好惡的問題，也讓原本只是為了符合法令規定所做的適應作法，在非預期的情況下促使勞資關係形式化及理性化。[30]

「勞動法」及「勞動合同法」的實施，促使中國大陸勞工對人權及法律意識的覺醒，勞工對勞動爭議的處理方式出現明顯的理性化現象。由於勞動法規及勞動合同制度的合理化，勞工面對勞動爭議時會以合法程序尋求解決，包括向勞動監察部門申訴尋求仲裁，以及向勞動法院提出訴訟等。自1995年勞動法實施以來，勞動爭議訴訟案件的大量增加，顯示勞資關係的理性化程度已大幅提高，而不若計畫經濟時期依賴私人關係與人際網絡來處理。因此，經濟組織的理性化進一步動搖組織所鑲嵌的黨政結構，使勞工敢於憑藉法令挑戰上級權威，勞資關係因為勞動合同制度的實施而更加理性化是明顯的趨勢。[31]

---

[29] Lauren B. Edelman, "Legal Environments and Organizational Governance: The Expansion of Due Process in the American Workplace," *American Journal of Sociology*, Vol.95, No.6 (May 1990), pp. 1401~1440.

[30] Frank Dobbin, John R. Sutton, John W. Meyer and W. Richard Scott, "Equal Opportunity Law and the Construction on Internal Labor Markets," *American Journal of Sociology*, Vol.99, No.2(Sept. 1993), pp. 396~427; John R. Sutton, Frank Dobbin, John W. Meyer and W. Richard Scott, "The Legalization of the Workplace," *American Journal of Sociology*, Vol.99, No.4 (Jan. 1994), pp. 944~971.

　　根據上述文獻分析，可以歸納「勞動合同法」對台商影響相關的理論觀點如下：第一，從經濟全球化與勞動人權理論來看，與中國有關的文獻幾乎都採批判理論學派的觀點，主張經濟全球化使得資本流動更自由，為了吸引外國企業投資，開發中國家在國際市場的競爭壓力下，必須降低勞工待遇及福利，才能以較低的成本維持在國際市場上的競爭力，結果就是勞動條件益趨惡化的向下追逐現象。

　　然而，勞動法規的改革改變長期以來勞資權力不平衡關係，尤其是「勞動法」及「勞動合同法」的實施，對批判理論學派的觀點造成明顯的挑戰。由於全球化的影響，反血汗工廠運動對於改善勞動條件的主張迅速獲得輿論支持，在品牌形象的考慮下，禁止超時加班、禁用童工等規定，以及對企業社會責任等勞動標準，也成為歐美跨國企業要求下游承包廠商（即大多數台商）必須改善的勞動條件；另一方面，國際組織如國際勞工組織也針對勞動人權問題對中國施壓；而因應加入世界貿易組織之後，面臨更激烈的國際競爭及可能引發的相關勞動及社會問題，中國大陸勞資關係的理性化與法制化刻不容緩。

　　因此，為了與國際市場進一步整合，必須滿足外資企業及國際組織的要求，同時為了因應加入世貿組織之後面臨的國際競爭，中國政府自1995年以來透過「勞動法」及「勞動合同法」的實施，促進勞工意識提升及勞資關係理性化。在國家法令的推動與政府制度的架構下，企業並沒有因為經濟全球化程度的提高，主宰勞資關係。反之，由於勞工意識的高漲，因可自由離職而增加談判權力（bargaining power），大幅提高自主性，使得企業必須以提高勞工福利或改善勞動條件等方法，以符合中國大陸之法令

---

[31] Doug Guthrie, "The Transformation of Labor Relations in China's Emerging Market Economy," *The Future of Market Transition*, Vol.19 (Nov. 2002), pp. 137~168; Ching Kwan Lee, "From the Specter of Mao to the Spirit of the Law: Labor Insurgency in China," *Theory and Society*, Vol.31, No.2 (Apr. 2002), pp. 189~228.

規範，並減少相關勞資糾紛，企業經營之隱性成本亦因此增加。簡言之，針對批判理論學派的反思與勞動法規變動對企業之影響，本文提出第一項假設如下：

假設一：當經濟全球化程度越高，中國為了吸引外國投資，必須滿足先進
　　　　國家及國際組織的勞動標準，制定改善勞動條件的法令規章。因
　　　　此，中國勞動法規的制定與實施，將造成企業經營成本的增加。

　　　第二，從中國經濟轉型的制度變遷理論來看，地方政府在發展過程中扮演關鍵的角色。地方政府不但主導地方發展策略，提供企業稅賦及生產資源的優惠，對於中央政府所頒布的法令政策更有彈性執行的空間。然而，無論是市場轉型理論、地方政府法人理論，以及社會鑲嵌理論都強調，中國地方政府在政治上有很高的自主性，也有不同的方式主導或干預地方經濟發展策略，但是都會為了支持經濟發展，在政策上提供企業有利的發展條件。因此這些理論探討的重點則集中在地方政府如何與不同企業合作，以促進發展的政治經濟過程。

　　　然而，「勞動合同法」的實施，凸顯上述中國經濟轉型制度變遷理論所忽略的問題。這些理論的實證背景是1980年代至1990年代中期，中國經濟發展以快速成長為主要目標的時期，也就是鄧小平主張「讓一部分人、一部分地區先富起來」的指導政策時期。因此，這些理論觀點的前提是：經濟發展是地方發展唯一的目標，而理論的重點在於解釋地方政府與企業如何達成這個目標。在這個前提之下，制度變遷理論解釋地方政府為吸引資本，在「勞動合同法」的法令解釋和執行上，給予企業很大的彈性和豁免，以促進資本積累的過程，但是卻無法解釋為什麼有些地方政府願意嚴格執行，可能影響某些企業或產業甚巨之法令？換言之，在勞動法規改革以後，地方政府與企業的合作關係是否有所改變？經濟成長是否仍是唯一的目標？這些問題是解釋「勞動合同法」對企業影響的重要關鍵，也是目

前制度變遷理論所忽略的。

　　對企業而言，遵守法令、維持與地方政府的穩定合作關係，目的是為了維持資本積累；但是對地方政府而言，經濟成長固然重要，還要面對政治及社會問題。1990年代中期以後，隨著社會衝突不斷增加，經濟成長不再是地方黨政幹部執政績效的唯一指標，地方的勞動糾紛數量、上訪次數、社會穩定程度等，都是地方政府的重要責任。因此，如果勞工要求福利保障的壓力增加，致使勞資關係不穩定進而可能影響社會秩序，地方政府在財政能力許可的情況下，將可能進行產業重組及勞工保障的策略，以穩定政治及社會基礎。換言之，針對中國經濟轉型的制度變遷理論前提，本文擬出第二項假設提供檢證：

假設二：當經濟成長不再是地方發展唯一的目標，產業重組與維持政治及社會的穩定成為地方政府的重要任務時，在地方財政能力許可的情況下，政府在執法上傾向保護勞工權益。

　　基於批判理論學派對經濟全球化與勞動條件的預測提出反思，並討論對企業經營之影響形成假設一，以及在中國大陸經濟轉型制度變遷理論對地方政府角色的變化基礎上而形成假設二。本文以廈門台商的個案研究來檢證上述兩項假設，並採行下列兩項研究方法。第一，文獻資料分析法：筆者著手蒐集整理相關文件資料，對於研究主題進行分析。換言之，本文將以2008年開始實施的「勞動合同法」及其施行細則，與中國近年來，在勞工政策、經濟發展與制度變遷相關討論為文獻資料收集的執行重點，探索中國勞動法令的變革與其對企業所產生的影響作用。第二，深度訪談法：筆者與各產業具有代表性之廈門台商，擬定訪談題綱進行深度訪談，[32] 對象包含廈門正新橡膠工業、廈門邁昕電子科技、廈門民興工業、路達

---

[32] 對各廈門台商進行訪談之訪談題綱內容全文，請參見附錄一。

（廈門）工業、廈門建松電器、廈門羅瑪製衣、廈門元保運動器材以及廈門唐榮遊艇工業等台商企業的經營管理人員。

參、「勞動合同法」對廈門台商造成的影響

本文針對廈門八家台商企業之高階經營管理人員進行深度訪談，訪談題綱共有二十個與台商企業經營管理以及「勞動合同法」之法令與執行相關的問題，大致可分為六個部分。首先，請受訪台商說明對國際與國內投資環境，以及勞動法規的一般看法；其次，討論「勞動合同法」的執法狀況；第三，針對「勞動合同法實施條例」發表意見；第四，廈門台商如何適應勞動法規變動所產生的問題；第五，了解區域差異及產業差異；最後，討論在「勞動合同法」推出後，台商所遭遇的勞資糾紛，及其解決辦法。

根據「勞動合同法」實施以來，大量的媒體報導及本研究田野調查的訪問結果發現，「勞動合同法」引起企業關切的規定最主要在於下列三點。首先，「勞動合同法」賦予勞工離、轉職的自由，勞工選擇工作的自由大幅提升，企業無法以任何理由拒絕，使得員工穩定度大為降低，增加用人單位培訓成本，尤其是以需特殊技術操作機台的工廠，受大的衝擊最大。員工穩定度的降低不單表現在員工的流動率，部分在職勞工以放大鏡檢視資方所提供的工作環境，如遇違規之處，隨即提出勞動仲裁。對勞方而言，若於仲裁中獲得勝訴，可得到的經濟賠償金遠大於工資，因此無心全力投入於工作，造成員工工作狀況不如以往穩定。

其次，「勞動合同法」不但於制度面大幅向勞方傾斜，受第95條規定的影響，相關執法人員亦較為重視勞工的意見，甚至單方面採納勞方的說法，忽略資方的權益。另外，高額的賠償金促成「黑心律師」的出現。黑心律師意指無論其是否擁有合法律師資格，提供為勞工處理勞資糾紛的服

務為由，慫恿勞工提出勞動訴訟，進而從勞工的賠償金中收取高額的服務費用者。在有心人士的煽動之下，勞方對自身權益的覺醒，對工作環境與薪資有一定要求，甚至不排除採取法律途徑的作法，造成勞資關係緊張。因此，在提出勞動仲裁有利於勞工的情況下，勞動糾紛大幅增加，使得企業疲於奔命，一方面要面對訴訟，一方面又要安撫在職勞工。

最後，「勞動合同法」實際執法狀況，還是有賴於各級政府對法令的解釋。然而，各級政府對法令的解釋不一，各地執法的嚴謹程度不同，部分於廈門當地嚴格執行的法條，在臨近城鎮的執法狀況又非如此；或是廈門當地政府對於法令的解釋，與其上級政府的解釋又有差異。於不同城鎮設廠之台商企業受到的衝擊最大，為了符合各地政府與各級政府之標準，了解其差異，須耗費相當大的心力，進而增加經營的隱性成本。

根據訪談資料，員工穩定度的降低、勞資關係緊張，以及各級政府對法令的解釋不同這三個問題，影響所及並不單純是勞動成本的增加，更令台商關心的是企業經營不確定性的增加，以及台商對中國政府經濟政策的信心。

一、員工穩定度的降低

「勞動合同法」在政治經濟學上的意義在於：提高勞工的自主性，並促進勞資關係的理性化。中國大陸勞動法規的實施，賦予勞工在法律上的談判權力。因此一旦勞工認為自身受到不合理的待遇，可以直接訴諸法律，向政府提出仲裁。[33] 在訪談中，發現「勞動合同法」明確賦予勞工解除勞動合同的主動權，這種離、轉職的自由，不但是勞工自主性的一大變革，也是受訪台商認為衝擊最大的規定。[34]

---

[33] Doug Guthrie, *The Transformation of Labor Relations in China's Emerging Market Economy*, p. 138; Ching Kwan Lee, "From the Specter of Mao to the Spirit of the Law: Labor Insurgency in China," pp. 189～190.

　　根據「勞動合同法」第37條：「勞工提前三十日，或在試用期內提前三日，以書面形式通知用人單位，可以解除勞動合同。」換言之，勞工可以在任何情況下，只要在三十天前通知雇主即可離職。因此，勞工選擇工作的自由大幅提高，隨時可以離職，企業不能以任何理由拒絕，一位受訪台商指出：「所以說一個勞動合同法的出台，會造成員工的隨意流動，馬上就見效了，因為他不需要負任何的違約責任，而且他只要提前告知你，你企業根本就沒有能力去控制他。」[35] 尤其專業技術工在同業挖角下的離職，可能使整個生產線停頓，造成嚴重損失，因此不計成本也要留下這種員工。他指出：

　　　　比較核心的、比較關鍵的機台，特種機台，這種你就要想辦法留著，甚至虧本也要留著他，不然你特種機台走了，不是一天兩天可以訓練出來的，特種機台就是我們管理學上的所謂核心員工，你不能讓他走，走了你這一道工序就完了，貨就出不來了。[36]

　　有鑑於此，2008年9月頒布實施的「勞動合同法實施條例」規定，企業不需支付賠償金的十四種情形，企業雖然可以因為勞工不告而別免除賠償金，卻仍須支付經濟補償。對企業來說，如果不允許勞工離職，勞工不服而申請仲裁，在合同未到期限就終止的情況下，勞動仲裁的結果通常就是企業賠付經濟補償。因此，對企業而言，「勞動合同法」所增加的勞動成本並沒有減少。

---

[34] 作者當面訪談，副總經理，ＸＸ輪胎（廈門），2008年8月29日；作者當面訪談，人事室經理，廈門ＸＸ企業（廈門），2008年10月27日。

[35] 作者當面訪談，林經理，廈門ＸＸ電子（廈門），2008年11月27日。

[36] 作者當面訪談，陳女士、曾經理，廈門ＸＸ製衣（廈門），2008年11月27日。

　　「勞動合同法」的實施，證實中國大陸為符合世界貿易組織及歐美企業的標準，在法律上大幅提高勞工的自主性，加強勞工的談判權力。中國大陸的勞動條件，並非如批判理論的觀點所預測，將在經濟全球化的壓力之下出現「向下追逐」的情況，而是在經濟全球化的壓力下，透過勞動法規的改革使勞動力市場化，以符合跨國資本及國際組織的要求。勞工得以擁有在沒有法律責任的情況下任意離職的權力，造成的制度結果，一方面是部分不肖員工利用離職申請仲裁以獲取賠償，造成勞資關係的緊張；另一方面卻迫使企業必須藉由改善福利、增加獎勵等條件，提高員工對企業的向心力。

二、勞資關係緊張

　　「勞動合同法」對於勞工自主性提升，表現在勞工流動性的提高和勞資糾紛的大量增加，對台商而言，不僅增加了勞資關係的不穩定風險，更增加中國大陸勞動法令的不確定性。「勞動合同法」實施後，勞動糾紛的增加除了終止勞動合同，要求支付經濟補償金外，將產生新的勞動糾紛，例如：已連續兩次簽訂固定期限勞動合同，要求簽訂無固定期限勞動合同；應當簽訂而未簽訂無固定期限勞動合同，要求支付兩倍工資；超過一個月未簽訂勞動合同，要求支付兩倍工資；違法解除、終止勞動合同，要求支付兩倍賠償金等。而勞資糾紛大量增加的原因之一，在於勞動仲裁不收取任何費用，並且將企業的處罰全部歸由當事人所有，而非由國家收取，因此「勞動合同法」提供勞工相當大的誘因，針對台商雇主制度上的疏失或對勞工權益的損害，提出告訴以獲取賠償。換言之，「勞動合同法」提供勞工另一個重要的收入來源，等於鼓勵勞工提出勞動仲裁。

　　根據勞動監察大隊官員指出，勞工能夠藉由勞動仲裁獲賠償，主要原因在於地方政府組織分工上，勞動監察大隊和勞動局的功能就是保障勞工，因此勞工申訴案件的解決就是勞動部門的業務績效指標。在這樣的結

構因素限制下，勞動仲裁的案例幾乎都是勞工一面倒的勝訴。勞動仲裁部門一方面必須增加仲裁成功的業績，另一方面也要安撫企業的不滿，多會要求勞資雙方各退一步，對賠償的金額取得妥協。而企業基於避免夜長夢多、息事寧人的心態，也多會在勞動仲裁部門的協調下，盡量賠錢了事。而仲裁的賠償金，通常相當於基層勞工數月甚至數年的薪資總和，在領到賠償金之後，仍然可以到另一家企業謀職。因此，提出仲裁對勞工來說具有相當大的吸引力。

「勞動合同法」為勞工申請仲裁提供誘因，勞動監察部門又在制度上偏向勞工，使得政府、企業與勞工三方關係中的勞資關係相當緊張。尤其部分員工在黑律師（沒有執照的假律師）或同鄉的鼓動下趁機勒索，捏造受到不合理待遇的經驗，而企業必須負擔舉證責任，[37] 造成企業對層出不窮的勞動糾紛應付不暇，徒增勞動成本（包括訴訟費用、賠償金）。根據一位從事來料加工出口的台籍股東描述，曾有員工休假在外喝酒打架受傷，請了一個月病假後不來上班，加上工傷鑑定期間的曠工，總共有三個月時間沒上班，因此被公司開除。該員工提出申訴，最後法院判決公司須賠償包括那三個月的薪資總共3萬多元人民幣。因為「勞動合同法」第42條第3款規定：「患病或者非因工負傷，在規定的醫療期內的，用人單位不得解除勞動合同」。因此，即使企業準備了充分的證據在勞動仲裁中獲得勝訴，勞工若有不服仲裁，仍可從區、市、縣級上訴到省級法院。

中國大陸管理學者對於這種「幹活的不如搗亂的」現象有很直接的批

---

[37] 2008年5月1日開始施行的「勞資爭議仲裁法」，就勞資爭議案件中舉證責任之問題，倒置過去應由勞方負責舉證的立場，改由資方負擔。因為在雇傭關係中，事實上資方既已存有優勢地位，相對而言，勞方的舉證能力上相較於資方必有其不足，為使勞資間權利義務得以平衡，該法特別規定於上述情形下，資方應負法定舉證責任及舉證不能之不利益承擔。此一規定目的在於將勞資爭議所涉之舉證範圍擴大於資方，相對即要求資方應就人力資源管理上應負當然管理之責，資方並應負勞動爭議仲裁和訴訟時承擔舉證之責。

評。北京大學光華管理學院院長張維迎認為，「勞動合同法」過度保護勞工的法令條文，使企業對雇用勞工更加謹慎，結果不但沒有達到原本保護勞工的效果，反而使勞工就業更加困難。他更直言：「我們說一個政策不好，就是這個政策結果與目標背道而馳，『勞動合同法』就是一個典型例子。」因此「勞動合同法」應該立即停止執行。[38] 鑄模廠的人事主管也提到類似的困擾，一旦遇到刻意搗亂的員工，即使只是少數，在法律上企業對其仍然束手無策，如果仲裁失敗，進行行政訴訟的程序，一旦企業敗訴，還要接受全廠的檢查及整改，甚至停產。在冗長的仲裁、訴訟之後，還要付出訴訟費、賠償金，一連串繁複且不利企業的法律程序，嚴重影響台商對中國大陸勞動法規的信心。

三、各級、各地政府對法令解釋不同

　　由於勞資糾紛和勞動仲裁案件大量增加，地方政府勞動監察大隊和勞動局對法令的解釋就成為仲裁結果的關鍵。然而各級政府對法令文字沒有統一的解讀，這種法令的不確定性使得台商對勞動法令產生不信任感，也是使得勞資關係緊張的重要原因。某台資鑄模廠的人事主管便抱怨：

　　　　有一些法令細節沒有解釋清楚，所以當地如果說主辦官員他的認知、解釋不同，他的執行就不一樣……為什麼會有執行上的差異？因為不明確，只有綱要嘛，細則沒有，你或許會說現在細則已經出來，但是讀條文每個人理解就不同，同樣一句話，甲跟乙理解就不同。[39]

---

[38] 白德華，「勞動法週年，學者籲停止執行」，版A9。
[39] 作者當面訪談，蔡經理，廈門XX工業（廈門），2008年11月26日。

前述因在外喝酒打架受傷住院的案例，該名台商就是因為違反法令規定非因公負傷，在規定的醫療期內不得解除勞動合同而必須賠償，但是「規定的醫療期」有多長則沒有一致的認定標準。結果是有勞工即使在非上班時間受傷，只要沒有完全康復，都可以帶薪休養或住院，一旦企業無法忍受予以解雇，就必須依「勞動合同法」第42條第3款給予賠償。在被問到是否有要求地方政府給予法令的統一解釋時，這名台商更是無奈：

> 沒辦法。打到市裡面去問，市有市的認知，區有區的認知，這種東西文件上沒有明確的話，誰都不敢作主，區的又怕得罪了這個員工告到市裡面去，所以她們都是盡量幫員工啊……你只要受理人不一樣，解讀就會不一樣。[40]

各級地方政府和黨政幹部對法令解釋的彈性，反映了對台商及地方經濟發展的態度。以廈門來說，由於廈門為中國大陸首批實行對外開放的經濟特區之一，區域內工業區發展較早，財政狀況較佳，對於較早設廠的勞力密集產業已不如以往重視。某工業區副書記曾在一次地方經濟座談中親口告知一位受訪台商，廈門島內已經不歡迎勞力密集產業，因為現在已經不需要了。換言之，目前廈門島內傾全力發展高科技產業與服務產業，由於該產業重視人才技術的培訓，而不需要大量勞工。再加上廈門政府大力輔導企業轉型，給予企業於資金周轉等各項優惠。因此，儘管廈門政府執法較其他地方嚴格，對於廈門台商而言，則因產業不同，造成的影響亦大不相同。

另一方面，對於仍處於引資階段的漳州、泉州、甚至閩北的福州，對於吸引台商投資仍然相當熱中，對於法令的限制也給台商很多便宜行事之

---

[40] 作者當面訪談，蔡副總經理、陳總經理，廈門XX工業（廈門），2008年11月27日。

處，吸引了許多以勞力密集產業為主的廈門台商去投資。因此，地方政府及黨政幹部基於地方經濟發展的需求和財政狀況，使「勞動合同法」在執行上有很大的彈性，造成解釋法令的模糊空間，要理解「勞動合同法」對台商的影響，地方政府的態度是關鍵因素。

肆、地方政府的角色

中國大陸在改革開放初期，中央政府不但提出許多鼓勵投資政策，各地方政府更爭先以各種有利條件吸引外資及台商投資，這些條件包括土地及稅賦優惠、簡化行政程序、甚至勞動法規的豁免。然而，隨著都市地區的經濟逐漸發展，都市地區中產階級化之後，都市經濟對金融業和服務業的依賴程度提高，政府對勞力密集產業的優惠配合宏觀調控政策而逐步取消，也明白宣布不歡迎「二高一低」產業。地方政府這種態度上的轉變，使台商在「勞動合同法」架構下的政府、企業、勞工三方關係居於明顯劣勢，這也是中國大陸企圖透過宏觀調控政策，一方面促使勞力密集產業往內陸移動，以平衡地區差異；另一方面也強迫都市地區產業升級的策略。根據受訪陳姓台商人事主管指出：

> 從政府角度，他可能更樂於接受（企業）總部，或者說偏商業的、偏高科技的，因為很簡單啊，這些企業產值高，增加的GDP一下來他就有高稅收了，他比較歡迎這樣的企業，那你勞動密集型的他不是太重視，而且廈門這塊地可能增值也比較大，設廠的成本也高，自然的這些勞動密集型低附加價值的企業會往內陸走。[41]

---

[41] 作者當面訪談，陳女士、曾經理，廈門ＸＸ製衣（廈門），2008年11月27日。

因此，都市地區與城鎮及農村地區的地方政府及黨領導對台商的態度，決定了「勞動合同法」對台商的影響。以福建省來說，除了廈門這個最早開放的經濟特區之外，其他地方政府仍然對法令執行採取很大的彈性。例如漳州對於中國政府欲淘汰之二高一資產業仍相當歡迎，這些高污染、高耗能、資源性產業在廈門設廠受挫後，大都轉向漳州或泉州。根據某受訪台商幹部的觀察，在廈門設廠超過十年的廠商幾乎都在漳州設立規模更大的分廠，也是因為廈門以外的城鎮法令執行較寬鬆：

> 漳州相對來說政府規範性的東西沒那麼嚴，比如說保險這一塊，漳州目前還沒有強制。漳州目前還是處於引資的狀況，對勞動密集型還是很歡迎，甚至有的高耗能、高污染的在廈門是不接受的，漳州還接受，而且他們副市長很樂意的。因為他們當官的，這一任滿五年，頂多再任個五年，他升官走了，他沒有關係。[42]

如同這位人事主管所說，漳州市對於保險的規定執行較寬鬆，對於企業應替所有員工繳納社保的規定就有部分豁免的措施，這一點對台商具有相當大的吸引力。據某受訪台商表示，社保支出對企業而言是一項沈重的負擔，約佔薪資比例25％，是五險當中最高的一個。很多中小企業長期以來就沒有繳納足額比例的社保，一位台商提到漳州執行這種豁免的方式：

> 地方政府說，你繳30％或是20％就直接把你免了，這是地方政府的權宜作法啦。比方說我聘了一百個，在廈門我這一百個都要把他加入社保，那別的地方勞動部門可以給你一個豁免，你交

---

[42] 作者當面訪談，陳女士、曾經理，廈門ＸＸ製衣（廈門），2008年11月27日。

20％，就是一百個人只有挑二十個人去交就好了。我們漳州廠那邊就是這樣，東莞那邊有的地方也是這樣。[43]

除了在社保的比例給予豁免優惠，也有地方政府以在法令解釋上偏向企業的方式，減少企業在「勞動合同法」實施後增加的勞動成本。「勞動合同法」規定員工只要提前三十天通知雇主即可離職，但是就算員工沒有提前告知，也沒有辦法要求員工賠償。但是福州市則給予企業對於無故離職的員工要求賠償的權力：

每個人理解不一樣，他執行就不一樣，就像我們福建省，廈門的跟福州的理解就差很多，是不一樣的。他福州的話，即使企業沒有提前三十天通知員工，他可以支付一個月就讓他走，在福州的話，員工如果沒有提前三十天，你也可以要求員工賠一個月，我們廈門的話就不允許。[44]

伍、廈門台商的因應方式

上述的討論顯示，「勞動合同法」的制度變革提高了勞工的自主性和談判權力，使台商面臨著矛盾的處境：一方面由於勞工離職更自由，台商不但必須依法給付薪資、提供保障，更必須增加給員工的福利以提高向心力；另一方面，由於「勞動合同法」強調由法律保障勞工的工作權，政府僅扮演仲裁者的角色，企業必須負擔所有的賠償，賠償也全歸勞工所有，因此勞工對於提出仲裁以獲得賠償相當熱衷，使得勞資關係益趨緊張，台

---

[43] 作者當面訪談，賴常務董事，廈門ＸＸ器材（廈門），2008年11月26日。

[44] 作者當面訪談，蔡經理，廈門ＸＸ工業（廈門），2008年11月26日。

商對勞工的不信任感也增加。

面對這種矛盾的處境，台商受「勞動合同法」衝擊的程度，除了取決於地方政府的執法能力與態度，台商在既有的制度基礎上調整經營策略的能力是另一個關鍵。「勞動合同法」實施以來，大量媒體報導集中在廣東省的案例，因而形成台商無法承受「勞動合同法」的衝擊，而大量倒閉的刻板印象。輿論報導的台商關廠、撤資的故事引起廣泛的注意，但是媒體卻沒有報導其他台商如何在宏觀調控政策及經濟不景氣下，調整經營方式、改善勞資關係而持續獲利。換言之，媒體沒有報導的台商故事，例如本研究所關注的廈門台商因應方式，可能同樣值得我們深入分析，茲討論如下：

一、改善既有職工福利、同時更審慎評估人員晉用

根據對廈門台商的訪談結果，台商在「勞動合同法」實施後的因應方式包括：增加獎勵、改善福利制度、精簡人力、轉型或擴充產品線等。

在增加獎勵方面，專業技術勞工訓練成本較高，對生產過程影響較大，這些員工通常在企業的年資也較久。為了避免專業技術員工或資深員工流失，受訪的某台資成衣廠所採取的措施是年資獎金制度，與「勞動合同法」同步實施，依照年資每年給予員工600至800不等的獎金。同時，由於成衣廠90%都是女工，雇主也提供飾品作為留住人心的辦法：

> 好的員工，做幾年的話給你一個項鍊、戒指，這些東西也是一個心意，但是這些東西（價值）不多，一個戒指，五、六百塊或六、七百塊，你做八年給你一個，對工廠來說他投（資）得少，但是這方面對人心穩定很重要。[45]

---

[45] 作者當面訪談，陳女士、曾經理，廈門ＸＸ製衣（廈門），2008年11月27日。

在精簡人力方面，幾乎所有的受訪台商都表示面臨「勞動合同法」和經濟不景氣的衝擊，遇缺不補、減員增效等方式都是必需的措施。過去動輒大規模裁員的方式已經不可行，原因在於一方面大規模裁員需要地方政府同意，同時也要面臨大筆的賠償和冗長的法律協商；另一方面，中國大陸由於大學擴招，大學畢業生大量增加，受訪台商表示，大學畢業生到工廠做工的意願非常低，為了將來的訂單著想，也不敢裁太多人，以免收到急單來不及生產。因此，在降低成本上，只能盡可能從日常開銷中節約，或者試著增加產品的多樣性，以擴大市場。

二、審慎評估整廠遷移，或保留原廠並另建新廠

從企業經營的角度來說，要能擴充生產線、開發新產品，需要的研發投資不是大多數的中小企業台商可以負擔，許多台商也有考慮過將工廠移往內陸或東南亞。根據陳佩華的觀點，中國大陸沿海地區的勞工在東南亞及中國內陸地區更廉價的競爭之下，勞工條件將會更加惡化，勞工的福利和待遇也很難提升。[46] 然而，受訪的廈門台商在與其他地方比較之後，幾乎都選擇留在廈門或福建省其他城鎮，原因有以下二點：第一，廈門作為最早開發的經濟特區，穩定的法治基礎雖然對外地的農民工有很大的吸引力，而且廈門的治安與物價等生活環境，也較上海、廣州這些大都市穩定，因此勞力來源較為充足。第二，在不景氣的影響下，台商的訂單減少，資金不足，對於遷廠的態度相當保留，因為無論是中國大陸內陸省份或東南亞，在基礎設施和交通運輸條件上，相較於地理位置優越、基礎設施完善的廈門，遷廠所降低的勞動成本還無法彌補在其他方面增加的成

---

[46] Anita Chan, "A Race to the Bottom"; Anita Chan, "Labor Standards and Human Rights: The Case of Chinese Workers Under Market Socialism"; Anita Chan and Robert J. S. Ross, "Racing to the Bottom: International Trade without a Social Clause".

本。一位廈門台商便指出：

> 其他地方我們也有想過，一來是被漳州廠卡著，二來是去看
> 的時候發現廈門有它的好處，因為（廈門）已經很出名了，內地
> 的工人要找工作他會來廈門。你去到江西贛州，贛州的工人已經
> 跑到這裡來啦，（遷廠）沒有什麼必要了，再往那些地方去擠沒
> 有什麼必要了，這裡的外在條件不會比上海、廣州差，港口運費
> 什麼的都沒有比較差。越南、泰國我們都去看過啊，還是這裡
> （廈門）最好，你知道嗎？胡志明市沒有高架道路耶，全都是平
> 面的，從機場光塞車就要塞兩個小時。[47]

　　根據對廈門台商的訪談，發現「勞動合同法」對台商造成的影響，與
地方政府的財政狀況有很大關係。廈門作為第一批開放的經濟特區，政府
的財政收入逐漸穩定，隨著服務業與金融業的比重逐漸增加，勞力密集產
業成為被淘汰的對象。而穩定的地方財政同時也給予地方政府足夠的空間
改變發展策略，使廈門不再以成長為唯一的目標，提高勞工保障及減少勞
資糾紛對地方政府而言同樣重要，過多的勞資糾紛及社會不穩定，同樣會
影響地方政府的政治績效。因此，廈門市對「勞動合同法」執行較嚴格，
也不必然在政策上保護企業以追求成長。

　　相對而言，鄰近都市的城鎮及農村地區地方政府，在經濟成長為績效
的誘因之下，給予對「勞動合同法」豁免或法令解釋上偏向台商的彈性，
因此台商多在鄰近的漳州、泉州等地另建廠房。但是由於廈門執法較嚴，
相對而言也提供了較完善的法治基礎，同時廈門在基礎建設、生活環境等
條件都不遜於其他競爭對手，部分台商即使在其他地區設廠，也沒有從廈

---

[47] 作者當面訪談，賴常務董事，廈門XX器材（廈門），2008年11月26日。

門撤資的打算，而是在合法的架構下調整經營方式，開源節流以適應「勞動合同法」，如同某受訪台商所說：

> 一個公司如果要做得成功，該做的事情都得做。組織一直要跟著外在的情況變，訓練、開發新的東西，這些都是要做，當然外在環境比較嚴苛一點，眼光就比較專注在這些問題上面，如果說外面生意還很好做的話，這邊就鬆一點，這是必然的，如果企業要做得好，這些都是必須要做的，如果說有特別採取什麼措施，應該說把這些卡緊一點，哪些潛在的浪費再深入去找，都是這樣子，每個人大概都是這樣子。[48]

三、積極進行產業附加價值提升與人力資源升級

廈門地方政府近年來積極進行產業結構調整，推動產業升級，協助當地企業適應中央政府的調控政策，並為吸引廠商於此發展高科技產業提供良好的金融環境。因此，廈門的產業結構與鄰近其他城鎮較為不同，淘汰勞力密集產業，發展重視技術的高科技產業。另外，廈門政府自2007年起積極推動台廈高科技產業合作，並以金融合作的方式提供高科技產業發展穩定的資金周轉，增加台商於廈門投資高科技產業的幅度。[49] 根據《2008年中國大陸地區投資環境與風險調查》指出，廈門2007年與2008年連續兩年，為台商赴中國大陸投資高科技產業之第五大城市，而投資傳統產業城市的排名則由第八名下降至十名之外。[50] 由此可見，台商於廈門之投資，

---

[48] 作者當面訪談，賴常務董事，廈門XX器材（廈門），2008年11月26日。

[49] 鄧志慧，「廈門市長：廈門將設基金支持廈台高科技產業合作」，人民網，2007年4月9日，http://tw.people.com.cn/BIG5/14813/5585354.html。

[50] 台灣區電機電子工業同業公會，蛻變躍升謀商機──2008年中國大陸地區投資環境與風險調查，頁31。

在地方政府的鼓勵下，以產業升級、結構調整來面對政策變遷。

　　受訪台商表示，考慮到其他城鎮的基礎設施不如廈門完善與遷廠所需成本，部分企業選擇以提升產品品質的方式來適應「勞動合同法」。舉例來說，台商正新輪胎近年來致力於研發新技術，過去申請之專利達三百九十七項，包含國防用防爆胎、超薄化內胎與全鋼絲輻射層卡客車輪胎等。近年來，為推展年輕族群的市場，亦自行開發3D賽車電腦遊戲，跨足電玩與線上遊戲的領域，成功拓展該企業的發展面向。正新輪胎藉著提高產品附加價值，擴大產品差異化，創造競爭優勢，以因應法規變化所帶來的成本增加。[51]

　　至於在人力資源升級方面，正新輪胎制度嚴格的人才標準計量，該企業之員工須接受一定時數的專業訓練，並定期接受測驗，在員工的升等評比中，亦採納專業知識測驗之成績。若有員工多次未通過測驗，或是於一定期限內未完成升等，其適任度將受質疑，而有調薪、降職或解雇的可能。[52] 另外，邁昕電子科技全面提升其募工之學歷門檻，選擇聘任教育程度較高的勞工，提升生產技術門檻，進而提升產品品質，以用工成本的增加為企業創造轉型條件。[53]

　　綜合以上所述，廈門台商在面對《勞動合同法》時，會選擇以改善福利制度來減少勞資糾紛，若成本的增加已達企業無法負荷之額，則考慮將工廠遷往其他執法較廈門寬鬆之城鎮。然而，規避絕非企業經營的長久之計，若能使用地方政府提供的資源，藉以進行產業升級，研發高附加價值的產品，提升產品品質，為企業創造利基，才能化解政策變遷所帶來的衝擊。

---

[51] 作者當面訪談，副總經理，ＸＸ輪胎（廈門），2008年8月29日。

[52] 作者當面訪談，副總經理，ＸＸ輪胎（廈門），2008年8月29日。

[53] 作者當面訪談，林經理，廈門ＸＸ電子（廈門），2008年11月27日。

陸、結論

　　隨著台商赴大陸投資的金額及數量逐年增加，台商對中國大陸的政策期待與人力依賴與日俱增，近年來已有研究發現，台商在中國大陸已有「在地化」的趨勢，例如購置或自建廠房、在地採購的比例增加、以大陸籍幹部取代台籍幹部的情形更加普遍，以及內銷比例逐漸增加等。[54] 在越來越多的台商有意長期經營大陸市場，在地札根的趨勢下，「勞動合同法」如何影響台商，以及台商如何因應勞動法規的改變，是一個亟待開發的研究主題。

　　在政策上，政府部門更有必要了解中國大陸勞動法規的變動，對台商及勞資關係的影響，以期在各方面協助台商調整經營策略。近年來已有研究指出，雖然各地台商協會在台商面對中國法規與經營環境變動時提供諮詢與協助，但是在缺乏政治影響力以及社會人脈的情況下，面對中國的強勢國家與複雜地方網絡，台商協會的組織效能受到很大的限制。[55] 因此，台商在中國面對法規變動仍必須自求多福，在經營策略與治理方式上自我調整。相較於西方國家外資企業，台商在中國投資雖然擁有語言及文化相近的優勢，但是台商勞資關係理性化程度普遍不如歐美，中國政府針對國際組織及歐美企業標準而制定的勞動法規，對多數台商來說，除了藉由提高勞工福利、增進獎勵制度，更重要的還是依法經營，取得法律上的有利位置，使勞資爭議的處理不再只是偏向勞工。

---

[54] 高長，「製造業廠商赴大陸投資效果對台灣經濟發展的意涵」，行政院國科會專題研究成果報告，2006年；「製造業赴大陸投資經營當地化及其對台灣經濟的影響」，經濟情勢暨評論季刊，第7卷第1期（2001年6月），頁138～173。

[55] 耿曙、林琮盛，「屠城木馬？全球化背景下的兩岸與台商」，中國大陸研究，第48卷第1期（2005年3月），頁1～28；耿曙、林瑞華，「制度環境與協會效能：大陸台商協會的個案研究」，台灣政治學刊，第11卷第2期（2007年12月），頁93～171。

　　根據對廈門台商的訪談發現在經濟全球化的架構下，勞動條件並沒有出現向下追逐的持續惡化。隨著中國大陸與經濟全球化整合程度越高，為滿足外國資本及國際組織對勞動條件的要求，中國政府透過勞動法規的改革，使勞資關係理性化、法治化，結果使得勞工在法律層面的保護下，在勞資關係中其自主性大幅提高，於勞資權力關係中，勞方不再屈居絕對弱勢，迫使企業必須改善勞動條件，以符合國家勞動法規之規範，並穩定勞資關係。然而「勞動合同法」的立法與執行，亦因此增加企業經營及人事成本。因此，針對批判理論學派的反思，以在廈門訪談的資料證實了假設一。換言之，在經濟全球化架構下，中國為了吸引外國投資，必須滿足先進國家及國際組織的勞動標準，而「勞動合同法」實施後，企業為避免勞資糾紛的發生、穩定勞資關係，須符合國家勞動法規之規範，從而造成企業經營成本的增加。

　　另一方面，「勞動合同法」對台商造成的影響，與地方政府的財政狀況有很大關係。廈門經濟發展程度較高，政府的財政狀況較佳，對勞力密集產業已不再像改革開放初期那樣熱中，因此對於勞動法規執行較嚴格，成長不再是唯一的目的，提高勞動保障以減少勞資糾紛，維持勞資關係及社會結構的穩定，並藉此促進產業重組，成為廈門市政府的重要政策目標。相對而言，鄰近都市的城鎮及農村地區地方政府在經濟成長為績效的誘因之下，給予對「勞動合同法」豁免或法令解釋上偏向台商的彈性，因此台商多在鄰近的漳州、泉州等地另建廠房。

　　雖然廈門執法相對較為嚴謹，但也提供了較完善的法治基礎，同時廈門在基礎建設、生活環境等條件都不遜於其他競爭對手，因此台商即使在其他地區設廠，也沒有從廈門撤資的打算，而是在合法的架構下調整經營方式，開源節流以適應「勞動合同法」。因此，針對中國經濟轉型的制度變遷理論，筆者在廈門訪談資料證實了假設二。換言之，經濟成長不再是地方發展唯一的目標，為了維持政治及社會穩定，地方政府在財政能力許

可的情況下，會調整發展策略，以達成產業重組及改善勞動條件的目標。

　　值得注意的是，廈門政府已於「勞動合同法」推出之前，著手進行地方產業升級，扶植以技術性勞工為主之高科技產業，放緩需大量勞力的傳統產業於此地之發展，從而減少「勞動合同法」對廈門台商的負面衝擊。此外，儘管近一年來中國政府積極推動「海峽西岸經濟特區」，在兩岸經貿互動中扮演更重要的角色，但實際上是否真正有效地以有特色的投資條件，以及大量投入基礎建設發展等政策，吸引台商赴福建沿海地區投資，從而稀釋用工成本增加對此地所造成的衝擊，最終達成促使台資企業持續加碼投資廈門的政策，這個命題則有待更多的實證研究方能解答。

　　整體而言，筆者認為由於廈門台商投資設備的在地深化，加上地方政府提供良好的經營環境，以及全球經濟不景氣的影響，使台商投資行為更趨謹慎，皆令廈門台商目前並沒有因為「勞動合同法」的實施，而出現大規模的遷廠、撤資潮。此外，由於中國大陸與世界經濟的關聯程度持續深化，造成廈門台商沒有因為競爭使中國勞動人權持續惡化，反而因為要符合外資和國際組織的標準，推動中國大陸透過勞動立法而增強勞工的法律意識，迫使台商更重視勞工福利，進行企業的勞動過程改革，進而改善勞動人權。

參考書目

一、中文部分

台灣區電機電子工業同業公會，蛻變躍升謀商機——2008年中國大陸地區投資環境與風險調查（台北：商周編輯顧問有限股份公司，2008年8月）。

白德華，「勞動法週年，學者籲停止執行」，中國時報，2009年2月10日，版A9。

宋國誠，全球化與中國：機遇、挑戰與調適（台北：政大國關中心，2002）。

李英明，中國大陸勞動合同法解析與案例（台北：三民書局，2008）。

何清泓，「勞動法與農民工權益保障研究——兼評勞動合同法草案有關規定」，武漢大學學報，第59卷第5期（2006），頁625～629。

林則宏，「社保法 台商剉著等」，經濟日報，2008年12月29日，版A10。

林庭瑤，「勞動法發威，大連台商最慘」，經濟日報，2009年1月5日，版A10。

林森，「中國新勞工法會嚇走外資？」，大紀元，2006年6月26日，http://www.epochtimes.com/b5/6/6/26/n1363131.htm。

周長征，「我國勞動立法與基本國際勞工標準的比較」，中國勞動，第5期（2004年5月），頁25～28。

岳經綸、蔣曉陽，「經濟全球化條件下中國勞工與國家的張力」，鄭功成、鄭宇碩編，全球化下的勞工與社會保障（北京：中國勞動社會保障出版社，2002），頁111～129。

奕兆安，勞動合同糾紛與防範對策（北京：中國勞動社會保障出版社，2009）。

高長，「製造業廠商赴大陸投資效果對台灣經濟發展的意涵」，行政院國科會專題研究成果報告（2006年）。

高長，「製造業赴大陸投資經營當地化及其對台灣經濟的影響」，經濟情勢暨評論季刊，第7卷第1期（2001年6月），頁138～173。

耿曙、林琮盛，「屠城木馬？全球化背景下的兩岸與台商」，中國大陸研究，第48卷第1期（2005年3月），頁1～28。

耿曙、林瑞華，「制度環境與協會效能：大陸台商協會的個案研究」，台灣政治學刊，第11卷

第2期（2007年12月），頁93～171。

常凱，**勞動合同立法理論難點解析**（北京：中國勞動社會保障出版社，2008）。

陳志柔，「中國大陸農村財產權制度變遷的地方制度基礎：閩南與蘇南的地區差異」，**台灣社會學**，第2期（2001年12月），頁219～262。

賀靜萍、李書良，「反新勞動法　女富豪兩會開砲」，**工商時報**，2008年3月4日，版A9。

康彰榮，「勞同法衝擊大，人大代表擬提案修正」，**工商時報**，2008年10月31日，版A10。

勞動和社會保障部，**中華人民共和國勞動合同法講座**（北京：中國勞動社會保障出版社，2007）。

葉定民，「勞動合同法草案送人大審議　損害勞動權益　明定罰則」，**工商時報**，2005年12月26日，版A7。

張偉杰，「勞動合同法：突出保護勞動者是對不平等的矯正」，**中國工會新聞**，2007年5月21日，http://acftu.people.com.cn/BIG5/67588/5755004.html。

跨區域經濟發展動態仿真模擬技術開發課題組，「當前國家宏觀調控政策的影響及其評價——基於對廣東省深圳市、佛山市工業企業的調研分析」，**中國工業經濟**，第11期（2008年11月），http://gjs.cass.cn/pdf/new%20research/dqgjhgtkzcyxjpj.pdf。

楊毅新、鄭國權、王學琳，**勞動合同法及實施條例200問**（北京：中國勞動社會保障出版社，2009）。

鄧志慧，「廈門市長：廈門將設基金支持廈台高科技產業合作」，**人民網**，2007年4月9日，http://tw.people.com.cn/BIG5/14813/5585354.html。

鄭功成，「勞動合同法不是偏袒勞動者的法律」，**社會學人類學中國網**，2006年4月25日，http://www.sachina.edu.cn/Htmldata/news/2006/04/1275.html。

劉雅靈，「強制完成的經濟私有化：蘇南吳江經濟興衰的歷史過程」，**台灣社會學刊**，第26期（2001年12月），頁1～54。

國泰安資料庫，http://hk.gtarsc.com。

「鬆綁勞動合同法　台商唯一活路」，**工商時報**，2008年8月17日，版C4。

「『黑磚窯』事件影響惡劣　將加強鄉村企業用工管理」，中華人民共和國中央人民

政府網站，2007年7月20日，http://big5.gov.cn/gate/big5/www.gov.cn/wszb/zhibo103/content_690942.htm。

「97年12月核准僑外投資、國外投資、對中國大陸投資統計速報」，經濟部投資審議委員會，〈http://www.moeaic.gov.tw〉。

「工會與全球反血汗工廠運動」，**中國驗廠網**，2006年12月21日，http://www.sa8000cn.cn/Article/scsz/200612/20061221091020_346.html。

「勞動合同法，世界工廠的倒閉遷移潮」，**勞動合同法網**，2008年8月9日，http://www.ldht.org/Html/news/news/46918556071.html。

「新勞動合同法觸發多米諾效應　上千家鞋廠倒閉」，**中國評論新聞網**，2008年1月2日，http://www.chinareviewnews.com/crn-webapp/search/siteDetail.jsp?id=100551633&sw=新勞動法。

「十七大後海峽西岸經濟區未來發展」，遠景基金會，http://www.pf.org.tw:8080/web_edit_adv/admin/temp_lib/temp2/temp2b1/template_view.jsp?issue_id=128&pv=2&byfunction。

作者，2008年8月29日，當面訪談，副總經理，ＸＸ輪胎（廈門）。

作者，2008年10月27日，當面訪談，人事室經理，廈門ＸＸ企業（廈門）。

作者，2008年11月26日，當面訪談，蔡經理，廈門ＸＸ工業（廈門）。

作者，2008年11月26日，當面訪談，賴常務董事，廈門ＸＸ器材（廈門）。

作者，2008年11月27日，當面訪談，林經理，廈門ＸＸ電子（廈門）。

作者，2008年11月27日，當面訪談，蔡副總經理、陳總經理，廈門ＸＸ工業（廈門）。

作者，2008年11月27日，當面訪談，曾經理，廈門ＸＸ製衣（廈門）。

作者，2008年11月27日，當面訪談，劉副理，廈門ＸＸ電器（廈門）。

二、英文部分

Chang, Gordon, *The Coming Collapse of China* (New York: Random House, 2001).

Drucker, Peter F., *Managing in the Next Society* (New York: St. Martin's Griffin, 2003).

Guthrie, Doug, *Dragon in a Three-Piece Suit: The Emergence of Capitalism in China* (Princeton, NJ: Princeton University Press, 1999).

GLS North American Staff, *Behind the Great Wall of China* (New York: Global Labor Strategy, 2006), http://laborstrategies.blogs.com/global_labor_strategies/files/behind_the_great_wall_of_china.pdf.

Naughton, Barry, *Growing Out of the Plan: Chinese Economic Reform 1978-1993* (New York: Cambridge University Press, 1995).

Sachs, Jeffrey, *Poland's Jump to the Market Economy* (Cambridge: MIT Press, 1993).

Baum, Richard and Alexei Shevchenko, "The 'State of the State'," in Merle Goldman and Roderick MacFarquhar eds., *The Paradox of China's Post-Mao Reforms* (Cambridge: Harvard University Press, 1999), pp. 333～360.

Chan, Anita, "A Race to the Bottom," *China Perspectives*, Vol.46 (Mar./Apr. 2003), pp.41～49.

──, "Labor Standards and Human Rights: The Case of Chinese Workers Under Market Socialism," *Human Rights Quarterly*, Vol.20, No.4, (Nov. 1998), pp. 886～904.

Chan, Anita and Robert J. S. Ross,. "Racing to the Bottom: International Trade without a Social Clause," *Third World Quarterly*, Vol.24, No.6 (Dec. 2003), pp.1011～1028.

Dickson, Bruce J., "Integrating Wealth and Power in China: The Communist Party's Embrace of the Private Sector," *The China Quarterly*, Vol.192 (Dec. 2007), pp. 827～854.

Dobbin, Frank, John R. Sutton, John W. Meyer and W. Richard Scott, "Equal Opportunity Law and the Construction on Internal Labor Markets," *American Journal of Sociology*, Vol.99, No.2 (Sept. 1993), pp. 396～427.

Edelman, Lauren B., "Legal Environments and Organizational Governance: The Expansion of Due Process in the American Workplace," *American Journal of Sociology*, Vol.95, No.6 (May 1990), pp. 1401～1440.

Gallagher, Mary E. and Junlu Jiang, "Guest Editors' Introduction," *Chinese Law and Government*, Vol.35, No.6 (Nov. /Dec. 2002), pp. 3～15.

Guthrie, Doug, "Organizational Learning and Productivity: State Structure and Foreign Investment in the Rise of the Chinese Corporation," *Management and Organization Review*, Vol.1, No.2 (2005), pp. 95~165.

——, "The Transformation of Labor Relations in China's Emerging Market Economy," *The Future of Market Transition*, Vol.19 (Nov. 2002), pp. 137~168.

——, "Organizational Uncertainty and Labor Contracts in China's Economic Transition," *Sociological Forum*, Vol.13, No.3 (Sept. 1998), pp. 457~494.

——, "Between Markets and Politics: Organizational Responses to Reform in China," *American Journal of Sociology*, Vol.102, No.5 (Mar. 1997), pp. 1265~1267.

Lee, Ching Kwan, "From the Specter of Mao to the Spirit of the Law: Labor Insurgency in China," *Theory and Society*, Vol.31, No.2 (Apr. 2002), pp. 189~228.

Lin, Nan, "Local Market Socialism: Local Corporatism in Action in Rural China," *Theory and Society*, Vol.24, No.3 (Jun. 1995), pp. 301~354.

Martin, Cathie Jo and Duane Swank, "Does the Organization of Capital Matter? Employers and Active Labor Market Policy at the National and Firm Levels," *American Political Science Review*, Vol.98, No.4 (Dec. 2004), pp. 593~611.

Oi, Jean, "Evolution of the Local State Corporatism," in Andrew G. Walder ed., *Zouping in Transition: The Process of Reform in North China* (Cambridge: Harvard Universtiy Press, 1998), pp. 35~61.

—— "The Role of the Local State in China's Transitional Economy," *China Quarterly*, Vol.144 (Dec. 1995), pp. 1132~1149.

—— "Fiscal Reform and Economic Foundations of Local State Corporatism in China," *World Politics*, Vol.45 (Oct. 1992), pp.99~126.

Pontusson, Jonas, "From Comparative Public Policy to Political Economy: Putting Institutions in Their Place and Taking Interests Seriously," *Comparative Political Studies*, Vol.28 (1995), pp. 117~147.

Sutton, John R., Frank Dobbin, John W. Meyer and W. Richard Scott, "The Legalization of the Workplace," *American Journal of Sociology*, Vol.99, No.4 (Jan. 1994), pp. 944~971.

Nee Victor, "The Emergence of a Market Society: Changing Mechanisms of Stratification in China," *American Journal of Sociology*, Vol.101, No.4 (Jan. 1996), pp. 908~949.

——, "Social Inequalities in Reforming State Socialism: Between Redistribution and Markets in China," *American Sociological Review*, Vol.56 (Jun. 1991), pp. 267~282.

——, "A Theory of Market Transition: From Redistribution to Markets in State Socialism," *American Sociological Review*, Vol.54 (Oct. 1989), pp. 663~681.

Walder, Andrew G., "Local Governments as Industrial Firms: An Organizational Analysis of China's Transitional Economy," *American Journal of Sociology*, Vol.101 (Sept. 1995), pp.263~301.

Wang, Hong-zen, "China's Skilled Labor on the Move: How Taiwan Businesses Mobilize Ethnic Resources in Asia," *Asian Survey*, Vol.48, No.2 (Mar. /Apr. 2008), pp. 265~281.

Sachs, Jeffrey and Wing Thye Woo, "Understanding China's Economic Performance," *NBER Working Paper*, No. 5935 (Feb. 1997), National Bureau of Economic Research, Inc., http://www.nber.org/papers/w5935.

表一：「勞動合同法」條文差異造成人事成本增加舉例說明

項目	「勞動合同法」實施前慣例	實施規定
1	在「勞動合同法」實施前，企業雇主在制定相關人事規章制度上有相對較高的自主權。	第4條用人單位應當依法建立和完善勞動規章制度，保障勞動者享有勞動權利、履行勞動義務。用人單位在制定、修改或者決定有關勞動報酬、工作時間、休息休假、勞動安全衛生、保險福利、職工培訓、勞動紀律以及勞動定額管理等直接涉及勞動者切身利益的規章制度或者重大事項時，應當經職工代表大會或者全體職工討論，提出方案和意見，與工會或者職工代表平等協商確定。
2	在「勞動合同法」實施前，台商多以短期合約為主，通常為一年一簽或半年一簽的方式。	第14條第3款規定連續訂立二次固定期限勞動合同，且勞動者沒有本法第39條和第40條第1項、第2項規定的情形，續訂勞動合同者須簽訂無固定期限勞動合同，意即指用人單位與勞動者約定無確定終止時間的勞動合同。
3	在「勞動合同法」實施前，因勞動合同期滿所終止之合同，企業雇主無須負擔勞動者之經濟補償。	第46條規範在幾種情形下，例如：勞動合同期滿的勞動合同終止，用人單位應當向勞動者支付經濟補償。

資料來源：本研究整理。

表二：中國實際利用外資數據

（單位：億美元）

勞動合同法實施前			勞動合同法實施後		
年-月	累計外資總額	單月外資總額	年-月	累計外資總額	單月外資總額
2006-01	47.46	47.46	2008-01	114.38	114.38
2006-02	90.64	43.18	2008-02	185.64	71.26
2006-03	153.57	62.93	2008-03	281.58	95.94
2006-04	197.8	44.23	2008-04	360.24	78.66
2006-05	245.1	47.3	2008-05	439.85	79.61
2006-06	302.58	57.48	2008-06	537.21	97.36
2006-07	352.54	49.96	2008-07	623.23	86.02
2006-08	399.2	46.66	2008-08	695.68	72.45
2006-09	459.14	59.94	2008-09	764.41	68.73
2006-10	521.6	62.46	2008-10	835.36	70.95
2006-11	579.71	58.11	2008-11	891.03	55.67
2006-12	735.23	155.52	2008-12	952.53	61.5
2007-01	54.1	54.1	2009-01	77.58	77.58
2007-02	101.47	47.37	2009-02	136.5	58.92
2007-03	na	na	2009-03	222.19	85.69
2007-04	214.56	113.09	2009-04	282.14	59.95
2007-05	265.83	51.27	2009-05	347.33	65.19
2007-06	338.63	72.8	2009-06	440.11	92.78
2007-07	391.05	52.42	2009-07	495.54	55.43
2007-08	444.38	53.33			
2007-09	500.27	55.89			
2007-10	571.44	71.17			
2007-11	650.19	78.75			
2007-12	783.39	133.2			

資料來源：國泰安資料庫，http://hk.gtarsc.com。

附錄一

勞動合同法實施研究　訪談題綱

日期：XXXX年X月X日（周X）XX：XX—XX：XX

地點：廈門某台商企業

訪談問題：

1-6 台商對國際與國內投資環境，以及勞動法規的一般看法

1. 您認為台資企業幹部對大陸近年經營環境的改變，影響較大的有哪些？您如何因應這些變化？

2. 您認為台資企業幹部對現行大陸勞動法規（勞動法、工會法、勞動合同法、實施條例、爭議仲裁法）有什麼看法？您認為這些勞動法規對企業經營有哪些影響？

3. 台資企業在雇用勞工時，對勞動相關法規是否有足夠的理解和協調過程？

4.「東協」十加一（中國）對台資企業預期的影響與因應為何？

5. 兩岸「經濟合作架構協議」（ECFA）之簽訂對大陸台商是否有任何影響？是否有撤資回台投資或上市的影響？

6. 大陸台商如何看待擴大內需之政策，例如家電下鄉，對經濟及對大陸台資企業的影響？

7-8 勞動合同法實際執行問題

7. 就您了解，今年1月勞動合同法實施迄今，固定期限、無固定期限與完成一定工作任務為期限的勞動合約簽訂比例大約各是多少？為什麼？

8. 就您了解，中國各地方政府是否切實執行勞動法令？有哪些執行層面的問題？

9-10 勞動合同法實施條例

9. 就您了解，勞動合同法實施條例自今年9月實施以來，對企業經營產生哪些影響？

10. 您認為勞動合同法實施條例對勞動合同法的貫徹執行有什麼幫助？

11-12 台商的調整與適應

11. 您是否因為勞動合同法的實施而採取不同的經營和投資策略？是否考慮精簡人力？如何執行精簡人力？是否可能轉移投資地區或改變投資規模？

12. 承上題，您如何決定採取這些因應辦法？

13-18 區域差異及產業差異

13. 就您了解，本地企業與其他外資企業面對勞動合同法的實施及其他投資環境的變遷，是否有與台資企業類似的問題？因應模式有何不同？

14. 「勞動合同法」的實施，對「珠江三角洲」、「長江三角洲」、「京津冀地區」的台資企業而言，分別產生之影響為何？

15. 就您了解，不同地區、不同產業的台資企業，在面對勞動法令改變的調整和適應模式有何不同？

16. 就您了解，不同地區來的勞工，在面對勞動法令改變的調整和適應模式有何不同？

17. 就您了解，台商一般如何善用或看待中國大陸區域特性、產業特性、供應鏈特性與優勢，並與台資企業本身之優勢結合，以創企業永續經營？

18. 大陸台資企業或台灣企業面對全球化趨勢下之西進策略之考量為何？如何因應不確定性與風險？進退場機制之考量？

19-20 勞資糾紛及解決辦法

19. 台資企業近年來產生的勞資糾紛或相關爭議有哪些？在勞動合同法實施後，處理這些爭議的模式有哪些不同？

20. 就您了解，在面對勞動合同法所產生的爭議時，中國政府能提供台商哪些協助？台商協會又可扮演什麼角色？

社會互動與政治認同

跨界生活：台商投資與社會互動

鄧建邦

（淡江大學未來學研究所副教授）

摘要

　　當代經濟全球化造成的不只是資本、財貨與服務的全球移動，同時更強化人員的跨境能力。估計目前近百萬的台商／台籍經理人員前往中國大陸，即是此經由投資產生大量人員跨界移動的一個典型例證。因此，台商現象的重要意義，除了它本身鑲嵌在全球資本主義發展，是全球生產鏈的一環，跨國直接投資的重要行動者外，還有很重要的一個面向，即在於此資本流動同時所引發的台商／台籍經理人員群體的跨界移動，及與當地的社會互動，作為當代移民研究的一個核心議題。

　　本文主要探討台商跨界移動的社會性意義，藉由研究者1999至2008年間，於大陸珠三角及長三角地區進行田野觀察，及累積達一百六十五位的深入研究訪談所蒐集的資料，從(1)台商的勞資關係，(2)台籍工作者的跨界移動，及(3)台商與地方社會的關係等三個面向，解析台商投資與中國大陸社會互動的關係。

關鍵詞：台商、台籍幹部、中國研究、移民、社會互動

壹、前言

當代經濟全球化造成的不只是資本、財貨與服務的全球移動，同時更強化了人員的跨境與跨區域移動。據經濟部投資審議委員會統計，自1991至2009年底止，台商對大陸投資總核准件數為三萬七千七百七十一件，總核准金額為827.03億美元，佔政府核准對外投資總額的58.08%。[1] 不論就核准件數及對外投資總額，赴中國大陸投資都位居第一。此外，據海基會晚近的估計，在中國大陸台商人數已達一百萬人。[2]

所以，台商現象的重要意義，除了它本身鑲嵌在全球資本主義發展，是全球生產鏈的一環，跨國直接投資的重要行動者外，還有很重要的一個面向，即在於此資本流動同時所引發的台籍經理人員群體的跨界移動，作為當代移民研究的一個核心議題。

隨著大量的台商西進，帶動的不僅是資金與產業的遷移，同時也造成大量台籍專業經理人員的跨界遷移。研究台商現象，不再限定從投資者、企業層面進行解析，人群跨界移動的社會分析也逐漸凸顯其重要性。如耿曙指出，台商不僅作為經濟人，更有其作為社會人的一面。[3] 因此本文主要從台商作為社會人的角度，藉由研究者從1999至2008年間，於大陸珠三角及長三角地區進行田野觀察，並累積達一百六十五位的深入研究訪談所蒐集的資料，從(1)台商的勞資關係，(2)台籍工作者的跨界移動，以及(3)台商與地方社會的關係等三個面向，解析台商投資與中國大陸社會互動的關係。

---

[1] 台灣經濟研究院編撰，兩岸經濟統計月報，第205期（2010），行政院陸委會。http://www.mac.gov.tw/ct.asp?xItem=78927&ctNode=5720&mp=1。

[2] 參考：海基會台商服務中心訊息，http://www.sef.org.tw/html/seftb/seftb1/seftb1.htm。

[3] 耿曙，「中國大陸台商研究的回顧與前瞻：站在新移民研究的起點？」，發表於於台商研究工作坊（台中：中興大學台商研究中心主辦，2008年11月22～23日）。

貳、台商的勞資關係

一、台商與大陸員工：親近文化互動下的陌生經驗

　　許多全球化下對東亞勞動關係的研究，都把中國台商工廠視為「血汗工廠」。但在台商工廠中，台商與大陸勞工的互動不只是老闆與員工，資本家與勞工的互動，他們之間還有親近文化互動下產生的「陌生經驗」。

　　對於設廠中國大陸的台商，如果問他們，相較其他鄰近國家，為何偏好選擇大陸為投資地，主要考慮為何？這樣的提問經常會得到很相似的回答：「同文同種」，或是相近的語言與文化。[4] 同樣地，大陸員工一般也認為「同根同生」、「都為炎黃子孫」、「血濃於水的親緣與血緣關係」，是台商前往大陸投資的重要考量。然而與此相對比的是，雖然在同一台商工廠中大家作息步調一致，但仔細觀察，從用餐、住宿到工作後的休閒，來自台灣的老闆及幹部，跟大陸籍的幹部與員工，往往存在截然清楚的區分。大陸員工，從私下的交談到正式的訪問，也不乏表達出這樣的體驗——「在這邊，台灣人自身有一種優越感」。上述這表現在接觸過程中的親近與差異共存的關係，可以稱之為是一種陌生（remoteness）。[5]

　　這主要因為一方面，大陸台資廠的因素，所以讓大陸員工與台商在這個特殊的場域上，形成一個密切的、空間物理上的關聯；因為在工廠中，一邊是商人老闆、一邊是其仰賴的工廠員工，所以讓彼此有極強的生產依賴關係；而且，更因為相對於來自不同省份中國員工的角度，這些身處在大陸的台商，彼此都擁有著不同於其他外國投資者的共同特徵：一種台胞的特殊身分，因而讓這兩個群體首先是假定在語言的相通、歷史文化的熟

---

[4]　于宗先、葉新興、史惠慈，台商在大陸及東南亞投資行為之研究（台北：中華經濟研究院，1994），頁108。

[5]　Georg Simme, "The Stranger" in Donald N. Levine ed, *Georg Simmel on Individuality and Social Forms* (Chicago: University of Chicago Press ,1971), pp. 143～149.

習與情感上的親近關係。

　　正是如此，台資廠中大陸勞工由於視台商為同一國族，所以對於台籍工作者／大陸勞工，及台幹／陸幹，有同等待遇及升遷機會的期待。因而，當大陸員工發現台籍與大陸籍受雇人員彼此薪資待遇懸殊，及早期陸幹在台資廠中升遷有明顯天花板，加上其他的價值差異（如信賴感不足、思考模式與我群感的差異等）產生衝突時，強烈陌生經驗便由此產生。

二、台商與台籍幹部：信賴與緊張關係

　　相對於大陸員工，台籍幹部普遍較受到台資公司老闆的信任。在早期台商投資中國大陸的過程中，台商工廠中的台籍幹部向來是老闆最為信賴，舉凡工廠的管理、業務、研發、採購、生管、財務、人事，無一不需要仰賴台籍幹部，否則公司的營運總是遇到各式問題，不易克服。在公司的用餐時間，台籍幹部與老闆同桌；休息時間收看的，都是特別加裝衛星接受器傳送的台灣電視節目；[6] 老闆的宿舍與台籍幹部的宿舍也多是比鄰而居，甚至就位在同一空間內；老闆招待客戶出入的餐廳與閒暇的休閒去處，台籍幹部也是緊緊隨行。[7] 可以說，除了投資者的身分外，台商與他的台籍幹部是工作、也是生活上的夥伴關係。可是當台商公司投資中國越久，公司作為「世界工廠」中的一員，面對國際市場的激烈競爭壓力，cost down（降低成本）便成為台商的緊箍咒，必須不時地在生產成本上做最理性的計算。

　　You-tien Hsing在中國的研究，以鞋業製造為例，估算台資廠在台灣

---

[6] 研究者在田野中的觀察，有加裝衛星接收器的台商工廠，通常台籍幹部在中午或傍晚共同用餐後，會短暫聚集在宿舍客廳中收看台灣衛星節目，台籍老闆有時會陪同一起觀看，有時則直接回到自己的住宿處。但老闆在其住宿內收看的，也多是以台灣的節目／新聞為主。

[7] Jian-Bang Deng, *Die ethnisch-kulturellen Differenzierungen im Prozess der Globalisierung – Am Beispiel taiwanesischer Unternehmer in China* (Marburg: Tectum Verlag, 2003).

的勞動成本須佔總體生產成本的30%至40%，但在廣東設廠卻可下降至8%至12%。勞動成本的大幅差距，確實吸引大批台商前仆後繼的前往中國。對台商而言，投資中國大陸的初期，雇用高比例的台籍幹部，目的是讓公司將台灣的生產管理模式，可以快速地複製在中國投資地，並在短時間內完成迅速擴大廠場規模，以獲取高額利潤。[8]

但是隨著台商公司投資大陸的時間越來越長，陸籍幹部的專長已漸漸獲得肯定，而陸籍幹部的薪資與台籍幹部間仍存有相當差異，台籍幹部就不再具有絕對的優勢。據指出，以2001年時廣東地區為例，大陸基層課長級月薪為1,200至2,000元人民幣，部門主管約2,000至6,000元人民幣，[9] 但聘用一位台籍幹部動輒需一個月十萬元台幣的支出。對老闆而言，台籍幹部相較於陸籍幹部約有三至十倍的人事成本差異。[10] 尤其是2008年施行「勞動合同法」，許多傳統產業面臨用人成本大幅提高，及晚近金融海嘯的影響，使得公司利潤的獲得，無法再如以往經由大規模的擴廠就可輕易達成。仔細估算「一個台幹的薪水可以養活兩條生產線」的經營思維，便成為台商老闆與台籍幹部在現實生活中緊張關係的重要來源。

此外，在早期台資工廠中，普遍存在大陸籍幹部難以升上副理職級的現象，但公司從台灣調派來的台籍幹部，卻可以立即擁有副理級以上的

---

[8] You-tien Hsing, *Making Capitalism in China: The Taiwan Connection* (Oxford: Oxford University Press, 1998).

[9] 參考：「台幹人力市場已供過於求？大陸台灣幹部也面臨失業危機」，商業時代，第27期（2001年5月），頁48～49。

[10] 一位在深圳關內經濟特區，從事貨運服務業的台商業主也指出，聘用台籍幹部每人每月約須支出2萬元人民幣，所以該公司目前在深圳、惠州、香港分公司都只留下一位台籍幹部，以減少人事成本的支出（田野筆記，2005）。而即使在熱門的電子產業，晚近記者對企業主的訪談，也證實台幹與陸幹呈數倍的薪資差異現象：「一名（中國大陸）當地幹部的月薪約2000元人民幣，聘用一名台幹若加計往返機票、住宿、海外加給等，大約可以聘用八、九位當地幹部」。「陸幹成熟時，台幹就回家」，聯合報，2005年9月7日，版A11。

頭銜。這是過去大陸籍幹部常用來延伸作為台資工廠中台灣人與大陸人分界線的一個指標。[11] 但晚近接觸的台商企業，即使是傳統產業，早期曾經是副理級以上主管全數皆為台籍幹部，目前公司也出現逐漸重用大陸籍幹部，提升廠內大陸籍員工成為公司主管級幹部的現象。例如，研究者於1999年進行的研究個案，位於深圳的長勝廠，晚近再造訪時，即便是屬於該公司最核心部門的業務部，也都設有多位大陸籍的副理級幹部，即是個例證。陸籍幹部的持續擴充，或是台商公司的人事本土化趨勢，直接影響的是台幹與台籍老闆間的關係。台籍幹部雖然持續是台商老闆信賴的核心，但是作為台商公司的二級，甚至是一級幹部，台幹已經不是台商老闆的唯一選擇。當台商老闆在拔擢台籍或是陸籍幹部間，有更多的選擇性，更多的理性成本估算時，也意指台商廠中的台幹與陸幹，越是處於競爭性的關係。

參、 台籍工作者的跨界移動

前文指出依據海基會估計，在中國大陸台商人數已達一百萬人。倘若這數字屬實，應指出的是，這數字其實並不只包含投資中國大陸，長期居住於大陸，具有實際經營行為的「台商」，更包括了為數眾多前往中國大陸各地城市工作的「台籍經理人員」。他們主要有三種類型，即(1)被視為具有台商身分，屬公司派駐大陸子公司的最高階台籍主管，有實際經營的權責，以及(2)受雇於台商公司，長駐中國大陸的台籍幹部，或是(3)受雇於外商公司的台籍專業經理人員。

經由台籍經理人員群體的跨界移動作為研究對象，可以與許多重要

---

[11] 鄧建邦，「接近的距離：中國大陸台資廠的核心大陸員工與台商」，台灣社會學，第3期（2002年），頁211～251。

的傳統議題，如人力資源理論討論的人才流失／獲得／循環（brain drain/ gain/circulation）、婚姻移民與公民權、遷移者的認同與歸屬，甚至是全球化與勞動體制等，進行新的對話。在我的研究中有如下的發現：

一、台籍工作者到中國大陸是一群技術勞工、中產階級的跨界流動

　　經濟全球化造成的不只是資本、財貨與服務的全球移動，同時更強化人員的國際性流動。[12] 我們看到的不僅是有越來越多的人群加入跨越國家疆界的移動，而且是以越來越加速的步伐，推動這股移民「流動」的浪潮，或許正如同Stephan Castles and Mark Miller所形容，我們進入的是一個新的「移民的世紀」（the age of migration）。而塑造國際移民趨勢的一個重要力量，即是在全球化過程中逐漸加深的勞動市場的國際化。[13]

　　晚近大量台籍工作者前往中國大陸工作，除了中國市場因素外，其實也可看作是鑲嵌在勞動市場國際化趨勢下，帶動技術勞動力的跨界移動所產生的現象。一波波的台商前往中國大陸投資，在各個重要城市布點設廠，影響的不只是龐大的資本流動，同時也促使大量的台籍工作者必須跨界到中國大陸工作。這群勞工向來被視為是一群專業的勞動力，擁有管理、專業知識與技術的特長，嫻熟台灣廠商特殊的生產與運作模式，所以可以受到公司的青睞，受雇於各式各樣規模的台資廠商，扮演舉足輕重的角色。

　　也由於他們是一批專業的技術工作者，所以當他們跨界流動，就自動

---

[12] Ludger Pries, "Neue Migration im transnationalen Raum," in Ludger Pries ed, *Transnationale Migration* (Baden-Baden: Nomos,1997), pp.15～44；Saskia Sassen, *The Mobility of Labor and Capital: A Study in International Investment and Labor Flow* (Cambridge: Cambridge University Press, 1988).

[13] Sami Mahroum, "Europe and the Immigration of Highly Skilled Labour," *International Migration*, Vol.39, No.5 (2001), pp. 27～43.

被歸類成一群白領的移工，被看作是與低技術或非技術性的勞工截然不同的一群人。後者通常被視為是一群由較低開發地區，前往較高開發區域流動的藍領移工。[14] 不管是國際的移民研究或是國內對於移工的研究，都已經很清楚指出，藍領移工跨界工作多從事所謂的3D產業，不只時常面臨到雇主、仲介的剝削，還會遭受移工接受國的不公平對待。他們不僅處於相對劣勢的地位，而且是全球化過程中的受壓迫者。[15] 但是不是白領跨界的移工，因為他們的跨界流動的工作，是尋找一個新舞台的挑戰，是專業自主的展現，間或代表著個人自由的延伸，而且往往還可以享有較高的收入，所以就必然成為是全球化的一群受益者？一群贏家？

　　上述的白領／高技術勞工與藍領／低技術勞工的對照，並不令人陌生。Adrian Favell等在*The Human Face of Global Mobility*一書中，就提醒不應該把白領／高技術勞動者相對於藍領／低技術的勞工，過度兩極化的描述。他們指出不少的全球化文獻，「塑造出來的一個真實、強而有力的印象是：一棟棟高層大樓雲集的商業中心，聚集的是一群穿著光鮮亮麗的全球菁英造就的服務工業勞動力，但圍繞在周圍服務他們的卻是一群由清潔工、小商店家、家務幫工及性工作者等組成的——來自貧困、底層階級的移民」。結果大家看到的是，在同一世界中，一群菁英對抗另一群普羅階級的印象。其實，Castles及Miller以「移民的世紀」作為描述當代社會的主要特徵，透露出來一個重要的訊息是：在當代的國際移民中，確實包含一群被種族化與刻板印象化的低階移民工，以及少數的全球菁英（global elites）。[16] 但在今日參與跨界的群體中，絕不只限於這兩個類別

---

[14] Douglas S. Mssey, "New Migrations, New Theories," in Douglas S. Massey eds, *Worlds in Motion. Understanding International Migration at the End of the Millennium* (Oxford: Clarendon Press, 1998), pp. 1～16.

[15] 夏曉鵑，「騷動流移的虛構商品：勞工流移專題導讀」，台灣社會研究季刊，第48期（2002），頁1～13。

的人群而已。全球化所帶來深遠的影響之一，是跨越國界流動的人群，有逐漸向下「大眾化」，而且擴及到一般的中產階級。[17] 前往中國大陸工作的台灣勞工，正是這樣的一群人。

這群中產階級屬性的台籍工作者，是一群技術勞工，但並不適合稱為全球菁英。其實，使用「菁英」與「非菁英」概念，對照於「技術勞工」與「低技術勞工」分類，也不是一個很適當的類比方式。因為並非所有的技術勞工都可以稱得上是「菁英」；也不是所有被「我們」認定是「低技術勞工」的對象，在其人力資本的屬性上，真的都只能是「低階的」。Favell等就指出，許多移工被歸類為「低技術勞工」，乃是因他們在目的國所從事的職業，屬於本地人不願從事的較沒有尊嚴、危險、辛苦的工作，可是這些移工在他們自己的原生國，卻可能是屬於擁有高學歷或特殊專業的「技術勞工」。學者藍佩嘉針對在台菲籍家務移工的研究也指出，許多家務移工從母國到海外工作，都經歷了從技術勞工成為低階勞動者的社會地位向下流動。[18]

我在田野中也接觸到一個現象，許多台商談及在許多台商公司中，尤其是製造業的台商廠中的台籍幹部，調派到大陸工廠後，頭銜往往相較其在原台灣公司中的頭銜，要高上一個職等。如原在台灣掛組長職的台籍

---

[16] Beaverstock, "Transnational Elites in the City: British Highly-Skilled Inter-Company Transferees in New York City's Financial District," *Journal of Ethnic and Migration Studies*, Vol.31 (2005), pp. 245～268；Saskia Sassen, "Wem gehört die Stadt? Neue Ansprüche im Rahmen der Globalisierung," *Machtbeben: Wohin für die Globalisierungt?* (Müchen: Deutsche Verlags-Anstalt, 2000), pp.7～37

[17] Adrian Favell, Miriam Feldblum and Michael Peter Smith, "The Human Face of Global Mobility: A Research Agenda," in Michael P. Smith and Adrian Favell eds, *The Human Face of Global Mobility. International Highly Skilled Migration in Europe, North America and the Asia-Pacific* (New Brunswick: Transaction Publishers, 2006) , pp.1～25.

[18] 藍佩嘉，「跨越國界的生命地圖：菲籍家務移工的移動與認同」，台灣社會研究季刊，第48期（2002年），頁169～218。

幹部，在調派大陸工作後，改掛上副理的職稱，是相當普遍的情形。相對於來到台灣家務移工經歷了社會地位的向下流動；許多台資工廠中的台籍幹部，則在遷徙的過程中，經歷了社會地位的向上流動。所以，台籍幹部被認定是一群白領、高技術人員，其實是在台資工廠中，他們相對於大陸籍員工及幹部，佔據有較高職級的結果，而不必然是他們在母國即都是一群菁英階層。

二、流動不僅象徵自由、獨立而已，高度流動表達的其實是一種強制

對絕大多數的台籍幹部而言，可以到中國大陸工作，代表的是一種機會。尤其是，當這種機會可以連結個人在台資工廠中職級的向上升遷，且作為台籍幹部在大陸不僅可以管理上百位以上的員工，[19] 同時也是老闆最仰賴的核心幹部，所以不少台幹都會表達很高的意願，接受外派到大陸工作。對他們而言，可以到其他社會工作是受到鼓舞的，主觀上並沒有很強的抗拒心理，而是以正面的態度去迎接流動、迎接工作地點的變換。

就如同Norbert F. Schneider指出的，流動在當代乃是被視為自由與獨立的象徵，可以流動，同時代表的是個人擁有「選項多於一」的能力。[20] Zygmunt Bauman甚至認為，流動不僅是當代令人稱羨的價值而已，它已經是構成全球階層化的一個新指標。不少的台籍工作者也認為，可以到很多地方工作，代表的是一種自由，且肩負使命，「換一個心態想，是公司看得起你，那麼多人只找你去，應該要很光榮。」所以，帶著混合冒險與滿足自我期許的心情，往中國大陸工作。[21]

---

[19] 在田野接觸的一些受訪者，他們指出在2008年勞動合同法實施及金融海嘯影響之前，中大型台商工廠，台籍幹部人數與工廠總員工數大致上呈現一比一百的比例關係；金融海嘯影響之後，則視個別產業及公司調整情形而有變化。

[20] Norbert F. Schneider, "Einführung: Mobilität und Familie," *Zeitschrift für Familienforschung*, Vol. 2005, No.2 (2005), pp. 90~95

　　但是工作遠距離的移動，雖然象徵著擁有更高的自由度，卻不見得等於個人可以自由自在地選擇自己要去的工作地。許多台籍工作者指出，當他們受雇於台資廠商，公司授權要調派他們前往大陸，或是從大陸的甲地廠調往乙地廠時，台幹往往沒有自主選擇的權利，決定是否接受公司調派。「假如說一個工作團體裡面，每一個人都可以說No的話，那個公司是沒救了，對不對？」這種情形在訪談中接觸到的在台灣仍設有母廠，屬中大型資訊光電產業工廠，最為明顯。在這些產業中，台籍幹部更有機會繼續派駐屬同一公司，位於不同省份城市的分廠，或是調回台灣母廠，或甚至是再派駐前往第三國。雖是機會，但實際運作的結果是，台幹所在的工作位置，往往是公司派遣指令的決定性要大於個人的選擇意願。

　　正如同Schneider指出的，這些高移動力的群體實際面對的問題是，當工作「流動需求」成長的速度，要遠大於緩慢成長的「流動意願」時；當工作流動的要求，遠大於工作流動的意願時，「流動」便等於要求受雇者必須在「任一時間」，聽從可能前往「任一地點工作」的指令。這時工作上的流動所代表的「自由」與「獨立」的象徵意義逐漸消逝，取而代之的，流動表達的是一種「強制」。

　　因此，放在中國大陸台幹的情形來看，所謂具備「有流動能力」，不只意味著這群人本身具有能力可以四處移動；同時也意味，他們必須隨時聽候派遣吩咐而移動。[22] 在新的強調彈性的勞動體制下，工作流動擴展的，一方面是台籍幹部個人行動的空間範圍與移動自由的可能性，但同時這些新增的可能性，卻也受到徹底的運用，如同一位在蘇州科學園區受雇

---

[21] Zygmunt Bauman, *Globalization: The Human Consequences* (Cambridge: Polity Press, 1998).

[22] *Cheers*雜誌的訪談也指出，在大陸，台籍幹部往往必須二十四小時處於待命的狀態，手機不能關機，隨時老闆有新的吩咐。只要公司出現突發的狀況，台籍幹部都只能二話不說，立即回到工作崗位。「大陸，是台灣人的機會還是夢魘？」，CHEERS，2002年7月，http://www.cheers.com.tw/content/029/029076.asp。

的台籍工作者表達所述：「今天或許為了生活，我必須要離鄉背井到各個國家或者說哪些地方，公司派我去，我就得去，這是一種無奈。」這種無奈的表達，當然不只是一種心情的反映而已；它表達的是高度流動對台幹個人而言，其實是一種強制。

社會學者Richard Sennett提到，「彈性」在當代被視為是僵硬與缺乏生氣的對立概念。在過去Adam Smith的政治經濟學論述中，彈性與自由幾乎是個等義詞。但是在今日，彈性與自由卻沒有任何對應關係。在今日彈性資本主義的勞動形式下，彈性意指著「有意願進行改變」，要求勞動者勇於接受短期性的勞動關係，而不執著於「鐵飯碗」，以更高的自由度形塑自己的生活。但實際上新的勞動體制下，並沒有解消舊有的控制，而是製造新權力體系、新的控制；只是新的控制體系更難透視。

台籍幹部雖然有很高意願接受外派中國大陸工作，有意願進行工作位置的改變。但當台幹被要求「隨時」配合公司政策而改變工作位置，顯然這種彈性並不是讓台籍工作者有更多的自由空間可以形塑自己的生活，而是讓處於工作流動中的台籍幹部，無法進行長期的計畫，隨時要與工作的不確定性對抗。

三、跨界流動的台籍工作者，選擇的是一種彈性勞動體制，須面對高度的風險

台籍幹部在跨界流動到大陸工作的過程中，面對的是一種如Sennett描述的，強調彈性的勞動體制，他們必須面對高風險與不安定感。雖然Sennett敘述的情境，主要是針對西方工業國家的勞動體制的變遷，從一個強調長期、具有制度性保障的工作形態，轉型為強調短期性的勞動關係；但是在這種新的勞動體制中，對於「彈性」的理解，與在中國的台籍工作者面臨的情形一樣，同樣都是指著「風險的分配，從國家與經濟轉嫁到個人身上」，個人必須勇於承擔工作場域不斷變換的風險。[23] 沒有台幹可以

指望當他跨界流動的工作位置不保時，當地的地方政府或國家可允諾給他一份新的工作，或是起碼程度的失業救濟津貼，讓他可以克服短暫的失業困境。所以，在許多中國大陸台商工廠高度集中的城鎮，尤其是屬傳統製造業密度較高的地區，如廣東東莞地區，部分台幹因個人人力資本的屬性較低，從原有台商工廠離職後，就不易尋覓到新工作，因此偶爾可聽聞到有「台流街」的種種傳聞。

　　屬人力資本較高、位居較高階的台籍經理人員，雖然不至於有長期失業的憂慮，但是在他們的工作流動生活經驗中，仍就必須時時慮及工作場域不斷的變換。所以，對於位屬較低階管理層級、工作內容具較高可替代性的台籍幹部而言，他們工作上首先要面對的風險是，台商老闆在人事成本經營上的理性計算、公司內大陸籍幹部的同儕競爭；對於較高階職級，或是具有專精技術與經理能力的台籍幹部，他們要面對的風險則是下一個工作的不確定性。這正是每位台籍幹部跨界工作，在工作上面對的結構性限制。尤其，當台幹還須把家庭的生活安排與工作流動，這兩種基本上是相互牴觸的價值附加在一起計算時，不管台籍幹部選擇隻身在大陸工作，或是攜帶家庭前往，常是陷入選擇上的兩難。

　　儘管，拜當代更佳的溝通科技與更方便的交通之賜，聯繫變得更容易，但選擇隻身在大陸工作的台幹，還是與其在台灣的家庭，長時間是處於實際分隔的狀態；選擇攜帶家庭前往的，則須面對配偶生活的重新安排，以及子女教育隨家庭移動重新調整。而且，每一次工作的變異，很可能意味著家庭的再一次移動，以及隨之而來的所有重新適應。所有關係到個人未來安排的計畫，都只能是短暫的。

　　所以即使本身是屬於一群擁有高度流動能力的台籍幹部，在跨界流動

---

23 Ulrich Beck, "Die Zukunft der Arbeit oder die politische Ökonomie der Unsicherheit," *Berliner Journal für Soziologie*, No.4 (1999), pp. 467～478.

過程中，並沒有因為他們的技術勞工身分就可以來去自如，毫無阻礙的進行自由的移動（free movement）。相反的，他們本身越是呈現高度流動，反而就越凸顯出彈性勞動體制下，個人面對工作及生活安排所受的限制。

四、台籍工作者與大陸女性結合的家庭，多呈現一種以家戶為單位的雙重身分安排

根據《大陸地區人民來台團聚面談工作白皮書》提供的數據，從2005、2006到2007三年，僅有分別至多為47.4%、45.2%及42.3%比例的未取得台灣戶籍的大陸配偶，是屬於常住在台的。[24] 換句話說，在2005至2007年這段期間中，未取得台灣戶籍的大陸配偶，有超過半數比例，並非常住在台灣生活。這意指，有將近或甚至超過半數的中國大陸配偶，結婚後主要生活地並不在台灣。而這之中，與在中國工作的台籍工作者通婚的大陸籍配偶，即是主要的一群人。然而，與台籍工作者通婚的大陸配偶，為何她們婚後的主要居住地不選擇台灣？她們又如何考量及選擇婚後的身分安排？

藉由觀察中國配偶之台籍幹部家庭的遷徙行為與身分安排顯示，移民是跨國通婚下的一種主要形式，但如果把所有的跨國通婚現象都以「婚姻」加「移民」去觀察，將無法捕捉及理解通婚後卻選擇留在中國的大陸配偶及台幹家庭的真實生活面貌。對這群台籍幹部而言，首先是因工作目的跨界移動到中國大陸；對與其通婚的大陸配偶而言，則主要是因婚姻目的與在中國的台籍幹部結縭。只要台籍工作者在中國大陸的工作持續，與其通婚的大陸配偶，不僅主要生活地選擇在中國大陸，她們之中也多沒有

---

[24] 「常住」，乃指當年度停留時間超過一百八十三天以上（內政部統計通報）。比例計算說明請參考鄧建邦，「建構跨國社會空間作為流動生活的策略：台商在上海與廣東」，發表於2007年台灣社會學年會「台灣與東亞社會的比較研究」（台北：台灣大學主辦，2007年11月24～25日）。

考慮在結婚後成為婚姻移民，到台灣定居，及取得台灣／中華民國的身分證，而是繼續保留其原來的公民身分，留在目前與台幹組成家庭的沿海都市生活。

　　對這樣的跨國婚姻家庭來說，大陸配偶保留其中國的公民身分，但傾向選擇將身分轉換為（或保留）沿海都市的戶口身分，主要可能有兩個理由。一方面她們既然沒有長期在台灣定居的打算，也就缺乏強力的動機需要經由移民監的方式去取得台灣的身分；二方面，在目前中國的戶籍身分管制制度下，戶口制度不僅在於控制人口流動，更是提供作為國家主要的社會控制手段。不同的戶口類別，如農村與城鎮戶口，內地城鎮戶口與沿海都市戶口，與個人從事的職業及目前居住地，沒有必然關聯，但倒清楚地標示個人在中國社會中的社會經濟地位。吳介民的研究指出：中國社會內部存在嚴重的身分差序格局，即是要指陳立基在這種戶口制度下，造成身分的等第排序，及個人可分配取得的社經資源扭曲現象。[25] 所以，當大陸配偶與台籍幹部通婚後，藉由「買房入戶」等方式，有機會由農村戶口轉為城鎮戶口的身分，或是從內地城鎮戶口轉為沿海都市戶口的身分，即代表著個人在中國社會內部向上的社會流動，也因此大幅地降低轉換為台灣公民身分的必要性。對台籍工作者而言，他們目前也在中國國境管理的限制下，無法透過與大陸配偶的聯姻，同時擁有「台胞證」的身分及中國的居民身分。因而權衡後，多繼續維持其台胞的身分，持「台胞證」來往台灣與中國大陸。因此，大陸配偶之台幹家庭之所以選擇與一般婚姻移民不一樣的身分安排方式，其實是在既有兩岸國境管理及身分制度設計的限制下，協商得出的一個較有利選擇。

---

[25] 吳介民，「壓榨人性空間：身分差序與中國式多重剝削」，台灣社會研究季刊，第39期（2000年），頁1～44。

肆、台商與地方社會的關係

一、社會他者

　　對絕大多數台商而言，前往中國大陸持有的是「台灣居民來往大陸通行證」（簡稱「台胞證」）。[26] 然而這份證件，不僅是一份通關時出入境許可的證件，它同時也是標示台商群體在中國大陸的「身分」。早期進入中國大陸，台商多以為自己受到的待遇與當地的中國大陸人不盡相同。與本地人有明顯的差別待遇，是日常生活中經常會遭遇的經驗。早期在實施雙元費用體系下，舉凡屬於公共服務的處所，台商要支付的費用，總是相較於本地人所需的要遠高出許多。因此許多台商認為作為台胞，有更多時候並不似受到「同胞」的待遇，而更近似為外國人的對待方式。

　　這套施行於公共交通與旅遊景點的雙元費用體系，已於1997年廢除，取而代之的是「國民待遇」制度。[27] 但經濟上的富裕，仍舊使得台商在許多場合中，享有與眾不同的待遇。包括出入私人經營的消費性場所，台商也會有同樣的印象，只要「冠上台商的名義，基本上都算是滿受到禮遇的」。又比如，2005年之前由深圳關外進入關內經濟特區，都須經嚴格的通行證證件檢驗。一般身分的中國大陸人搭乘巴士行經管制點時，乘客必須下車，進入管制廳等候、排長隊，待通行證逐一受檢後，再從管制點的另一端匆忙地趕搭上原班公車。但如果是台商，搭乘的是私人轎車，僅只

---

[26] 「台胞證」是一特別的證件，主要是作為台灣人民前往中國的旅行身分證件使用。它的簽發機關單位為中國政府。

[27] 在雙元費用體系時期，來自國外的訪客，在入境中國或辦理簽證時，會區分為三個不同群體進行登記，即外國人、海外華僑與港澳台同胞。他們入境後負有種種的通報義務，並在飯店、交通工具搭乘、觀光據點等，須追加繳付最高到一倍的附加費用〔在1988年之前，中國政府已允許東南亞華僑入境（在印尼、泰國與馬來西亞的華裔人民），給予價格上的優惠，付費標準如同本地人〕。直到1997年，外國籍人士入境中國，就上述項目，才不須追加費用。

在座車中出示證件即可，「同樣查驗的工作，大陸人可能查驗得非常仔細，對我們來講的話，我們可能把台胞證拿出來，連翻都不用翻開，就pass過去了」。台商經由「台胞證」得到的待遇，倒是可享受不少內地大陸人沒有的好處，得到較多的優遇。然而這些伴隨經濟富裕而來的種種獨特待遇、尊重，並無法對比到所有台商與大陸人的接觸經驗，一般化到日常生活的各個面向。藉由台胞身分得到的對待，其實是有時候比一般人好些，有時候卻比一般人差些，這樣的差別待遇在日常生活中不斷地重複，因而讓許多台商覺得得到的總是有別於一般人的對待，讓他們更加意識到，在當地社會與其他群體的區別——「你們是很特殊、很特殊的一群人」。

儘管大部分的台商很難明確一一去列舉，究竟「台胞」包含哪些特殊的文化特徵；也不容易清楚描繪「台胞」圖像確切外貌為何，所以出現台商跟當地人有所區分。但這似乎一點也不妨礙「台胞」在大陸台商的日常生活用語中，逐漸確立為一群體分類的概念。

從這個概念指出的，不只是一群從台灣來到中國大陸的人；「台胞」作為一個分類概念，同時或多或少暗示，凡與台胞有關的，即是與中國大陸多少有些出入的。或是具有台胞角色的一群人，並不等同一般稱謂上的中國大陸人。「台胞」作為特定群體的標記，因而在中國大陸常被賦予一特殊的社會位階。某種程度上或可以說，正是台商同時還兼具著台胞的身分，使得他在日常生活中與當地社會的很多細部溝通過程，從常態、一般的居民角色偏離出來。

台商在大陸當地社會成為一特殊的社會類群，不僅表達在台商日常互動過程中感受到的台胞體驗，另外一個重要因素還來自於，他們在「工作時間」與「休閒時間」接觸群體的差異。

一般台商與大陸員工密集性的接觸，多只侷限於工作領域內為主。「工作時間」與「休閒時間」，對這些台商而言，標示的往往不只是兩個

不同時段而已；在這兩個時段中台商所接觸的群體，也有相當清楚的分隔。台商多指出，他們在休閒時間接觸的群體，其實主要還是以生意往來對象為主，在訪談接觸的對象中，台商彼此間有定期性的碰面，有固定聚會場所，是相當普遍的現象。透過這些聚會，他們一方面相互交換市場訊息，二方面也藉休閒的場所暫時脫離工廠長時間的工作緊張氣氛，舒緩壓力。同時，對許多台商而言，這些「儀式化」的晚餐行為，以及在卡拉OK共同的高歌，還具有一項作用，即是將鬆散的台商，「聚合」起來，強化他們的內部關係。而台商網絡，也是透過這個效應，愈織愈密。

儘管不少台商與當地大陸廠商也有往來，但從訪談台商的敘述，這些多僅止於基於商務的需要而建立的關係，如吳介民指出的（1996），與當地官員的關係，是每位台商到大陸當地投資的必修課程。但正如同一位台商指出的，「你覺得他在謀你的什麼東西，他也會覺得你在謀他什麼東西，會有這一點很功利角度在考慮事情的時候，就很難說成為沒有利害關係的朋友」。當台商普遍認為基於「需要」，所以跟官員打交道，因而在日常生活中較少聽聞有官員成為台商內部網絡的重要成員，而是被台商界定為是「休閒生活」的夥伴。

台商彼此間緊密的組織網絡，固然是有助於內部訊息的溝通，加強生意上的相互支援與串聯，但表現在實際生活過程，這種對內關係的高度凝聚結果，對外卻是強化為一條明顯的我群與他群關係分界線。

儘管，圍繞在台灣廠商聚落的周圍，不難發現有各式各樣的台灣餐館，比如「滷肉飯」專賣店、XX羊肉爐，甚至賣檳榔的攤子、珍珠奶茶店、釣蝦場、卡拉OK、保齡球館等，各式各樣針對台商的消費也都一一俱全。凡是在台灣流行、受到大眾喜好的，過一段時間很可能就會複製到中國大陸台商群聚的社區中。 "the Taiwanese way of life"，大概可以用來形容許多台商在中國大陸當地一種很獨特的生活形態。台商在「他鄉」可尋得的「家鄉口味」，可用來短暫補償的是思鄉感受，但卻很難取代

「家的感覺」。

當台商在投資地完成經濟鑲嵌時，很多現象卻顯示，他們在當地社會並不如想像般中伴隨經濟上的整合，而有同步在文化及生活上的密合現象。台商在大陸的經商經驗，雖然每個人的遭遇不一，但台商間的緊密關係網絡與高度凝聚性，相當程度地讓他們在當地社會形成一個特殊的社群。同時，台商共同的台胞體驗，讓他們體會到，在個人的「中國人」或是「台灣人」認同之外，台商相對於當地的中國大陸人，並不容易被視為是一般的大陸人（或許，不少的台商在心態上也不願被視為「一般的」大陸人），所以這個特殊的社群，同時也是一群中國大陸社會中的「他者」。

二、台商的認同形態

(一) 台商前往中國大陸，是一種遷移現象，但他們不是一群台灣的移出移民

在移民研究中，自從1980年代以來即出現對於古典移民理論的檢討，許多學者嘗試尋找出替代性的觀點，來描述及解釋日益頻繁的國際移民現象。[28] 早期移民研究對移民的理解是，移民一旦離開其生長的母國，即是進行永久性的遷徙——而且通常是出賣了所有家產，攜帶所有家庭成員一起移往目的國。在這過程中，移民現象是一次性的，方向是單一箭頭式的。研究的焦點著重在個人的遷徙動機，以及移民過程對目的國及移民者母國產生的影響。這樣的觀點，結果多指向移民如何適應新社會、與目的國的多數群體融合，因而飽受不少批評。所以晚近有越來越多的研究轉而

---

[28] Linda Basch and Nina Glick Schiller, *Cristina Szanton Blanc, Nations Unbound. Transnational Projects, Postcolonial Predicaments, and Deterritorialized Nation-States* (Amsterdam: Gordon and Breach, 1997)；Mathias Bös, *Migration als Problem offener Gesellschaften. Globalisierung und sozialer Wandel in Westeuropa und Nordamerika* (Opladen: Leske & Budrich ,1997); Ludger Pries, "Neue Migration im transnationalen Raum, " pp.15～44.

強調移民鑲嵌的社會網絡結構、移民機制對遷徙過程產生的社會意義，以及跨社會社群的形成等議題。尤其進入1990年代後，相關討論逐漸圍繞在「跨國主義」（transnationalism）概念上繼續發展。狹義上，這個概念指涉的是在人群、網絡及組織中出現的密集、頻繁及持續性的關係，而且這些關係是建立在跨越民族國家的界線上。這種出現在社會、經濟、政治及文化面向上的貫穿國界現象，並不是晚近才有的發展。不過伴隨全球化而來的科技、交通與溝通技術的進步，卻使得這種現象的重要性日益增加。

確實，台商現象首先因為資本的國際化，資本可以輕易地跨越民族國家的藩籬流通，才成為可能；同時相對便捷的交通與科技進步，促成前往中國大陸的台商，也多不是一次性地來回他們的投資地社會與原生社會間，而是經常性地往返於中國大陸與台灣。這個過程中，不僅有進行空間上的移動，持續性的居住地更換，而且是屬跨社會移動的行為，所以台商現象的確也是一種移民現象。但台商頻繁的跨界流動，凸顯的正是如跨國主義學者所描述的新形態的移民群般，他們的遷徙行為並不是呈單箭頭式的，所以也不適合稱為一群移出移民。

(二) 跳脫國族主義的限制框架，才能真實地觀察台商群體的認同

台商的遷徙行為，除了是頻繁地來回兩地移動外，台商在選擇進出中國大陸動機考慮上，也是做生意、商機的追逐，遠多於追逐特定的國族想像。如Glick Schiller等對照傳統圖像中的移民，「移民被視為是必須切斷自己的根源、遠離家鄉和自己的國家，面對痛苦地融入到其他社會與文化的過程」，也很少發生在台商的情形上。所以，台商的跨界行為，遵循的仍是依據個人利害的衡量為主，如果以民族／國族主義的觀點，討論台商現象，不僅不能幫助理解台商為何遷徙，其實反而還阻礙對台商遷徙、認同的理解，只能依附在特定民族國家想像的框架內。

但這並不是意指台商沒有國族的想像，或是國族的重要性已經消逝。

Sallie Westwood及Annie Phizacklea在討論《跨國主義與歸屬的政治》一書中，即強調國族還是持續地重要，人們對它的情感依附也仍在，只是另一面，跨越邊界的遷徙形態，越來越是以跨境的（transnational）方式進行。多數前往中國大陸台商群體，透過他們的實際行動經驗所展現的，正是持續地維持（maintain）他們現在生活及工作所在的家，以及原出生地的家，同時連結移居地社會與起源社會間的關係。[29]

(三) 台商群體的認同是複雜的，非單一的認同形態

經由頻繁地跨境來回移動，台商群體不僅具體地連結台灣與中國大陸移居當地的元素，且跟兩社會持續地建立關係，具有生活在兩個社會下的雙重認同。但另一方面，隨著他們離開台灣社會的時間漸長，關係呈現逐漸疏遠，在跨界投資與工作當地的社會參與也是相當有限的情形下，跟兩個社會都保持一定的差異、距離，所以呈現出生活在兩個社會中間的陌生感。

這種認同的形態，如同Helen Krumme研究德國客工指出的，往返性移民（circular migration）的認同，並不是固定的、單一的國家認同模式，而是雙重的認同，或／以及雙重的陌生感。換句話說，跨界流動群體在國族層次上的認同表現，往往不是選擇新認同／維持舊認同的兩者之一（either-or）模式，而是傾向雙重的（both-and）以及二者皆非（neither-nor）的認同形態。[30] 台商群體透過日常生活經驗及自我描述表現出的認同，也是呈現為雙重的或是二者皆非的複雜認同形態，而不是明確地、單一的國族歸屬感。

---

[29] Sallie Westwood and Annie Phizacklea, *Transnationalism and the Politics of Belonging* (London/ New York: Routledge, 2000).

[30] Helen Krumme Fortwährende Remigration, "Das transnationale Pendeln türkischer Arbeitsmigrantinnen und Arbeitsmigranten im Ruhestand," *Zeitschrift für Soziologie*, Vol.33, No.2 (2004), pp.138～153.

伍、結論

跳脫國族主義的敘事框架去理解台商現象，可以幫助我們「看到」台商群體的遷徙「過程」，尤其是這個群體來回穿梭於兩岸社會間的事實。台商群體的日常生活、甚至是家庭安排及工作常是橫跨兩邊社會的，在認同上則是呈現雙元以及二者皆疏離的形態。以此來看，跨界流動群體，在日常生活網絡上是跨越邊界的，同時形塑及維持多層社會關係，但在認同上，卻不是單純地跨越既有疆界而已，而是表現為一種特殊的、複雜的認同形態。

可以預見的，台商投資大陸二十年後，將仍持續不斷地進行。這樣的趨勢，不僅使得未來有更多的台商／台籍工作者投入跨界移的活動，與大陸有更多元的接觸互動型態，同時也會出現愈來愈多因交流而產生的兩岸通婚情形。

如果有眾多大陸居民與台籍工作者通婚後，但卻沒有選擇進入台灣社會長期定居，而是留在大陸生活，那既有政策把跨境婚姻下的對象，皆視為移入移民或新移民，以「融入」態度套用在所有跨國婚姻者身上的婚姻移民制度設計，便有值得檢討的必要。Nassehi and Schroer就指出，當代人群的遷移，並不如傳統移民，為整合目的而跨界移動。[31] 不管是從台商與大陸員工在親近文化互動下產生的陌生經驗、台商／台籍工作者日常表現的跨界生活，以及兩岸婚姻呈現以家戶為單位的雙重身分安排型態，都指出台商投資大陸，除了作為經濟人面向外，更有台商／台籍工作者作為移居者與當地互動產生的豐富社會意義。

---

[31] Armin Nassehi and Markus Schroer, "Integration durch Staatsbürgerschaft? Einige gesellschaftstheoretische Zweifel ," *Leviathan*, Vol.27, No.1 (1999), pp. 95～112.

參考書目

一、中文部分

于宗先、葉新興、史惠慈，**台商在大陸及東南亞投資行為之研究**（台北：中華經濟研究院，1994）。

中華民國全國工業總會、海峽交流基金會，**大陸投資廠商問卷調查分析報告**（台北：經濟部，1994）。

王振寰，「跨國界區域經濟形成的統理機制：以台灣資本外移南中國為例」，**台灣社會研究季刊**，第27期（1997年），頁1～36。

台灣經濟研究院編撰，**兩岸經濟統計月報**，第205期（2010），行政院陸委會，http://www.mac.gov.tw/ct.asp?xItem=78927&ctNode=5720&mp=1。

吳介民，「壓榨人性空間：身分差序與中國式多重剝削」，**台灣社會研究季刊**，第39期（2000年），頁1～44。

耿曙，「中國大陸台商研究的回顧與前瞻：站在新移民研究的起點？」，發表於於台商研究工作坊（台中：中興大學台商研究中心主辦，2008年11月22～23日）。

夏曉鵑，「騷動流移的虛構商品：勞工流移專題導讀」，**台灣社會研究季刊**，第48期（2002年），頁1～13。

鄭陸霖，「一個半邊陲的浮現與隱藏：國際鞋類市場網絡重組下的生產外移」，**台灣社會研究季刊**，第35期（1999年），頁1～46。

鄧建邦，「接近的距離：中國大陸台資廠的核心大陸員工與台商」，**台灣社會學**，第3期（2002年），頁211～251。

──，「中國大陸台商的他者處境與認同衝突」，見陳建甫主編，**和平學論文集 (三)──和平、衝突與未來實踐**（台北：淡江大學未來學研究所，2005），頁223～240。

──，「建構跨國社會空間作為流動生活的策略：台商在上海與廣東」，發表於2007年台灣社會學年會「台灣與東亞社會的比較研究」（台北：台灣大學主辦，2007年11月24～25日）。

—— ，「彈性下的限制：理解中國台幹的跨界工作流動與生活安排」，**研究台灣**，第3期（2007年12月），頁1～36。

—— ，「性別、專業流動與生活劃界：女性台籍幹部在大上海與廣東」，發表於2008年台灣社會學年會：解嚴二十年台灣社會的整合與分歧（台北：中央研究院主辦，2008年12月13～14日）。

—— ，「中國配偶之台幹家庭的遷徙行為與身分安排」，發表於台商研究工作坊（Workshop on "Contemporary Taishang Studies in the Social Sciences: The State of the Field"）（台中：中興大學台商研究中心主辦，2008年11月22～23日）。

—— ，「跨界流動下中國大陸台商的認同」，收錄於王宏仁及郭佩宜編，**流轉跨界：台灣的跨國，跨國的台灣**（台北：中研院亞太區域研究專題中心，2009），頁133～160。

藍佩嘉，「跨越國界的生命地圖：菲籍家務移工的流動與認同」，**台灣社會研究季刊**，第48期（2002年），頁169～218。

龔宜君，**出路：台商在東南亞的社會形構**（台北：中研院亞太區域研究專題中心，2005）。

二、英文部分

Bauman, Zygmunt, *Globalization: The Human Consequences* (Cambridge: Polity Press, 1998).

Basch, Linda and Nina Glick Schiller, *Cristina Szanton Blanc, Nations Unbound. Transnational Projects, Postcolonial Predicaments, and Deterritorialized Nation-States* (Amsterdam: Gordon and Breach, 1997).

Beaverstock, "Transnational Elites in the City: British Highly-Skilled Inter-Company Transferees in New York City's Financial District," *Journal of Ethnic and Migration Studies*, Vol.31 (2005), pp. 245～268.

Beck, Ulrich, "Die Zukunft der Arbeit oder die politische Ökonomie der Unsicherheit," *Berliner Journal für Soziologie*, Vol.1999, No.4 (1999), pp. 467～478.

Bös, Mathias, *Migration als Problem offener Gesellschaften. Globalisierung und sozialer Wandel in Westeuropa und Nordamerika* (Opladen: Leske & Budrich, 1997).

Castles, Stephan and Mark Miller , *The Age of Migration* (Basingstoke: Palgrave MacMillan, 2003).

Deng, Jian-Bang, *Die ethnisch-kulturellen Differenzierungen im Prozess der Globalisierung – Am Beispiel taiwanesischer Unternehmer in China* (Marburg: Tectum Verlag, 2003).

——, "The End of National Belonging? Future Scenarios of National Belonging from Migration Experiences of Taiwanese Businessmen in Shenzhen," *Journal of Futures Studies*, Vol.13, No.2 (2008), pp.13～30.

Favell, Adrian, Miriam Feldblum and Michael Peter Smith, "The Human Face of Global Mobility: A Research Agenda," in Michael P. Smith and Adrian Favell eds, *The Human Face of Global Mobility. International Highly Skilled Migration in Europe, North America and the Asia-Pacific* (New Brunswick: Transaction Publishers, 2006) , pp.1～25.

Hsing, You-tien, *Making Capitalism in China: The Taiwan Connection* (Oxford: Oxford University Press, 1998).

Krumme, Helen Fortwährende Remigration, "Das transnationale Pendeln türkischer Arbeitsmigrantinnen und Arbeitsmigranten im Ruhestand," *Zeitschrift für Soziologie*, Vol.33, No.2 (2004), pp.138～153.

Mahroum, Sami, "Europe and the Immigration of Highly Skilled Labour," *International Migration*, Vol.39, No.5 (2001), pp.27～43.

Mssey, Douglas S, "New Migrations, New Theories," in: Douglas S. Massey eds, *Worlds in Motion. Understanding International Migration at the End of the Millennium* (Oxford: Clarendon Press, 1998). pp. 1～16.

Nassehi, Armin and Markus Schroer, "Integration durch Staatsbürgerschaft? Einige gesellschaftstheoretische Zweifel," *Leviathan*, Vol.27, No.1 (1999), pp. 95～112.

Pries, Ludger, "Neue Migration im transnationalen Raum," in Ludger Pries ed, *Transnationale Migration* (Baden-Baden: Nomos, 1997), pp.15～44.

——, *Internationale Migration* (Bielefeld: Transcript Verlag, 2001).

Sassen, Saskia, *The Mobility of Labor and Capital: A Study in International Investment and Labor*

Flow (Cambridge: Cambridge University Press, 1988).

——, "Wem gehört die Stadt? Neue Ansprüche im Rahmen der Globalisierung," in *Machtbeben: Wohin für die Globalisierungt?* (Müchen: Deutsche Verlags-Anstalt, 2000), pp.7～37.

Schneider, Norbert F, "Einführung: Mobilität und Familie," *Zeitschrift für Familienforschung*, Vol. 2005, No.2 (2005), pp. 90～95.

Sennett, Richard, "Der flexibilisierte Mensch: Zeit und Raum im modernen Kapitalismus." in Peter Ulrich and Thomas Maak ed, *Die Wirtschaft in der Gesellschaft* (Bern: Haupt, 2000), pp.87～104.

Simmel, Georg, "The Stranger," in Donald N. Levine ed, *Georg Simmel on Individuality and Social Forms* (Chicago: University of Chicago Press, 1971), pp. 143～149.

Wallraf, Wolfram, "Wirtschaftliche Integration im asiatisch-pazifischen Raum," *ASIEN*, Vol.59 (1996), pp.7～33.

Westwood, Sallie and Annie Phizacklea, *Transnationalism and the Politics of Belonging* (London/New York: Routledge, 2000).

台商投資效應與在地反應：
以蘇州地區公衆評價爲例*

張家銘

（東吳大會社會學系教授）

摘要

　　自1980年代中後期以降，中國大陸各地紛紛推行經濟的改革開放，積極引進外資，就蘇州市而言，迄今已近600億美元，成為促動當地經濟全球化的主力，其效用不僅推動產業結構升級，更支援各類型的國家級和省級開發區的建立，全面加速經濟發展。

　　蘇州地區的發展與外資投入，特別是台商投資密不可分。對此，本研究關懷的問題是：台商投資對於蘇州地區的經濟和社會發展帶來什麼樣的影響？當地社會一般民眾對這些影響究竟有何認知和態度？從這些問題出發，旨在通過投資接待地人們的經驗和評價，理解台資經濟全球化的效應及其引起的在地反應，一方面可以藉此評估大陸地方政府爭相採用外資牽引發展的模式，並釐清外資在其間扮演的角色，作為產官學各界的參考；另方面能夠拓深現有相關台商議題的研究範疇，從當地人們的感受和意見看待外資與在地社會的互動，有其學術上及實務上的意義和價值。

關鍵詞：全球效應、在地反應、經濟開發區、跨界資本、台商

---

* 本文使用的經驗資料來自行政院國科會專題研究計畫《全球效應與在地反應：台商投資對蘇州社會經濟發展的影響》（計畫編號：NSC94-2412-H-031-001及NSC95-2412-H-031-001-SSS），作者感謝國科會提供兩年（2006及2007）的移地研究經費補助，還有上海及蘇州地區協助或接受訪問的學者、官員、台商與個人，特別是上海華東理工大學郭強教授幫助問卷調查及資料分析，以及蘇州大學張明教授協助書面及訪談資料的收集及分析。

壹、前言

從1984年蘇州設立第一家台資企業開始，至今現有台資企業已達七千一百多家，台商已經成為蘇州地區利用外資的主要來源，而蘇州也已成為台商投資大陸最密集和最活躍的地區之一。蘇州市開發區已成為台資的重要載體，投資環境已達到國際一流水平。目前，台商在蘇州的投資區域主要集中在蘇州工業園區、高新區、昆山開發區及吳江開發區，同時投資項目也明顯增多。特別是被台商們稱為「小台北」的昆山市，聚集了蘇州全市四成多的台資企業，從而成為台商最受青睞的投資區位。現在長駐蘇州的台商和台籍幹部近五萬人，其中昆山市就集中近三萬餘，當地台商協會、台式餐飲、台商子弟學校、台商太太聯誼會等也應運而生。

由此可知，蘇州地區的發展與外資投入，特別是與台商投資密不可分。對此，本文關懷的問題是：台商投資對於蘇州地區的經濟和社會發展帶來什麼樣的影響？當地民眾對這些影響究竟有何認知和態度？從這些問題出發，旨在通過投資接待地人們的經驗和評價，理解台資經濟全球化的效應及其引起的在地反應。

貳、文獻回顧

本研究關注的是外資進入與其接待地的互動及關係，重點放在台商到中國大陸投資之後，其所帶來的全球化效應及引起的在地反應，至於外資與東南亞等地方社會之間的關係，或者其他外資與中國大陸地方社會的互動，則非探討焦點所在，只是作為比較、對照之用。研究的時間點是中國大陸進行改革開放之後，特別是近十餘年來各地方積極發展外向型經濟的階段。因此，以下的回顧聚焦於直接與前者相關的論文。

劉雅靈指出華陽這個位居珠江三角洲邊緣落後的貧困社會，因為改革

開放後大量引進外資的關係，使得整個社會有所改觀並發展。這當中以台商投資數額最高，香港其次，日、韓與美國等其他外資的進入則較為零星，促使當地產生工商業轉型，帶動地方發展，使華陽進入中國準世界體系，逐漸脫離農業的邊陲，邁向工商業的半邊陲。[1]

　　在這個過程中，華陽鄉鎮政府均以服務外商、親自為外商解決困難為己任，致力於吸引外資並使外資在本地生根不移，終究與外資之間形成利益共生的關係，而重演著拉丁美洲在1960年代的依賴發展。具體而言，不僅外資企業和地方本土勞力密集產業完全脫節，形成獨樹一幟的隔離經濟（enclave economy），並未透過生產的外包制（subcontracting system）與本地企業進行生產整合，或幫助本地企業技術升級，更遑論技術轉移帶來的產業散發效果（spillover effect）。這些外資企業不僅與當地社會隔絕，生產過程中還製造許多廢棄物污染周圍農村環境，而當地發展的新興產業多半在服務外資企業，深受外資企業制約，缺乏發展的自主性，而且造成隔離區內的外商與工作人員的社會地位高人一等。甚至有些農民因此成為官商勾結下的犧牲品，土地及其地上物僅得到少許或得不到補償而流離失所，被迫採取抗爭的激烈方式反應。總之，這種受外資制約而呈現的發展形態，類似拉丁美洲的依賴發展。

　　基於同樣的地點背景，吳介民提出中國地方政府與企業的關係須重新定義，以彌補兩者的行為動機與結構制約之間的斷裂，關係在這中間就扮演著重要的角色。企業與政府之間的掛靠制度背後隱含關係，而這樣的關係更體現成為尋租。地方社會基於需要資金而引進外資，一旦其間的尋租關係確立，市場、都市重建計畫等資訊只限於尋租關係的外資可獲得。資訊即具備排外性。這樣制度性的尋租行為（institutional rent-seeking），一

---

[1]　劉雅靈，「廣東華陽的依賴發展：地方政府與外資企業的利益共生」，發表於中日大陸研討會（2000年），頁1～19。

且其動態平衡有一端失衡，尋租一旦在經濟轉型中被剝奪，地方發展即陷入癱瘓。由此可見，外資的進入確曾引發地方政府的尋租行為，從而衍生地方發展上的衝擊和問題。[2]

持同樣立場，王信賢討論全球化下的中國區域發展時，也提出外資未必為地方社會創造產業群聚的正面效應，反而因為招商引資不慎或過當，而帶來當地發展的負面後果，主要包括下列幾個問題：(1)部分外資「逐優惠政策而居」，導致投資短期化，不僅不利地區產業發展，亦對當地就業問題造成傷害；(2)各地政府為追求績效，習慣「搶企業不搶項目」，甚至許多所謂高新技術開發區已經「退化」成為一般加工出口區；(3)各地區重複建設，嚴重浪費資源；(4)最後則是各開發區彼此間為爭取外資而互挖牆腳，展開惡性競爭，猶如「戰國時代」的無序競爭。[3]

陳志柔則進一步從階層結構的角度觀察，認為外資在中國的發展已經擴大社會差距和不平等，並形成社會不滿。他借用James Scott「弱者的武器」的概念，指出社會底層的農民雖然不如中產階級或知識分子，善於組織集體性的抗議行動，但卻往往藉由日常形式的反抗，來對抗權威或對政府表達不滿，這些反抗包括偷懶、偷盜、裝瘋賣傻、毀謗、縱火、怠工等。[4]他由此認為，大量外資所帶來的社會差距與不平等，儘管短期未必會出現革命性的社會集體行動，但日常形式的反抗行為則將層出不窮。此外，陳志柔進而做出和上述幾篇論文相似的論斷，指出中國已由「摸著石

---

[2] JiehminWu, "State Policy and Guanxi Network Adaptation in China: Local Bureaucratic Rentseeking," *Issues & Studies*, Vol.37 (2001), pp.20～48.

[3] 王信賢，「全球化時代中國大陸區域發展的理論省思——從企業群聚的角度觀察」，發表於中國大陸區域經濟發展與兩岸四地互動研討會（台北：台北市兩岸文教交流協會主辦，2003年5月3日），頁1～22。

[4] 陳志柔，「中共十六大後的社會情勢分析」，林佳龍、徐斯儉主編，未來中國：退化的極權主義（台北：台灣智庫出版公司，2002）。

頭過河」變成「踩著鋼索攀升」，經濟、政治、社會各方面的結構限制難以扭轉，外在環境挑戰直接又緊迫，不可控制因素也隨時可能發生，中國有可能走向「拉美化」依賴的道路，也就是政權雖然在表面上可以維持某種有效統治的形態，但是此種統治卻是建立在一個脆弱斷裂的基礎上。

　　異曲同調，葉裕民從中國三大都會區之一的珠三角切入，論述其產業結構升級與土地利用矛盾產生的根源及負面效應。他指出珠三角以「三來一補」為主體的產業，不夠為下一個時期產業的升級提供基礎，同時這些規模較小的勞動密集型產業又佔用大量的土地資源，而這些產業用地大部分都是集體土地，在發展的過程中沒有良好的城市規劃做基礎，造成土地資源分散低效利用，帶來一系列環境問題。[5]

　　具體深入觀察地方社會，深圳市寶安區各村、各鎮在土地利用的過程中，由於建設廠房出租市場最大、收益最高，在片面追求經濟效益的驅動，以及其與全區其他村集體招商引資激烈競爭下，各地土地開發部都以建設廠房出租為主，導致在寶安區的城市建設用地結構中，工業用地佔有最大的比重。這種情形讓這裡的土地問題變得不單純，而是與整個社會的運行結合在一起，成為一個複雜的社會經濟問題。外資獲得廉價土地已然對寶安造成深刻的經濟影響，由於農民只要憑藉土地使用權入股，即可分享村集體組織代表村民進行開發，和房地產建設的龐大經濟收入。亦即農民單憑土地使用權，而不參加任何勞動，就可以按期足額獲得股權分配。因此，農民將對土地的生產行為轉變為對集體的依賴行為。隨著集體土地開發數量的增多，開發程度的加深，農民從集體資產的經營中獲取的經濟利益越來越大，他們對集體的依賴也越強。

---

[5] 葉裕民，「珠江三角洲產業結構升級與土地利用研究——以深圳寶安區為例」，發表於中國大陸區域經濟發展與兩岸四地互動研討會（台北：台北市兩岸文教交流協會主辦，2003年5月3日），頁1～22。

　　作者從上述的討論具體指出，由於台資規模小，特別喜愛廉價土地，因此農民也藉由土地使用權入股行為，能夠在短期獲取較其他村集體組織更高的利潤。這形成一種循環性的發展，農民及農村社會對集體經濟組織的過分依賴，給集體經濟組織造成巨大的壓力，迫使集體組織不僅絲毫不敢放棄土地的所有權和經營權，而且不得不進一步加大對土地的開發力度，並且盡可能迎合投資者需要，其中包括不合理、不合法的土地利用行為。

　　從城市環境建設和功能發揮來看，深圳寶安區經濟擴張確實有其副作用，帶來城市的急遽膨脹和無序蔓延，城市規劃和管理滯後於城市建設。大多數城鎮先建設後規劃，先無序後規範，眾多基礎建設根據經濟發展的需要來進行配套，主要為經濟發展服務，因此功能比較單調，布局也不十分合理。

　　面對珠江三角洲招商引資發展過程中的這一歷史性障礙，如何解決產業結構與土地利用矛盾？作者自問自答指出，如果寶安區學習長三角，高起點地發展一批高新技術產業，調整招商引資戰略，主要面對歐美大資本，適度放棄東南亞勞動密集型的小資本，從而實現產業結構的升級，提高經濟發展質量，應該是一種理想選擇。

　　但是面對大幅度調整土地利用的壓力，珠江三角洲大部分良好的土地已經在前二十年無序開發利用，目前要尋找大批用於高新技術產業開發區的空間比較困難。並且已經佔用的土地大部分是非城市規劃區，歸集體所有，徵用和改造的成本極高，開發商幾乎無利可圖。這是最近一批投資商棄珠江三角洲轉向其他地區，特別是長江三角洲的主要原因。

　　綜合而言，以上的論述不約而同地強調全球化的負面效應，特別是外資外商造成的不利衝擊，以及因此帶來地方社會的依賴發展，還有當地各類行動者的扭曲或反抗作為，我們暫且可以將這類看法稱為依賴的觀點。其中，吳介民的「關係網絡適應」說法觀照當地政府與外資企業的制度性

尋租關係，兩者建立「假合資真外資」的非正式聯盟，對地方帶來高度的發展不穩定和風險；劉雅靈的「利益共生」有異曲同工的看法，描繪兩者成立各盡所能各取所需的互利互賴關係，造成地方重蹈拉美陷入依賴發展的覆轍；陳志柔用「弱者的武器」的概念，說明社會底層的農民往往藉由日常形式的反抗，來對抗權威或對政府表達不滿。在不確定的外在環境下，他也推測中國將走向「拉美化」依賴的道路。同樣地，葉裕民利用「產業升級」與「土地利用」的邏輯論證，進一步把台商對當地社會經濟的影響一併討論，明白揭露外資與當地社會地主之間的依賴關係，從而造成土地資源利用不當及城市建設過度無序的問題。

不同於上述的依賴觀點，高希均、李誠、林祖嘉從經濟學的角度分析，主張台商到大陸投資是利遠多於弊的，台灣與當地社會是互惠的，對於兩地的社會經濟發展將帶來比較正面的作用。[6] 這可以從三個方面體現：(1)替代與互補作用：傳統貿易的發生，肇因於比較利益原則的實現。台灣有技術、資金，大陸本身具有潛力廣大的消費市場、廉價人力、土地，這些皆顯示具有互補作用。另一方面，台灣許多勞力密集的產業移到大陸，可以繼續生產，台灣可以提升產品之附加價值與研發；(2)擴大投資作用：由於大陸勞工與土地便宜，因此一段時間後，大都會擴大投資，雇用更多勞工與購買更多的土地，因此生產規模（economic scale）可以擴大。另一方面，他們也可以不斷的發展出新的產品（由台灣設計）與開發新市場（如大陸或海外市場），對於兩岸經濟規模實現，如降低生產成本，提升生產技術，確實為一種互惠局面；(3)示範轉變作用：台商到大陸設廠雇用大陸員工，生產產品出口，為大陸創匯。台灣企業家勤勞打拚的精神，提供大陸幹部一個好榜樣。此外，台商企業家在大陸成功的經驗也會給大陸當局一個衝擊，他們會看到市場經濟的優點是超過計畫經

6　高希均、李誠、林祖嘉，台灣突破：兩岸經貿追蹤（台北：天下文化出版公司，1992）。

濟的。

張家銘、邱釋龍進一步深入中國大陸蘇南地區研究指出，1980年代中後期，尤其是1990年代以降，蘇州地區在中共中央的經濟發展戰略主導下，採取外向型經濟的路線，帶動一種外資直接投資的新發展經驗，放棄了前一階段盛行以鄉鎮企業集體經濟主導的蘇南模式。這種外資牽引的新模式為蘇州地區輸入大量的資金、高新的技術，以及具備新穎經營管理及技術的人才與觀念，彌補鄉鎮企業持續發展遭遇瓶頸的空間，在蘇南模式面臨改革的困境之外打開一條出路。[7]

他們同時指出，外資的引進也形塑地方政府及地方經濟社會的發展。在整個外向型經濟的發展過程中，蘇州地方政府主導設計和規劃地方的發展，扮演著積極而重要的角色，出現「產權地方化」及「政權公司化」的現象。地方政府猶如一個「公司」或「企業」，亦算是一種另類的「政經合一」的模式，其具體的角色可以從他們和中央政府、地方資本及外國資本的關係明白。具體而言，蘇州地區各地方政府，包括蘇州、昆山及吳江等三市幾乎採取相同的發展模式，爭相設立經濟技術開發區，以為外向型經濟發展的核心，其意義至少有三個：(1)吸收外資，拓展出口，致力發展高新技術產業；(2)城市的綜合發展；(3)放寬來自中央或地方政府的直接控制和干預，提高其決策和經營管理的自主權。

秉持同樣立場，張家銘關心的問題是台商投產與當地民營或鄉鎮企業發展的互動與影響。作者持全球化與社會鑲嵌的觀點，以蘇州昆山的個案為例，分析台資企業的外包業務對當地鄉鎮企業的經營與管理能力的影響，發現隨著落戶時間的增長，有些台資企業逐漸開始直接與當地廠商建立生產協力關係，完成進一步的社會鑲嵌，落實在地化的政策，以收到節

---

[7] 張家銘、邱釋龍，「蘇州外向型經濟發展與地方政府：以四個經濟技術開發區為例的分析」，東吳社會學報，第13期（2002年），頁27～75。

省成本、提升競爭力之功效。而當地由鄉鎮企業改制的同心電鍍廠，在成為台商鴻海富士康電腦廠的協力生產網絡的一個成員後，為因應下單客戶廠商的要求，大幅變革其組織與管理，並且提升其技術水平，藉此進一步拓展其與歐美國際大廠的生產委託關係，其產銷活動可謂完成相當程度的全球接軌。總之，儘管目前無法確切指出多大範圍和數量，惟台商在大陸的投產多少對當地企業管理及經營有所促進，應該是可以肯定的事實。[8]

　　特別針對上述城市的綜合發展一項，殷存毅指出，1979年中國大陸開始改革開放，制度的變遷極大地促進生產力的發展，同時也加快城市化進程的速度，城市化率到2001年已達到37.7%，其提高速度是改革開放前三十年的近一倍。針對外資尤其台商聚集的地方，作者的問題意識是：昆山和東莞在1990年代以前，實質上基本還是農業縣的概念，究竟什麼原因使得兩地在短短十餘年，整個產業結構已經基本完成從農業向工業化轉換？[9]

　　殷存毅指出，這個問題的回答必須擺回歷史發展脈絡。在改革開放以來的城市化進程中，對於城市化發展目標選擇問題，中國有過「大城市論」和「小城鎮論」之爭，雖然後者在政府的政策導向層面一度佔優勢，但不敵人們主觀意志為轉移的現實是，中國大陸城市化的趨勢朝著兩方向發展，一是大量農業人口通過湧向大都市而非農化，二是通過在地非農化來實現城市化。不過，第一種情況靠農村人口大量湧入大城市的城市化模式是有問題的，同時也是難以承受中國大陸實現城市化之重任的。第二種

8　張家銘，「全球接軌與社會鑲嵌：蘇南鄉鎮企業與台商協力生產的個案分析」，台商在蘇州：全球化與在地化的考察（台北：桂冠圖書股份有限公司，2006年），頁199〜225。

9　殷存毅，「台商投資與中國大陸的城市化——對東莞和昆山城市化的實證研究」，發表於中國大陸區域經濟發展與兩岸四地互動研討會（台北：台北市兩岸文教交流協會主辦，2003年5月3日），頁1〜17。據有關統計，2002年昆山和東莞已分別達到80億美元和180億美元，遠遠超過全大陸其他同級城市，甚至內地很多省分都達不到這個水平。

情況在中國大陸首先是以政府所倡導的小城鎮模式出現的，由政府行為來推動。但大量小城鎮的出現未能真正解決農村人口城市化的實質性問題，關鍵點就出在大多數小城鎮所依託的鄉鎮企業，從人力資源到運行機制都不具備現代工業的特點，在市場經濟的競爭中很快就被淘汰，導致小城鎮的經濟動力不足和成長性不強，缺乏足夠農村人口非農化的吸納容量，小城鎮的發展模式未能取得預期效果，以致1990年代出現大量農村人口湧向大都市的「民工潮」。

　　總之，大城市難以承受大量農村人口的湧入，大量的小城鎮又因經濟動力不足而成長不盡如人意，這就是中國大陸近二十年來城市化進程中所面臨的問題。但與此同時，自1990年代以來，隨著大量台灣企業前來大陸的投資，為中國大陸的城市化注入新的成長因素，在珠江三角洲和長江三角洲帶動一批中小城市的發展，其中東莞和昆山兩地的城市化尤具典型意義。這些中小城市的發展模式和成效，對中國大陸既有的行政體制形成一定衝擊，為中國大陸城市化發展思路提供有益的啟示。誠然，由於外來直接投資（FDI）的空間有限性，東莞和昆山城市化發展模式的意義也有其空間的侷限性，但它畢竟是中國大陸城市化進程中一種較為成功的發展模式，值得關注和研究。

　　從東莞和昆山的工業化和城市化經驗可見，在經濟全球化趨勢之下，使得技術快速擴散，跨越式發展的城市化成為可能，這種對外開放的背景和作法，意味著經濟發展不再受限於國內的資源供給能力；同時經濟行為主體也呈現多元化，外來資源要素及其人格代表也參與到在地城市化進程中，使一些地方的城市化具有國際化的關聯因素。東莞和昆山的城市化快速發展與其工業增長曲線大致吻合，這充分表明城市化與工業化的正相關是具有普遍意義的。但是在一個基本是農業經濟的地區，工業化的資本積累和人力資源都十分欠缺，能夠在約十年的時間裡就實現工業化，進而城市化到前所未有的長足進步，就不能不說是一種特殊現象。其特殊性就在

於它是一種外生性的工業化過程，大量外來產業投資改變當地的經濟結構，並推動當地城市化的進程。

　　綜合上述，東莞和昆山的例子充分表明，經濟全球化及資本的跨國或跨地區流動，可以改變一個國家或地區的經濟結構，加速工業化和城市化進程，甚至帶動一個區域或地方社會實現跨越式的工業化和城市化發展，從而出現「城市化的國際化」現象，一種「外向型城市化」（exo-urbanization）的概念被提出來。[10] 這股外來的力量主要是台資的湧入，台商對東莞和昆山的大量投資，縮短當地實現工業化和都市化的歷史進程，有效推動兩地經濟結構和社會變遷，成功地實現工業化和都市化跨越式發展，並具備相應的物質能力和思想視野。

　　另外，周長征指出，外商投資及其企業發展促進了勞動法制化發展，也有利於為地方社會創造大量就業機會。[11] 2000年6月截止，中國境內外商投資企業的直接就業人員已經達到一千九百萬人。金久益則強調，大力利用外資可以為地方發展帶來正面效用，因為外商的投產帶來稅收增加、外貿成長，並可藉以調整產業結構，實現經濟可持續發展。[12] 還有，根據吳江海關的統計，到2004年11月底，該市進出口貿易總額首次突破100億

---

[10] Harry W. Richardson, "Urban Development Issues in the Pacific Rim," *Review of Regional Development Studies*, Vol.2, No.1 (1990), pp.44～63；P. Gripaios, R. Gripaios, and M. Munday, "The Role of Inward Investment in Urban Economic Development : The Cases of Bristol Cardiff and Plymouth," *Urban Studies*, Vol.34, No.4 (1997), pp.579～603；Sit VFS, and C. Yang, "Foreign Investment Induced Exourbanization in the Pear River Delta,China," *Urban Studies*, Vol.34, No.4 (1997), pp.647～677. Sit VFS, "Globalization, Foreign Direct Investment, and Urbanization in Developing Countries," in S Yusuf, S. Evelt and W. Wu, *Facets of Globalization: International and Local Dimensions of Development* (Washington, DC: World Bank, 2001), pp.11～45.

[11] 周長征，「全球化與中國勞動法制問題研究」，南京大學博士文叢（2003），頁48～49。

[12] 金久益，「大力利用外資，調整產業結構，實現經濟可持續發展」，大陸中西部地區領導幹部研討會發言材料（1999）。

美元大關，是2000年同期的十倍，成為蘇州市第二個進出口貿易總額突破100億美元的縣級市，佔全中國進出口貿易總額的1%。其中外資企業依然是對外貿易的主力軍，進出口貿易總額佔全市進出口貿易總額的92%強，而大同電子、亞旭電子、華宇電腦、華映視訊等四家台資企業進入蘇州市出口排名前二十名。可見隨著該市開放開發質量的不斷提升、外資企業的大量入駐，對外貿易呈現持續快速增長。此外，台商對就業的貢獻，不僅體現在其投資企業直接提供的就業機會，還通過刺激前後相關聯產業發展而間接創造的就業機會。[13]

　　綜合來說，上述這些不強調依賴觀點的論文，看法上比較著重外資全球化對接待社會帶來的正面效應，以及地方的經濟社會因此有較佳發展，或可以暫且稱作成長的觀點。在這個觀點之下，高希均、李誠、林祖嘉的經濟學角度，主張台商到大陸投資對台灣與當地社會是互惠的；張家銘、邱釋龍提出「外資牽引發展模式」，以為蘇州地區能夠因為外商的到來，引進大量而高新的資金、技術、人才及觀念；張家銘則以「全球接軌」與「社會鑲嵌」的觀念，例證台資企業的外包業務對當地企業的經營與管理能力有提升作用；殷存毅進而利用「外向型城市化」（exo-urbanization）的概念，主張台商的大量投資有效推動東莞和昆山的經濟社會變遷，成功實現工業化和都市化發展；周長征則指出，外商投資及其企業發展促進了勞動法制化發展，也有利於為地方社會創造大量就業機會。

　　至此，我們已回顧了成長論與依賴論兩個觀點，一致注意到外資、特別是台商對於接待地方帶來的全球化效應，不論其強調的是正面或負面的影響，都多少把握到大陸地方社會發展的一些事實和因素，值得吾人參考。尤其對於後來研究具有啟發作用。不過，目前這些研究基本上偏重外

---

[13]「我市出口突破百億美元佔全國出口貿易的1%」，吳江日報，2004年12月13日，http://www.wjdaily.com/。

資的角度，相對忽略在地反應及其互動，雖然其中有極少數研究已經注意到底層社會的反動，但僅限於特定地方特殊的統計項目，未必能直接顯示全球化力量與在地社會的接觸，也可惜未能進一步蒐集和反映他們的心聲。所謂在地反應主要是社區居民的認知與態度，目前針對這個方面的研究可謂闕如，實有必要開拓並有待加強。

參、假設與方法

一、假設

　　本文針對台商投資蘇州的社會經濟影響，以及其在地反應的研究，涉及下列三個主要的命題和假設：(一) 在全球化背景下，資本流動已經超出本來的意義，資本流動和觀念嵌入成為同一個過程，而這種附著資本及其觀念的進入歷程和影響方式是隱含的和潛移默化的；(二) 外資對在地社會影響，尤其對在地公眾的觀念狀態和行為方式的影響程度與方向，是與公眾對這種影響的價值判斷和主觀認知連接在一起；(三) 外資在地的影響作為一種社會事實，無論是經濟影響還是社會影響，被認知是具有過程性的。這個過程實際上也融入了外資在地化的社會變遷過程。

二、方法

(一) 基本情況

　　本文依據的研究方法採用問卷調查方式，於2007年2月至5月期間，在蘇州市區、吳江市、昆山市共發放問卷六百份，回收六百份，有效問卷五百八十一份，問卷有效率為97.5%，其中蘇州市區回收有效問卷二百二十八份、吳江市一百六十份、昆山市一百九十三份。

表一：台商台資對在地社會影響的公眾評價調查區域

	次數	百分比	有效百分比
蘇州	228	39.0	39.2
吳江	160	27.4	27.5
昆山	193	33.0	33.2
總計	581	99.3	100.0

(二) 樣本結構

從調查樣本的結構分析，無論是樣本構成的年齡結構、性別結構、職業結構、學歷結構等都符合當地實際，能夠滿足研究的需要。

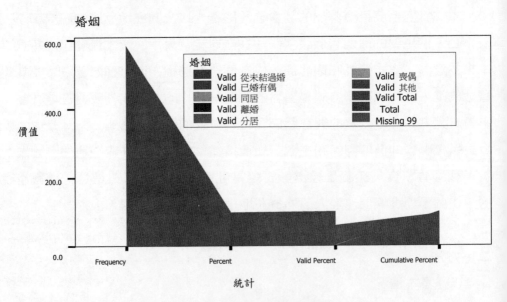

圖一：受訪者的婚姻狀況

■ 受訪者年齡與性別情況

受訪者中，男性受訪者共三百一十七人，十八至二十五歲年齡層佔18.0%，二十六至三十五歲年齡層佔39.1%，三十六至四十五歲年齡層佔

24.0%，四十六至六十歲年齡層佔14.8%，六十一歲以上的佔4.1%；女性受訪者共二百六十八人，十八至二十五歲年齡層佔25.0%，二十六至三十五歲年齡層佔40.0%，三十六至四十五歲年齡層佔20.5%，四十六至六十歲年齡層佔13.1%，六十一歲以上的佔1.4%。

■ 受訪者的居住情況

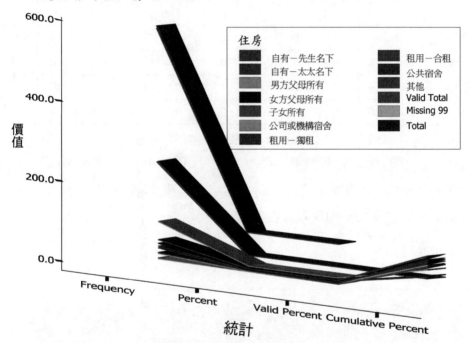

圖二：受訪者的居住情況

　　77.6%的受訪者是蘇州本地人，自出生後就生活並居住在蘇州；12.6%的受訪者已經在蘇州居住五年以上；居住二至三年和四至五年的受訪者都各佔4%，居住不足一年的佔1.9%。從居住情況來看，70.6%的受訪者居住在自有的房屋內，其中房屋的擁有者大部分為男性。受訪者的婚姻狀況以未婚者及已婚有偶者居多，分別有一百八十六人及三百四十人，各佔32.9%及60.2%。

表二：受訪者的婚姻住房情況

住房 婚姻	自有先生名下	自有太太名下	男方父母所有	女方父母所有	子女所有	公司或機構宿舍	租用獨租	租用合租	公共宿舍	其他
從未結過婚	0	0	52	31	1	9	14	23	18	38
已婚有偶	228	30	37	6	4	7	12	1	2	13
同居	2	1	1	2	0	1	3	3	0	0
離婚	3	2	1	0	0	1	1	2	0	0
分居	1	0	0	0	0	0	0	2	0	0
喪偶	6	1	1	0	1	0	1	0	0	0
其他	0	0	1	1	0	0	0	0	0	1

受訪者的受教育程度集中在大學，比例為40%，其次為高中，佔17.3%，其中最高學歷為博士。結合受訪者父親及配偶的教育程度，整個受訪者及其家庭的平均受教育程度為初中水平。

■受訪者工作情況

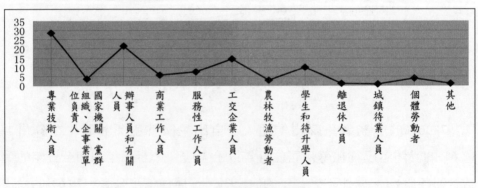

圖三：受訪者工作分布

　　本次調查涉及的專業技術人員包括工程技術人員、教學人員（含高等院校、中等專業學校、技工學校、中學、小學）、經濟人員和會計人員，此類職業人員佔總人數的28.7%；國家機關、黨群組織、企事業單位負責人佔總人數的3.5%；辦事人員和有關人員佔總人數的21.6%；商業工作人員佔5.6%；服務性工作人員佔7.3%；工交企業工人佔14.3%；農林牧漁勞動者佔3%；學生和待升學人員佔9.9%；個體勞動者佔3.7%；離退休、城鎮待業人員和其他人員佔2.4%。其中參加工作五年以上的佔55.8%，工作二年、三年、四年左右的分別佔到10%，工作半年到一年的佔8.6%，半年以內的佔4.7%。在台企工作的受訪者中，已經工作五年以上的達到22.4%，66.3%的人員已經工作超過三年。

　　受訪者選擇在本地私營企業內從業的佔26.2%，國有企業17.9%，台資企業9.9%，高於選擇在港澳、日韓資、和歐美企業工作的人數比例。而且67.4%的受訪者都屬於被雇用者，從事自己的事業的有九十二人，只佔總人數的18.3%，創業意識並不太強烈。

　　受訪者從事的職業僅有少部分是按照國家規定的八小時雙休工作時間來安排的，67%以上的受訪者都須加班，每週七天每天八小時以上工作量的更是達到11.6%，其中以本地私營企業的加班最甚，加班人數達到工作正常時間人數的四倍以上。台資企業的加班也較為頻繁，需要加班的人數也佔60%。

　　在國有企業、鄉鎮企業、本地私營企業、外省私營企業、台資企業、港澳企業、公共教育機構和政府機關薪資收入的比較上，平均薪資最高的是公共教育機構，其次是港澳企業、政府機關和國有企業。台資企業的工資額略高於外省私營、本地私營和鄉鎮企業。其他如日韓資、歐美資企業薪資，因為樣本量太小未列入比較。

肆、發現與分析

一、蘇州公眾對台資台商在地社會經濟影響的總體評價

調查資料顯示，44%的受訪者對台資台商的蘇州社會經濟發展影響做出正向評價。這說明蘇州城市的發展、基礎設施的配套建設、最直觀的外在城市形象的建立，有賴於台商台資等外資企業的投資拉動作用。這種拉動促進蘇州在國際上的城市形象的建立，使得整個城區和下屬縣市的規劃更加科學和完備；同時也給蘇州市場帶來更多的消費品和新的消費場所，豐富蘇州本地的休閒生活。

但是問題在於：還有超過一半的人認為，台資台商對蘇州發展存在著不好的影響，或者說是負面的影響。24.1%的受訪者認為，在蘇台資台商對蘇州經濟社會發展利弊相當；還有21.2%的人不做出評價或者回答不清楚；一成多的受訪者則認為在蘇台資台商對蘇州社會經濟發展的負面影響大於正面影響。

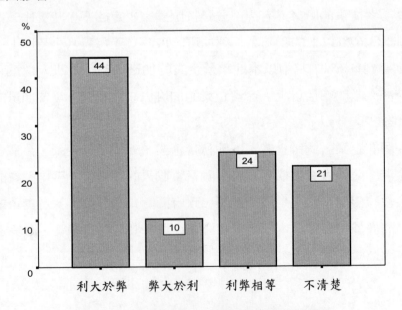

圖四：公眾對台資台商影響的總體評價

　　就台商投資對城市建設、就業機會、勞動條件、家庭生活，以及城鎮化等方面的影響，公眾都給予正面的評價，認為台資進入有助於擴大就業、改善勞動條件、提高生活水平、促進城鎮化發展等。這種情況，下表中可以在一定程度上顯現。

表三：公眾對台商投資影響的評價

單位：%

選　項	很贊成	贊成	不贊成	很不贊成	不清楚
台商投資增加比較容易找到工作	10.3	68.8	15.6	1.4	3.9
台商投資增加造成更多農村問題	4.0	31.7	44.1	5.2	15.0
台商投資增加引起當地青年失業	3.3	10.3	67.5	6.5	12.4
台商投資增加造成工人家庭生活困難	1.6	12.9	61.7	8.1	15.7
台商投資增加惡化當地勞動條件	3.1	20.1	54.4	8.3	14.0
台商投資增加促進政府官員積極建設城市	10.8	56.7	15.2	4.0	13.6
台商投資增加造成蘇州地區外來人員更多	24.4	58.6	8.6	3.1	5.3
台商越來越多會造成社區治安惡化	7.7	25.3	54.4	3.1	8.9
台商越多環境污染越嚴重	7.5	33.8	37.3	7.0	13.3
台資企業通常都具有環保意識	4.4	35.2	33.0	5.3	20.9
台資企業大量招工造成社區治安惡化	5.6	36.1	41.4	5.5	10.8
台資台商的大量進入更加惡化社會風氣	5.5	22.6	47.2	7.4	16.4

　　從表三資料顯示，在公眾眼中，台商投資的增加使得求職變得更加容易，農村問題、工人家庭困難的發生並不能歸咎於台商投資。反之，投資的增加促進當地政府的作為，對當地的勞動條件發揮正面的作用，而由於台商投資造成外來人員的增多，也不能說明是因為台商的投資而引起當地青年的失業。但是也須注意的是，還有35.7%的受訪者認為台資進入，不僅無助於「三農」問題的解決，相反還會造成更多的農村問題，比如土地

的快速減少、農村生活水平的下降等。

調查顯示：台商的增多在給社會帶來好影響的同時，也會產生負面問題。比如受訪者中41.3％的人認為，台商沒有環保意識，所以台商越多環境污染也就越嚴重；有33.0％的受訪者認為台商越多會造成社區的治安惡化，同時也有28.1％受訪者認為大量台商的進入惡化社會風氣。這些資料說明，還有相當一部分人對台商進入後所帶來的負面效應有一定的認識和看法。

此外，調查也發現，不同區域的受訪者對在蘇台資台商影響的整體評價稍有不同，比如蘇州市區只有極少的受訪者認為台資台商對蘇州產生負面的弊端影響。總體看來，人們認為台資台商對蘇州地區的影響，蘇州、吳江、昆山三地的大多數受訪者都認為是利大於弊的。

表四：影響總體評價的區域比較

調查區域	利大於弊	弊大於利	利弊相等	不清楚	總計
蘇州	115	5	49	59	228
吳江	78	17	43	22	160
昆山	66	37	48	41	192
總計	259	59	140	122	580

需要說明的是，從業時間的長短，以及區域不同對評價是相關的。在從業時間二年的受訪者對在蘇台資台商評價的圖五顯示，反映台資台商對在地影響利弊相當、弊大於利和答不清楚的受訪者中，昆山為第一位，蘇州第二位，吳江列第三。

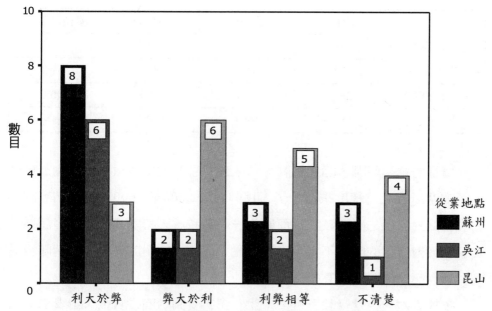

從業時間＝二年左右

圖五：總體看來台資台商對當地的影響

二、蘇州公眾對台資台商在地個人影響的綜合評價

　　總體上看，台資台商的到來，就受訪者的評價，雖然對在地公眾個人有很大影響的比例不大，只有4.5%的受訪者承認。不過，值得注意的是，接近一半的受訪者確實認為有一些影響，兩者累加起來已經超過半數的51.2%，而另外近一半受訪者則認為對自己並沒有什麼影響，詳見表五。這個問題的調查結果，與公眾對在蘇台資台商對蘇州經濟社會影響的總體評價是一致的，或者說彼此可以相互印證的，除了受影響者過半數之外，影響較大者直接關係工作和收入的情況，影響較小者涉及居住社區與生活的環境。

表五：台資台商對個人的影響

	頻數	百分比	有效百分比	累積百分比
有很大影響	26	4.4	4.5	4.5
有一些影響	273	46.7	46.7	51.2
沒有什麼影響	285	48.7	48.8	100.0
樣本數	584	99.8	100.0	

　　這樣的結果與哪些因素相關呢？或者說哪些因素導致或影響到這樣的結果呢？以收入的程度來區分，人民幣介於2,000至3,000元的受訪者認為台資台商對自己的影響較大，而收入一般者和收入特別高的受訪者認為：台資台商對自己的影響不大。由此可見，從個人的角度來看，中產階級受到台資台商的影響比較直接而明顯。

　　根據表六，再就受教育程度來說，認為受到台商投資很大影響者以大學程度的最多，佔38.5%，其次是初、高中程度，分佔19.2%及15.4%。再者是不識字程度，也有11.5%，而在承認對自己有一些影響的受訪者中，則也是以大學、高中及初中三段教育程度受訪者佔的比例最高，這應與台商企業多數僱用這幾段教育程度的職工有關。大學程度者多擔任管理幹部或職員，初、高中程度者以生產線的職位為主，而另外的不識字者幾乎都成為台商廠辦或家庭的幫傭。

表六：台資台商對個人影響與受訪者教育程度交互表

			受訪者教育程度									總計
			不識字	小學	初中	高中	中專	中技	大學	碩士	博士	
台資對個人影響	很大影響	Count	3	0	5	4	2	1	10	1	0	26
		% within	11.5%	.0%	19.2%	15.4%	7.7%	3.8%	38.5%	3.8%	.0%	%
		Residual	2.8	-1.7	.9	-.5	-.9	-.6	-.4	.4	-.1	
	一些影響	Count	0	17	44	45	32	21	104	8	0	271
		% within	.0%	6.3%	16.2%	16.6%	11.8%	7.7%	38.4%	3.0%	.0%	%
		Residual	-1.9	-.2	1.6	-2.0	1.3	4.7	-4.0	1.5	-.9	
	沒有什麼影響	Count	1	20	42	52	32	13	118	5	2	285
		% within	.4%	7.0%	14.7%	18.2%	11.2%	4.6%	41.4%	1.8%	.7%	%
		Residual	-1.0	1.9	-2.6	2.5	-.3	-4.1	4.4	-1.9	1.0	
總計		Count	4	37	91	101	66	35	232	14	2	582
		% within	.7%	6.4%	15.6%	17.4%	11.3%	6.0%	39.9%	2.4%	.3%	%

三、對台資台商的了解和評價

(一) 了解知曉台資台商的途徑

調查得知，朋友之間的傳播、傳播媒體和工作場所，是大眾了解台商的主要途徑；同時網站對了解台資台商也發揮積極作用。而受訪者從前兩條途徑中得到的資訊，關於台商或台籍幹部對於工作方面要求最多的，就是員工的忠誠度，在受訪者認同度中佔22.7%，其次是員工的出缺勤情形，佔20%，而對生產品質的要求只位於第三位，佔19.4%，緊隨其後的是對工作速度的要求為18.6%。

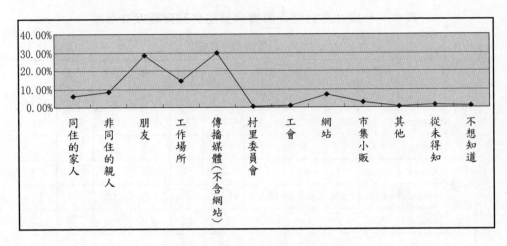

圖六：得知台商消息的途徑

(二) 對台資台商的印象

　　透過一定管道了解台資台商，那麼在這個基礎上對其留下了什麼樣的印象呢？這個問題的調查，是了解在地公眾對台資台商社會經濟影響評價的一個重要因素。

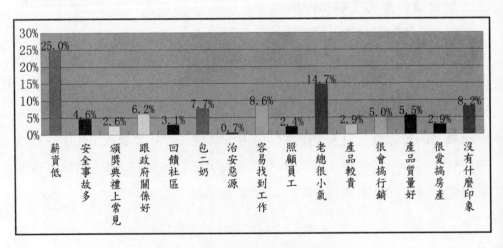

圖七：對台資企業印象最深的是

　　調查顯示（見圖七及表七），台資企業的薪資低、老闆很小氣，是受訪者對台資台商留下的最為深刻的印象。這種印象當然不是好的印象。這對台資企業的發展是不利的。其次依序有容易找到工作、包二奶、跟政府關係好、產品質量好及很會搞行銷等印象。其中除了包二奶也是負面形象、跟政府關係好是中性形象之外，容易找到工作、產品質量好，及很會搞行銷都是正面的印象。不論是正負面印象，都代表當地民眾認定的台商特性，具有重要意義。

表七：對台資企業的印象

	頻數	百分比	排序
薪資低	146	25.0	1
老總很小氣	86	14.7	2
容易找到工作	50	8.5	3
沒有什麼印象	48	8.2	4
包二奶	45	7.7	5
跟政府關係好	36	6.2	6
產品質量好	32	5.5	7
很會搞行銷	29	5.0	8
回饋社區	18	3.1	9
很愛搞房產	17	2.9	10
產品較貴	17	2.9	10
頒獎典禮上常見	15	2.6	12
照顧員工	14	2.4	13
治安惡源	4	.7	14
總計	584	99.8	100.0

(三) 對台資企業的評價

對台資企業的評價，是對台資台商在地社會經濟影響評價的一個重要組成部分，因為社會大眾對企業本身的評價如何，勢必會影響到其對企業在地社會經濟影響的評價。

1. 台資台商解決企業環境污染的意願

調查顯示，**39.4%**的受訪者認為，在蘇台資台商根本不願意和不太願意解決自己企業所帶來的環境污染問題，有34.7%的受訪者在此問題上沒有表達態度，二者加起來有74.1%受訪者表達了在蘇台資台商對環境污染問題的保留態度。

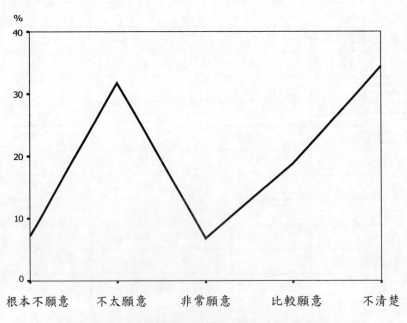

圖八：台資企業解決企業環境污染的意願

2. 台資企業在最守法企業中的位置

企業守法是企業發展的必要條件，也是企業履行社會責任的重要表現。在本次調查中，設置公眾評出在地企業中最守法企業的次序，從而觀察了解企業在公眾心中的信譽度。調查顯示：在守法企業的排序調查中，台商企業沒有排進前三名，而是排在第四位，落後本土的國企、德商及美商。這說明台資企業的守法程度還不被公眾認可，這也是影響企業形象的一個重要方面。

表八：蘇州地區守法程度企業排名

頻數	百分比	排序	企業類型
202	34.5	1	國　企
141	24.1	2	德　商
95	16.2	3	美　商
50	8.5	4	台　商
45	7.7	5	港澳商
25	4.3	6	日　商
16	2.7	7	其　他
574	98.1	100.0	

3. 台資企業在最優秀企業中的排名

在在地公眾對最優秀企業的排名評價中，台資企業也沒有進入前三名，而是處在第五名的位置，落後於本土的國企、美商、港澳商及德商。

表九：蘇州地區企業印象排名

排　　名	企業類型	支持率
最優秀	國　企	28.5%
第二優秀	美　商	22.8%
第三優秀	港澳商	21.4%

4. 本土意識：不願到蘇州之外的台資企業工作

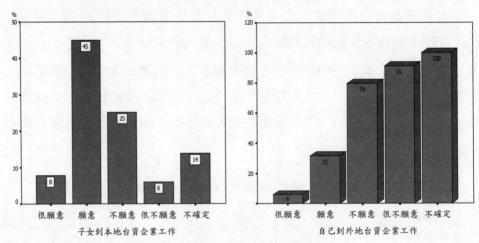

圖九：到台資企業工作的意願

　　蘇州本地人的本地歸屬感還是比較強的。在問到是否願意自己或自己的子女到本地台資企業工作的時候，60%的受訪者願意自己到本地台資企業工作，54%的受訪者願意自己的子女到本地台資企業工作。但在到外地台資企業和台灣工作的時候，超過60%的人都選擇不願意，也不希望自己或子女與台灣人結婚。當然，這種情況也並不僅僅存在蘇州人與台灣人之間，也存在於蘇州與其他省市之間。

(四)對台商的看法和認知

　　台商是一個身分特殊的群體，比起其他海外客商群體，有族群的親情感，也有兩岸長期隔絕帶來的疑慮。但是昆山之所以被許多台商譽為他們心中的「最愛」，不僅由於昆山為台商提供良好的經濟活動環境，而且營造了良好的生活環境。步入昆山可以讓人感受到濃厚的「閩南風情」，這是昆山人多年來營造親商誠信氛圍的成果。[14] 昆山的台商常將昆山人給他們的親情和關愛與台灣當局相比，為自己到昆山的選擇感到欣慰和自豪。

蘇州明基電通公司總經理何文魁說：「蘇州是一個很適合生活的城市，有山有水，風景優美且歷史悠久，文化底蘊濃厚，工作環境也非常好，台商在蘇州生活得很舒服，很多台商太太來到蘇州後，都不想再回台灣去了。」[15]「在很大的程度上，明基的企業文化，與以蘇州為主的江南文化是相契合的。這也是我們能在這塊土地上落地生根、枝繁葉茂成長起來的重要原因。」[16]

1 日常生活中對台商的關注

蘇州民眾在日常生活中對台商的關注程度，一定意義上顯示出台商對社會生活的影響，也顯示台商生活本土化的趨勢。調查顯示，有超過一半的受訪者偶爾會在日常生活中與家人談到有關台商的話題，這說明了台商進入所產出的影響已經進入了人們日常生活的領域。

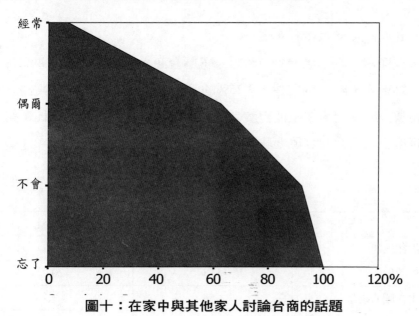

圖十：在家中與其他家人討論台商的話題

---

[14] 費偉康，「昆山市成功引進台資的調查及啟示」，毛澤東鄧小平理論研究，第5期（2003年）。

[15] 劉鋒，「蘇州台商吐真言：台商在蘇州生活得很舒服」，中國網，2005年9月1日。

[16] 楊豔萍，「喜歡蘇州的理由」，新民週刊，第41期（2003年）。

　　在對「您或您的子女在學校教育中，是否會接觸到有關台商投資的話題」的調查中，也同樣說明上述結論。調查顯示，有超過一半的受訪者回答經常和偶爾會接觸到有關台商的話題。

表十：您或您的子女在學校教育中是否會接觸到有關台商投資的話題

	頻數	百分比	有效百分比
經常	33	5.6	5.7
偶爾	308	52.6	53.6
不會	160	27.4	27.8
不記得	74	12.6	12.9
總計	575	98.3	100.0

2. 對台商居住方式的看法

　　調查顯示：受訪者有28.7%的人認為台商大都住在一起，20.2%的受訪者認為台商大都分散居住，9.25%的受訪者認為台商只住在開發區裡。調查結果說明，台商在某種程度上有融入大陸社會的趨勢，這種趨勢也在一定程度上表達台商實現全球化和本土化的願望。

表十一：您覺得在蘇州的台商

	頻數	百分比
大都住在一起	168	28.7
大都分散居住	118	20.2
只居住在開發區裡	54	9.2
不清楚	243	41.5
	583	99.7

3. 在地公眾接納台商的態度

對在地公眾是否接納台商的調查中，有一半的人願意與台商做鄰居，而另一半的受訪者則拒絕與台商做鄰居。也就是說接納和拒絕的人是一樣多的，在這種情況下，台商要想徹底融入本土社會還需要進一步努力。

在願意接納台商為鄰居的受訪者中，26.7%的人認為與台商做鄰居可以學習經商等方面的知識，有助於提高自己的素養；8%的人認為與台商為鄰可以體現生活品味；6%的人認為治安比較有保障。

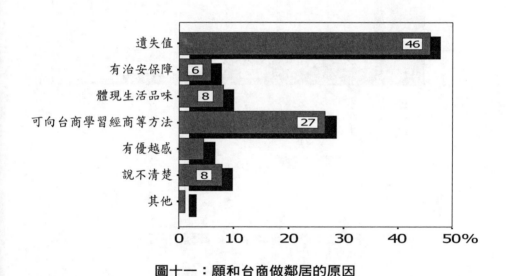

圖十一：願和台商做鄰居的原因

在拒絕與台商為鄰的受訪者所說明的理由中，排在第一位的是生活方式不同，佔15.7%；排在第二位的是說不清楚，實際上可能是不願意說出來，約佔14.4%；之後依次是台商太精明了，有著不同的祖國認同，以及台商不會處理鄰里關係等。

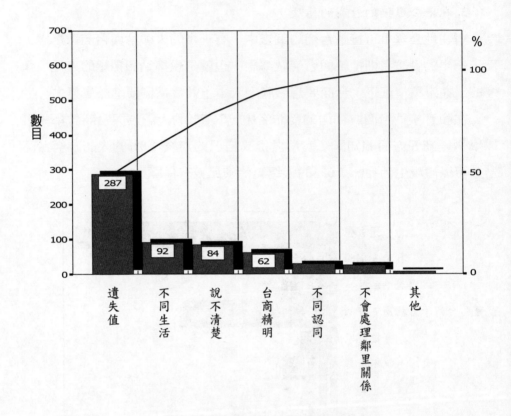

圖十二：不願意和台商做鄰居的原因

4. 與台灣同胞結婚的意願

在調查中，有30.8%的受訪者願意與台灣同胞結婚；43.6%的受訪者不願意與台灣人結婚；還有12.8％的人在此問題沒有確定的回答。這種情形與是否願意與台商為鄰的調查結果基本一致。

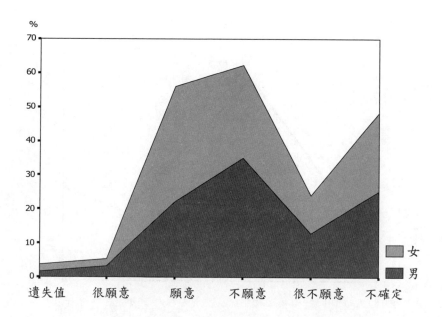

圖十三：自己或子女和台灣人結婚的意願

(五) 與台資台商的關係

另外對受訪對象是否在台資企業工作問題做了調查。調查顯示，佔受訪者17.8%的人正在或者在台資企業工作過。這對調查了解台資企業的有關情況提供一定的保證，也為調查資料的真實性扎下基礎。

在台資企業工作或工作過的17.8%受訪者中，其進入台資企業工作的時間多在半年到兩年左右。在台資企業中工作時間的長短與工作地區之間的差異性不太顯著，但是從趨勢上可以看出，在昆山工作的時間稍長一些，多數在兩年到三年，甚至四、五年左右的也不少。

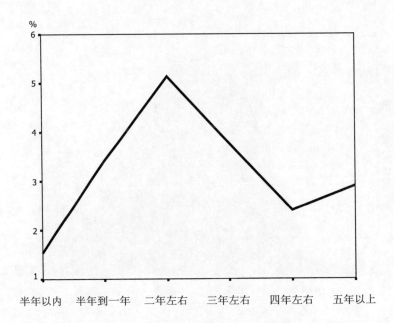

圖十四：在台資企業工作的時間

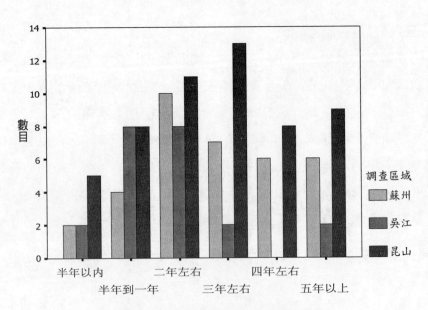

圖十五：在台資企業工作的時間

　　台資企業幹部與在台資企業中就業的受訪者之間的關係調查顯示：53%的人與台資企業中的各級幹部沒有任何關係；其餘的受訪者，17.3%的與台資企業老總或幹部是朋友關係、14%的是街坊鄰居關係、6.5%的為親戚關係。這說明在社會關係中，業緣關係是與朋友關係、鄰里關係以及親戚關係相互連接在一起的，特別是在台資企業中這種現象更為明顯。

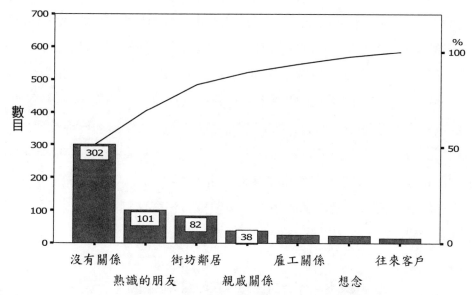

圖十六：在台灣企業老總或幹部與受訪者間的關係

四、台資企業與蘇州本地企業的關係

　　「昆山人對台商的真誠也得到了豐厚回報。一大批台資企業增資擴股，以札根昆山長期發展。許多台商朋友熱忱為昆山牽線搭橋，提供資訊，幫助昆山引進台資、引進日資。昆山人的親商誠信，讓昆山在台商的心目中已不僅是一塊投資興業的熱土，更是他們寄情於斯的眷戀之地。」[17]

---

[17] 費偉康，「昆山市成功引進台資的調查及啟示」，毛澤東鄧小平理論研究，第5期（2003年）。

　　然而，台商在大陸的投資設廠一般還是被定義為外資企業，那麼它們在進入大陸市場與社會時，究竟與本地國營、私營企業呈現怎樣的關係呢？

　　傳統認識一般認為，外埠直接投資的資本形成效應主要有二：一是替代效應，二是互補效應。一般而言，外埠直接投資企業憑藉其在技術管理方面的實力，在與東道主企業的競爭中具有一定的優勢，通常會搶佔本土企業的部分市場，使本土企業在競爭中破產，或搶走優秀人才等生產經營的關鍵資源。這樣本土企業就無力繼續進行投資或投資不能產生良好的效益，進而導致外埠直接投資企業的資本形成，替代了本土企業的資本形成。外埠直接投資的資本形成互補性應具體表現為：外埠流入直接增加了東道主的資本存量；外埠直接投資通過合理使用東道主現有資源或吸收未被利用的資源，可以提高資源的效率和總產出；外埠直接投資通過乘數效應和前後向關聯效應，引發東道主本土企業擴大投資規模，加速資本形成；外埠直接投資一般會有連續性的後續投資和與之相關的輔助性投資，進而促進東道主資本存量的增加。

表十二：台資企業對在地企業的影響

單位：%

選　　　項	很贊成	贊成	不贊成	很不贊成	不清楚
不利於本地企業的資金籌集	7.6	20.5	48.7	4.6	18.6
有助於本地企業的人才培養	9.1	61.7	15.6	4.6	8.9
不利於本地企業的技術成長	4.6	16.9	60.4	7.7	10.3
有助於本地管理知識的成長	11.7	63.4	12.3	3.5	9.2
台企的經營成效優於國營、鄉鎮企業	10.5	40.5	25.6	5.7	17.8
台企守法程度優於國營、鄉鎮企業	6.6	30.5	31.7	7.8	23.4
蘇州企業經常學習台企的行銷或宣傳方法	8.1	44.3	15.9	2.8	28.9

　　由表十二可以看出，人們認為台商投資企業作為外埠企業，對蘇州本地企業帶來有利的貢獻。台資在蘇州的經濟發展過程中，可以說發揮帶領者的作用，引入資金、新的技術和新的經營管理理念，在增長自身企業的利潤的同時，給當地的企業帶來新的市場，開闊當地企業的視野，利於本地企業的資金籌集、人才培育、技術成長和管理知識成長。雖然在守法程度上略低於本地的國營、鄉鎮企業，但仍不能因此忽視台資的示範作用。

　　在台商投資企業與本地企業之間的互動方面，根據調查顯示，人們普遍認為，競爭與合作是兩者之間最常見的關係，認同率達到50.2%，其次就是競爭關係，達到23.2%，而選擇兩者關係是配套關係的只佔9%，而這種配套又是以不固定的配套為主。

表十三：台資企業與在地企業的關係

非配套關係91%			配套關係9%		
	選項	比率		選項	比率
1	競爭關係	23.2	1	本地企業只固定跟一家台資企業配套	1.0
2	合作關係	6.7	2	配套頻繁，但不固定跟誰	4.0
3	競爭又合作的關係	50.2	3	不普遍	1.5
4	沒有關係	2.9	4	非常不普遍	0.2
5	不清楚	7.9	5	不清楚	2.3

　　但據統計指出，昆山市共有二百九十二家民營企業為三百九十六家台資企業配套。配套項目四百四十七個，年銷售總額為40.4億元，佔全市民營企業為外資企業配套的54.6%，並呈現出規模大、配套領域寬、配套形式多樣、配套體系專業化、配套範圍延伸等特點。從中可以看出，雖然在事實上，台資企業與本地企業之間的配套已經達到一定水平，但這種配套還沒有形成一定的秩序性和穩定性，正如調查中所顯示的頻繁卻不固定的

配套，使得大多數人對於這種企業之間的配套發展還缺乏認識。

五、台資台商對在地消費方式以及其他方面的影響

在消費方式或休閒方式形成方面，台資台商的進入產生了一定的影響，有超過二分之一的受訪者認為，喝咖啡等新休閒方式的形成主要受到台商的影響。穿行蘇州街頭，各式台灣風味的小吃店、料理店、咖啡店、酒吧鱗次櫛比，不僅內外裝飾頗具台灣特色，店名也很「台灣」，如福隆樓、如意閣、上島等，有些乾脆就叫寶島食品大賣場、台灣功夫茶……由台商開設的一些小型、精緻、風格獨特的咖啡店，更將咖啡文化中的浪漫帶入蘇州大街小巷的深處。[18]

表十四：喝咖啡成為新的休閒方式主要是受到台商的影響與從業地點

			從業地點			總計
			蘇州	吳江	昆山	
喝咖啡成為新的休閒方式主要是受到台商的影響	很贊成	% within	45.5%	31.8%	22.7%	100.0%
	比較贊成	% within	29.1%	34.3%	36.6%	100.0%
	不贊成	% within	46.5%	27.0%	26.5%	100.0%
	很不贊成	% within	39.6%	32.1%	28.3%	100.0%
	說不清楚	% within	48.3%	21.6%	30.2%	100.0%
總計		Count	212	145	153	510
		% within	41.6%	28.4%	30.0%	100.0%

---

[18] 周建琳，「從製造業到服務業：台商在蘇州『美麗轉身』」，中新網蘇州，2007年3月14日。

在消費上，近60%的受訪者贊成，為了服務台商，當地出現了越來越多的娛樂場所，包括一些色情場所；但只有34%的受訪者認為，這些增多的娛樂場所提高其生活品味，55.4%的受訪者並不贊成日益增多的娛樂休閒場所可以提高生活品味。

根據調查顯示，在眾多的休閒娛樂場所中，被認為是由於台商的出現而輸入的，主要的選擇是集中在「洗浴（足浴）中心」、「咖啡店」、「卡拉OK」、「酒吧」、「酒店」、「色情場所」這六項，這幾項在總人數五百八十五人的選擇中都有超過二百的選擇次數。所以，台商的到來不僅可以帶來居民生活上的便利，同時促進休閒娛樂生活方式的形成，但是色情場所的大量出現也敗壞了社會風氣，帶來嚴重的不良後果。

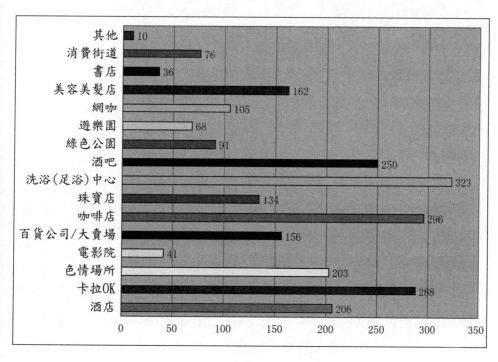

圖十七　台商投資對當地影響

在這些娛樂休閒場所中，受訪者及其家人經常去的場所主要則集中在百貨公司/大賣場，65.2%的受訪者選擇了該項，其次是消費街道、書店和綠地公園。而在受訪者消費過的休閒娛樂場所中，除了消費街道、書店和綠地公園之外，選擇最多的項目是「遊樂場」，其次是「卡拉OK」和「咖啡店」，而到這些消費場所消費的目的大多在於買東西（35%）和舒解壓力（28%）。

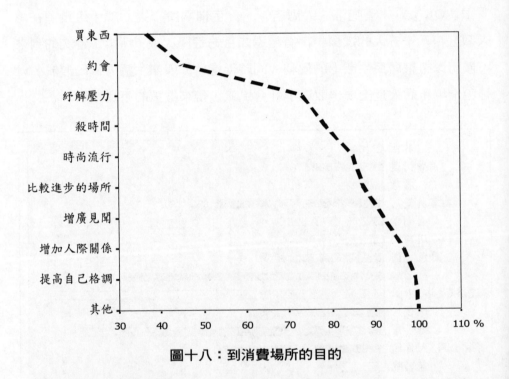

圖十八：到消費場所的目的

就當地人普通生活所選擇的消費場所，和由台商而產生的消費場所來比較顯示：普通公眾在消費場所的選擇上，多數是選擇一般生活所必需的場所。百貨公司、賣場用來購買日常生活中的衣食用品，書店是滿足文化知識的需要，消費街道和綠色公園可以視為交際和強身健體紓解壓力的場所。在由台商而產生的消費場所中顯示，這類消費超出一般生活的需要，

更集中地體現在生活質量的提高，或者說偏重享受型的消費內容，與普通公眾的消費選擇有很大的距離和區別。

伍、討論與結論

　　首先，調查資料明白顯示，蘇州民眾認為，台資企業對於蘇州的經濟發展具有牽引的積極作用。除了帶來資金、技術及設備之外，更是引進新穎的經營管理理念和人才，提升了當地企業的人才培育、技術成長和管理知識成長，開闊其全球觀點和視野，利於本地企業的全球接軌。這種牽引的過程是隨著資本流動而來的一系列經營管理知識傳輸，是一種自然而順理成章的過程。因此，在全球化背景下，資本流動已經超出本來的意義，資本流動和觀念嵌入成為同一個過程，而這種附著資本的觀念的進入歷程和影響方式，可以說具有隱含的和潛移默化的特性。

　　這種附著在資本的觀念嵌入，不僅發生在企業的經營管理層面，同時也具體表現在消費方式或休閒方式的形成方面。儘管蘇州民眾對於台商引進的消費與休閒娛樂方式沒有全盤接受，表現出有所選擇的情形，但不可否認的是，其中的「遊樂場」、「卡拉OK」和「咖啡店」消費形態已普遍被接受，成為日常購物、交際及舒壓的活動。然而，不管是被接受或排斥的消費與休閒娛樂方式，包括「洗浴（足浴）中心」、「咖啡店」、「卡拉OK」、「酒吧」、「酒店」、「色情場所」等被當地居民認為最典型的項目，都蘊含著來自台灣的文化品味與生活風格。這些消費與休閒娛樂形態的引進，尤其有些被地方民眾接受成為生活方式，可見隨著台商來到蘇州的全球化效應及其引起的地方反應，特別見證了外來觀念的進入歷程和影響方式的潛移默化特性，可以帶來居民生活上的便利和趣味。

　　其次，從調查資料可以看出，蘇州公眾對台資台商在地經濟社會影響的評價表現了一種比較複雜的情形。也就是說這種評價具有複雜性的特

徵。從總體上說，台資台商在地經濟社會的公眾評價，持正向和反向的幾乎是一半對一半，當然這種評價本身也是台資台商產生影響的一種形式。但是問題在於何以出現這種對等評價的現象。

這就印證了本文的一個命題與假設：外資對在地社會影響，尤其對在地公眾的觀念狀態和行為方式的影響程度與方向，是與公眾對這種影響的價值判斷和主觀認知連接在一起。不論從台商對於社會經濟影響或對個人影響的評價來看，蘇州公眾自有其利弊或大小的認知和判斷，而這是立基於他們的生活體驗和感受，代表對於帶來全球效應的台商投資的一種在地反應。

值得注意的是，民眾表現出的這種比較複雜的對等評價態度，不同於專家學者的看法和立場。針對外資外商的全球效應而言，目前的觀點大致呈現依賴論及成長論的對立看法，前者強調全球化的負面效應，特別是外資外商造成的不利衝擊，以及因此帶來地方社會的依賴發展，還有當地各類行動者的扭曲或反抗作為；後者著重外資全球化對接待社會帶來的正面效應，以及地方的經濟社會因此有較佳發展。不同於這兩種觀點倚重倚輕的看法和明顯的立場，蘇州民眾對於台資台商帶來影響的評價不但是切身的感受，同時是切合實際的認知。這種行動者的認知和評價，對於理論觀點是否具有反思的意義，實在有待吾人進一步對話和思索。

最後，由上述調查資料可以看出，關於台商企業與蘇州本地企業的關係，不論是通過競爭或合作的方式，彼此之間已經產生或多或少的密切互動，特別是配套關係的形成，一方面讓台資台商企業得以藉由與當地企業的協力生產而進行社會鑲嵌，另方面使得蘇州本地企業可以透過台資企業獲得向全球接軌的機會。儘管台商作為外埠企業與蘇州本地企業的配套情形不甚普遍或穩定，但已經有一定的數量並且正在逐漸增長中，其中彰顯的全球化及在地化意義頗值注意。

對此，筆者曾使用「社會鑲嵌」的概念來說明台資台商本土化（在

地化）及其影響過程。[19] 鑲嵌（Embeddedness）是新經濟社會學的一個基礎性概念，原意是指將一個系統有機地結合到一個物件體系中。而當代新經濟社會學家且把經濟活動放到了更為寬泛的社會和人際關係的背景下，認為經濟行為實際上是嵌入在社會網絡中或非正規的社會關係中。因此，當經濟和非經濟活動互相混合時，非經濟活動影響經濟活動的成本和可用技術。這種活動的混合就是所謂的經濟的「社會鑲嵌」（social embeddedness of the economy），包括經濟活動在社會網絡、文化、政治和宗教領域的嵌入（Granovetter, 1985, 2005）。[20]

　　因此，這裡使用社會鑲嵌這個概念，在含義上除了包括原來的意義之外，還同時具有社會融合與本土化的意義。全球化背景下，企業的發展走上全球化策略是別無選擇的道路，但是這條道路要真正走得通必須同時實行本土化策略。台資企業要在蘇州真正札根，必須融入當地文化，利用地方性知識；而蘇州作為台資企業的所在地，要承接台資台商發展所帶來的益處，也必須接納這種企業的文化和產品。也就是說我們必須了解台資台商與在地公眾的相互鑲嵌機制。

　　除了企業經營管理的諸面向，包括人才、資金、生產、原料及行銷的在地化之外，台商嵌入蘇州社會的過程，實際也是對蘇州經濟社會產生影響的過程，見證於上述分析的台資台商對蘇州民眾個人的影響，以及他們日常生活中對台商的關注，還有與台商的關係，甚至成為鄰居或結婚的接納態度。這些調查資料印證外資在地的影響作為一種社會事實，無論是經濟影響還是社會影響，被認知是具有過程性的，而這個過程實際上也融入

---

[19] 張家銘，台商在蘇州：全球化與在地化的考察（台北：桂冠圖書股份有限公司，2006）。

[20] Mark Granovetter, "Economic Action and Social Structure: The Problem of Embeddedness," *American Journal of Sociology*, Vol.91 (Nov. 1985), pp. 481～510; Mark Granovetter, "The Impact of Social Structure on Economic Outcomes," *Journal of Economic Perspectives*, Winter 2005 (Oct. 2005).

了外資在地化的社會變遷過程。反過來說，這些當地民眾對台商的了解、認知、評價及看法，當然也會是蘇州社會文化對台商產生影響的過程，畢竟台商個體或其組織也在乎企業或團體形象。不過，這種在地觀念嵌入台資企業的一種表述和過程，有待未來進一步探討。

參考書目

一、中文部分

Porter, Michael E.著，李明軒、邱如美譯，**國家競爭優勢**（台北：天下文化出版公司，1990）。

王信賢，「全球化時代中國大陸區域發展的理論省思——從企業群聚的角度觀察」，發表於
　　中國大陸區域經濟發展與兩岸四地互動研討會（台北：台北市兩岸文教交流協會主辦，
　　2003年5月3日），頁1～22。

周長征，「全球化與中國勞動法制問題研究」，**南京大學博士文叢**（2003年），頁48～49。

金久益，「大力利用外資，調整產業結構，實現經濟可持續發展」，大陸中西部地區領導幹
　　部研討會發言材料（1999）。

殷存毅，「台商投資與中國大陸的城市化——對東莞和昆山城市化的實證研究」，發表於中
　　國大陸區域經濟發展與兩岸四地互動研討會（台北：台北市兩岸文教交流協會主辦，
　　2003年5月3日），頁1～17。

高希均、李誠、林祖嘉，**台灣突破：兩岸經貿追蹤**（台北：天下文化出版公司，1992）。

張家銘，台商在蘇州：全球化與在地化的考察（台北：桂冠圖書股份有限公司，2006）

──，**中國大陸蘇南的經濟發展與台商投資之研究**，2000年。訪談記錄編號CKO991、COS991、
　　COS993、CSO991、CWO991、CWO992、CWO993，台北：行政院國科會專題研究計畫
　　（計畫編號NSC882412H031001及NSC892412H031001）。

張家銘、吳翰有，「企業外移與根留台灣：從蘇州台商的經驗論起」，**中國事務**，第2期
　　（2000年），頁55～71。

張家銘、邱釋龍，「蘇州外向型經濟發展與地方政府：以四個經濟技術開發區為例的分
　　析」，**東吳社會學報**，第13期（2002年），頁27～75。

陳志柔，「大陸農村產權制度變遷的地方社會基礎：經濟社會學的思考」，發表於台灣社會
　　學會年會（台北：台北大學主辦，2000年12月），頁21～22。

──，「中共十六大後的社會情勢分析」，林佳龍、徐斯儉主編，**未來中國：退化的極權主義**
　　（台北：台灣智庫出版公司，2002）。

陳德昇，「大陸區域經濟發展政府職能變遷與調適」，陳德昇主編，**中國大陸區域經濟發展：變遷與挑戰**（台北：五南圖書公司，2003），頁165～190。

葉裕民，「珠江三角洲產業結構升級與土地利用研究——以深圳寶安區為例」，發表於中國大陸區域經濟發展與兩岸四地互動研討會（台北：台北市兩岸文教交流協會主辦，2003年5月3日），頁1～22。

葉嘉安，「外國投資對中國城市發展的影響」，收錄於李思名、鄧永成、姜蘭虹、周素卿主編，**中國區域經濟發展面面觀**（台北：台灣大學及香港浸會大學聯合出版，1996）。

趙永茂、孫同文、江大樹主編，**府際關係**（台北：暨大府際關係中心，2001）。

劉雅靈，「中國國內市場的分裂性：計畫經濟的制度遺產」，**國立政治大學社會學報**，第29期（1998年10月），頁1～32。

——，「完成的經濟私有化：蘇南吳江經濟興衰的歷史過程」，**台灣社會學刊**，第26期（2001年12月），頁1～54。

——，「經濟轉型的外在動力：蘇南吳江從本土進口替代到外資出口導向」，**台灣社會學刊**，第30期（2003年），頁89～133。

——，「廣東華陽的依賴發展：地方政府與外資企業的利益共生」，發表於中日大陸研討會（2000年），頁1～19。

劉溶滄、李茂生主編，**轉軌中的中國財政問題**（北京：中國社會科學出版社，2002）。

劉鶴田，**大陸經濟立法與改革開放**（台中：蓮燈出版社，1994）。

鄭竹園，**大陸經濟改革的進程與效果**（台北：致良出版社，1997）。

鄭傑憶，「藕斷絲連？——中國鄉鎮集體企業所有制改革前後的政府與企業」，政治大學政治所碩士論文（台北，1998）。

賴士葆、俞海琴，「兩岸汽車分工體系之研究」，發表於跨越大陸投資障礙研討會（台北：中華民國管理科學會主辦，1993）。

謝慶奎等著，**中國地方政府體制概論**（北京：中國廣播電視出版社，1997）。

費偉康，「昆山市成功引進台資的調查及啟示」，**毛澤東鄧小平理論研究**，第5期（2003年）。

劉鋒，「蘇州台商吐真言：台商在蘇州生活得很舒服」，**中國網**，2005年9月1日。

楊豔萍，「喜歡蘇州的理由」，新民週刊，第41期（2003年）。

周建琳，「從製造業到服務業：台商在蘇州『美麗轉身』」，中新網蘇州，2007年3月14日

蘇州工業園區借鑑新加坡經驗辦公室，借鑒（蘇州：蘇州工業園區管理委員會，1999）。

蘇州工業園區管理委員會，蘇州工業園區（蘇州：蘇州工業園區管理委員會，1999）。

蘇州新區管理委員會，今日蘇州新區（蘇州：蘇州新區管理委員會，1999）。

「我市出口突破百億美元佔全國出口貿易的1%」，吳江日報，2004年12月13日，http://www.
　　wjdaily.com/。

「長江三角洲今年前八月引進外資195億美元」，新華網——江蘇頻道，2003年10月4日，http://
　　yz.sina.com.cn。

二、英文部分

Amin, Ash, "An Institutional Perspective on Regional Economic Development," *International
　　Journal of Urban and Regional Research*, Vol.23, No.2 (1999), pp.365～378.

Asheim, B., "Learning Regions in a Globalised World Economy: Toward a New Competitive
　　Advantage of Industrial Districts?" in S. Conti and M. Taylor eds., *Interdependent and Uneven
　　Development: Global Local Perspective* (London: Avebury, 1997).

Evens, Peter, *Dependent Development: The Alliance of Multinational, State, and Local Capital in
　　Brazil* (Princeton: Princeton University Press, 1979).

Evens, Peter, "Class, State, and Dependence in East Asia: Lessons for Latin Americanists," in Deyo,
　　Federic ed., *The Political Economy of the New Asian Industrialism* (Ithaca: Cornell University
　　Press, 1987), pp.203～226.

Granovetter, Mark, "Economic Action and Social Structure: The Problem of
　　Embeffedness," *American Journal of Sociology*, Vol.91 (Nov 1985), pp. 481～510; Mark
　　Granovetter, "The Impact of Social Structure on Economic Outcomes," *Journal of Economic
　　Pers[ectives*, Winter 2005(Oct. 2005).

Gripaios P., Gripaios, and M. Munday, "The Role of Inward Investment in Urban Economic

Development: The Cases of Bristol Cardiff and Plymouth," *Urban Studies*, Vol.34, No.4 (1997), pp. 579~603.

Oi, J. C., "Fiscal Reform and the Economic Foundations of Local State Corporatism in China," *World Politics*, Vol.45 (Oct. 1992), pp. 99~126.

Richardson, Harry W., "Urban Development Issues in the Pacific Rim," Review of Regional Development Studies, Vol.2, No.1 (1990), pp. 44 ~ 63.

Saxenian, Anna Lee, *Regional Advantage: Culture and Competition in Silicon Valley and Route 128* (Cambridge: Harvard University Press, 1994).

Shirk, Susan, *The Political Logic of Economic Reform in China* (Berkeley: University of California Press, 1992).

Storper, Michael, *The Regional World: Territorial Development in a Global Economy* (New York: Guilford Press, 1997).

VFS Sit, and C. Yang, "Foreign Investment Induced Exourbanization in the Pear River Delta, China, "*Urban Studies*, Vol.34, No.4 (1997), pp. 647 ~ 677.

VFS Sit, "Golbalization, Foreign Direct Investment, and Urbanization in Developing Countries," in S. Yusuf, S. Evelt and W. Wu, *Facets of Globalization: International and Local Dimensions of Development* (Washington, DC: World Bank, 2001), pp. 11 ~ 45.

Wu, Jiehmin（吳介民）, "State Policy and Guanxi Network Adaptation in China: Local Bureaucratic Rentseeking," *Issues & Studies*, Vol.37 (2001), pp.20~48.

大陸台商政治認同變遷分析

胡偉星

（香港大學政治與公共行政學系副教授）

摘要

　　研究大陸台商認同變遷的最根本問題是：他們認同什麼，他們如何在兩岸之間建構自己的特殊身分認同？為了回答這個問題，我們既要研究台商認同變化的路徑，又要在台灣政治和兩岸關係的社會語境中觀察台商認同是如何被「建構」的。

　　台商的認同是多元和複雜的，兩岸現有的認同觀念（特別是台灣的「認同政治」）影響他們的認同選擇。他們需要在「認同政治」和多重認同觀念的夾縫中，尋找自己的認同歸宿；他們在大陸的社會關係形態和經歷，也影響他們的認知和認同變化。本文根據2009年夏季一項對台商認同調查的分析，提出一些對台商認同變遷的粗淺看法。

關鍵詞：台商、認同、社會認同、政治認同、社會語境

壹、引言

　　「台商」字面上，包含兩個基本含義：一是來自台灣，二是商人。按照這樣的理解，研究台商與研究「晉商」、「徽商」一樣，即可以把他們看作是進行跨域經商投資的一群人進行研究。但是，現代的台商則有所不同，台商不僅跨域廣泛，而且經營規模遠大於古代的晉商、徽商；更重要的是，台商是跨越政治疆界的社會力量。大量台商不僅遊走於海峽兩岸，而且很多定居大陸，成為不同政治社會制度之間的橋梁紐帶。可是，目前學界對台商的研究，大都集中於「商業活動」層面，而忽略對他們作為一個跨越政治疆界的社會群體的屬性研究。台商到大陸投資經商三十年，他們對大陸的社會和政治發展發揮什麼作用？他們又是如何被大陸的社會和各項發展所「塑造」呢？作為跨越政治疆界的社會群體，台商既是一種紐帶橋梁，又是一種改變對方社會的媒介，他們可以發揮在對方社會中的仲介橋梁作用，也可以在對方社會的「染缸」中被改變。所以，研究台商不只要研究台商的經商和投資行為，也要觀察他們的社會行為。亦即既要關注資金技術的轉移，也要觀察思想觀念的變遷，特別是認同方面的微妙變化。

　　不過，目前學界對台商社會屬性的研究，特別是對他們認同變化的研究，仍十分薄弱。大陸專門研究台商認同的文獻不多，儘管近些年大陸學者在研究「台灣意識」和「台灣集體認同」課題時，寫出不少力作；[1] 但

---

[1] 參見：劉國深，「試論百年來『台灣認同』的異化問題」，台灣研究集刊，第3～4期（1995年）；劉國深，「台灣『省籍族群』的結構功能分析」，台灣研究集刊，第3期（1999年）；察弋勝，「台灣意識的歷史考察」，台灣研究，第1期（1996年）；楊鳳，「試析台灣社會意識的主體特徵與中國意識之關係」，台灣研究，第2期（2000年）；林震，「論台灣民主化進程中的國家認同問題」，台灣研究集刊，第2期（2001年）；陳孔立，「台灣政治的『省籍－族群－本土化』研究模式」，台灣研究集刊，第2期（2002年）；劉芳彬，「探析台灣意識」，中央社會主義學院學報，第2期（2006年）；郝時遠，「台灣的『族群』與『族群政治』析論」，中國社會科學，第2期（2004年）。

是研究台商政治和社會認同變化的文章，則是鳳毛麟角。台灣學界對台商的研究，隨著台商登陸就開始了，近些年台商研究有長足發展，研究的範圍和深度都有很大提升，學者不僅關注台商認同變遷的實證研究，[2] 而且還涉及研究大陸台商認同變遷的理論歸納和運用。[3] 然而，台商的認同和認同的變遷是一個非常複雜的課題。隨著海峽兩岸的經貿和人員交往越來越密切，兩岸民眾的敵意逐步降低，彼此感受也發生了很多變化，相互的觀念、印象、看法、態度和認知有所改變。但是，這種認知的變化會導致認同的變化嗎？認知的變化發生在每個人身上又不盡相同，台商由於長期生活在大陸，或者由於對大陸的經驗和觀感多於一般民眾，他們的認知變化會不會因為接觸了解增加，而產生好感呢？還是因此產生更多負面印象呢？他們會不會因為與大陸社會接觸增加，增強對大陸的認同感呢？這些問題將是本文所要探討的重點。

　　研究台商認同變遷問題時，有兩個問題需要先釐清。第一，兩岸現在經貿關係密切，在人員往來的流量如此之大的情況下，如何界定台商這個群體？這既是一個技術性，又是一個非常重要的概念問題。本文界定的「台商」是那些遊走於兩岸之間，但又通常在大陸長期居住，每年每次至少居住三個月以上的人群（台胞證單次入境的停留期間）。這樣的界定，有助區分台商與其他來往於兩岸的人群，例如遊客、短期訪問者、退

2　參見：耿曙，「『資訊人』抑或『台灣人』？：大上海地區高科技台商的國家認同」，財團法人國家政策研究基金會：國政研究報告，內政（研）091-061號（2002年）；陳朝政，「台商在兩岸的流動與認同」，財團法人國家政策研究基金會：國政研究報告，內政（研）091-086號（2002年）；鄧建邦，「我們是誰？跨社會流動下中國大陸台商的認同」，第二屆跨界流離：公民身分、認同與反抗國際學術研討會論文（台北：世新大學主辦，2005年12月9～10日）。

3　參見：林瑞華、耿曙，「經濟利益與認同轉變：台商與韓商個案」，東亞研究，第39卷第1期（2008年），頁166～192；陳朝政，「台商在兩岸的流動與認同：經驗研究與政策分析」，東吳大學政治學系博士論文（2004年）；陳朝政，「大陸台商的認同變遷：理論的歸納與推論」，東亞研究，第36卷第1期（2005年），頁227～274。

休移民和返鄉老兵。「台商」的範疇不侷限於從事跨域投資行為的老闆，也包括供職於大陸的台籍經理人員（通常稱「台幹」）及其家屬，也應當算廣義的台商。以居住時間長短來劃分，有助於我們區別台商與穿梭兩岸的「出差人員」或短暫停留的「訪客」，因為後兩者缺乏與當地的深刻聯繫，不能融入當地生活，進而與地方社會呈現出獨特的互動模式，因此不具備我們認為是「台商」群體的特質。根據海基會的估計，目前在大陸的台商人數有近一百萬人之多。

　　第二個問題是，「認同」到底是什麼？我們應當如何定義「認同」？認同是一個有多重含義的辭彙，現代中文中有「承認，認可，贊成和同意」這樣一些複合詞意。其英文identity的含義也是多重的，它有「使等同於、認為……一致」，「同一性、一致性」，「身分和本體的特性」這樣一些含義。[4] 正是因為這種多重含義的屬性，它給我們在使用這個辭彙時，造成很大的混亂。江宜樺教授認為，「認同」按照日常用語和學術討論來劃分，有三種涵意。第一種是「等同」的意思，即指某種事物與另一時地的事物相同的現象。第二種是「確認」和「歸屬」的意思，即指一個已經存在的事物（認識主體）經辨識自己的特徵，從而知道自己與他物不同，確定了自己的個體性，或者經辨識自己與他物的共同特徵，肯定自己的群體性。第三種是「贊同」和「同意」，即認可某一種取向，做出一個「主觀意志選擇」。[5] 認同可以是個人行為，也可以是群體現象，即集體

4　參見：漢語大詞典出版社編，現代漢語大詞典（北京：漢語大詞典出版社，2006）；*Oxford English Dictionary* (Oxford University Press, 1989)。關於認同概念的相關討論，參見James Fearon, "What is Identity (As We Now Use the Word)"?, unpublished manuscript, paper delivered at the Conference on the Measurement of Identity in the Social Sciences (Weatherhead Center for International Affairs, Harvard University, November 3, 1999), http://www.wcfia.harvard.edu/misc/initiative/identity/IdentityWorkshop/fearon2.pdf; Laitin, David, *Identity in Formation: The Russian-Speaking Populations in the Near Abroad* (Ithaca, N.Y.: Cornell University Press, 1998).

5　江宜樺，自由主義、民族主義與國家認同（台北：揚智文化公司，1998），頁8～12。

認同（collective identity）。我們這裡對台商認同的研究，既牽涉到個人觀念的變遷，也涉及集體認同的形成。我們使用的「認同」概念主要是指「確認、歸屬」和「贊同、同意」層面的意思，即台商經過多年的大陸經商和生活歷練，有無確認自己的特殊身分和歸屬性，對哪一種社會制度、政治實體和價值觀念，做出支持與否的選擇。

貳、研究台商認同的理論視角

研究台商的政治認同變遷，最根本的問題是：他們認同什麼，他們如何在兩岸之間建構自己的特殊身分？為了回答這個問題，我們有必要從兩個層面來展開我們的討論。首先，從理論層面看，現有的認同理論為我們提供了哪些分析路徑和研究視角。然後，我們必須回到台灣政治和兩岸關係的社會語境中，來觀察台商的認同是如何被「建構」的，以及兩岸現有的認同觀念（特別是台灣的「認同政治」）如何影響他們的認同選擇，他們如何在「認同政治」和多重認同觀念的夾縫中，尋找自己的認同歸宿。

先從理論層面來看。現有的認同理論主要提出了「原生論」（primordialism）、「境況論」（circumstantialism或者instrumentalism）以及「建構論」（constructivism）三種研究路徑。[6] 在這三種研究路徑中，「原生論」認為：認同的內涵由本身固有的內在元素決定，這些因素包括族群、宗教、語言、文化、信仰和親屬關係等，一群人的集體認同建立在這些共同特徵基礎上。這些共同特徵是先天的，不是後天取得，這些原生特徵維繫著一個群體的集體認同，以及個人對這個「我群」的認同。

6　相關的論述參見：石之瑜、姚源明，「社會科學研究認同的幾個途徑」，東亞研究，第35卷第1期（2004年1月），頁1～36；耿曙，「『資訊人』抑或『台灣人』？：大上海地區高科技台商的國家認同」；陳朝政，「大陸台商的認同變遷：理論的歸納與推論」，頁227～274。

因此，認同的內涵不易因外部的原因而改變，缺乏認同變遷的可能性。[7] 如果用「原生論」的視角，來研究台商認同的變遷，台灣人的省籍背景、政黨背景、「原鄉依戀」都是影響認同的基本因素。強烈的原生維繫可以對認知和認同的變化產生制約作用，台商在大陸可以因為強烈的「台灣人」意識，根本不願意與當地大陸人接觸，不願意融入大陸社會，而是只與在大陸的台灣人打交道，形成一個自我封閉的「小社區」。反之，原生維繫比較弱的，比較容易融入大陸社會。

「境況論」則認為：認同的產生和變遷，是因為認同的主體為了適應社會環境的變化，而做出的「條件反射」。認同不是一成不變的，而是不確定的，並且不斷變化的，為了回應社會情境的變化而變化。認同的主體為了自己的利益，權衡社會情景變化對自己的利害，因而改變原有的認知，認同新的價值觀，或認同新的社會群體和制度。從另外一個角度說，政治領袖為達到某種政治目的，可以利用這個特點，將認同變遷「工具化」。為了動員社會資源和政治支持，政治領袖可以重新塑造集體記憶，刻意創造出某種「他群」和「我群」，影響認同的移動。[8] 如果用此視角來研究台商認同問題，他們的認同變遷將更加流動，捉摸不定。

「建構論」與「境況論」在某些地方是相通的。建構主義認為，集體認同都是人為建構出來的。一個社會群體內有共同的歷史記憶，共同的想像空間，人與人之間通過交流和社會活動，可以建構出共同的認同和價值觀。因此，認同也可以隨著社會結構的變遷，建構出新的認同（Anderson 1991）。政治領袖和社會精英可以通過對歷史記憶、共同利益、理想目標

---

[7] Anthony D. Smith, *Chosen Peoples: Sacred Sources of National Identity* (UK: Oxford University Press, 2003).

[8] Homi Bhaaha ed., *Nation and Narration* (London and New York: Routledge, 1990); Homi Bhaaha, *The Location of Culture* (London and New York: Routledge, 2004).

的詮釋，使得某種集體意識合理化，並且在政治論述中建構出一個「他群」，以達到自己的政治動員的目的。這種「政治建構」無疑對身心繫於兩岸的台商來說，也有很大的影響。

以上認同研究路徑和方法不是互相排斥的，而是相互重疊，交叉作用的。對某些台商來說，原生因素的影響大一些；對另外一些人來說，他們的認知隨境況變遷而改變，他們對大陸的認同會隨著經歷增長而發生改變；還有一些人，他們的認知和認同，更容易被政黨論述所建構。這種多重變化的可能和路徑，是研究台商認同變化的一個最大挑戰，它大幅增加問題的複雜性。台灣學界同仁近年來對此有一些開創性的研究。例如，耿曙提出了五種關於台商認同起源與變遷的假說，這五種假說是：「原始忠誠」（primordial ties）、「教化融合」（state-building agents）、「階級關係」（class relationships）、「全球文化」（global culture），以及「跨國資本主義」（global capitalism）。[9] 陳朝政則根據認同理論中的原生論、境況論、建構論發展出5C模型，並由此導出認同變遷的三種原點、四種形態、九種路徑。[10] 儘管這些假說和模型富有創意和想像力，但都還缺乏系統的經驗驗證的支持，筆者至今為止還沒有發現任何有力的實證研究，驗證這些假說和模型。

筆者認為，認同的形成和變遷是一個極其複雜的過程，認同可以是一個自變項，也可以是一個因變項。其中最困難之處在於，這些假說和模型都無法確定和解釋，為什麼某些特定的認同內容，在特定的時間發生了變化，而其他認同內容沒有發生變化。另外，認同在隨著國家及社會變遷而變化時，其間的因果關係是錯綜複雜的，認同的內容和程度都不盡相

9　耿曙，「『資訊人』抑或『台灣人』？：大上海地區高科技台商的國家認同」，財團法人國家政策研究基金會國政研究報告，民國91年5月28日。

10　陳朝政，「大陸台商的認同變遷：理論的歸納與推論」，東亞研究，39卷1期，頁262～266。

同。[11] 所以，儘管我們可以解釋認同變遷的途徑，但我們仍然無法解釋特定認同內容的形成和變遷，因為台商到底認同什麼，以及他們原有的認同是什麼，這個問題本身就很複雜，需要正本清源的界定。

參、建構台商認同的社會語境

台商的認同固然受原生因素的影響，也會隨著社會情景變遷而改變。但是他們的認同內容（特別是國家認同和政治認同），必須要放在他們所存在的社會環境和特定的社會語境中來觀察，我們需要用精細的實證研究方法，去觀察他們的認同是如何被建構的，釐清其中的因果關係。那麼，台商認同的內容是如何在台灣的社會語境和兩岸關係的環境中被「建構」的呢？

台灣人的認同問題是在台灣社會和政黨政治中，一個具有高度爭議性的議題。「認同台灣」或「台灣認同」是台灣政黨政治中，藍綠陣營在選舉中爭取選民支持，取得執政權的關鍵口號。在歷次選舉中，政黨競爭的焦點都要落實到，如何爭取選民認同，哪個黨更能代表台灣利益？泛藍主張要開放兩岸經貿，加強與大陸的交往，從而搞活台灣經濟，才是台灣的利益所在。泛綠認為與大陸經貿太密切，將使台灣被中國牽著鼻子走，在政治上做讓步，台灣本身的安全受到威脅，有損於台灣利益。台商不同於一般民眾，基於他們的特殊身分，他們一方面希望和大陸發展經貿以獲取賺錢的機會，另一方面不願意放棄自己固有的「台灣認同」。

台商的「台灣認同」是什麼?「台灣認同」的含義對不同人來說，有不同的定義。在目前的台灣社會語境裡，「台灣認同」常常與「統獨問

---

[11] 美國哈佛大學幾位學者試圖建立一些衡量認同變化的模型，但是並不十分成功，參見Rawi Abdelal, Yoshiko Herrera, Alastair Iain Johnston and Rose McDermont eds. *Measuring Identity: A Guide for Social Scientists* (New York and London: Cambridge University Press, 2009)。

題」、「國家認同」，甚至「族群認同」等概念混淆在一起。其實這三個概念有不同含義。統獨問題的核心是對台灣前途的政治選擇問題，是最容易在選舉中被政治操作的；而國家認同和族群認同，既是政治選擇問題，也是民眾感情的價值取向。統獨議題是一個二元對立、非黑即白的問題，而國家認同問題比較模糊，不一定是非黑即白。一個台灣人可以因文化和民族情感等因素，認同台灣或中國大陸，也可以羨慕美國或日本的政治制度或文化。族群認同的概念可以基於血緣（福佬人或客家人），或基於社會關係（例如眷村外省人），其表述方式更為鬆散，甚至可以容許出現重疊的情況，例如在民調中出現的，既是台灣人也是中國人的認同方式。基於此理，江宜樺教授認為，統獨問題可以籠統地訴說是國家認同問題，但是兩者是有區別的。統獨問題爭論的是，台灣要不要明確宣布獨立，切斷與大陸的主權糾葛；還是接受一個中國原則，台灣成為中國一部分的問題。國家認同問題是一個人確認自己屬於哪個國家，以及這個國家究竟是怎樣一個國家的心靈性活動。[12]

　　筆者認為，台灣雖然有國家認同、族群認同、文化認同、政黨認同等問題，但是在不同的認同之間，它們的交叉性非常大，選民的取向是高度務實的。從務實角度來看，隨著到中國大陸做生意或者求學的台灣人數的增加，大陸的機會和魅力，肯定會對遊走兩岸之間人群，和對大陸有了解的民眾產生影響，他們的認同和態度會起變化，他們採取維持現狀心態也是認知變化或認知待變的反映。當然，影響台灣與大陸兩岸關係的動力，除了台灣內部的選舉政治所提供的「向心力」和「離心力」之外，大陸的對台政策也常扮演重要的推手。台灣民眾統獨態度，因不同政治世代、省籍背景與教育程度而有差異。雖然過去十幾年來，政治人物積極鼓吹台獨

---

[12] 江宜樺，「當前台灣國家認同論述之反省」，台灣社會研究季刊，第29期（1998年3月），頁165～166。

和台灣正名運動，以及民進黨執政所採取的諸多「去中國化」政策，也使得民眾支持統一的比例逐漸下降。但是，當民眾面對不確定的「統一」或「獨立」時，往往會傾向選擇改變不大的「維持現狀」。牛銘實教授所主持的民意調查結果發現，60%以上的台灣老百姓在統獨的問題上認為，維持現狀最符合台灣本身的利益。因為維持現狀的選擇受許多客觀因素制約，台灣並不能掌控這些因素，如美國對台灣的安全承諾，大陸將來經濟發達之後會不會變得更民主，這些不確定性，使得台灣老百姓寧願做出維持現狀的選擇。[13]

　　由此可見，統獨議題、國家認同和族群認同問題與政黨政治相互糾纏，不僅影響選民的投票行為，甚至造成族群矛盾，也是構成台商認同內容的重要社會語境。[14]台商作為台灣社會的一分子，也必然捲入這些政治紛擾和觀念認同的交鋒中，無法置身度外。他們的「國家認同」觀念會受到族群、政黨及利益團體的互動影響，也會受到彼岸的社會、文化、政治制度、他們的生活經歷，以及兩岸關係的狀況的影響。無論是他們的情感歸屬、身分定位，還是社會關係的建構，基於上述原因，會比較「超脫」一些，受「大中華民族」認同因素的影響會多一些，政治認同上呈現一種混合態度。也就是說，他們的自我身分定位，既受現有的台灣「國家認同」、族群認同、統獨議題的影響，又受民族、文化、經濟利益和社會關係的影響。任何人的身分與民族認同，起源於民族主義和民族國家的建構；但民族的起源不僅源於共同的血緣關係，更重要的是文化、語言、宗

---

[13] 見牛銘實在美國威爾遜中心的演講，華盛頓：威爾遜中心，2009年4月27日，http://www.wilsoncenter.org/index.cfm?topic_id=1462&categoryid=8EF8540E-E3B0-FA92-8727563242D93F67&fuseaction=topics.events_item_topics&event_id=515285.

[14] 吳乃德，「國家認同與政黨支持」，中央研究院民族學研究所集刊，第74卷（1993年），頁33～61；吳乃德，「檳榔和拖鞋、西裝及皮鞋：台灣階級流動的族群差異及原因」，台灣社會學研究，第1卷（1997年），頁137～167。

教、地理鄰近和制度認同等因素的合力作用，即Anderson所說的「想像的共同體」（imagined community）。[15]

因此，如果不計台商對政治的嫌惡，他們的政治認同是一種混合態度和多元認同，與台灣「國家認同」、族群認同、統獨議題、中華文化、中華民族有藕斷絲連般的聯繫。台商居住在大陸，他們的社群（community）在他們的身分建構中，也會扮演至為關鍵的角色，因為認同的一個重要塑造因素，便是社會關係形態。他們在大陸透過建立自己的社區、組織（台商協會等），在認識、行動、情感方面，形塑出對「我們自己」的認知共識。

肆、台商認同的多元性和複雜性

總結前面討論的台商認同的社會語境，由於「認同」議題在台灣的選舉政治中不斷被操弄，不斷發酵，使他們的認同出現了「統或獨」、「中國或台灣」的二元對立的框架。但是，筆者認為台商的認同是極其複雜的、多元的，我們很難用「統獨」或者「台灣認同」／「中國認同」的二元框架來概括，我們需要從多層面來描述他們的認同，需要從他們在大陸的社會關係形態，來看他們的認同傾向是如何塑造的。

台商認同的複雜性和多元性，在於他們是一個遊走於兩岸之間的特殊群體，基於政治、文化、經商和個人生活規劃的種種原因，他們絕大多數人都有多重的身分認同。他們在大陸的生活經歷，直接影響他們的認同感。一方面，由於兩岸人民同文同種，文化和生活習性相同，台商到大陸後比較容易融入當地，會產生一定程度的社會認同。另一方面，由於兩

---

[15] Benedict R. O. Anderson, *Imagined Communities: Reflections on the Origin And Spread of Nationalism* (London: Verso, 1991).

岸政治上分隔數十年，經濟發展和生活環境也存在落差，次文化上也漸顯分歧。台商到大陸也會因為不同的生活習慣、價值觀念、歷史記憶以及身分標籤，在與當地社會打交道過程中出現隔閡，也會出現對當地社會的排斥。[16] 因此，台商認同的建構過程會不斷出現徘徊、猜疑和困惑，產生一種流動帶來的身分認同的矛盾，以及不斷解脫和不斷認同協商的過程。[17] 台商是台灣社會的一部分，是台灣社會在大陸的延伸。台商這個群體的政治和社會認同必然受許多「原生因素」（如省籍、教育、理念等）的影響。這種「原塑性影響」如何在台商這個「移民」群體身上發生作用，是一個很值得研究的議題。

　　台商的認同及其變遷到底受哪些因素影響？如前所述，耿曙提出的「原生認同」、「利害關係」、「階級差異」、「接觸經驗」自變項，對我們研究台商認同頗有啟迪。[18] 他提出的這些理論假想，是從他對大上海地區從事高科技的台商調查研究中發現。[19] 但是，這些自變項能否適用所有台商群體呢？我們應當如何建構一個可以被實證的理論呢？1980年代以來，第一波西進大陸的台商，多為小企業主，經營勞力密集的製造業，資金、技術多來自台灣，主要針對美、日出口生產，屬於「小頭家世代」。因為他們對大陸有既定的刻板印象，他們的社交圈子較小，形態較為封閉，往往僅限於台灣人的圈子。在其生活世界中的大陸人，不是官僚就是工廠的員工，因而形成「小頭家」對「打工仔」的環境，「階級差異」使得台商聚會時，總免不了抱怨「大陸人」如何愚昧、惡劣，如何難以相

---

[16] 莊耀嘉，「族群與偏見在兩岸關係中的角色」，本土心理學研究，第20期（2003年12月）。

[17] 陳朝政，「台商在兩岸的流動與認同」，東吳大學博士論文（2004年）。

[18] 耿曙，「『資訊人』抑或『台灣人』？：大上海地區高科技台商的國家認同」；耿曙、林琮盛，「全球化背景下的兩岸關係與台商角色」，中國大陸研究，48卷1期（2005年），頁1～28；林瑞華、耿曙，「經濟利益與認同轉變：台商與韓商個案」，東亞研究，39卷1期（2008年1月），頁166～192。

[19] 耿曙，「『資訊人』抑或『台灣人』？：大上海地區高科技台商的國家認同」。

處。他們與當地人的接觸經驗，階級之差距使台商深感兩岸的「差異」，因而堅定其原有的「台灣認同」。[20] 此後於1998年起赴大陸投資的台商，被耿曙稱為「資訊人世代」，他們大都是大專甚至大專學歷以上的專業人員，受雇於高科技產業、金融物流等服務業，而且他們的雇主也不再局限於台資企業主，甚至為大陸老闆工作。這些生活在全球化資訊時代的專業人士，並不把自己的生涯規劃侷限於台灣，多數著眼於大陸，甚至世界的廣闊天地。因此，他們比較沒有「過客」與「自我封閉」的心態，努力融入當地社會，「國家認同」／「台灣認同」淡薄，「台灣認同」和「大陸認同」的界限模糊不清。[21]

　　台商是兩岸社會交流的紐帶，他們使兩岸之間形成了一種多重的「跨域連結」（transnational linkages）。[22] 他們在兩岸間具有高度的流動能力，得以自由穿透疆界，穿梭兩地，維持兩地的社會連結。由於台商與當地同文同種，比較容易融入當地社會，發展和建立社會聯繫。在與當地大陸居民溝通過程中，他們會把台灣有關的資訊傳播到大陸，進行觀念上的交流。絕大多數台商都不是所謂「見利忘義」的一類，很少台商願意考慮拿大陸身分證，放棄台灣護照，多數台商雖然定居多年，仍然保持兩岸流動的習慣，保有台灣的房產、戶頭以及全民健保。由於台商的階層地位，他們往往不願意放棄台灣的身分。不論較傳統移民或是專業菁英，很多台商更傾向於遊走兩岸，在某種程度上的根植兩岸，在兩岸維持這種「跨域連結」。台商的認同會不會因為「來回流動」於兩岸，削弱他們原有的認同？或者因為與大陸打交道的經驗增加，反而強化了「我群」與「他群」差異的認知？沒有系統的實證驗證，我們無法就此輕易下結論。

---

[20] 同前註。

[21] 同前註。

[22] 魏鏞，「邁向民族內共同體：台灣兩岸互動模式之建構、發展與檢驗」，中國大陸研究，第45卷第5期（2002年9月），頁1～55。

　　大多數台商的人生生涯是在跨國流動中完成，他們的身分認同的形成具有「境況論」所顯示的工具性和策略性。不少台商傾向於排斥特定的地域認同，他們既無法接受大陸的愛國教育，認同自己是中華人民共和國公民，也對台灣的鄉土教材和「台灣意識」嗤之以鼻。他們不接受非台灣即大陸的簡單認同選擇，在心態上比較傾向於全球主義（cosmopolitan）認同。很多台商已經超越了「本土化／台灣化」的認同觀，也超越了「融入中國」，而是以「置身國際社會」為榮。[23] 這種具有全球觀的認同，也影響台商對生涯規劃的選擇，他們在大陸的去留、對子女教育的安排、退休計畫、居住地、擇偶選擇等等，除了生計考慮，還要考量「全球文化」氛圍，物質的追求漸漸並非其生活的全部，而只是生涯安排的考慮因素之一。特別是那些高收入的專業人士，他們更加在乎當地的生活環境，包括居住條件、文化氛圍、居民觀念、城市景觀、地方文化等，是否符合他們的「全球化」標準。他們所追求的是一種，雖然間雜一些當地特色，但仍然是以全球文化為基礎的「全球城市」之生活環境，為此他們會選擇上海、北京、深圳等大城市。

　　有一點可以肯定，台商到大陸後的觀念和態度，會出現一個「濡化」的過程。「濡化」在中文裡的意思是，耳濡目染而達致使潛移默化的變化，是不知不覺地發生的。濡化不至於立刻導致認同的變遷，但會對認同變遷產生「推波助瀾」的作用。在個人層面，原生認同、利害計算、接觸經驗、階級距離會影響認同。在社會／國家層面上看，大陸的政府和社會對他們的潛移默化影響不容忽視。兩岸政經關係誰影響誰，就看誰對台商的影響大。兩岸政府在對台商的「拔河」中，大陸雖有地緣和經濟誘惑的優勢，但未必能贏得拔河。大陸影響台商的手法及其效果，有些手段有用，有些適得其反。大陸一邊的影響力主要是政治感召，政策優惠，和越

---

[23] 參見：耿曙，「『資訊人』抑或『台灣人』？：大上海地區高科技台商的國家認同」，財團法人國家政策研究基金會國政研究報告，民國91年5月28日。

來越多的人文關懷。台灣一邊也不斷加強對台商的影響，國民黨政府採取了和民進黨政府不同的大陸政策，國民黨政府更加注重台商的作用和他們的感受。另外，台灣的社會輿論對台商認同取向，也有「反制作用」（countervailing），這一點我們也不能忽視。

伍、關於大陸台商認同的調查（2009年7～8月）

2009年夏季，我們以結合標準化問卷和深度訪談的方式，對在大陸的二百一十四位台商的認同問題進行調查。調查的程序是：先問卷，後訪談。每個訪談是半開放式的，除了確認問卷中的重點問題回答外，大約進行三十分鐘的引申對話，所有對話做電子記錄，重點詢問他們對當地社會的涉入程度，進而探詢他們社會政治認同的諸方面看法。[24] 這次調查涉及的台商，主要分布在台商較集中的長三角和珠三角地區，包括上海、昆山、蘇州、東莞、中山、廣州等縣市。以下是被調查台商人群的基本情況。

表一：所在城市

		次數	百分比	有效百分比	累積百分比
有效的	上海市	67	31.3	31.8	31.8
	昆山	10	4.7	4.7	36.5
	蘇州	24	11.2	11.4	47.9
	東莞	82	38.3	38.9	86.7
	中山	5	2.3	2.4	89.1
	深圳	21	9.8	10.0	99.1
	廣州	2	.9	.9	100.0
	總和	211	98.6	100.0	
遺漏值	系統界定的遺漏	3	1.4		
總和		214	100.0		

[24] 此次調查的所有樣本尚未整理完畢，這裡報告的是大部分樣本的情況。

表二：教育程度

		次數	百分比	有效百分比	累積百分比
有效的	國中或以下	9	4.2	4.2	4.2
	高中職	26	12.1	12.1	16.4
	專科	57	26.6	26.6	43.0
	大學	91	42.5	42.5	85.5
	研究所及以上	31	14.5	14.5	100.0
	總和	214	100.0	100.0	

表三：政黨傾向

		次數	百分比	有效百分比	累積百分比
有效的	泛藍	32	15.0	15.3	15.3
	中間偏藍	60	28.0	28.7	44.0
	完全中間	76	35.5	36.4	80.4
	中間偏綠	26	12.1	12.4	92.8
	泛綠	15	7.0	7.2	100.0
	總和	209	97.7	100.0	
遺漏值	系統界定的遺漏	5	2.3		
總和		214	100.0		

　　綜合之前學界提出的各種認同變化的自變項，我們的調查既包括個人層面的影響因素，例如原生認同、利害關係、接觸經驗、階級距離，也包括雙方政府和社會的影響。無可否認，個人層面的因素對台商社會認同和政治認同，都有直接的影響。提升到社會和國家層面，我們也不能忽視雙方政府和社會的影響，特別是大陸的政府和社會的政治感召、政策優惠，和越來越多的人文關懷。

　　兼顧個人層面和社會層面，我們的調查著重從以下五方面的因素，來研究台商的認同變遷：原生維繫、交往經驗、地位差異、切身利益、政黨論述。省籍與政黨背景等原生因素，是台商認同形成過程中很難改變的因素，「原始維繫」決定特定認同取向。鑒於「認同」在台灣被窄化為「統

獨」或「中國／台灣」的二元對立的議題，我們的調查儘量貼近台商多元認同的情況，通過原生維繫、交往經驗、地位差異、切身利益以及政黨論述等視角，來揭示他們的多元化內心世界，由此觀察台商的認同在多大程度上發生了變化。

表四：省籍劃分

		次數	百分比	有效百分比	累積百分比
有效的	本省客家	22	10.3	10.3	10.3
	本省閩南	157	73.4	73.7	84.0
	大陸各省	34	15.9	16.0	100.0
	總和	213	99.5	100.0	
遺漏值	系統界定的遺漏	1	.5		
總和		214	100.0		

表五：影響台商認同變化的因素

自變項	內容	可預見結果
原生維繫	省籍、政黨背景	完全無影響、有影響、稍有影響
交往經驗	與當地人關係、融入程度	接觸、稍有接觸、很多接觸；融入、相當融入、完全不融入
地位差異	生活方式、經濟地位差別	完全不同、差距縮小、漸漸相同
切身利益	企業盈利、個人受益、今後人生規劃	息息相關、稍有關聯、完全無關
政黨論述	兩邊政府和政策影響	完全無影響、有影響、稍有影響

陸、對調查結果的分析和討論

通過對調查結果的初步整理分析，筆者可以對在大陸台商認同的變遷，提出以下一些粗淺的看法。

第一，台商的認同是極其複雜的、多元的。我們很難用「統獨」和

「台灣認同」／「中國認同」的二元框架來概括，我們需要從多層面來描述他們的認同，需要從他們在大陸的社會關係形態，來看他們的認同傾向是如何塑造的。

　　第二，原有的政治身分認同一經確定，便很難改變。台商對自己身分的政治認同一旦確立，由於政治標籤的效應，很難變遷。下列表格反映台商的「國家認同」與台灣現有的大部分民調，所反映的結果相差不多。它一方面說明台商認同的認知內容，受台灣社會語境的深刻影響，很難超出現有的框架。另一方面說明，他們在大陸社會認同感增加的程度，還不足以改變他們的「國家認同」，他們原有的政治認同仍然十分牢固。

表六：您覺得自己身分是

		次數	百分比	有效百分比	累積百分比
有效的	台灣人	153	71.5	71.5	71.5
	中國人	7	3.3	3.3	74.8
	兩者皆是	50	23.4	23.4	98.1
	其他	4	1.9	1.9	100.0
	總和	214	100.0	100.0	

表七：對於兩岸未來的關係，您比較傾向

		次數	百分比	有效百分比	累積百分比
有效的	盡快統一	1	.5	.5	.5
	逐漸走向統一	48	22.4	22.7	23.2
	維持現狀	151	70.6	71.6	94.8
	逐漸走向獨立	11	5.1	5.2	100.0
	總和	211	98.6	100.0	
遺漏值	系統界定的遺漏	3	1.4		
總和		214	100.0		

　　為什麼會出現這樣的情況？固有的觀念意識，即台商去大陸前的意識形態和價值觀，是影響台商身分認同最重要的初始原因，並有一種「前攝抑制」的作用。台商通過自己在台灣的生活經歷，其價值觀、道德觀、世界觀和對兩岸關係的看法已經被「社會建構」了，固有的觀念要想改變，也不是那麼容易。由於兩岸長期的僵持敵對，政治界限涇渭分明，觀念與政策上各有堅持，台商政治理念上多受台灣方面的教育薰陶。為了強調差異來確立自身的主體性，和不使台灣受到大陸的羈絆和影響，台灣的民主化帶動的本土化，逐步改變了「中國」的形象。「中國」一詞，在很多人心目中成了打壓台灣、欺侮台灣，與落後、野蠻、僵化、不民主、不衛生、不進步的同義詞。去中國化與妖魔化中國，可以說是台灣為解決認同焦慮而釐清界限的一個有效途徑。[25] 這種根深柢固的觀念一旦確立，便難以改變。

　　第三，交往經驗對台商的社會認同有很大影響。交往和接觸程度是觀察社會認同的一個窗口。比起第一波和第二波來大陸台商的情景，目前台商在大陸的接觸深度和融入程度，都達到了很高水準，特別是大上海地區的台商。台商在大陸的接觸經歷，包括與當地政府打交道是否受到刁難，是否須花額外時間金錢應付地方政府，地方政府的行政效率，是否保護他們的正當權益；也包括他們對當地人言行舉止是否看得順眼，能否接受當地人觀念，是否願意與當地人深交，覺得當地人是否真心接納自己等等。在受訪者當中，我們的調查發現有近40%台商與當地人有比較密切的交往，47%的台商覺得當地人可以接受自己，把他們當作自己人。雖然教育程度和省籍背景對接觸程度有很大影響，但是政黨傾向的影響度在下降。社會認同是指台商對大陸社會的融入和接受程度，反映在他們的生涯規

---

[25] 楊開煌，「台灣『中國大陸』研究的回顧與前瞻」，收錄於何思因、吳玉山主編，邁入二十一世紀的政治學（台北：中國政治學會，2000年），頁550。

劃、生活安排、社會關係等方面。政治認同是指他們的國家歸屬感，基本
價值觀，和政治制度的取態。兩者雖然有很大區別，但是又有很大的相關
性。社會認同增加會間接影響政治認同的增長。

表八：與在地人接觸交往情況

		次數	百分比	有效百分比	累積百分比
有效的	基本不會接觸	12	5.6	5.6	5.6
	只有必要接觸	103	48.1	48.1	53.7
	很難講	13	6.1	6.1	59.8
	部分可以深聊	64	29.9	29.9	89.7
	好友多是當地人	22	10.3	10.3	100.0
	總和	214	100.0	100.0	

表九：當地人能不能當作自己人

		次數	百分比	有效百分比	累積百分比
有效的	完全沒問題	23	10.7	10.8	10.8
	有這個可能	78	36.4	36.6	47.4
	沒意見	10	4.7	4.7	52.1
	可能性不大	66	30.8	31.0	83.1
	完全不可能	36	16.8	16.9	100.0
	總和	213	99.5	100.0	
遺漏值	系統界定的遺漏	1	.5		
總和		214	100.0		

　　第四，政黨論述因素有影響，但是作用很難測量，不可一概而論。隨
著兩岸經濟差距的縮小，兩岸關係的氛圍改變，大陸整體社會在進步，當
地官員的貪腐程度下降，使他們對大陸觀感有了很大改進。大陸政府的惠
台政策和對台商的關懷，既有象徵效果，也有實際利益效果。國民黨上台
後推動的三通、擴大包機、加深經貿交流的政策，也在某種程度上拉近了

台商與大陸的距離。此前藍綠惡鬥，民進黨提出的國安捐也對台商有極大
負面影響。

表九：是否同意國民黨重新執政後所造成的和解氣氛，
會幫助拉近與中國大陸的距離

		次數	百分比	有效百分比	累積百分比
有效的	非常同意	21	9.8	9.9	9.9
	同意	87	40.7	40.8	50.7
	沒意見	57	26.6	26.8	77.5
	不同意	48	22.4	22.5	100.0
	總和	213	99.5	100.0	
遺漏值	系統界定的遺漏	1	.5		
總和		214	100.0		

柒、結語

　　台商的認同是極其複雜多元的，很難用「統」或「獨」，「台灣認
同」或者「中國認同」的二元框架來概括，必須從多層面來觀察。從他們
在大陸的社會關係形態，來看他們的認同傾向是如何被塑造的。台商認同
的複雜性和多元性，還在於他們是一個遊走於兩岸之間的特殊群體，不少
台商排斥特定的地域認同，他們不接受非台灣即大陸的簡單認同選擇。基
於政治、文化、經商和個人生活規劃的種種原因，他們絕大多數人都有多
重的身分認同。

　　大多數台商的生涯是在跨國流動中完成的，他們的身分認同具有「境
況論」所顯示的工具性和策略性。台商作為「商人」，基本上不願意談政
治，只關心生意問題。為了融入當地社會，一般不提及自己的政治傾向和
觀點。但是，他們絕不是政治冷漠，很多人其實很有政治見解，只是「深
藏不露」。在很多台商身上，原有的政治身分認同一經確定，由於政治標

籤的效應，便很難改變。但是，在大陸的交往經驗對台商的社會認同有很大影響。交往和接觸程度是觀察社會認同的一個窗口。如果他們對大陸社會的認同感增加，他們對大陸社會的融入程度和被接受程度也會增加，這些都會反映在他們的生涯規劃、生活安排、社會關係等方面。雖然政治認同（國家歸屬感、基本價值觀和政治制度的取態）不可能很快變化，社會認同與政治認同有很大的相關性。社會認同增加會間接影響政治認同的變化。

參考書目

一、中文部分

石之瑜、姚源明，「社會科學研究認同的幾個途徑」，**東亞研究**，第35卷第1期（2004年）。

江宜樺，**自由主義、民族主義與國家認同**（台北：揚智文化公司，1998）。

——，「當前台灣國家認同論述之反省，**台灣社會研究季刊**，第29期（1998年3月），頁165～166。

林震，「論台灣民主化進程中的國家認同問題」，**台灣研究集刊**，第2期（2001年）。

林瑞華、耿曙，「經濟利益與認同轉變：台商與韓商個案」，**東亞研究**，第39卷第1期（2008年），頁166～192。

吳乃德，「國家認同與政黨支持」，**中央研究院民族學研究所集刊**，第74卷（1993年），頁33～61。

——，「檳榔和拖鞋、西裝及皮鞋：台灣階級流動的族群差異及原因」，**台灣社會學研究**，第1卷（1997年），頁137～167。

郝時遠，「台灣的『族群』與『族群政治』析論」，**中國社會科學**，第2期（2004年）。

莊耀嘉，「族群與偏見在兩岸關係中的角色」，**本土心理學研究**，第20期（2003年12月）。

耿曙，「『資訊人』抑或『台灣人』？：大上海地區高科技台商的國家認同」，**財團法人國家政策研究基金會：國政研究報告**，內政（研）091-061號（2002年）。

耿曙、林琮盛，「全球化背景下的兩岸關係與台商角色」，**中國大陸研究**，第48卷第1期（2005年3月），頁1～28。

陳孔立，「台灣政治的『省籍－族群－本土化』研究模式」，**台灣研究集刊**，第2期（2002年）。

陳朝政，「台商在兩岸的流動與認同」，**財團法人國家政策研究基金會：國政研究報告**，內政（研）091-086號（2002年）。

——，「台商在兩岸的流動與認同：經驗研究與政策分析」，東吳大學政治學系博士論文（2004年）。

——，「大陸台商的認同變遷：理論的歸納與推論」，**東亞研究**，第36卷第1期（2005年），頁227～274。

鄧建邦，「我們是誰？跨社會流動下中國大陸台商的認同」，第二屆跨界流離：公民身分、認同與反抗國際學術研討會論文（台北：世新大學主辦，2005年12月9～10日）

劉芳彬，「探析台灣意識」，**中央社會主義學院學報**，第2期（2006年），頁55～57。

劉國深，「試論百年來『台灣認同』的異化問題」，**台灣研究集刊**，第3～4期（1995年）。

──，「台灣『省籍族群』的結構功能分析」，**台灣研究集刊**，第3期（1999年）。

楊鳳，「試析台灣社會意識的主體特徵與中國意識之關係」，**台灣研究**，第2期（2000年）。

楊開煌，「台灣『中國大陸』研究的回顧與前瞻」，收錄於何思因、吳玉山主編，**邁入二十一世紀的政治學**（台北：中國政治學會，2000）。

察弋勝，「台灣意識的歷史考察」，**台灣研究**，第1期（1996年）。

魏鏞，「邁向民族內共同體：台灣兩岸互動模式之建構、發展與檢驗」，**中國大陸研究**，第45卷第5期（2002年9月），頁1～55。

二、英文部分

Abdelal, Rawi, Yoshiko Herrera, Alastair Iain Johnston and Rose McDermont eds. *Measuring Identity: A Guide for Social Scientists* (New York and London: Cambridge University Press, 2009).

Anderson, Benedict R. O., *Imagined Communities: Reflections on the Origin and Spread of Nationalism* (London: Verso, 1991).

Bhaaha, Homi ed., *Nation and Narration* (London and New York: Routledge, 1990).

──, *The Location of Culture* (London and New York: Routledge, 2004).

Fearon, James "What is Identity (As We Now Use the Word)? ," unpublished manuscript, paper delivered at the Conference on the Measurement of Identity in the Social Sciences Weatherhead Center for International Affairs, Harvard University, November 3, 1999, http://www.wcfia.harvard.edu/misc/initiative/identity/IdentityWorkshop/fearon2.pdf.

Laitin, David, *Identity in Formation: The Russian-Speaking Populations in the Near Abroad,* (Ithaca N.Y.: Cornell University Press, 1998).

Smith, Anthony D., *Chosen Peoples: Sacred Sources of National Identity* (UK: Oxford University Press, 2003).

論壇　09

INK
PUBLISHING

台商大陸投資二十年：
經驗、發展與前瞻

主　　編　　徐斯勤、陳德昇

發 行 人　　張書銘
總 編 輯　　初安民
出　　版　　**INK** 印刻文學生活雜誌出版有限公司
　　　　　　新北市中和區中正路800號13樓之3
　　　　　　電話：(02)2228-1626
　　　　　　傳真：(02)2228-1598
　　　　　　e-mail：ink.book@msa.hinet.net
　　　　　　網址：http://www.sudu.cc
法律顧問　　漢廷法律事務所 劉大正律師

總 經 銷　　成陽出版股份有限公司
　　　　　　電話：(03)271-7085（代表號）
　　　　　　傳真：(03)355-6521
郵撥帳號　　1900069-1 成陽出版股份有限公司
製版印刷　　海王印刷事業股份有限公司
　　　　　　電話：(02)8228-1290

出版日期　　2011年8月
定　　價　　450元
ISBN　978-986-6135-09-5

國家圖書館出版品預行編目（CIP）資料

　　台商大陸投資二十年：經驗、發展與前瞻／徐斯
　　勤、陳德昇主編. -- 台北縣中和市：INK印刻文
　　學，20011.01
　　　448面；17×23公分. --（論壇；9）

　　　ISBN 978-986-6135-09-5（平裝）

　　　1. 國外投資　2. 企業經營　3. 產業發展　4. 文集
　　　5. 中國

　　563.52807　　　　　　　　　　　　99026516